MW01273542

PETER GALLERT wurde 1962 in Bonn geboren, JÖRG REITER 1952 in Düsseldorf. Seit den 90er Jahren schreiben sie gemeinsam TV-Serien. Beide Autoren leben in Köln. *Todestreue* ist der dritte Teil ihrer Krimiserie mit dem Polizeiseelsorger Martin Bauer.

Von Peter Gallert und Jörg Reiter sind in unserem Hause bereits erschienen:

Glaube Liebe Tod
Tiefer denn die Hölle

GALLERT REITER

TODESTREUE

Kriminalroman

Ullstein

Besuchen Sie uns im Internet:
www.ullstein-buchverlage.de

Originalausgabe im Ullstein Taschenbuch
1. Auflage April 2020
© Ullstein Buchverlage GmbH, Berlin 2020
Umschlaggestaltung: zero-media.net, München
Titelabbildung: gettyimages / © Gera Heusen / EyeEm
Gesetzt aus der Quadraat Pro powered by pepyrus.com
Druck und Bindearbeiten: CPI books GmbH, Leck
ISBN 978-3-548-06038-5

Prolog

Er trug eine Waffe. Sie spürte sie unter seiner Achsel. Aber sie hatte alles unter Kontrolle.

Sie ließ die Hand über seine Brust gleiten, bis sie die Ausbuchtung unter seiner Jacke ertastete. Es kam ihr vor, als könnte sie die Waffe mit ihren Fingerkuppen sehen. Als hätte sie Supersinne. Es war geil. Sie hätte Kokain schon viel früher probieren sollen.

Er schob ihr Kleid hoch, packte sie an den Hüften und hob sie mit einem Ruck auf die Küchenzeile. Sie lachte laut auf, schlang die Beine um ihn und zog ihn an sich. Wenn ihre spießigen Bürokollegen sie so sehen könnten! Sie fühlte die Edelstahlrippen der Spüle unter ihrem Po, roch den Tequila in seinem Atem, hörte den Lärm durch die Wände, als wären sie aus Papier. Die lauten, betrunkenen Stimmen, das Klirren von Gläsern und Flaschen, das dumpfe Poltern, als etwas Schweres zu Boden fiel, nahm sie ebenso deutlich wahr wie das Sirren der Leuchtstoffröhre in der Deckenlampe über ihr.

Seine Lippen wanderten über ihren Hals, seine Hände zerrten an ihrem Slip. Das dünne Gewebe zerriss. Er drängte sich an sie. Sie schob ihn weg und nahm einen großen Schluck aus der Flasche. Er funkelte sie an. Er war gefährlich. Dieser Ort war gefährlich. Karla hätte sich vor Angst in die Hose gemacht, sie hatte schon in Amsterdam Schiss gehabt. Dabei war es nur ein harmloser Wochenendtrip gewesen. Das hier war der echte Thrill.

Sie stellte die Flasche ab, streifte die Träger ihres Kleides von den Schultern und zog es dann langsam herunter. Sie spürte seine Blicke auf ihren Brüsten. Sie legte die Hand auf die Ausbuchtung unter seiner Jacke.

»Zeig sie mir.«

Er stutzte. Dann verstand er. Mit einer geschmeidigen Bewegung zog er seine Waffe. Das mattschwarze Metall schien das Licht der Deckenlampe zu schlucken. Sie griff nach seiner Hand, führte sie an ihr Gesicht. Er grinste sie an und strich ihr mit dem Lauf über die Wange, ganz leicht, dann über den Hals. Die Berührung jagte Schauer über ihren Körper. Sie lehnte sich zurück, folgte mit geschlossenen Lidern der elektrischen Spur auf ihrer Haut, durch die kleine Kuhle über ihrem Schlüsselbein hinab zu ihrer linken Brustwarze, dann langsam den Bauch hinunter bis zum Nabel.

Das Kribbeln riss ab. Sie schlug die Augen auf. Der Lauf der Waffe hatte den Hautkontakt verloren und wanderte über ihr hochgeschobenes Kleid. Er sah sie nicht mehr an, starrte nur noch auf die Waffe in seiner Hand, verfolgte gebannt ihren Weg abwärts. Etwas in ihr zog sich zusammen. Sie achtete nicht darauf.

Sie war unzerstörbar.

01

Das Schwein hing da wie gekreuzigt. Leon hatte oft genug zugesehen und alles genauso gemacht wie der Alte. Er hatte die Rippen aufgebogen und mit der Axt vom Rückgrat getrennt, den Brustkorb flach gedrückt, die Beine auseinandergezogen, sie kurz über den Fußgelenken mit Draht an die Querstreben gebunden und die Schwarte rautenförmig eingeritzt. Dann hatte er das Kreuz aufgerichtet, am Rand der Feuerstelle in den Boden gerammt und die Buchenscheite aufgeschichtet.

Er betrachtete den ausgeweideten Körper. Dunkelrotes Muskelfleisch, blasses Fettgewebe, helle Sehnen und Knochen. Das Spanferkel wog sicher fast zwanzig Kilo. Es zu garen würde eine Weile dauern. Sollte er die Scheite schon anzünden? Normalerweise waren Feuer und Fleisch Chefsache, niemand durfte da heran. Aber heute war nichts normal. Leon hatte den Auftrag bekommen, das Asado vorzubereiten.

Der Alte war einmal über die Panamericana durch Südamerika gefahren. Seitdem hielt er das Grillen am offenen Feuer, wie die argentinischen Gauchos es praktizierten, für die einzig richtige Zubereitungsart von Fleisch. Seine Erzählungen von dem wochenlangen Roadtrip auf der Harley hatten Leon als Sechzehnjährigen fasziniert. Fünf Jahre war das her. Eine Ewigkeit. Der Knast schien die Zeit gedehnt zu haben. Es gab ein Davor und ein Danach. Dabei hatte er nur ein paar Monate eingesessen. Es hatte alles verändert.

Er schleppte den verbeulten Militärkanister heran, drehte den Deckel auf und goss Benzin auf das Brennholz. Dann ließ er sein Zippo aufschnappen, griff zu einer zusammengerollten Zeitung, zündete sie an und warf sie auf die Scheite. Eine Feuersäule verpuffte meterhoch. Doch schnell wurden die Flammen kleiner, und das Holz fing an zu knacken.

Der Anruf hatte ihn irritiert. Aber wenn der Präsident des Chapter eine Anweisung gab, fragte man nicht nach. Leon hatte sich sofort auf den Weg gemacht. Das Spanferkel hatte im Clubhaus auf dem Tresen gelegen. Genug Fleisch für eine Vollversammlung. Aber es war niemand da gewesen.

Er sah über den dunklen Hof zum Tor und hatte das Gefühl, in ein aufgerissenes Maul zu starren. Er schlug den Kragen seiner Lederjacke hoch und zog den Kopf zwischen die Schultern ein. Es durchfuhr ihn wie ein Stromschlag: Yildiz! Erschrocken blickte er sich um, konnte sie aber nirgends entdecken. Natürlich nicht. Er hatte nur ihren Geruch wahrgenommen. Sein Pullover roch nach ihr. Sie liebte es, seine Sachen anzuziehen. Er sah sie vor sich, mit nichts auf dem Leib als einem seiner T-Shirts. Es flatterte um ihren Körper wie ein viel zu weites Kleid. Sie tanzte durch das schäbige Wohnmobil und sang: *Je ne parle pas français.* Dabei war sie in Französisch immer die Beste gewesen. Wie in allen anderen Fächern auch.

Er verdrängte das Bild. Er wollte sie nicht hier haben. Sie gehörte in eine bessere Welt.

Er ging zum Tor und blickte die Straße hinunter. Feiner Nieselregen wehte durch die Lichtkegel der Straßenlaternen. Der nasse Asphalt war aufgeplatzt. Tagsüber rumpelten im Sekundentakt Lkw auf ihrem Weg zum Hafen vorbei. Jetzt war alles still. Zu still.

Wo blieben sie? Sonst hingen um diese Zeit meistens schon Biker im Clubhaus rum. Andererseits, wenn der Alte wirklich eine Vollversammlung angesetzt hatte, noch dazu mit Asado, würde es richtig spät werden. Vielleicht hatte er nur vergessen, am Telefon davon zu erzählen. Nein! Er hatte ein Gedächtnis wie ein Elefant. Er vergaß nie etwas.

Hatten sie ihn durchschaut? Dann war er ein toter Mann. Konnte es sein? Bereitete er gerade seinen eigenen Leichenschmaus vor? Der Präsident des Chapter hatte ein Talent für die große Inszenierung. Es hatte ihm dabei geholfen, an die Spitze zu kommen und sich seit nunmehr dreißig Jahren dort zu halten. Das und seine Härte. Gegen andere und sich selbst. Ja, es war möglich. Der Alte hätte für die Riders seinen Sohn geopfert, wenn es nötig gewesen wäre. Nur hatte er keinen Sohn. Er hatte Leon.

Leon stakste zurück zur Feuerstelle. Seine Beine fühlten sich steif an. Wie im Traum, wenn man wegrennen wollte, aber nicht konnte. Als kleiner Junge hatte er das oft geträumt. Er war schon im Kindergarten der Größte und

Stärkste gewesen. Die anderen Jungen hatten sich mit ihm messen wollen. Er hatte versucht, ihnen aus dem Weg zu gehen. Doch sie hatten ihn nicht in Ruhe gelassen. So hatte er meist am Rockzipfel seiner Lieblingserzieherin gehangen. In der Schule hatte er keine Beschützerin mehr gehabt. Er hatte begonnen, sich zu wehren. Seine Klassenkameraden hatten sich sehr bald nicht mehr an ihn herangewagt. Doch einige von ihnen hatten große Brüder. So hatte er nicht nur gelernt zu kämpfen, sondern auch einzustecken. Mit vierzehn war er ein erfahrener Straßenschläger und musste in seinem Viertel kaum mehr jemanden fürchten. Aber es gab noch andere Viertel. Darum war er in einen Kickboxverein eingetreten. Die Kämpfe auf der Straße waren erst kürzer, dann weniger geworden. Aufgehört hatten sie aber nicht.

Die Buchenscheite glühten nun in einem hellen Orange, er spürte die Hitze auf seinem Gesicht. Er blickte zu seiner Maschine hinüber. Die Sportster 883 war doppelt so alt wie er. Er hatte Wochen gebraucht, sie flottzumachen. Seitdem hatte sie ihn nie im Stich gelassen. Sie würde sofort anspringen.

Er wandte sich wieder dem Feuer zu und schob die Glut mit einer Schaufel an das Asadokreuz. Selbst wenn er es gewollt hätte, er konnte nicht weglaufen. Nicht nur, weil er es verlernt hatte. Es sollte sein letzter Kampf sein. Ganz bestimmt war es sein schmutzigster. Er würde ihn zu Ende bringen. So oder so.

Bauer fuhr Rad. Im Auto saß er nur noch selten. Mit der Geburt seiner zweiten Tochter Marie vor vier Monaten hatte sich sein Alltag grundlegend verändert. Seitdem hatte er das Präsidium nicht mehr betreten. Ebenso lange hatte er keinen Toten mehr gesehen und keine Zigarette mehr geraucht. Seine Arbeit als Polizeiseelsorger hatte ihm noch nicht einen Tag gefehlt. Darüber wunderte er sich selbst am meisten.

Er glitt dahin, durch das frühe Novemberdunkel, die Räder surrten über den Asphalt, der Fahrtwind wehte ihm ein kitschiges Gefühl von Freiheit ins Gesicht. Dieses Gefühl hatte er zum ersten Mal als Vierjähriger verspürt – auf einem Tretroller. In seiner Jugend, als er überall nur noch Zwänge gesehen hatte, war es immer kostbarer für ihn geworden, und er hatte begonnen, ihm nachzujagen. Erst auf einem 12-Gang-Rennrad, das er zur Konfirmation bekommen hatte, später, mit sechzehn, auf einer 125er-Honda Rebel, für die er sechs harte Wochen lang bei der Sachtleben-Chemie malocht hatte. Am ersten Tag der nächsten großen Ferien hatte die Jagd geendet – tödlich. Er war mit seiner Moped-Clique unterwegs zum Zelten nach Holland gewesen. Sie waren über Land gefahren. Kurz hinter Xanten hatte sein bester Freund in einer Kurve die Kontrolle über sein Fahrzeug verloren. Er war gegen einen Baum geprallt und in Bauers Armen gestorben. Seitdem hatte Bauer nie wieder am Lenker eines Motorrads gesessen. Nur einmal noch war er als Sozius mitgefahren, Jahre später, als er längst Pfarrer einer kleinen Kirchengemeinde gewesen war und eine katholische Biker-Wallfahrt nach Kevelaer begleitet hatte.

Er trat in die Pedale. Er fühlte sich fit wie lange nicht mehr. Auf den sechs Kilometern bis zum Ruhrorter Hafen würde er kaum richtig warm werden. Er fuhr täglich ein bis zwei Stunden, meist um die Mittagszeit und mit einem Kinder-Fahrradanhänger im Schlepp. Darin lag dann Marie in einer Babyschale, die wie eine Hängematte befestigt war. Seit sie auf der Welt war, fand seine Tochter nur schwer in den Schlaf. Im sanft schaukelnden Anhänger jedoch fielen ihr binnen Sekunden die Augen zu. Nachdem Bauer dies herausgefunden hatte, waren die Radtouren für ihn und Marie zur festen Routine geworden. Er genoss die Zeit auf dem Rad, und seine Frau Sarah war dankbar für die regelmäßigen Auszeiten, denn Marie wollte auch nachts alle drei Stunden gestillt werden. Das Baby bestimmte den Tagesablauf der Familie. Sogar Nina, die ein Schulhalbjahr in Mexiko verbrachte, hatte sich dem Rhythmus ihrer kleinen Schwester angepasst. Zwei- bis dreimal pro Woche skypten sie. Dafür stand Nina morgens um fünf Uhr mexikanischer Zentralzeit auf. Denn dann war in Duisburg später Vormittag und Marie am agilsten. Nina sagte oft, sie vermisse ihr Zuhause, aber Bauer wusste, dass ihre Entscheidung richtig gewesen war. Sie hatte sie getroffen, als er und seine schwangere Frau getrennt gelebt hatten. Die Belastungen, die der Beruf des Polizeiseelsorgers und vor allem die Art, wie Bauer ihn ausübte, mit sich brachten, hatten Sarah an ihrer Ehe zweifeln lassen. Doch kurz vor Maries Geburt war sie zu ihm zurückgekehrt. Nina hatte ihr Auslandshalbjahr trotzdem angetreten, und in jedem Videoanruf sah Bauer, wie gut ihr Freiheit und Selbstständigkeit taten. Seit ein paar Wochen blickte er nicht mehr in das Gesicht eines Teenagers, sondern in die Augen einer jungen Frau. Auch wenn ihn das mit einer gewissen Wehmut erfüllte, war doch alles so, wie es sein sollte. Jedenfalls glaubte er das. Er *wollte* es glauben.

Der Fahrradweg bog zur Friedrich-Ebert-Brücke ab. Bauer legte sich in die Kurve und nahm den Schwung mit auf die sanfte Steigung. Er fuhr ohne Anhänger, Marie lag längst im Bett. Sarah ebenfalls, sie hatte ihren Schlafrhythmus dem ihrer Tochter angepasst. Normalerweise würde er nun mit einem Tee oder einem Bier in der Hand die Abendnachrichten im Fernsehen anschauen. Obwohl es ihm immer schwerer fiel, die Bilder aus Kriegsgebieten oder von Flüchtlingen auf überfüllten Booten oder die Berichte über den Klimawandel, der nicht mehr zu stoppen war, auszuhalten. Oft schaltete er schon nach wenigen Minuten ab und griff zu einem Buch oder hörte Musik. Hatte er aufgegeben? War er ein Feigling geworden? Er wusste es nicht. Er lebte mit seiner Frau und diesem perfekten kleinen Menschen wie auf einer Insel, die er nicht mehr verlassen mochte.

Er überquerte den Fluss. Kälte stieg vom Wasser herauf, das schwarz unter ihm lag. Autos zischten vorbei, ihre Rücklichter verschwammen in der feuchten Luft, wie auch die Gefahrenfeuer des Schornsteins, der am gegenüberliegenden Ufer aufragte. Er gehörte zum Kraftwerk »Hermann Wenzel«, in dem Koksgas aus den Hochöfen von Thyssen-Krupp verfeuert und der Strom für das angrenzende Stahlwerk erzeugt wurden. Im höchsten Gang sauste Bauer zwischen den beiden alten Brückentürmen hindurch auf die andere Rheinseite. Er fuhr schnell, weil ihm kalt war, nicht weil er es eilig hatte. Niemand erwartete ihn. Der Ort, zu dem er wollte, war keiner, an dem man sich ankündigte, und den Mann, den er dort anzutreffen hoffte, kannte Bauer nur von einem Foto. Die Freundin des Mannes hatte es ihm gezeigt.

Er hieß Leon Berger, war 21 Jahre alt und vor vier Wochen aus der JVA Duisburg-Hamborn entlassen worden. Dort hatte er eine mehrmonatige Haftstrafe wegen Fahrerflucht abgesessen. In dieser Zeit hatte er Yildiz versprochen, sein altes Leben hinter sich zu lassen und mit ihr zusammen ein neues anzufangen. Sie hatte ihm geglaubt. An seine Liebe glaubte sie immer noch. Aber nicht mehr daran, dass er es aus eigener Kraft schaffen würde, sich von seiner Vergangenheit zu lösen. Darum hatte sie Hilfe gesucht – zunächst nicht bei Bauer, sondern bei seiner Frau.

Sarah kannte die junge Türkin seit Jahren. Als Teenager war sie Stammgast im Jugendtreff des Bürgerzentrums gewesen, das Sarah leitete. Inzwischen studierte Yildiz an der Fakultät für Bildungswissenschaften der Universität Duisburg-Essen Soziale Arbeit. Ein Paradebeispiel gelungener Integration, auch dank Sarahs tatkräftiger Unterstützung. Heute hatte Yildiz vor ihrer Tür gestanden und nach seiner Frau verlangt. Irgendetwas hatte nicht gestimmt, die junge Frau war aufgewühlt und den Tränen nahe gewesen. Gerade als er mit Marie zur täglichen Schlummertour hatte aufbrechen wollen, hatte Sarah ihn zu dem Gespräch dazugeholt.

Die Straße zum Amtsgericht Ruhrort zweigte rechts ab, Bauer ließ sein Rad geradeaus rollen. Vor sechs Monaten war Leon Berger in dem denkmalgeschützten Gebäude verurteilt worden. Ungewöhnlich hart, Fahrerflucht ohne Personenschaden wurde normalerweise mit einer Geldstrafe geahndet. Offenbar hatte sich Leons Vorgeschichte bei der Urteilsfindung negativ ausgewirkt. Nun hatte er sich anscheinend mit einer Gang eingelassen, mit Männern, die gefährlich waren. Bauer war auf dem Weg zu ihrem Hauptquartier.

Yildiz vermutete, dass ihr Freund dort die Abende verbrachte, an denen er nicht mit ihr zusammen war. Bauer hatte sich aufs Rad gesetzt, nachdem Sarah mit dem Baby ins Bett gegangen war. Er war nicht sicher, ob sie versucht hätte, ihn von der Fahrt abzuhalten, trotzdem hatte er kein schlechtes Gewissen. Immerhin hatte sie ihn gebeten, sich einzumischen, und ihr musste klar sein, dass dies nicht ohne persönliches Risiko möglich war. Bis vor ein paar Monaten war das der große Streitpunkt in ihrer Ehe gewesen. Nun schien Sarah bereit, das Risiko mit ihm zu tragen. Das machte ihn glücklich.

Dabei hatte er gar nicht vor, sich in Gefahr zu begeben, ja nicht einmal, mit dem Mann zu reden – falls er überhaupt dort war. Für ein Gespräch gab es weniger bedrohliche Orte. Bauer wollte Yildiz' Verdacht überprüfen. Und sich ein Bild von den Männern machen, von denen Leon anscheinend nicht loskam. Oder die ihn nicht losließen.

Er fuhr durch einen Kreisverkehr. An der Ausfahrt, die er nahm, wies ein Schild den Weg in Richtung Schrottinsel, Kohleninsel, Stahlinsel und Ölinsel. So wurden die Landzungen zwischen den Hafenbecken bezeichnet, nach den Gütern, die darauf umgeschlagen wurden.

Der Radweg wurde schlechter. Riesige Hallen rechts der Straße, kleinere Gewerbebauten links. Er passierte die Einfahrt zum Freihafen. Kurz darauf bog Bauer von der Hauptroute in eine Seitenstraße ab. Sie führte an einer Kleingartensiedlung vorbei in Richtung Ölinsel. Der Beschilderung nach begann das Hafengelände hinter einer Eisenbahnunterführung. Davor lag ein von einer stacheldrahtbewehrten Mauer umgebenes Gelände. Es grenzte direkt an die Bahntrasse. An der Einfahrt stand ein Fahnenmast, an dem eine schwarze Flagge schlaff herabhing. Der Totenschädel darauf war auch in der Dunkelheit zu erkennen. Bauer hatte sein Ziel erreicht.

Von der gegenüberliegenden Straßenseite aus blickte er durch das offene Tor auf eine niedrige Ziegelsteinhalle. Auf dem Hof davor brannte ein Lagerfeuer. Die Feuerstelle war mitten in den Betonboden gestemmt worden. Ein Spanferkel brutzelte an einer Art Metallkreuz, das dicht am Feuer senkrecht im Boden steckte. Daneben stand ein Mann, das Gesicht abgewandt. Seine athletische Statur entsprach Yildiz' Beschreibung. Selbst aus der Entfernung wirkte er groß. Er trug eine Lederjacke. Aber keine Kutte.

Bauer schaute zu der Halle. Hinter den wenigen blinden Fenstern brannte Licht. Er konnte jedoch keine Bewegungen ausmachen, und vor dem Gebäude parkte nur ein einziges Motorrad. Der Mann am Feuer bereitete das Fleisch bestimmt nicht nur für sich zu. Aber noch war er allein, und das aufgespießte Ferkel sah nicht aus, als wäre es bald gar. Bauer stieg vom Rad und schob es in die Büsche. Dann überquerte er die Straße.

Er durchschritt das Tor. Der Mann starrte ins Feuer. Die

16

dicken Holzscheite knackten in den Flammen. Als Bauer nur noch drei Schritte entfernt war, machte er sich bemerkbar.

»Guten Abend.«

Der Mann drehte sich um. Bauer musste zu ihm aufsehen. Leon Berger. Er hatte nicht nur auf dem Foto ein gutes Gesicht. Es strahlte Ruhe und Stärke aus. Auch jetzt zeigte seine Miene weder Schreck noch Überraschung. Doch hinter der äußeren Gelassenheit spürte Bauer eine Anspannung, die er nicht einordnen konnte.

»Sie können hier nicht rein«, sagte Leon. »Das ist Privatgelände. Bitte gehen Sie wieder.«

Er klang routiniert. Yildiz hatte erzählt, dass er als Türsteher arbeitete.

»Mein Name ist Martin Bauer. Ich möchte mit Ihnen reden. Ich bin Pfarrer.« Er streckte die Hand aus.

Leon machte keine Anstalten, sie zu ergreifen. Er musterte Bauer überrascht. »Pfarrer?«

»Evangelischer Seelsorger«, erklärte Bauer. »Bei der Duisburger Polizei.«

Schlagartig veränderte sich Leons Körperhaltung. »Sie sind Bulle?«

Bauer zog seine Hand zurück. »Nein. Aber ich bin für Polizisten da, wenn sie mich brauchen.«

»Was wollen Sie dann von mir?«

»Meine Frau ist eine gute Bekannte Ihrer Freundin. Yildiz macht sich Sorgen um Sie.«

Bauer sah, dass er einen Treffer gelandet hatte. Leons Miene spiegelte sein schlechtes Gewissen wider. Doch schon im nächsten Moment wurden seine Züge hart.

»Verschwinden Sie!«

»Sie haben ihr etwas versprochen«, setzte Bauer nach, »und Sie sehen nicht aus wie jemand, der sein Wort bricht.«

Leon schnaubte. »Netter Versuch. Sie wissen gar nichts über mich!«

»Sie halten die Death Riders wahrscheinlich für Ihre Familie. Aber das sind sie nicht. Wenn Sie eine richtige Familie haben wollen, gehen Sie zu Yildiz. Jetzt gleich.«

Leon schwieg. Es arbeitete in ihm. Sein Blick wanderte zum Tor.

Bauer erhöhte den Druck. »Sie müssen sich entscheiden. Die Death Riders oder Yildiz – was ist Ihnen wichtiger?«

»Verpissen Sie sich!«

»Wollen Sie Ihr Leben lang mit einem Bein im Knast stehen? Sie sind noch kein Member, Sie tragen keine Kutte. Als Prospect kommen Sie noch ohne große Probleme hier raus. Ich verstehe, wenn Sie Angst haben, aber ich kann Ihnen helfen.«

»Ich habe keine Angst! Und schon gar nicht vor meinen eigenen Leuten«, behauptete Leon. Doch seine Augen verrieten ihn. Wieder ging sein Blick über Bauers Schulter hinweg in Richtung Tor.

»Das glaube ich Ihnen nicht.«

»Es ist mir scheißegal, was Sie glauben. Sie machen jetzt 'nen Abgang!«

Leon kam drohend auf Bauer zu. Doch plötzlich stoppte er mitten in der Bewegung und starrte erschrocken an ihm vorbei. Bauer drehte sich um. Nichts zu sehen. Dann hörte er es. Ein Geräusch wie ein fernes Donnergrollen. Es kam näher. Doch es war kein Gewitter. Es waren Motoren. Viele.

»Hauen Sie ab!«, stieß Leon hervor. »Na los!«

Bauer schüttelte den Kopf. »Ich habe eine bessere Idee: Ich rede mit Ihrem Präsidenten. Jetzt gleich.«

Leon riss die Augen auf. »Sind Sie irre?«

»Für einen Prospect, der sein Chapter verlassen will, riskiert kein Rocker ernsthaften Ärger mit der Polizei. Nicht mal mit einem Polizeipfarrer. Vertrauen Sie mir.«

Bauer war überzeugt von dem, was er sagte. Doch die Panik, die in den Augen des jungen Mannes aufflackerte, irritierte ihn. Leon wirkte ganz und gar nicht wie ein Feigling. Hatte er wirklich so große Angst vor seinen – wie er sie nannte – »eigenen Leuten«? Oder war da noch etwas anderes? Fragen konnte Bauer nicht mehr, denn schon tanzten Scheinwerferkegel über den rissigen Betonboden. Im nächsten Moment donnerte ein gutes Dutzend schwerer Motorräder auf den Hof, gefolgt von einem schwarzen Mercedes-AMG GT. Die Kolonne rollte an die Feuerstelle heran. Bauer unterdrückte den Impuls zurückzuweichen. Der Fahrer an der Spitze stoppte seine Harley Zentimeter vor Bauers Füßen, die anderen hielten rechts und links neben ihrem Anführer. Die Biker trugen Kutten mit Totenkopf-Logo und dem Namen ihres Clubs darunter: Death Riders, Chapter Duisburg. Auch der Mann, der aus dem Mercedes stieg, war so gekleidet. Eine Frau auf High Heels begleitete ihn.

Der Lärm der Motoren erstarb. Bauer spürte, wie sich alle Blicke auf ihn richteten. Selbst wenn er gewollt hätte, einfach davonspazieren konnte er nicht mehr. Vor ihm stand eine Wand aus Männern und Motorrädern.

Der Anführer stieg von seiner Harley. Eins der Patches auf seiner Kutte trug die englische Aufschrift »President«. Während er ohne Eile seinen Helm abnahm, der aussah, als stammte er aus Wehrmachtsbeständen, ließ er den Seelsorger nicht aus den Augen. Auch die anderen Biker kamen heran und bauten sich vor Bauer auf. Keiner von ihnen sagte etwas. Sie warteten darauf, dass ihr Präsident das Gespräch eröffnete.

Bauer kam ihm zuvor. »Guten Abend. Sie sind hier der Chef, nehme ich an?«

Der Rockerpräsident blickte an ihm vorbei zu Leon. »Wer ist der Kerl?«

Leon zögerte. Wieder nutzte Bauer die Chance.

»Mein Name ist Martin Bauer. Ich bin ...«

Weiter kam er nicht. Er sah die Bewegung aus den Augenwinkeln und riss die Deckung hoch. Aber der Hieb war zu schnell. Wie ein Ziegelstein krachte die Faust gegen seine Schläfe. Bauer taumelte, doch er fiel nicht, er nahm den Kopf zwischen die Arme und suchte seinen Angreifer, aber als er ihn ausmachte, war es schon wieder zu spät. Zwei Haken schlugen unter seiner Deckung ein, einer auf die Leber, einer auf den Solarplexus. Er hörte ein scharfes Zischen, es drang aus seinem eigenen Mund. Er knickte ein, und seine Knie prallten auf den schrundigen Betonboden. Dann kam der Schmerz. Wehrlos erwartete Bauer den finalen Schlag, doch Leon wandte sich ab. Bauer fiel vornüber auf die Unterarme.

»Junge, was ist hier los?«, hörte er den Präsidenten fragen. »Was will der Kerl?«

»Ärger machen«, stieß Leon hervor. »Aber dem Pisser werd ich's zeigen! Diese verkackten Kleingärtner gehen uns nicht mehr auf den Sack!«

Bauer verstand nicht. Er drehte den Kopf, sein Gesicht schrammte über den Boden. Er sah Leon am Feuer nach einem Kanister greifen. Panik stieg in Bauer hoch, er versuchte, sich aufzurichten, verzweifelt rang er nach Luft, doch schon klatschte es aus dem Kanister auf ihn herab – Benzin! Es brannte in seinen Augen, drang scharf in seine Nase, verätzte seine Kehle. Spuckend und hustend versuchte er wegzukriechen, doch ein Tritt traf ihn in die Seite und schleuderte ihn auf den Rücken.

Leon beugte sich zu ihm herunter, in der Hand ein Sturmfeuerzeug. Er ließ es aufschnappen und seinen Daumen über den Feuerstein gleiten. Das Zippo flammte auf. »Willst du noch irgendwas sagen?«

Bauer starrte wie gelähmt auf die zuckende Flamme vor seinem Gesicht.

02

Sie liebte ihn. Das wusste sie, seit sie vierzehn war. Seit sie ihn zum ersten Mal geküsst hatte, in der Laube ihrer Eltern. Seit Timur ihn verprügelt und er sich nicht gewehrt hatte, um ihren großen Bruder nicht zu demütigen. Er hatte die Schläge eingesteckt und sich von ihm vor der ganzen Schule einen Feigling nennen lassen – wegen ihr.

»Tut mir leid, Kindchen. Er ist schon vor einer Stunde auf seiner Maschine vom Hof gedonnert.« Die Frau hinter der Verkaufstheke lächelte sie bedauernd an. »Möchtest du auf ihn warten?«

Yildiz nickte. Leni drehte sich zum Schlüsselbrett an der Wand hinter ihr um. Dort hingen die Schlüssel für die Toiletten und Duschen sowie ein einzelner Autoschlüssel. Keiner mit Fernentriegelung im Kunststoffgriff, sondern ein alter Metallschlüssel mit eingestanztem Mercedesstern. Leni reichte ihn Yildiz und hielt dabei mütterlich besorgt ihre Hand fest.

»Du bist doch schon wieder dünner geworden! Wann hast du zuletzt etwas Vernünftiges gegessen?«

»Heute Mittag in der Mensa«, verteidigte sich Yildiz.

Leni schüttelte nur missbilligend den Kopf. Welche Art Essen sie für »vernünftig« hielt, verrieten ihre Körperformen. Hätte das Michelin-Männchen neben der Kasse eine geblümte Kittelschürze getragen, es wäre als eine Miniatur der Autohofchefin durchgegangen.

»Ich habe noch Gulasch vom Mittagstisch übrig. Soll ich es dir aufwärmen? Ist auch ›kussecht‹.« Leni zwinkerte ihr zu. »Heute muss sich bei mir keiner Sorgen um sein Liebesleben machen.«

Die deftige Küche der Autohofchefin war nicht nur bekannt für die großen Portionen, sondern auch für ihren Knoblauchgehalt. Freitags jedoch verzichtete sie auf die geruchsintensive Zutat. Dies war ihr Beitrag zur berufsbedingt schwierigen Beziehungspflege der Fernfahrer, die ihre Frauen nur am Wochenende sahen. Im Grunde ihres großen Herzens war die resolute Mittfünfzigerin hoffnungslos romantisch.

»Vielen Dank, aber falls ich wirklich noch Hunger bekommen sollte, gibt es ja einen Kühlschrank im Wohnmobil.«

»Einen Männerkühlschrank!«, polterte Leni. »Was soll da schon drin sein außer Bier?«

Yildiz war froh, dass in diesem Augenblick die Türglocke des Verkaufsraums ertönte.

»Guten Abend, schöne Frau.« Der Mann, der hereinkam, sprach mit starkem osteuropäischem Akzent.

»Petko! Dich habe ich ja ewig nicht gesehen!« Leni kam mit ausgebreiteten Armen hinter der Theke hervor, drückte den Fernfahrer an ihren mächtigen Busen und rümpfte gleich darauf die Nase. »Du brauchst dringend eine Dusche.«

»Bin ich seit drei Tagen unterwegs«, entschuldigte sich der Mann. »Hast du Essen für mich?«

»Gulasch. Bei dir zu Hause heißt das Gjuwetsch, richtig?«

Die müden Augen des Mannes leuchteten überrascht auf. »Lecker.«

»Da staunst du, oder? Ich spreche auch Bulgarisch.« Leni grinste. »Ich wärme dir was auf. Aber erst wird geduscht!«

Wieder wandte sich Leni dem Schlüsselbrett zu. Yildiz nutzte den Moment und schlich sich aus dem Tankstellenshop. Draußen roch es nach Herbst und Benzin. Sie stieg in ihren Wagen, fuhr an den Zapfsäulen vorbei und bog auf den Parkplatz ab. Über hundert Lkw aus ganz Europa standen dort dicht an dicht. Der Autohof nahe dem größten Binnenhafen der Welt war im Stadtgebiet der einzige Rastplatz, wo die Fahrer in ihren Brummis übernachten konnten. Wer nicht am Straßenrand in einem Gewerbegebiet schlafen wollte, sondern Wert auf ein Mindestmaß an Komfort legte, kam hierher. Es gab Duschen, die täglich gereinigt wurden, reichhaltige Hausmannskost, sogar eine Waschmaschine samt Trockner – und natürlich Leni.

Yildiz rollte in ihrem Polo an den riesigen Trucks vorbei. Ihr Vater hatte ihr den Kleinwagen, natürlich musste es ein deutsches Fabrikat sein, zum Beginn ihres Studiums geschenkt, damit sie auf dem Weg von Ruhrort zum Essener Campus nicht auf die Bahn angewiesen war. Sie liebte ihre Eltern und war liberaler erzogen worden als alle ihre türkischen Freundinnen. Trotzdem – oder vielleicht gerade deshalb – hatte sie ausziehen und auf eigenen Beinen stehen wollen wie andere Studenten. Nach dem großzügigen Geschenk jedoch hatte sie ihren Plan verworfen, ohne ihn auch nur anzusprechen. Sie hatte sich eingeredet, dass es vernünftiger war, jeden Tag zu pendeln. Bei ihren Eltern wohnte sie umsonst, und mit dem Auto dauerte die Fahrt nach Essen nur eine halbe Stunde. Erst vor einem Jahr hatte sie den Mut gefunden, ihren Wunsch durchzusetzen. Nachdem sie Leon wiederbegegnet war.

Am Wochenende nach dem ungehörigen Kuss in der Laube hatten ihre Eltern sie und ihren Bruder ins Auto gepackt und waren in die Türkei gefahren. Ihr Vater hatte sich schon am nächsten Tag auf den Rückweg nach Duisburg gemacht. Aber ihre Mutter war mit ihr und Timur die ganzen Sommerferien bei den Großeltern am Marmarameer geblieben. Ihre Eltern hatten nie mit ihr über den Kuss geredet. Es war nicht nötig gewesen. Yildiz hatte gewusst, was von ihr erwartet wurde. Sie war nicht nur ein türkisches Mädchen, sondern auch Einser-Schülerin, und Leon war der Klassenschläger. Nach den Ferien hatte er ein paarmal versucht, sie anzusprechen. Aber sie hatte ihn nicht einmal angesehen, das ganze neunte Schuljahr über. Dann war er abgegangen. Schon damals hatte sie sich vorgemacht, vernünftig gehandelt zu haben. Dabei war sie nur zu klein gewesen und das Gefühl zu groß.

Sie steuerte den hintersten Winkel des Parkplatzes an. Dort grenzte die asphaltierte Stellfläche an eine von wilden Gräsern und Büschen überwucherte Industriebrache. Yildiz manövrierte den Polo durch eine schmale Schlucht zwischen zwei Vierzigtonnern und holperte auf das unbefestigte Gelände. Gleich hinter den Sattelzügen stand versteckt ein alter, zum Wohnmobil umgebauter Mercedes T2. Darin lebte Leon.

Sie parkte ihren Polo neben dem Wohnmobil und steckte den abgegriffenen Schlüssel ins Schloss. Die Schiebetür glitt geschmeidig zur Seite. Yildiz kletterte hinein. Der vertraute Geruch umfing sie. Leons Geruch.

Als sie sich von Leon das erste Mal mit »nach Hause« hatte nehmen lassen, war sie mehr als skeptisch gewesen. Dass er in einem alten Lieferwagen hauste, hatte ja noch romantisch geklungen. Aber warum kampierte er auf einem Autohof? Gab es keine schöneren Plätze? Schon wenige Wochen später hatte sie ihre rhetorische Frage klar verneint. Und war den ganzen Sommer geblieben. Oft waren sie schon morgens an der Ruhr entlangspaziert, bis zu ihrer Mündung in den Rhein, und hatten auf den Wiesen gefrühstückt. Sie hatten Ausflüge auf seinem Motorrad gemacht. Abends hatten sie vor dem Wohnmobil gesessen, mit Truckern aus Spanien, Bulgarien oder Polen gegrillt und sich deren Geschichten angehört, und in der Nacht hatten sie sich geliebt.

Dann war der Herbst gekommen. Der Unibetrieb war wieder angelaufen, und sie hatte viel nachholen müssen, den ganzen Stoff, den sie in den Semesterferien hatte lernen wollen. Auch Leon hatte sich in Arbeit gestürzt. Tagsüber half er auf dem Autohof, an den Abenden und vielen Wochenenden jobbte er als Türsteher in dem Club, wo sie ihm wiederbegegnet war. Ihre alten Duisburger Freundinnen hatten sie zum Tanzen mitgenommen. Sie hatte ihn sofort erkannt, aber nichts gesagt. Auch er hatte sich nichts anmerken lassen. Sie hatte sich gefragt, ob er sich überhaupt an sie erinnerte. Am nächsten Wochenende war sie wieder in den Club gegangen. Er war freundlich zu ihr gewesen, aber nur so wie zu jedem anderen Gast. Sie hatte eine Weile getanzt und war dann nach draußen gegangen, um ihm Gelegenheit zu geben, sie anzusprechen. Er hatte sie nicht beachtet. Ein anderer Mann umso mehr. Nachdem er sie zuvor schon penetrant angetanzt hatte, war er ihr auf den Parkplatz gefolgt. Sie hatte ihn abgewiesen, doch er hatte die Arme um sie gelegt. Wie aus dem Nichts war Leon aufgetaucht. Er hatte sie die ganze Zeit im Auge behalten, ohne dass sie es bemerkt hatte.

Neben der Tür leuchtete ein kleines Display. Auf den Profilbrettern der Wandverkleidung wirkte es wie ein futuristischer Fremdkörper. Es steuerte die Gasheizung, das einzige neue Teil im Wohnmobil, dessen Inneneinrichtung den Charme eines heruntergekommenen Siebzigerjahre-Partykellers verströmte. Leon hatte die Heizung im letzten Winter eingebaut und gestrahlt wie ein Junge unterm Weihnachtsbaum, als er sie mit fast tropischen Temperaturen überrascht hatte. Sie erinnerte sich genau an den Tag. Am nächsten Morgen hatte er ihr erzählt, dass er für ein paar Monate »einfahren« werde. Erst hatte sie nicht verstanden, was er meinte. Sie hatte von dem Prozess gegen ihn nichts mitbekommen. So wenig, wie sie am Anfang geahnt hatte, dass seine Biker-Freunde, zu deren Treffen er sie nie mitnahm, einer Rockergang angehörten. Nur zufällig hatte sie erfahren, dass der Chef der Security-Firma, für die er als Türsteher arbeitete, Präsident der Death Riders war. Wochenlang hatten sie immer wieder gestritten. Leon hatte alle ihre Argumente trotzig als Vorurteile gegen Rocker abgetan, und sie hatte genauso trotzig darauf beharrt, bis sie erschöpft eine Art Waffenruhe eingingen. Doch die Unbeschwertheit des Sommers war endgültig verschwunden.

Yildiz stellte die Heizung an, schlüpfte aus ihren Kleidern, streifte ein getragenes T-Shirt von Leon über, kletterte auf das Bett unter dem Hochdach und zog die Decke über sich. Sie hatte nicht erwartet, Leon anzutreffen, sie hatte es nur gehofft, gegen jede Vernunft. Aber sie wollte nicht mehr nur vernünftig sein, sie wollte an Leon glauben und an das Versprechen, das er ihr während seiner Haft gegeben hatte. Ein ganzer Monat war seit seiner Entlassung vergangen, und er hatte es noch immer nicht erfüllt. Er brauche Zeit, müsse den richtigen Moment finden, es sei alles nicht so einfach. Er redete sich heraus. Das kannte sie nicht von ihm.

Doch da war noch etwas anderes. Manchmal, wenn er sich unbeobachtet fühlte, lag ein Schatten auf seinem Gesicht. Erst hatte sie geglaubt, es wären dunkle Erinnerungen an die Zeit im Gefängnis. Aber darüber konnte sie mit ihm reden. Es war etwas anderes, das er nicht preisgab. Erst hatte sie es nicht benennen können, doch sie hatte es immer deutlicher gespürt, und es hatte ihr Angst gemacht. Dann hatte sie begriffen, dass es gar nicht ihre eigene Angst war, die sie fühlte, sondern Leons. Der Mann, der sich sonst von nichts und niemandem einschüchtern ließ, fürchtete sich.

Sie hatte keine Ahnung, wovor. Und er würde es ihr nicht sagen.

Sie drehte sich auf den Rücken und blickte durch die Dachluke. Der Himmel ein schwammiges Dunkel im Widerschein der Stadt. Keine Sterne. Sie schloss die Augen.

Vielleicht bekam der Pfarrer etwas aus ihm heraus.

Hoffentlich.

Es hatte angefangen zu regnen. Leon kniff die Augen zusammen. Sein Jethelm besaß kein Visier, sein Gesicht war ungeschützt dem Trommelfeuer platzender Tropfen ausgesetzt. Er sah die Fahrbahn nicht mehr, er konnte sie nur noch erahnen. Er gab Gas. Aber so schnell er auch fuhr, die Bilder in seinem Kopf ließen sich nicht abschütteln.

Etwas Bitteres stieg aus seinem Magen hoch und schnürte ihm die Kehle zu. Er ließ den Gasgriff los, wollte das Motorrad auf der menschenleeren Straße ausrollen lassen, doch schon verkrampfte sich sein Körper im Würgereiz. Reflexartig stieg er auf die Bremse, das Hinterrad brach aus, er versuchte gegenzulenken, geriet auf den Rasenstreifen neben der Fahrspur, die Harley rutschte unter ihm weg und legte sich auf die Seite. Er drückte die Maschine mit den Füßen von sich weg, schlitterte hinter ihr her über das nasse Gras, trudelte kurz vor einer Baumreihe aus, kam hoch auf alle viere und erbrach sich, bis er nur noch Galle spuckte.

Als die Krämpfe nachließen, kroch er zu seinem Bike, richtete sich mühsam auf und atmete ein paarmal tief durch. Dann stemmte er die fünf Zentner schwere Sportster wieder auf die Räder. Er hatte Glück gehabt. Sie war auf die linke

Seite gestürzt. Wäre sie auf der anderen durch den Rasen gepflügt, hätte er nun die beiden Rohre des Doppelauspuffs einsammeln müssen. Notdürftig befreite er die Maschine von schlammigen Grassoden, saß auf und startete den Motor. Der sprang problemlos an.

Den Rest der Strecke fuhr er langsam. Das Adrenalin, das der Sturz durch seine Adern gejagt hatte, verebbte. Die Jeans klebten ihm kalt an den Beinen, und der Regen drang längst auch durch seine aufgeweichte Lederjacke. Er war froh, als er die rote Neonreklame des Autohofs sah.

Noch war alles ruhig auf dem Parkplatz, aber schon in ein, zwei Stunden würden die ersten Trucks vom Hof rollen. Er steuerte sein Motorrad durch eine Lücke zwischen zwei Sattelzügen. Dann sah er den Polo. Abrupt bremste er ab. Er blickte zum Wohnmobil. Alles dunkel. Wahrscheinlich lag sie in seinem Bett und schlief. Wenn er sich dazulegte, würde sie aufwachen. Sie würde sofort merken, dass etwas mit ihm nicht stimmte, sie merkte es immer, und sie würde Fragen stellen. Er konnte es ihr nicht erklären. Er würde wieder lügen müssen. Aber dazu hatte er nicht die Kraft, nicht nach dieser Nacht, nicht mit diesen Bildern im Kopf, nicht nach dem, was er getan hatte.

Eilig versuchte er zu wenden. Zu spät. Im Wohnmobil ging das Licht an. Sie hatte ihn gehört. Verdammte Harley! Er liebte ihren typischen Sound, aber in diesem Moment hätte er sie sofort gegen eine vollverkapselte Japan-Schüssel eingetauscht. Er war drauf und dran, einfach Gas zu geben. Da glitt auch schon die Schiebetür auf.

»Leon?«

Sie trug eines seiner alten Shirts, natürlich. Durch den dünnen Stoff sah er ihren Körper wie einen Schattenriss in dem hellen Türausschnitt. Nein, sie musste hier weg. Weg von ihm. Sofort.

Er stellte den Motor ab und stieg von der Harley.

»Hey«, begrüßte sie ihn leise.

Im Gegenlicht konnte er ihre Miene nicht sehen. Aber das war auch nicht nötig. Es lag alles in dem einen Wort: Liebe, Vorwurf, Sorge, Hoffnung. Er musste nicht nach der Wut suchen, die er brauchte.

»Du hast mir einen Pfaffen auf den Hals gehetzt!«

Sie zögerte. »Willst du nicht erst mal reinkommen? Du bist doch bestimmt nass bis auf die Haut.«

»Warum machst du so einen Scheiß?« Er schrie sie an, sah, wie sie zusammenzuckte. Als hätte er sie geschlagen.

»Es tut mir leid, ich ...« Sie stutzte. Und starrte auf seine Kutte. »Was hast du da an?«

Scheiße! Er hatte vergessen, sie auszuziehen. Er hatte sie heute bekommen. »Wonach sieht's denn aus?«

»Du hattest mir was versprochen.« Ihre Stimme zitterte.

Sie starrte ihn an. Er schwieg. Abrupt drehte sie sich um. Er rührte sich nicht vom Fleck. Durch die offene Tür beobachtete er, wie sie sich sein T-Shirt vom Leib riss, wütend ihre Sachen zusammenraffte und nur das Nötigste überstreifte. Dann stürzte sie aus dem Wohnmobil. Ohne ihn noch einmal anzusehen, stieg sie in ihren Wagen und fuhr davon.

Er stand da und sah die Rücklichter zwischen den Lkw verschwinden.

31

03

Karl Stankowski liebte das Novemberwetter. Die Kollegen hatten es lieber trocken. Sie hielten ihn für bescheuert. Wie konnte man darauf stehen, bei Regen, Hagel oder Schnee mit dem Schneidbrenner alte Grubenwagen oder Heizkessel auseinanderzuschneiden? Oder im Führerstand des großen Greifkrans zu hocken, wenn einem der Wind um die Ohren pfiff und man die Hand kaum vor Augen sehen konnte? Doch je mieser das Wetter, desto mehr Spaß machte Stankowski der Job. Er fühlte sich lebendiger. Warum, wusste er selbst nicht. Wenn er zu Hause war, hasste er das Scheißwetter wie jeder andere auch.

Er war nicht gern zu Hause. Nicht seit Elly ihre Koffer gepackt hatte. Diese scheiß Auswandererserien waren schuld. Vielleicht wäre sie noch da, wenn sie die nicht ständig geguckt hätte.

Wenigstens konnte er jetzt in seiner Küche rauchen. Stankowski steckte sich die dritte Zigarette an und starrte hinaus in den trüben Morgen.

Er musste Überstunden abfeiern. Der Platzmeister hatte ihm keine Wahl gelassen. Von allen Kollegen hatte Stankowski die meisten Überstunden angesammelt. Sie machten sich schon lustig über ihn. Hatte er kein Zuhause? Hatte er nicht. Nicht mehr, seit Elly weg war. Die andern wussten das. Sie wussten, dass sie abgehauen war und dass er lieber auf dem Platz war als in seinen siebzig Quadratmetern. Sie verstanden es.

Er knüllte die leere Zigarettenschachtel zusammen, zielte auf den Mülleimer, warf daneben, zog seine Regenjacke an und ging runter zum Automaten. Als er die Packung in seine Tasche steckte, beschloss er, sich den Tag nicht selbst zu vermiesen. Er würde gemütlich frühstücken, allein. Er ging zum Edeka zwei Ecken weiter, kaufte Brötchen, Schinken, Butter und die BILD.

Ob es auf Mallorca jetzt wohl auch regnete? Wahrscheinlich nicht. Bestimmt saß sie gerade in einem Café in der Sonne und schlürfte Cappuccino oder was sie sonst brauchte, um sich selbst zu verwirklichen.

Er brach das Brötchen in zwei Hälften, drückte die Butter in das weiche Innere, klemmte drei Scheiben Schinken dazwischen und biss hinein.

Irgendwie verstand er sie. Er war im Viertel geboren, hatte immer hier gelebt. Seit er von der Schule abgegangen war, arbeitete er auf dem Platz. Mehr brauchte er nicht. Was sollte er auf Mallorca?

Auf dem Spielplatz mit den rostigen Klettergerüsten schräg gegenüber schlurfte eine Gestalt von einem Papierkorb zum anderen und stocherte mit einem alten Regenschirm darin herum. Rohde, Hartz IV, suchte Pfandflaschen. Hoffte wohl, so früh am Morgen würde ihn keiner dabei sehen.

Vielleicht war auch der verdammte Spielplatz schuld. Jeden Tag die Kinder da unten. Vielleicht war sie nicht mehr damit klargekommen. Sie hatten auch Kinder gewollt. Hatte aber nie geklappt. Irgendwann waren sie zum Arzt gegangen. Zuerst er, aber bei ihm war alles okay. Dann sie. Diagnose: verklebte Eileiter. Man konnte nichts machen. Ein Gottesurteil sozusagen, aber er glaubte nicht an Gott. Der Arzt hatte was von Möglichkeiten erzählt, künstliche Befruchtung und Labor, aber das hatten sie nicht gewollt, er jedenfalls nicht. Man sollte nicht alles erzwingen.

Er dachte oft daran, wenn er allein war. Auf der Arbeit nie. Keine Ahnung, wieso er ausgerechnet jetzt darauf kam. Ach ja, Rohde, der auf dem Spielplatz den Müll durchsuchte.

Immer noch ein Scheißtag, dachte er.

Sein Handy vibrierte auf dem Wachstuch des Küchentisches. Holthusen, der Platzmeister, sein Chef. Eine Viertelstunde später war Stankowski unterwegs. Mit seiner alten Kreidler brauchte er für die drei Kilometer nur fünf Minuten. Routiniert suchte er sich seinen Weg über den von Kippladern zerpflügten, mit Pfützen übersäten Hauptweg des Schrottplatzes. Vor dem Flachbau mit der Umkleide hielt er an.

Außer ihm war niemand drinnen, die Schicht hatte schon vor gut einer Stunde angefangen. Er holte seine Arbeitshose und -jacke aus dem Metallspind, zog die Arbeitsschuhe mit den Stahlkappen und säurefesten Sohlen an, streifte die orangefarbene Warnweste über und setzte den

Helm auf. Dann steckte er Arbeitshandschuhe, Schutzbrille, Walkie-Talkie und Zigaretten ein und machte sich auf den Weg.

Als er ins Freie trat, kam der Platzmeister schon auf ihn zu.

»Kalle! Gut, dass du da bist. Wir haben heute vierzig Einheiten. Die müssen weg. Ich brauch den Platz.«

Werner Holthusen war ein Phänomen. Hätte ihn jemand mitten in der Nacht aus dem Tiefschlaf gerissen, er hätte haargenau sagen können, was auf dem riesigen Schrottplatz wo lag und in welcher Menge. Ohne Computer.

»Was ist passiert?«

»Koonz. Ist abgerutscht. Mit dem Bein zwischen die Stufen. Gebrochen.«

Holthusen meinte die Metallsprossen der Leiter, über die man in die Kabine des Greifkrans mit dem tonnenschweren Greifer gelangte. Bei Regen oder wenn es schneite, konnten sie verdammt glatt sein. Man wusste das und passte entsprechend auf. Aber niemand war perfekt.

»Scheiße!«

»Der Krankenwagen ist vor zehn Minuten weg. Danke, dass du die Schicht übernimmst.«

»Kein Problem. Bin sowieso nicht scharf drauf, Überstunden abzufeiern. Die Kohle wär mir lieber.«

»Darüber reden wir noch.«

Stankowski nickte.

»Dann hau rein.«

Die Autohalde lag fast am Ende des Platzes, hinten beim

Schredder, gut fünfhundert Meter weit weg. Er steckte sich eine Zigarette an und marschierte los.

Die Arbeit auf dem Platz war nicht ungefährlich. Kipplaster, Radlader und Gabelstapler donnerten ständig an einem vorbei. Greifkräne, Schrottpressen, Metallschredder und Schneidbrenner konnten einen schneller zum Invaliden machen, als einem lieb war, und die Sprenggrube, in der sie Metallobjekte, die sie anders nicht klein kriegten, mit Dynamit zerlegten, sowieso.

Er liebte die rohe Kraft der Maschinen, schon mit zwölf hatte er sich hier rumgetrieben, egal, wie oft die Männer ihn weggejagt hatten. Er hatte sich nie etwas Schöneres vorstellen können, als hier zu arbeiten.

Der Regen hörte auf. Es roch nach rostigem Metall, Öl und Gummi.

Sie würden für Koonz sammeln, ein paar Kollegen würden ihn besuchen und frotzeln, dass er fein raus sei mit seinem Bein und jetzt gemütlich krankfeiern könne. So war es bei ihm gewesen vor fünf Jahren, als er von der Arbeitsbühne gefallen war und sich die Hüfte gebrochen hatte. Inklusive Reha war er vier Monate ausgefallen. Er war fast verrückt geworden.

Die trockengelegten und demontierten Autos standen schon vor der Autopresse bereit. Er musste sie nur noch nacheinander mit dem Greifkran in die Presse heben, wo fünf hydraulische Stahlplatten sie in kompakte Quader verwandeln würden.

Vor der Leiter, die zum Führerstand hinaufführte, blieb er stehen. Hatte Koonz die Wagen schon gecheckt? Man warf immer einen letzten Blick in die Kofferräume für den Fall, dass irgendein Idiot eine Flüssiggasflasche darin vergessen hatte. Musste er wohl, wenn er schon auf dem Weg in den Führerstand gewesen war.

Er kletterte die sieben Sprossen nach oben, heute noch konzentrierter als gewöhnlich, und nahm seinen Platz im Führerhaus ein. Von hier hatte er sowohl die Fahrzeuge als auch das Innere der Presse im Blick.

Der erste Wagen war ein weißer Opel Ascona. Stankowski setzte die Lärmschutzkopfhörer auf. Mit dem Joystick manövrierte er den Greifer über das Fahrzeug, die Zähne stießen durch die Scheiben in Fond und Heck, das Fahrzeug wurde am Dach in die Höhe gehoben, der Ausleger schwang herum. Stankowski setzte den Ascona sanft in der Pressmulde ab, dann startete er den Pressvorgang. Das Kreischen, mit dem Stahl über Stahl kratzte, drang gedämpft durch die Kopfhörer. Beim ersten Druck der seitlichen Pressflächen sprang der Deckel des Kofferraums auf.

Mit einem Stoß entwich die Luft aus Stankowskis Lunge. Er starrte in den Kofferraum. Es war, als hätte ihn eine eiskalte Faust im Magen getroffen. Er drückte den Nothaltknopf.

Ohne dass er den Blick vom Inhalt des Kofferraums nahm, wanderte seine Hand zum Walkie-Talkie. Er drückte die Ruftaste. Es knackte im Lautsprecher.

»Ja?«

»Holthusen? Ruf die Bullen!«

Dann stieß er die Tür des Führerstands auf und kotzte auf die Sprossen der Leiter.

04

Der Kaffee schmeckte nach Benzin. Das Brötchen, das Früh-
stücksei, sogar das Wasser, mit dem er nachspülte – alles
hatte diesen giftigen Beigeschmack. Doch nicht die Lebens-
mittel waren die Ursache. Bauer hatte das Gefühl, aus jeder
Pore seines Körpers Kraftstoff auszudünsten.

Auch Marie schien den Geruch wahrzunehmen. Sie lag
in ihrer Babywippe, er hatte sie auf den Küchentisch gestellt.
Sie hasste es, auf dem Boden zu stehen. Bauer konnte das
gut nachvollziehen, auch er war lieber auf Augenhöhe mit
seiner Tochter. Wie jeden Morgen beobachtete sie ihn aufmerksam. Ihr Blick folgte seinen Bewegungen, wenn er einen Schluck Kaffee nahm, von seinem Brötchen abbiss oder
die Zeitung umblätterte. Sie mochte das Rascheln des dünnen Papiers. Er zeigte ihr die abgedruckten Fotos, die ihm
geeignet schienen, zumeist aus dem Panorama- oder dem
Lokalteil. Heute war es das Bild eines neugeborenen Zwerg-
flusspferdes aus dem Duisburger Zoo. Die Lokalredaktion
hatte die Patenschaft über das kleine Dickhäutermädchen
übernommen und rief zur Namensfindung auf. Dem Gewin-

ner der Aktion winkte eine Familienjahreskarte für den Tierpark am Kaiserberg.

»Wie wäre es mit Marie?«, fragte Bauer seine Tochter, während er sich mit der Zeitung über sie beugte.

Marie musterte ihn mit gerunzelter Stirn und ruderte mit den Armen. Es wirkte wie eine Abwehrbewegung.

»Damit wollte ich nicht sagen, dass ihr euch ähnlich seht«, nahm Bauer sich zurück.

Sie hatte noch kein einziges Mal gelächelt, seit er sie aus ihrem Beistellbett geholt hatte. Seine Frau hatte noch tief geschlafen, Marie dagegen schon leise vor sich hin gebrabbelt. Morgens war sie meist vor ihrer Mutter wach. Dann nahm er sie mit hinunter in die Küche und machte Frühstück.

So auch heute. Anders als sonst jedoch hatte er die Nacht nicht im Ehebett verbracht. Nach seiner Heimkehr aus dem Hauptquartier der Death Riders war er direkt in die Waschküche gegangen, hatte dort seine Kleider ausgezogen und sie in die Waschmaschine gesteckt. Danach hatte er sich unter der Dusche das Benzin von der Haut geschrubbt, war hinauf ins Dachzimmer gestiegen und hatte sich in Ninas Bett gelegt.

Am Anfang seiner Elternzeit hatte er öfter im leer stehenden Zimmer seiner Ältesten übernachtet. Sarah hatte dies vorgeschlagen, damit wenigstens er ungestört schlafen konnte. Er war trotzdem meist wach geworden, wenn Marie in der Nacht lautstark nach der Brust ihrer Mutter verlangte. Bald hatte er sich ausgeschlossen gefühlt und war ins Schlafzimmer zurückgekehrt. Sarah hatte sich über ihn lustig gemacht, aber auf eine Art, die ihn spüren ließ, dass sie seine unvernünftige Solidaritätsbekundung durchaus zu schätzen wusste. Seitdem war Schlafentzug für sie beide zum Normalzustand geworden, und Bauer kam damit besser zurecht als seine Frau.

Die alte Holztreppe knarrte. Sarah kam herunter.

Bauer war in diesem Haus aufgewachsen. Spätestens seit seiner Jugend wusste er, welche Stufen er vermeiden musste, um die Treppe geräuschlos hinauf- oder hinunterzugelangen. Am Abend zuvor hatte er sein Wissen genutzt, zum ersten Mal seit Langem.

Sarah betrat im Morgenmantel die Küche und lächelte ihn an. »Ich habe dich heute Nacht vermisst. Wolltest du endlich mal wieder durchschlafen?«

Er erwiderte das Lächeln mit einem schlechten Gewissen und antwortete mit einer Gegenfrage: »Kaffee?«

»Unbedingt!« Arglos wandte sie sich Marie zu, die sofort zu strahlen begann. »Guten Morgen, mein kleines Nachtgespenst.«

Er hatte ganz und gar nicht durchgeschlafen. Immer wieder war er hochgeschreckt, den ätzenden Geschmack von Benzin in der Kehle, die Feuerzeugflamme vor Augen, die Angst vor einem qualvollen Tod in den Knochen. In seinen kurzen Traumphasen war er in einem brennenden Autowrack eingeklemmt gewesen, auf einem Scheiterhaufen hingerichtet worden und im Feuersee aus der Offenbarung des Johannes versunken.

Leon hatte ihn nicht angezündet, sondern unter dem Hohngelächter der Biker vom Hof gejagt. Bisher hatte Bauer geglaubt, sich auf seine Intuition verlassen zu können. Diesmal hatte er die Situation völlig falsch eingeschätzt. Weil er Leon falsch eingeschätzt hatte? Es schien die einzig logische Erklärung. Er war ihm nie zuvor begegnet, alles, was er über ihn wusste, hatte er aus zweiter Hand, und der brutale Angriff war allein von Leon ausgegangen, keiner der Biker hatte sich eingemischt. Im Gegenteil, der Gewaltausbruch ihres Prospect hatte sie offenbar ebenso überrascht wie Bauer selbst. Situation und Aktion hatten nicht zusammengepasst, nicht einmal für diese Männer, die sich geradezu über ihre Gewaltbereitschaft definierten. Und warum hatte Leon gelogen und so getan, als gehörte Bauer dem Kleingartenverein an, mit dem der Rockerclub anscheinend im Clinch lag? Nur, um die Attacke vor seinen Kollegen zu rechtfertigen?

Sarahs Stimme unterbrach Bauers Überlegungen: »Hallo? Willst du heute keinen Kuss?«

»Doch, natürlich«, antwortete er eilig.

Aber sie zögerte. »Wo bist du mit deinen Gedanken?«

»Noch im Tiefschlaf?«, versuchte er zu scherzen.

»Ich bin so neidisch.« Sarah gähnte, beugte sich zu ihm herunter und wollte ihn küssen. Doch plötzlich stutzte sie. »Wonach riechst du?«

Er hatte die Frage erwartet, schon in der Nacht, als er die Treppe hinaufgeschlichen war. Er hatte nach einer Ausrede gesucht, nach einer Möglichkeit, das, was geschehen war, weniger dramatisch erscheinen zu lassen. Ein Reflex, den er sich in den letzten Jahren antrainiert hatte. Als Polizeiseelsorger war es seine Aufgabe zu helfen. Traumatisierten Polizisten, verletzten Opfern, Tätern, die kurz vorm Durchdrehen standen – Menschen in Extremsituationen. Er hatte oft mehr riskiert als jeder Polizeibeamte. Dies war ein ständiger Streitpunkt in ihrer Ehe gewesen, der sogar zu einer zeitweiligen Trennung geführt hatte.

»Benzin«, antwortete er.

Sie sah ihn beunruhigt an. »Was ist passiert?«

Er erzählte es ihr, beschönigte nichts, ließ nichts aus. Sie nahm Marie aus der Wippe und drückte sie an sich, als wollte sie ihr Kind schützen, ihre Familie. Als er geendet hatte, setzte sie sich auf seinen Schoß, mit Marie auf dem Arm. Früher hätte Sarah ihm Vorwürfe gemacht. Doch nun lag die Sache anders. Er war nicht als Polizeiseelsorger zu Leon gegangen, sondern weil seine Frau ihn darum gebeten hatte. Sie hatte ihn in Gefahr gebracht. Er spürte deutlich ihre Erschütterung. Sie legte ihm die Hand an die Wange.

»Er hätte dich umbringen können.«

»Ich glaube nicht, dass er das vorhatte.«

Sie musterte ihn prüfend. »Du magst ihn.«

»Er hat ein gutes Gesicht. Jedenfalls dachte ich das im ersten Moment.«

Nachdenklich schüttelte sie den Kopf. »Warum hat er das getan? Ich verstehe es nicht.«

»Ich auch nicht.«

Offenbar ging es Sarah wie ihm: Leons Gewaltausbruch passte nicht zu dem Bild, das Yildiz von ihrem Freund gezeichnet hatte.

»Habe ich dir erzählt, dass sie sich verlobt haben?«, fragte sie unvermittelt.

Er schüttelte überrascht den Kopf. »Macht man das heute noch?«

»Er schon, als er in Haft war. Er hat ihr einen Ring geschmiedet, in der Gefängnisschlosserei. Yildiz sagt, es war ein doppeltes Versprechen. Nicht nur, sie zu heiraten, sondern auch, die Rocker-Gang zu verlassen.«

Sie schwiegen. Marie nuckelte schmatzend an ihren Fäusten. Sie bekam Hunger. Man hätte die alte Küchenuhr nach ihr stellen können. Die stammte aus den Siebzigern und hing auch seitdem an der Wand über der Tür.

»Zeigst du ihn an?«, fragte Sarah.

»Nein.«

»Was willst du dann tun?«

»Was soll ich tun?«

Er überließ ihr die Entscheidung. Wie weit ging ihre Empathie? Ihre Nächstenliebe? Wie viel war sie bereit zu riskieren? Er sprach seine Gedanken nicht aus. Aber das musste er auch nicht.

Sie lächelte ihn ernst an. »Du genießt es, dass ich mal in deinem Dilemma stecke, gib's zu!«

»Könnte schon sein«, erwiderte er schief grinsend.

Ihr Lächeln verschwand. »Vermisst du es?«

»Kein bisschen«, antwortete er, ohne nachzudenken.

Marie fing an zu schimpfen. Sie krallte die kleinen Finger in Sarahs Bademantel und grub das Gesicht in den Frotteestoff.

Sarah lachte. »Wie dein Vater: mit dem Kopf durch jede Wand.« Dann wandte sie sich wieder an ihn. »Du solltest mit Yildiz reden. Erzähl ihr, was passiert ist. Aber du musst nicht für jeden Menschen die Welt retten.«

Er nickte. Es fiel ihm leicht. Womöglich weil die Welt, die Sarah meinte, nicht mehr seine war.

05

Die Wohnung lag in der obersten Etage eines vierstöckigen Gründerzeithauses am Rand des Dellviertels.

Sie hatte dem Makler am Telefon erklärt, sie werde sich auf keinen Fall mit einem Dutzend weiterer Bewerber im Treppenhaus herumdrücken. Am anderen Ende der Leitung war es still geblieben. Und wenn schon. Sie suchte eine Wohnung und keine Freunde in der Immobilienbranche. Aber etwas in ihrer Stimme hatte den Mann bewogen, nicht sofort aufzulegen. Er hatte sie nach ihrem Beruf gefragt. Danach war es einfach gewesen.

Jetzt stand sie im Wohnzimmer. Hundertvierzig Quadratmeter Massivparkett, verteilt auf fünf Zimmer, eine Wohnküche, zwei geschmackvoll gekachelte Bäder, hohe Decken, hohe Fenster, Fernwärme und eine Terrasse, auf der man problemlos hätte Badminton spielen können. Zentral gelegen, zentraler ging es kaum. Blickte man aus einem der Fenster nach Norden, sah man über den Dächern der Häuser die Gipfel der Bäume im Kantpark. Zum Polizeipräsidium brauchte man zu Fuß drei Minuten. War das ein Plus? Wollte sie überhaupt so nah bei ihrem Arbeitsplatz wohnen?

Es war die vierte Wohnung, die sie sich ansah, und sie erkannte, dass ihr Laminat oder Parkett, Wannenbad oder Regendusche, Innenstadt oder Vorort völlig egal waren. Das Einzige, was sie wollte: endlich das Haus hinter sich lassen, in dem sie die vergangenen zehn Jahre mit ihrem Freund gelebt hatte.

Elmar war Jazzmusiker und drogensüchtig. Letzteres war für eine leitende Hauptkommissarin ein Problem. Sie hatte es geheim gehalten. Ein Wunder, dass es bis zum Schluss funktioniert hatte. Jetzt war es vorbei. Nach seinem x-ten Rückfall hatte sie beschlossen, keine Co-Abhängige mehr sein zu wollen.

Er hatte seine Saxofone und seine Plattensammlung in seinen alten 200er-Diesel gepackt und war verschwunden. Sie hatte auf die Tränen gewartet, aber die hatte sie in zehn Jahren schon alle verbraucht. Ihr Blick war durch die ohne ihn merkwürdig »leeren« Räume gewandert. Dann hatte auch sie das Nötigste eingepackt und war in eine Pension gezogen.

»Wie sieht's aus, Frau Hauptkommissarin? Lage, Ausstattung, Mieterprofil – alles erste Sahne. Die Miete ist angemessen.«

Der Makler hatte recht. In Düsseldorf oder Köln hätte man für eintausendzweihundert Euro höchstens achtzig Quadratmeter bekommen. Der Klingelton ihres Smartphones unterbrach ihre Gedanken. Hauptkommissar Marantz war dran, Einsatzleiter beim Kriminaldauerdienst.

Marantz und seine Leute standen rund um die Uhr bereit. Sie übernahmen bei schweren Verbrechen den ersten

Sicherungs- und Auswertungsangriff, führten unaufschiebbare Sofortmaßnahmen durch, ordneten Sofortfahndungen an und koordinierten die Spurensicherung. Dohr mochte Marantz. Der etwa fünfzig Jahre alte Ermittler war intelligent, uneitel und kompetent. Und dann war da noch etwas, eine Energie, die Dohrs Herzschlag um ein paar Schläge beschleunigte, wenn sie seine Stimme hörte.

Sie meldete sich, hörte kurz zu, dann erklärte sie, sie mache sich sofort auf den Weg. Sie steckte ihr Smartphone ein und straffte sich.

Der Makler sah sie fragend an. Okay, wieso nicht.

»Ich nehme sie, vorausgesetzt, ich kann sofort einziehen.«

»Mit sofort meinen Sie …?«

»Ich brauche die Schlüssel – jetzt.«

Verena Dohr stand auf der obersten Sprosse einer Trittleiter und starrte in die Pressmulde der hydraulischen Schrottpresse. Die Vorstellung, in einem Pkw zu sitzen und in weniger als einer Minute zu einem handlichen Paket zusammengequetscht zu werden, verursachte bei ihr einen ähnlichen Sog wie der Blick von einem sehr hohen Gebäude.

Die Maschine wurde von einem einzigen Mann bedient. Mit seinem Greifkran hob er die Fahrzeuge in die Pressmulde, verwandelte sie in Schrottwürfel, die er anschließend ordentlich aufeinanderstapelte. Jetzt hockte er zehn Meter entfernt auf einer Holzpalette, starrte auf den Boden und merkte nicht, dass die Glut der Zigarette, von der er nur einen Zug genommen hatte, seine zitternden Finger erreicht hatte.

Ihr Blick kehrte zurück zu dem, was früher mal ein weißer Opel Ascona gewesen war. Reifen, Scheiben und Sitze fehlten, die Motorhaube war zerbeult. Die Kofferraumklappe war aufgesprungen, weshalb der Maschinenführer von seinem Platz im Führerstand des Greifkrans dasselbe gesehen hatte wie jetzt die Hauptkommissarin von ihrer Leiter aus.

Der Ausdruck auf dem schmalen Gesicht der Frau in dem grünen ärmellosen Etuikleid wirkte seltsam überrascht. Dohr schätzte sie auf Mitte zwanzig. Sie war etwa eins fünfundsechzig groß und wog um die sechzig Kilo. Ihre Bräune kam von der Sonnenbank. Sie war barfuß, die Zehennägel in einem blassen Pink lackiert, passend zum Lippenstift. Die künstlichen Fingernägel waren dezent perlweiß lackiert. Drei waren abgebrochen. Um das rechte Fußgelenk trug sie ein goldenes Fußkettchen.

Weder an Armen noch an den Beinen waren Verletzungen oder Abwehrspuren zu entdecken. Der Körperhaltung nach zu urteilen hatte man sie nicht in den Kofferraum gelegt, sondern geworfen.

Die roten Pumps der Frau lagen hinter einem rostigen Werkzeugkasten.

Dohr war zum ersten Mal hier. Die Schrottinsel, eigentlich eine Halbinsel, die entstanden war, als man drei neue Hafenbecken angelegt hatte, war berühmt. Europas größter Schrottplatz. Bisher hatte sie hier noch nie zu tun gehabt.

Ein Streifenwagen mit rotierendem Blaulicht hatte die

einzige Zufahrtsstraße blockiert. Zwei uniformierte Kollegen in Regenjacken hatten sie durchgewinkt. Sie war an mehreren Hallen vorbeigerollt. Vor einer der Hallen hatte Hauptkommissar Marantz gerade einem seiner Leute Anweisungen gegeben. Beide hatten die üblichen weißen Schutzanzüge getragen. Sie hatte direkt neben ihm gehalten.

Er hatte gelächelt. »Hast du Gummistiefel dabei?«

Was für eine nette Begrüßung. »Dir auch einen guten Morgen, Herr Kollege.« Sie war ausgestiegen, hatte Regenjacke und Gummistiefel aus dem Kofferraum geholt und angezogen. Dann war sie in den Schutzanzug geschlüpft, der im Kofferraum immer bereitlag.

Er deutete auf den Fahrweg, wo die Kipplader breite Spuren hinterlassen hatten. »Reifenspuren können wir vergessen. Da lang.«

Auf dem Weg zu ihrem Ziel informierte Marantz sie knapp und präzise über den Stand der Dinge. Der Anruf war um 9.17 Uhr beim KDD eingegangen. Marantz war mit seinem Team sofort ausgerückt. Nachdem er sich einen ersten Überblick verschafft hatte, hatte er entschieden, die gesamte Halbinsel abzusperren und den Betrieb einstellen zu lassen. Dohr wollte wissen, wieso hier überhaupt am Wochenende gearbeitet wurde. Schließlich ging es um – na ja, Schrott.

»Schrott?« Marantz machte eine ausholende Handbewegung. »Was du hier siehst, sind wertvolle industrielle Rohstoffe. Hat mir der Platzmeister erklärt. Die müssen auch Liefertermine einhalten.«

Marantz hatte alle Mitarbeiter, insgesamt fünfzehn, im Pausenraum versammelt.

»Verdächtige?«

»Das müsst ihr selbst entscheiden, aber soweit ich das sehe, eher nicht. Der Platzmeister, Holthusen heißt er, darf rumlaufen, den brauchen wir, damit er uns erklärt, was hier auf dem Gelände was ist.«

Nach dem Anruf von Marantz hatte Dohr sofort Karman benachrichtigt. Er war ihr Stellvertreter und hatte die Wochenendbereitschaft. Er hatte alle erreichbaren Mitglieder des Teams alarmiert.

»Schon welche da von meinen Leuten?«, fragte sie.

Marantz' Blick bekam etwas Verschlossenes. »Dein Hauptkommissar, dieser Karman – wir werden wohl so schnell keine Freunde. War schwer beleidigt, dass ich ihn nicht zuerst alarmiert habe. Hat was von Dienstweg gequatscht.«

Dohr entschied sich, das nicht zu kommentieren. Hauptkommissar Guido Karman hasste sie. Er war ein Intrigant und hatte schon mehrmals versucht, sie von ihrem Posten zu verdrängen. Aber das ging außer ihr niemanden etwas an.

Marantz hatte begriffen. Er nickte wieder. »Deine Kollegin Oberkommissarin Coenes ist schon da.«

War ja klar, dachte Dohr. Senta Coenes war eine engagierte Ermittlerin. In ihrer früheren Dienststelle beim KK 21 in Bonn war sie gemobbt worden.

Marantz entschuldigte sich, er musste zu seinen Leuten, die begonnen hatten, die Arbeiter zu befragen. Konnten

Dohrs Leute das jetzt übernehmen? Dohr bejahte. Sie stieg in ihren Wagen und fuhr weiter.

Der Fundort war schon von Weitem auszumachen. Sie hielt an einem Heckkipper mit mannshohen Reifen. Als sie ausstieg, kam eine Gestalt auf sie zu. Karman. Er war stinksauer.

»Willst du mich hier lächerlich machen? Wie kommt dein Kumpel Marantz dazu, meine Anweisungen zu konterkarieren?«

»Jetzt warte mal, Guido …«

Aber Karman war auf hundertachtzig. »Die Spusi, Jürgens, alle wollen ihre Arbeit machen! Und der Kerl verlangt, dass wir auf dich warten? Ich bin dein Stellvertreter, verdammt noch mal!«

Sie hätte ihm erklären können, dass sie die Verzögerung weder beabsichtigt noch zu verantworten hatte. Aber damit hätte sie Marantz den Schwarzen Peter zugeschoben.

»Es war ein Missverständnis. Tut mir leid.« Sie hörte selbst, wie lahm das klang.

»Davon erfährt Lutz, darauf kannst du dich verlassen!« Er machte kehrt und stapfte davon.

Polizeidirektor Lutz war ihr Vorgesetzter. Und sie war ihm ein Dorn im Auge. Er hatte Karman auf ihrem Posten gewollt, war aber gescheitert. Seiner Ansicht nach ausschließlich dank einer imaginären Frauenquote. Jetzt versuchte er, Dohr wieder loszuwerden.

Dr. Jürgens klopfte gegen die Leiter. »Können wir dann?« Der Rechtsmediziner wurde langsam ungeduldig.

Sie hatte genug gesehen. Sie stieg von der Leiter und

gab das Startsignal. Der Platzmeister kletterte in den Greifkran, hob das halb zerquetschte Fahrzeug aus der Presse und setzte es auf einem Tieflader ab. Der Rechtsmediziner, der Polizeifotograf und Sylvia Kühne von der Spusi kletterten auf die Ladefläche. Mögliche Spuren an der Autopresse und in ihrer direkten Umgebung waren bereits aufgenommen worden. Relevanter war ohnehin der Platz, an dem der demontierte Ascona darauf gewartet hatte, in einen Schrottwürfel verwandelt zu werden. Aller Wahrscheinlichkeit nach war die Frau dort in den Kofferraum gelegt worden.

Dohr ging vorerst davon aus, dass die Frau zu dem Zeitpunkt bereits nicht mehr gelebt hatte. Sie hoffte es zumindest. Dass der Fundort möglicherweise doch der Tatort war, schloss sie zu diesem Zeitpunkt allerdings nicht aus. Diese Frage musste Dr. Jürgens klären.

Sie schickte Coenes und Oberkommissar Aast, der inzwischen ebenfalls eingetroffen war, zum Aufenthaltsraum. Da würden sie die Kollegen vom KDD ablösen und den Arbeitern ein Foto der Toten zeigen, vielleicht erkannte sie ja jemand. Irgendwie musste die Frau, tot oder lebendig, auf den Schrottplatz gekommen sein. Sobald sie von Dr. Jürgens die Fingerabdrücke des Opfers bekamen, würde Karman sich auf die Identifizierung konzentrieren. Sie selbst würde mit dem Platzmeister sprechen. Er musste ihr die Abläufe auf dem Schrottplatz erklären. Danach würde sie sich den Mann vornehmen, der die Tote entdeckt hatte.

Sie fand Holthusen im Pausenraum. Von ihm erfuhr sie, dass zu verschrottende Fahrzeuge zuerst im vorderen Bereich des Platzes trockengelegt und demontiert wurden.

Alle Flüssigkeiten wurden abgelassen, Reifen, Batterien, Akkus und Airbags ausgebaut. Am Ende blieben nur noch Metall, etwas Plastik und Gummi übrig. Eine tote Frau wäre dabei keinesfalls übersehen worden. Anschließend wurden die ausgeschlachteten Karossen zur Autopresse transportiert. Dort wurden sie zu Würfeln gepresst, die direkt auf die Schiffe verladen wurden, die unter dem Verladekran anlegen konnten.

Der Ascona war am Vortag trockengelegt und demontiert worden. Er war das Erste in der Reihe von vierzig Fahrzeugen gewesen, die heute in die Presse kommen sollten. Nach Ansicht des Platzmeisters konnte die tote Frau nur in der Nacht in den Kofferraum gelangt sein. Das warf die Frage nach dem Wie auf. Das Werkstor war am Vorabend gegen 18.30 Uhr verschlossen worden. Es war der einzige Zugang zum Gelände, außer man legte mit einem Boot an der Schrottinsel an. Dohr wählte Marantz' Nummer und erfuhr, dass seine Leute keine Einbruchsspuren festgestellt hatten. Vom Tor bis zur Autopresse waren es etwa sechshundert, von der nächstgelegenen Anlegestelle gut zweihundert Meter. Unwahrscheinlich, dass jemand die Frau so weit getragen hatte.

»Keine schlechte Idee, so eine Schrottpresse, wenn man eine Leiche verschwinden lassen will«, überlegte Dohr laut.

Holthusen schüttelte den Kopf. »Nur wenn man keine Ahnung von den Arbeitsabläufen hat.«

Dohr fragte ihn, was er meinte.

»Meine Leute sehen immer noch mal in jeden Kofferraum, bevor sie die Fahrzeuge in die Presse laden. Sicher ist sicher. Wegen der Gasflaschen. Campinggas und so. Wenn die hochgehen, will man nicht in der Nähe sein.«

»Wieso hat Ihr Mitarbeiter die Frau dann erst gesehen, als der Wagen schon in der Presse lag?«

Holthusen überlegte. »Er hat wohl gedacht, Koonz hätte schon kontrolliert.«

Koonz?

Dohr erfuhr, dass der Maschinenführer, der die Leiche gefunden hatte, für einen Kollegen eingesprungen war: Herbert Koonz. Koonz war bei Arbeitsantritt auf der Leiter des Greifkrans gestürzt und hatte sich ein Bein gebrochen.

Nächste Frage: Wer hatte Schlüssel für das Werkstor? Holsthusen nannte drei Namen, seinen eigenen und die seiner Stellvertreter.

Gut. Es war Zeit, mit dem Mann zu sprechen, der die Tote gefunden hatte.

Stankowski wartete vor dem Büro des Platzmeisters und zog an seiner filterlosen Zigarette, als hinge sein Leben davon ab. Dohr zündete sich auch eine an. Sie rauchten schweigend.

Schließlich sagte Stankowski: »Das krieg ich nie mehr aus dem Kopf.«

Sie ließ das so stehen. Vermutlich hatte er recht.

»Dabei habe ich Urlaub. Überstunden abfeiern.«

Dohr wartete.

»Scheiß Koonz!« Er sah Dohr erschrocken an. »Tut mir leid, der kann ja nichts dafür. Aber wir checken normalerweise jeden Kofferraum.«

»Dann ist Ihr Kollege manchmal etwas … nachlässig?«

Stankowski überlegte. »Nicht bei so was. Viel zu gefährlich.«

Dohr stellte weitere Fragen, doch der Maschinenführer hatte zu den Ermittlungen nichts weiter beizutragen.

Sie sprach kurz mit Coenes und Aast, aber die schüttelten nur die Köpfe. Niemand hatte die Frau gesehen, keinem war etwas aufgefallen.

Bevor Dohr ins Kommissariat fuhr, ging sie noch mal zu Dr. Jürgens, der gerade den Abtransport der Toten überwachte.

»Haben Sie was für mich?«

Jürgens kratzte sich am Kopf. »Tja, den vorläufigen Todeszeitpunkt können Sie haben. Zwischen 23.00 und 3.00 Uhr. Das kriege ich aber noch genauer. Bei der Todesursache muss ich passen. Keine Anzeichen von Fremdeinwirkung, keine Wunden, Abschürfungen, Prellungen. Oder doch: Sie muss beim Transport an Hand- und Fußgelenken getragen worden sein.«

»Also was? Natürliche Todesursache? Wollte sich jemand die Beerdigungskosten sparen?«

Jürgens schenkte ihr ein gequältes Lächeln. »Unwahrscheinlich.«

»Wieso?«

Sylvia Kühne trat zu den beiden. »Deshalb.« Die Kollegin von der Spurensicherung hielt ihr einen transparenten Spurenbeutel entgegen. »Hat unter der Toten gelegen.«

Der Beutel enthielt einen schwarzen Trommelrevolver, soweit Dohr erkennen konnte, eine sechsschüssige Taurus 689, Kaliber .357 Magnum.

06

Die Übelkeit war noch da. Und das Gefühl, ihr Zwerchfell sei gefroren und schneide ihren Körper in zwei Hälften.

Dr. Jürgens hatte ihr via Intranet seinen vorläufigen Bericht geschickt. Er hatte nur ein Foto angehängt, nicht um sie das Gruseln zu lehren, sondern damit sie mit eigenen Augen sah, womit sie es zu tun hatte. Sie würde sich die Aufnahmen von der Autopsie ohnehin ansehen, er wusste das. Genauso, wie sie den Tatort mit eigenen Augen sehen musste.

Sie ahnte, dass sie für den Rest ihres Lebens mit dem Anblick würde leben müssen. Sie zwang sich, das Gesicht abzuwenden, es genügte nicht. Dieses Foto würde sie definitiv nicht ausdrucken und an der Pinnwand neben die Aufnahmen heften, die der Polizeifotograf am Fundort gemacht hatte. Sie schloss die Bilddatei.

Seit sie mit ihrem Team den Fall vom KDD übernommen hatte, waren sieben Stunden vergangen. Oberkommissar Herwig war nicht zu erreichen, anscheinend wollte er sich das Wochenende nicht verderben lassen. Das war okay. Ab und zu hatte jeder im KK11 ein Recht darauf. Also hatten sie zu viert auf Hochtouren gearbeitet. Es war Zeit für eine erste Teambesprechung. Da die Hausverwaltung mehrere Wochen brauchte, um die Heizkörper im Besprechungsraum auszutauschen, würden sie sich in Dohrs Büro treffen.

Dohr sah auf ihre Uhr. Noch zehn Minuten. Gerade genug Zeit, um sich in der Küche einen Kaffee zu holen. Seit Oberkommissarin Coenes zum Team gestoßen war, stand man nur noch halb so oft genervt vor der leeren Kanne der Kaffeemaschine.

In der Tür zur Küche wäre sie fast mit Karman zusammengestoßen. Der Becher in seiner Hand war voll, die Kanne in der Kaffeemaschine leer.

»Willst du keinen neuen machen, Guido?«

»Hab gerade Wichtigeres zu tun.« Karman drängte sich an ihr vorbei.

»Die Kollegen wohl nicht?«

Er wandte sich um. »Du denkst, du hast mich in der Zange, stimmt's?«

Die Antwort war Ja. Das wusste er. Wozu es also aussprechen. Sie besaß eine Tonaufzeichnung, die bewies, dass er mehr als einmal wichtige Polizeiinterna an die lokale Ausgabe eines Revolverblättchens durchgestochen hatte. Leider konnte er beweisen, dass sie sich illegal an einem Tatort zu schaffen gemacht hatte, der in seine Zuständigkeit fiel. Es war ein Patt.

»Aber das könnte sich ganz schnell ändern.« Er marschierte davon.

Sie warf einen Beutel Ostfriesentee in einen Becher,

fügte aus dem Kocher Wasser hinzu, das halbwegs heiß war, und kehrte in ihr Büro zurück.

Fünf Minuten später hatte sich jeder einen Stuhl organisiert und einen Platz vor und neben ihrem Schreibtisch gesucht. Coenes hatte dabei maximale Distanz zu Karman hergestellt. Es wirkte wie zufällig, war es aber nicht. Anscheinend entwickelte sie ebenfalls eine gesunde Abneigung gegen den intriganten Kollegen.

Jeder schlürfte an dem Getränk, von dem er sich Stimulation versprach. Aast hatte eine Kanne Hagebuttentee mit Ingwer gekocht und Coenes einen Becher voll davon mitgebracht. Sie roch daran und lächelte. Gut möglich, dass sie noch so was wie ziemlich beste Freunde wurden.

Karman grinste. »Hier riecht's wie auf 'nem Veganer-Bums.«

»Witzig, Guido, wirklich.« Dohr schob das mittlerweile lauwarme Ostfriesengebräu beiseite. »Und jetzt bring uns auf den neuesten Stand. Was hast du?«

Karman schaltete auf Profi und berichtete von seinen bisherigen Versuchen, die Tote zu identifizieren. Jürgens hatte ihre Fingerabdrücke geschickt, außerdem die Ablichtung eines Tattoos vom Körper. Weitere Identitätsmerkmale am oder im Körper wie Narben, Missbildungen, Muttermale, Implantate oder verheilte Knochenbrüche hatte er keine gefunden. Das Fußkettchen mit dem Muschelanhänger würde sich möglicherweise als hilfreich erweisen. Die Recherche im Automatischen Fingerabdruck Informationssystem beim BKA hatte keinen Treffer geliefert. Das Tattoo hatte ihn auch nicht weitergebracht. Es war ein simples

Strichmännchen in Blau mit einem Kreis über dem Kopf und saß auf dem rechten Schulterblatt.

»Keine Ahnung, was das bedeutet.« Es klang, als sei es Karman egal.

»Schutzengel.«

Alle schauten Senta Coenes fragend an.

Sie zuckte mit den Achseln. »Die Forensikerin aus Navy CSI hat das.«

Nur Aast schien zu wissen, wovon sie redete. »Die Krimiserie.«

Karman zog die Augenbrauen hoch. »Wie auch immer. Kann jedenfalls überall gemacht worden sein. Sogar von 'nem Zwölfjährigen.«

»Vermisstenanzeigen?«

»Nichts – weder im INPOL noch bei SIS.«

Gut, Karman hatte nicht nur das Informationssystem der deutschen Polizeibehörden abgefragt, sondern gleich auch das Informationssystem, das den gesamten Schengenraum abdeckte.

»Gib's raus an alle Dienststellen, erst mal NRW.«

»Würde ich jetzt gerade machen, wenn wir hier nicht Tee trinken würden.«

Dohr überging die Meckerei und wandte sich an Oberkommissar Aast. »Was hast du, Mario?«

Aast nieste und ordnete seine Notizen um. Dann berichtete er, dass er den Halter des Ascona anhand der Fahrgestellnummer festgestellt hatte.

»Johann Nowak, wohnhaft in Duisburg. Rentner, zweiundachtzig Jahre. Hat den Wagen vor drei Tagen zum Verschrotten gebracht. Hat ihm fast das Herz gebrochen, sagt er, und dass wir uns seinen ›Lappen‹ auch gleich bei ihm abholen können.«

Was die Waffe betraf, hatte die Kriminaltechnik wegen Überlastung noch nicht viel geliefert. Fingerabdrücke waren abgewischt worden. Die Kammern des Trommelrevolvers waren leer, aber innerhalb der letzten achtundvierzig Stunden war eine Kugel abgefeuert worden. Man hatte die Seriennummer aus der Waffe entfernt, möglicherweise konnte sie noch sichtbar gemacht werden, das würde aber vor übermorgen nichts. Ebenso das Abfeuern der Waffe, um das Schartenspurenbild am Geschoss mit der Tatmunitionssammlung beim BKA abzugleichen.

Das war nicht viel, um nicht zu sagen gar nichts. Bei Coenes sah es nicht besser aus. Das Tor zum Gelände des Schrottplatzes wies keinerlei Manipulationsspuren auf. Da es landseitig der einzige Zugang war, war anzunehmen, dass der oder die Täter über einen Schlüssel oder Kenntnisse im Lockpicking verfügten. Der Zugang vom Wasser aus war unwahrscheinlich, aber nicht völlig auszuschließen. Der Schrottplatz lag mehrere Meter höher als das Hafenbecken. Er war von dort nur über steile Treppen erreichbar. Um einen toten Menschen dort hinauf und zweihundert Meter weit zur Autopresse zu transportieren, wären mindestens zwei, wenn nicht drei Personen nötig gewesen.

Was Zeugen oder Aufzeichnungen von Kameras betraf, sah es schlecht aus. In der Nacht war dieser Teil des Hafens praktisch menschenleer, die nächsten Wohngebiete lagen jenseits umfangreicher Gleisanlagen, Verkehrsüberwachungskameras gab es in der näheren Umgebung keine. Wenn sie nicht an die Öffentlichkeit gingen und zufällig einen einsamen Spaziergänger ausmachten, der seinen Hund ausgeführt hatte, war von dieser Seite nichts zu erwarten.

Jetzt war Dohr selbst an der Reihe. Sie informierte ihr Team, dass die Kriminaltechnik am Auto jede Menge Fingerabdrücke gefunden hatte, die sukzessive mit dem AFIS abgeglichen wurden. Jürgens hatte an der Kleidung und am Körper der jungen Frau zahlreiche DNA-Spuren gesichert.

Karman verlor die Geduld: »Was ist mit der Todesursache? Ist Jürgens endlich damit rübergekommen?«

Coenes schloss sich an. »Wir haben's doch nicht mit einer natürlichen Todesursache zu tun, oder?«

Dohr schüttelte langsam den Kopf. »Definitiv nicht.« Sie atmete tief durch. »Dem Opfer wurde eine großkalibrige Waffe in die Vagina geschoben, vermutlich die Waffe, die wir im Kofferraum gefunden haben. Es wurde ein Schuss abgefeuert. Das Projektil zerstörte die Gebärmutter, perforierte die Blase, Dünn- und Dickdarm, blieb im Körper stecken und verursachte massive innere Blutungen.«

Sie musste das nicht weiter ausführen. Jeder im Raum wusste, welche Verheerungen ein Kaliber .357 Magnum anrichtete. Das Schweigen hing zwischen ihnen wie eine bleierne Wolke.

Sie fuhr fort. »Die besondere Ausführung und die Grausamkeit der Tat könnten für einen generalisierten Hass auf Frauen sprechen, aber auch für ein persönliches Motiv. Solange wir das Opfer nicht identifiziert haben, hilft uns das nicht weiter. Das hat also oberste Priorität.«

Sie verteilte die weiteren Aufgaben. Sie selbst würde sich zusammen mit Karman darauf konzentrieren, die Tote zu identifizieren.

Eine Minute später erledigte sich das von selbst.

07

Bauer fuhr auf dem Sozialäquator. So nannten Soziologen die A 40. Die Autobahn verlief quer durch das Ruhrgebiet. Seit der Schließung der Zechen und dem Niedergang der Montanindustrie teilte sie die Region in Arm und Reich. Nirgends wurde diese Trennung deutlicher als in Essen. Im Süden der Stadt die besseren Viertel mit den Stadtvillen, allen voran die Villa Hügel, ehemaliger Stammsitz der Kruppschen Familiendynastie. Im Norden die strukturschwachen Bezirke, in denen es nur eins von zehn Kindern aufs Gymnasium schaffte. Unterhalb der vierspurigen Segregationslinie, auf der Sonnenseite des Lebens, verhielt es sich umgekehrt: Hier machten neun von zehn Schülern das Abitur.

Er nahm die Ausfahrt 22, Essen-Holsterhausen, und bog in nördlicher Richtung auf die Martin-Luther-Straße ab. In der Mitte der Fahrbahn verliefen die Gleise der Straßenbahn. Es herrschte reger Wochenendverkehr. Die gelben Wagen der Ruhrbahn drängten sich dicht an den Autos vorbei. Nach knapp zwei Kilometern erreichte er die Altendorfer Straße. Im Internetauftritt der Stadt Essen wurde sie blumig als die »pulsierende Lebensader des Viertels« bezeichnet. In der harten Realität war sie die Versorgungsvene der Junkies.

Trotz immenser städtebaulicher Anstrengungen in den letzten Jahren war Altendorf immer noch das Schmuddelkind der Stadt. Die Polizei hatte das Viertel als »gefährlichen Ort« nach Paragraf 12 des neuen Landespolizeigesetzes eingestuft. Das befugte die Beamten, in diesem Bereich *anlassunabhängige Kontrollen* durchzuführen. Die richteten sich insbesondere gegen die Mitglieder libanesischer Großfamilien, die hier eine ihrer Hochburgen hatten. Auch an diesem Samstag würde abends vermutlich wieder eine ganze Hundertschaft in das Viertel einrücken, um junge arabische Männer in Luxuskarossen aus dem Verkehr zu ziehen und zu überprüfen. Verkehrskontrollen und Razzien in Shisha-Bars gegen organisierte Bandenkriminalität. Zumindest erhöhte dies den Fahndungsdruck und störte die Geschäfte der Clans.

Dönerläden, Handyshops, 1-Euro-Discounter und türkische Gemüsegeschäfte prägten das Bild der Altendorfer Straße. Bauer bog ab. In den Seitenstraßen drei- bis viergeschossige Mehrparteienmietshäuser, triste Nachkriegsarchitektur, ab und zu eine farblich aufgewertete Fassade mit modernen Balkongeländern. Im Frühling und Sommer schafften es die alten Bäume vor den Häusern bestimmt eher, Farbe in die Wohnstraßen zu bringen. Nun waren sie kahl, und ihr Laub klebte schmutzig braun auf den Gehwegen. Bauer fand eine Parklücke vor der Adresse, die er gesucht hatte, und stieg aus. Vom Trubel auf der Hauptstraße war hier kaum noch etwas zu spüren.

Die meisten Klingelschilder der Hausnummer 23 bestanden aus Klebestreifen mit mehr als einem Namen darauf. Man konnte Altendorf nicht gerade ein Studentenviertel nennen, obwohl die Mieten unschlagbar niedrig waren und man mit der Bahn nur zwanzig Minuten bis zur Uni brauchte, mit dem Rad durch den Krupp-Park sogar nur zehn. Die neue Grünanlage war im Rahmen des Förderprogramms »Stadtumbau West« auf dem Areal der ehemaligen Krupp'schen Gussstahlfabrik errichtet worden. Seit der Zerstörung der Produktionsstätten im Zweiten Weltkrieg hatte das Gelände brachgelegen. Vor zehn Jahren war der nördliche Teil des Parks mit künstlichem See, Liegewiesen, Beachvolleyballfeld und Waldspielplatz eröffnet worden. Der südliche Abschnitt befand sich noch im Bau. All dies jedoch waren keine Argumente für die Neun-von-zehn-Abiturienten aus den Villenvierteln. Für die wenigen jungen Menschen, die es von der sozialen Nordhalbkugel auf eine Hochschule schafften, umso mehr.

Bauer drückte auf den Knopf neben den handschriftlich notierten Namen Schürmann/Karabulut. Eine Gegensprechanlage gab es nicht. Als auch nach mehrmaligem Klingeln nichts geschah, zückte Bauer sein Handy. Er hatte nicht am Telefon mit Yildiz reden wollen, ärgerte sich nun jedoch, dass er sich nicht wenigstens angekündigt hatte. Während er zurück zu seinem Auto ging, suchte er die Nummer, die er von seiner Frau bekommen hatte. In dem Moment summte der Türöffner. Eilig lief er zurück, doch kurz bevor er den Eingang erreichte, verstummte das Geräusch. Erneut betätigte er die Klingel. Nach einigen Sekunden ertönte der Summer abermals. Er drückte die Tür auf. Im engen Hausflur roch es nach Schimmel. Er stieg die gefliese Betontreppe hinauf. Im dritten Stock erwartete ihn eine junge Frau in der Wohnungstür. Sie trug einen Männerschlafanzug aus Flanell, ihr dicker dunkler Haarschopf umrahmte ihr blasses Gesicht wie eine zerzauste Löwenmähne, ihre Augen waren verquollen und zeigten Spuren nachlässig entfernter Wimperntusche.

»Guten Morgen«, grüßte Bauer noch auf der Treppe.

»Müssen Sie so einen Alarm machen?«, kam es verschlafen zurück.

»Tut mir leid, wenn ich Sie geweckt habe.«

»Wie spät ist es überhaupt?«

»Fast schon Mittag«, sagte Bauer und merkte im selben Moment, wie spießig das klang.

Entsprechend fiel die Reaktion aus: »Und? Heute ist Samstag, oder?«

»Richtig.«

»Wo ist dann das Problem?« Gähnend fuhr sie sich durch die Haare. »Was wollen Sie überhaupt?«

»Ich möchte zu Frau Karabulut. Ist sie da?«

»Woher soll ich das wissen? Sie haben mich aus dem Bett geklingelt. Wer sind Sie denn eigentlich? Und was wollen Sie von Yili?« Sie musterte ihn argwöhnisch – in diesem Viertel eine angemessene Reaktion.

»Ich würde gern mit ihr reden. Meine Frau ist mit Yildiz befreundet. Ich heiße Bauer, ich bin Seelsorger.«

Sie überlegte. Das schien noch nicht so gut zu funktionieren. Was wohl nicht nur daran lag, dass sie noch nicht

ganz wach war. Offenbar hatte sie auch einen Kater. Plötzlich hellte sich ihr Blick auf.

»Sie sind der Polizeipriester!«

»Polizeipfarrer«, korrigierte Bauer überrascht. »Priester
gibt es nur bei der Konkurrenz.«

Sie runzelte die Stirn.

»Ich meine die katholischen Kollegen«, erklärte Bauer.
»Schlechter Scherz, tut mir leid.«

»Schon okay. Ich bin noch nicht so ganz fit. Kommen
Sie rein!« Sie führte ihn in die Küche. »Vielleicht schläft sie
noch. Kann ich mir zwar nicht vorstellen, aber ich sehe mal
nach. Setzen Sie sich ruhig.«

Er nahm Platz und sah sich um. Die Einbaumöbel der
Küchenzeile waren alt und abgewohnt. Doch die Bewohne-
rinnen hatten das Beste aus dem Raum gemacht. Ikea-Vor-
hänge vor dem Fenster, Topfpflanzen und Küchenkräuter
auf der Fensterbank, ein Resopaltisch mit hellen Holzbei-
nen vom Flohmarkt, Fotos und Gratispostkarten mit fre-
chen Sprüchen am Kühlschrank – »Wer ficken will, muss
freundlich sein«, »There Is No Planet B«, »Fight Like A Girl«,
darüber ein lächelnder Hirschkopf mit Lichterkette im Plas-
tikgeweih.

Als sie zurückkam, hielt sie ihr Smartphone in der Hand
und tippte in unglaublicher Geschwindigkeit darauf herum.

»Sorry, sie ist nicht da. Wenn sie nicht bei Leon abhängt,
ist sie garantiert in der Bib.« Sie meinte die Universitäts-
bibliothek. »Ich hab ihr gesimst. Sie meldet sich bestimmt
gleich.« Sie legte das Handy weg und griff nach dem Wasser-
kocher. »Ich brauche Kaffee. Wollen Sie auch einen?«

»Gern … Frau Schürmann, richtig?«

»Sagen Sie Annika. Sonst komme ich mir so alt vor.«

Er musste lächeln. Sie war gerade Anfang zwanzig. »Studieren Sie ebenfalls?«

»Soziale Arbeit – wie Yili. Wir haben uns an der Uni kennengelernt. Ich war ihr mal zwei Semester voraus. Jetzt bastele ich noch an meinem Bachelor, und sie startet ins Masterstudium. Voll die Streberin! Aber eine supernette.« Sie füllte Kaffeepulver in eine Stempelkanne und sah ihn ernst an. »Haben Sie und Ihre Frau schon einen Plan wegen Leon?«

Wieder war er überrascht. »Yildiz hat Ihnen erzählt, dass sie bei uns war?«

»Dass sie zu Ihnen will, gestern Morgen. Seitdem haben wir uns nicht mehr gesehen. Nur kurz heute Nacht. Wir sind gleichzeitig nach Hause gekommen. Ich glaube, sie hatte sich mit Leon gezofft. Sie war richtig mies drauf und ich total hinüber von der Party. Sonst hätten wir bestimmt noch gequatscht. Sie hat außer mir ja keinen, mit dem sie über Leon reden kann.«

»Warum nicht?«

»Wegen ihrer Familie. Die sollen doch noch nichts von ihm wissen.«

»Sind die beiden nicht verlobt?«

»Ja, heimlich. Voll romantisch!« Ihr Blick bekam etwas Sehnsüchtiges. »Yili hat so ein Glück. Er ist ein echter Traumtyp.«

»Herr Berger hat gerade eine Haftstrafe abgesessen«, gab Bauer zu bedenken.

»Jede Wette, dass ihn diese Rocker da mit reingezogen haben! Aber von denen will er ja weg.«

»Kennen Sie ihn persönlich?«

»Wahrscheinlich besser, als er ahnt«, antwortete sie verschmitzt.

»Wie meinen Sie das?«

»Erst mal hängt er ziemlich oft hier ab. Und dann hat Yili mir seine Briefe vorgelesen.« Sie wurde ernst. »Aus dem Gefängnis. Sie war damals völlig fertig. Leon steckte in dieser Scheiße und hatte ihr kein Wort davon gesagt. Erst am Tag vor Haftantritt! Sie ist ausgerastet – und hat Schluss gemacht. Aber dann kamen die Briefe. Jeden Tag war einer im Kasten. Die waren so süß. Und so traurig.« Sie goss das kochende Wasser in die Kaffeekanne. »Er ist total verliebt in sie. Und sie in ihn. Er würde alles für sie tun. Möchten Sie Milch?«

»Ja, bitte.«

Sie schenkte Kaffee für ihn und sich selbst ein und setzte sich zu ihm an den Tisch. Während sie in kleinen Schlucken trank, sah sie ihn über den Rand ihrer Tasse hinweg an.

»Ich stehe eigentlich nicht auf Kirche. Aber ich finde es gut, dass Sie sich um die beiden kümmern. Und Yili sagt, Sie wären ein cooler Typ.«

»Wann hat sie Ihnen das denn erzählt?«, fragte Bauer. Er nahm einen Schluck Kaffee und schmeckte wieder Benzin. Aber nur noch schwach. »Ich dachte, Sie hätten nicht mehr geredet. Ich habe Ihre Mitbewohnerin erst gestern kennengelernt.«

»Sie hat Sie auf der Vereidigungsfeier erlebt. Vor ein paar

Monaten in Dortmund. Ihre Rede hat sie schwer beeindruckt.«

Bauer erinnerte sich nur ungern an seinen Auftritt in der Westfalenhalle. Er hatte seinen sorgsam vorbereiteten Text vergessen und improvisiert. Die zweitausend Polizeianwärter, die an jenem Tag ihren Amtseid leisten sollten, hatten dennoch begeistert reagiert. Nicht so Polizeidirektor Lutz, der Leiter des Duisburger Präsidiums, das die Feier ausgerichtet hatte.

»Yildiz war dort?«, fragte Bauer.

»Mit der ganzen Familie. Ihr Bruder wurde an dem Tag vereidigt.«

»Er ist Polizist?«

Sie nickte, doch plötzlich stutzte sie und sah ihn besorgt an. »Sie werden ihm doch nichts erzählen, oder?«

»Ich kenne ihn nicht einmal.«

»Aber Sie sind doch so etwas wie Kollegen. Wenn Timur mitkriegt, dass seine Schwester mit einem Ex-Knasti zusammen ist, dreht er durch. Türke eben.«

»Ich behalte es für mich«, beruhigte er sie. »Außerdem bin ich gerade in Elternzeit.«

Ihr Handy summte kurz. Sie überflog die Nachricht und löschte sie, ohne darauf zu antworten.

»Nicht von Yildiz?«

Sie schüttelte den Kopf. »Von dem Typen, der mich gestern Abend abschleppen wollte.«

»Er war wohl nicht freundlich genug«, vermutete Bauer. Auf ihren fragenden Blick hin deutete er auf die Kneipenkarten, die hinter ihr am Kühlschrank hingen. Sie verstand sofort, auf welchen Spruch er anspielte.

»Nicht mal ansatzweise.« Sie grinste verlegen und wurde rot dabei.

Das beruhigte Bauer. Die junge Frau erinnerte ihn an seine ältere Tochter. In zwei Jahren schon würde Nina, wenn sie es wollte, womöglich ebenfalls studieren und in einer Wohnung wie dieser leben. Und Partys feiern wie jene, auf denen Annika Schürmann in der Nacht gewesen war.

Erneut summte ihr Handy. Schon ihr Blick verriet, dass Yildiz geantwortet hatte.

»Wie ich gesagt habe: Sie sitzt in der Bib. Soll ich ihr schreiben, dass Sie hier sind und sie herkommen soll?«

»Nicht nötig. Ich fahre hin. Ist ja nicht weit.« Er erhob sich. Sie begleitete ihn zur Tür. Dort reichte er ihr die Hand. »Danke für den Kaffee. Und das nette Gespräch.«

»Ich fand's auch nett.« Sie lächelte ihn an. Dann wurde ihr Gesicht ernst. »Sie müssen Yildiz und Leon helfen. Die beiden sind echt so was wie Romeo und Julia.«

Die Universitätsstraße führte direkt auf den Campus und mitten hinein in Bauers Vergangenheit. Mehrere Gebäude überspannten die Straße. *Die Brücke* stand in dicken schwarzen Buchstaben über der Durchfahrt des ersten Komplexes. Die Evangelische Studierendengemeinde hatte hier ihr Zentrum. Neben dem Büro und einem Café beherbergte der Trakt ein Wohnheim. Darin lebten fast zweihundert Studenten in großen WGs.

Bauer steuerte zwischen den Stützpfeilern hindurch. Ein

Motorrad überholte ihn donnernd. Die niedrige Betondecke der Durchfahrt verstärkte den typischen Harley-Sound noch. Den Fahrer sah er nur von hinten. Aber eine alte Sportster war nicht gerade das typische Fortbewegungsmittel für Studenten. Bauer beschleunigte und folgte dem Mann.

Als sie das Unigelände fast durchquert hatten, lenkte der Biker seine Maschine in eine Parkbucht am Straßenrand. Am Wochenende herrschte nur wenig Betrieb auf dem Campus, und es gab genügend Lücken in der Reihe parkender Wagen, doch Bauer ließ seinen Passat weiterrollen und stoppte erst dreißig Meter hinter dem Motorrad. Schnell stieg er aus.

Der Motorradfahrer hatte seinen Jethelm abgenommen und war von seinem Krad gestiegen. Leon. Er holte sein Handy aus der Hosentasche, schrieb eine Nachricht und überquerte die Straße. Bauer folgte ihm.

Zielstrebig eilte Leon über die verwinkelten, von kahlen Bäumen und Sträuchern gesäumten Fußwege zwischen den Universitätsgebäuden. Zwei Minuten später erreichten sie den zehnstöckigen Betonklotz, in dem die Fachbibliothek für Geistes- und Gesellschaftswissenschaften untergebracht war. Vor dem Eingang blieb Leon stehen.

Bauer beobachtete ihn. Nervös zündete der junge Mann sich eine Zigarette an und rauchte, ohne den Eingang aus den Augen zu lassen. Die Studentinnen und Studenten, die an ihm vorbei in die Bibliothek gingen oder herauskamen, beachteten ihn nicht weiter. Trotzdem glaubte er Leons Unbehagen zu spüren. Auch Bauer hatte sich an der Universität nie wirklich heimisch gefühlt.

Zwei Zigarettenlängen wartete Leon vergeblich vor dem Eingang. Dann griff er erneut zu seinem Smartphone. Während er darauf herumtippte, trat Yildiz aus dem Gebäude. Als Leon sie entdeckte, ging er auf sie zu. Sie empfing ihren Verlobten mit vor der Brust verschränkten Armen.

Bauer stand zu weit entfernt, um zu verstehen, was die beiden redeten. Aber das war auch nicht nötig. Nach einer verhaltenen Begrüßung zog Leon etwas aus seiner Lederjacke. Ein altes Männer-T-Shirt. Er reichte es ihr. Doch sie zögerte, es anzunehmen.

In dem Moment klingelte Bauers Handy. Rasch wandte er sich ab und zog es aus seiner Hosentasche. Auf dem Display stand sein eigener Name, mit dem Zusatz »Arbeit«. Er brauchte einen Moment, um zu begreifen, dass der Anruf aus seinem Büro im Polizeipräsidium kam. Verwundert nahm er ihn an. Er war seinem Stellvertreter für die Elternzeit nur einmal vor mehr als drei Monaten während einer kurzen Amtsübergabe begegnet.

Pfarrer Josef Achnitz kam ohne Umschweife zum Punkt: »Herr Bauer, ich glaube, ich brauche Ihren Beistand.«

Achnitz erklärte, worum es ging. Bauer überlegte nicht lange und sagte seine Hilfe zu. Dann beendete er das Gespräch und blickte über seine Schulter.

Leon und Yildiz redeten nicht mehr. Er hatte sich zu ihr hinabgebeugt, sie hatte die Arme um ihn gelegt. Sie trug nun das T-Shirt, das er ihr mitgebracht hatte, über ihrer Kleidung. Sie versank fast darin. Es war nicht schwer zu erraten, dass es eigentlich Leon gehörte. Still standen sie in ihrer Umarmung.

Bauer drehte sich um und lief zurück zu seinem Wagen.

08

Für die Hauptkommissarin war es wie eine Reise in ihre Vergangenheit. Sie hatte ihre Kindheit und den größten Teil ihrer Pubertät in einer ähnlich kleinbürgerlichen Nachbarschaft verbracht wie der, durch die sie jetzt fuhr. Die gesuchte Adresse lag in einer schmalen Seitenstraße.

Es war die seltsamste Identifizierung gewesen, die sie je erlebt hatte. Es hatte geklopft. Ein uniformierter Kollege, der kurz vor der Pensionierung stehen musste, war mit einem Paar Gummistiefel in der Hand eingetreten.

»Tach auch. Jemand hier Oberkommissar Aast?«

Aast sprang auf. »Das sind meine!« Er riss dem Polizeihauptmeister die Gummistiefel aus der Hand.

»Der Mann von der Schrottinsel hat sie gefunden. Ihr Name steht drin.«

»Ja, danke.« Aast strahlte, anscheinend hing er an seinen Stiefeln.

Der Polizeihauptmeister wandte sich zum Gehen. Sein Blick wanderte über die Fotos an der Pinnwand, er stutzte.

»Das ist doch …« Er trat näher an die Pinnwand heran. »Ja … das ist die Rosie.«

»Sie kennen die Frau?«, fragte Dohr.

»Normalerweise sieht sie anders aus ...« Er verstummte.

Karman wurde ungeduldig. »Nun reden Sie schon, Mann!«

Der Polizeihauptmeister drehte sich um. »Das ist Rosie, Roswitha Paesch. Sie macht die Anmeldung auf der Zulassungsstelle ...«

»Beim Straßenverkehrsamt?«

Der Mann nickte. »Ich habe da oft zu tun. Erst letzte Woche noch. Ich glaube das einfach nicht. Ist sie ... ermordet worden?«

»Danke, Kollege. Du hast uns sehr geholfen.«

Kopfschüttelnd ging der Beamte zur Tür. »Rosie ...« Die Tür fiel hinter ihm ins Schloss.

Nachdem sie den Namen ihres Mordopfers erfahren hatten, war es einfach gewesen, die Wohnanschrift zu ermitteln. Unter derselben Adresse waren auch ein Konrad und eine Hertha Paesch gemeldet. Roswitha Paesch wohnte anscheinend bei ihren Eltern. Weitere Kinder hatte das Paar nicht.

Dohr rollte im Schritttempo an zweistöckigen Häusern vorbei, Wand an Wand aneinandergebaut, jedes mit einer Handtuchbreite Rasen davor. Billig errichtete Häuschen mit niedrigen Decken und kleinen quadratischen Fenstern. Bis auf die schmuddeligen Fassaden wirkte alles penibel sauber und aufgeräumt, die Abfalltonnen waren ordentlich aufgereiht, und vor den Fenstern hingen Spitzengardinen.

Da war die Hausnummer, die sie suchte. Sie fuhr weiter und hielt vor dem übernächsten Haus, das statt mit Klinkern mit ebenso abgasverdreckten dünnen Schindeln verkleidet war. Sie stieg aus. Im Parterre bewegte sich die Gardine, ein Gesicht tauchte auf. Als sie hinschaute, verschwand es.

Verena Dohr hatte in so einer Nachbarschaft ihre Kindheit und den größten Teil ihrer Pubertät verbracht. Sie fragte sich, ob sie gleich auch in eine Welt aus Möbelpolitur, Spitzendeckchen, Bleiglasuntersetzern, Topfpflanzen, zu niedrigen Räumen und dem ihr vertrauten dumpfen Geruch eintauchen würde. Sosehr sie die damit einhergehende Borniertheit hasste, noch mehr hasste sie die Ungerechtigkeit, die es erlaubte, dass die oberen zehn Prozent ihren Reichtum aus der Arbeit dieser Menschen saugten. Geradezu obszön fand sie es, wenn ihnen danach war, mal eben zwei- oder dreihundert Millionen Euro zu spenden wie zuletzt beim Brand der Pariser Kathedrale. Geld, das sie nicht selbst erarbeitet hatten. Interessanterweise hörte man nie von ähnlicher Großzügigkeit, wenn irgendwo auf der Welt ein paar Hunderttausend Männer, Frauen und Kinder verhungerten.

Mein Gott, sie hörte sich an wie eine Anarchistin.

Sie hatte ihren Dienstwagen hinter einem VW Fox geparkt. Ihr wurde bewusst, dass es in diesem Viertel von Puntos, Lupos und Fabias wimmelte.

Sie schlug den Kragen ihres Übergangsmantels hoch. Das dünne Futter hielt den Wind nur notdürftig ab. Es war das einzige halbwegs passende Kleidungsstück für diese Witterung. Ihre restliche Herbst- und Wintergarderobe lagerte in einem Self-Storage, das sie hundertfünfzig Euro pro Monat kostete. Sie konnte sich einfach nicht aufraffen, hinzufahren und sich durch die Kartons zu wühlen. Es wäre vermutlich leichter gewesen, wenn sie die Geduld aufgebracht hätte, auf die Kartons zu schreiben, was drin war.

Sie sah auf ihre Uhr.

Pfarrer Josef Achnitz musste jeden Moment eintreffen. Er vertrat Martin Bauer als Polizeiseelsorger während dessen Elternzeit. Er würde sie beim Überbringen der Todesnachricht begleiten. Was er über den Fall wissen musste, hatte sie ihm vorab gemailt. Sie hatten telefonisch vereinbart, sich vor dem Haus zu treffen. Er hatte etwas nervös geklungen, aber sofort zugesagt.

Sie tastete gerade in der Manteltasche nach ihren Zigaretten, als ein schwarzer Tiguan um die Ecke bog. Der Fahrer hielt wie sie kurz zuvor nach den Hausnummern Ausschau. Sie winkte ihm zu.

Der Mann, der aus dem Wagen stieg, war hager und hoch aufgeschossen. In seinem zerknitterten dunklen Anzug bewegte er sich vornübergebeugt und ruckhaft vorwärts. Die Augen wirkten hinter der altmodischen Brille weit aufgerissen. Er erinnerte Dohr an einen Sekretärvogel. Der Mann würde es an seinem neuen Arbeitsplatz nicht leicht haben.

Er streckte ihr die Hand entgegen. »Guten Tag, Frau Hauptkommissarin.«

»Freut mich, Sie kennenzulernen, Herr Pfarrer.«

»Gleichfalls, obwohl ich mir dafür gern einen anderen Anlass ausgesucht hätte.«

Es klang aufrichtig.

»Tut mir leid, dass wir bisher noch keine Gelegenheit

dazu hatten«, erwiderte sie. »Bei Ihrer Antrittsrunde durch die Abteilungen war ich gerade dienstlich unterwegs.« Das stimmte nicht ganz. An dem Tag hatte sie ihre persönliche Habe mithilfe zweier junger Männer von der Studentenvermittlung zum Self-Storage gebracht.

»Wollen wir?«

Der Pfarrer zögerte. Er blickte die Straße hinunter. Es sah aus, als wolle er lieber in sein Auto steigen und wegfahren.

»Entschuldigen Sie, wenn ich so direkt frage: Haben Sie schon mal eine Todesnachricht überbracht?«

Er wirkte nicht gekränkt. »Bei der Panzerbrigade 21. Ich war da Militärseelsorger. Zwei tödliche Unfälle. Aber das hier ist anders.«

»Sie schaffen das schon«, sagte Dohr und hoffte, nicht gönnerhaft zu klingen.

Der Pfarrer sah auf seine Armbanduhr. »Können wir noch ein paar Minuten warten?«

Dohr wollte nach dem Grund fragen, als ein blauer Passat um die Ecke bog. Sie kannte den Wagen. Er hielt hinter dem Tiguan. Der Fahrer stieg aus.

»Schon genug von der Elternzeit?«

»Hallo, Frau Dohr.« Martin Bauer nickte seinem Stellvertreter zu.

»Ich habe Herrn Bauer gebeten, beim ersten Mal dabei zu sein – natürlich nur, wenn Sie einverstanden sind.«

Es war ein Zeichen von Souveränität, um Hilfe zu bitten, wenn man sich seiner selbst nicht sicher war. Bei unerfahrenen Polizeibeamten hatte sie sich diese Souveränität schon oft gewünscht. Doch die hatten meist Angst, sich vor den erfahreneren Kollegen eine Blöße zu geben. Lieber bauten sie Mist.

»In Ordnung.« An Bauer gewandt, fügte sie hinzu: »Aber Sie halten sich zurück.« Sofort bereute sie ihre Bemerkung. Bauer wusste, was er tat. Er würde keinen Mist bauen.

Bauer lächelte. »Keine Sorge. Der Kollege kriegt das schon hin.«

Sie läutete an der Tür. Ein Mann öffnete. Er war kleiner als Dohr, vermutlich Ende vierzig. Alles an ihm wirkte weich und aus der Form geraten. Einige Strähnen eines schütteren Haarkranzes waren über den kahlen Schädel gekämmt. Ein verschossener Bademantel und ausgetretene Filzpantoffeln vervollständigten das Bild trauriger Resignation, das der Mann abgab. Er schien vor den Zumutungen des Lebens kapituliert zu haben.

»Ja?«

Dohr zeigte ihm ihren Dienstausweis, dann stellte sie sich, Pfarrer Achnitz und Martin Bauer vor. Ohne zu fragen, was die Polizistin und die beiden Pfarrer von ihm wollten, trat er einen Schritt beiseite, als gebe er den Weg in sein Leben frei.

Es war genau so, wie sie es sich vorgestellt hatte. Sie war beinahe enttäuscht, wie die winzige überheizte Diele mit der Blümchentapete ihre Klischeevorstellung bestätigte.

»Herr Paesch?«

»Ja ...?«

»Sind Sie allein im Haus?«

»Nein. Meine Frau ...« Weiter kam er nicht.

Eine mittelgroße Frau mit dunklen, straff nach hinten gekämmten Haaren trat in die Diele. »Was ist hier los? Wer sind die Leute?«

Sie hielt sich kerzengrade und musterte sie wie die Leiterin eines katholischen Mädchenpensionats in einem Fünfzigerjahrefilm ihre Zöglinge.

»Frau Paesch? Ich bin Hauptkommissarin Dohr von der Duisburger Kripo, und die beiden Herren sind ...«

Ihr Blick sprang von missbilligend auf feindselig. »Was wollen Sie?«

Es würde schwierig werden, dachte Dohr. »Können wir uns in Ruhe unterhalten? Vielleicht in der Küche oder im Wohnzimmer?«

»Sagen Sie mir erst mal, warum Sie hier sind.« Zu ihrem Mann gewandt, fügte sie hinzu: »Du hast nicht mal gefragt, oder?«

Dohr wollte etwas sagen, aber der neue Polizeiseelsorger kam ihr zuvor.

»Wir haben eine traurige Nachricht für Sie.«

Sie hatte es schon oft erlebt, das reflexartige Luftanhalten, wenn dieser Satz gesagt wurde. Frau Paesch zuckte mit keiner Wimper.

»Und was sollte das sein?«

»Ihre Tochter Roswitha wurde heute früh tot aufgefunden«, übernahm Dohr. »Es tut uns sehr leid.«

Während den Vater des Opfers das bisschen Körperspannung verließ, das er noch besessen hatte, stand seine Frau da, als sei sie erstarrt.

»Sie irren sich.«

Es war nicht ungewöhnlich, dass Angehörige die schreckliche Nachricht anfangs verleugneten. Hertha Paeschs Lippen hatten sich kaum bewegt, aber ihre Worte klangen, als wären sie in Stein gemeißelt. Für einen Moment fragte sich Dohr tatsächlich, ob sie sich geirrt hatten.

»Unsere Tochter ist bei ihrer Freundin Karla, Karla Geest.«

Der Polizeibeamte konnte sich getäuscht haben. Aber nein. Sie hatten auf der Facebook-Seite der Toten genügend Fotos für eine unumstößliche Identifizierung gefunden.

»Ich rufe sie an.«

Die Frau griff nach dem Hörer des Tastentelefons auf dem kleinen Dielenschrank.

Dohr versuchte, sie zu stoppen. »Bitte, Frau Paesch …«

Die Frau tippte in schneller Folge Ziffern in die Tastatur. Ihr Mann fasste zaghaft ihren Arm.

»Hertha …« Ein einziger Blick brachte ihn zum Schweigen. Er zog die Hand zurück wie von einer heißen Herdplatte und trat den Rückzug in die hintere Ecke der Diele an. Dohr hatte genug gesehen, um zu wissen, dass häusliche Gewalt nicht nur von Männern ausging, aber zum ersten Mal konnte sie sich vorstellen, dass Männerhäuser sinnvolle Einrichtungen sein könnten.

Die Frau lauschte dem Freizeichen.

»Bitte, Frau Paesch …«, versuchte es der neue Pfarrer.

»Ich rufe Karla an!« Sie wählte erneut. Diesmal wurde ihr Anruf angenommen. »Karla! Hier ist Roswithas Mutter. Ist Roswitha noch bei dir? … Vor einer halben Stunde weg? Gut, danke.« Sie funkelte Verena Dohr triumphierend an. »Na bitte, Roswitha war da und ist vor einer halben Stunde losgefahren. Sie müsste gleich kommen. Ist sonst noch was?«

Der letzte Satz war ein Rauswurf. Der neue Polizeiseelsorger sah Dohr unsicher an. Bauer war anzumerken, wie schwer es ihm fiel, sich zurückzuhalten. Dohr überlegte. Die Kollegin des Opfers log. Warum?

»Frau Paesch, hat Ihre Tochter ein Tattoo?«

»So eine ist Roswitha nicht! Das würde ich auch nie erlauben.«

Dohr schaute an der Frau vorbei zu ihrem Mann. »Es ist ein Strichmännchen mit einem Kreis darüber, ein Schutzengel, auf dem rechten Schulterblatt.« Sie sah, wie sich der Gesichtsausdruck des Mannes veränderte. Seine Augen füllten sich mit Tränen. Er nickte.

Kurz darauf saßen sie zu dritt am Küchentisch, Bauer hatte sich auf einen Schemel neben der Tür zurückgezogen.

Das Ehepaar stand unter Schock, Konrad Paesch war in Tränen aufgelöst, seine Frau wie erstarrt. In diesem Zustand ließ man Hinterbliebene auf keinen Fall allein, das Risiko von Kurzschlusshandlungen war zu groß. Dohr erwog kurz, einen Notarzt anzufordern. Aber sie war sicher, es hier mit zwei Menschen zu tun zu haben, die sich in ihrer neurotischen Beziehung gegenseitig am Leben halten würden.

Konrad Paesch erwies sich erstaunlicherweise als der Resilientere der beiden. Achnitz hatte um Wasser gebeten. Es war ein psychologischer Trick. Damit sollten Betroffene aus ihrer Erstarrung gelöst werden. Hertha Paesch rührte sich nicht. Ihr Mann stellte Gläser auf den Tisch und goss Wasser ein.

Nach einer Weile kamen die Fragen, die in so einer Situation unweigerlich gestellt wurden: Wie? Wo? Warum? Dohr antwortete, ohne in Details zu gehen: Erschossen. Im Hafen. Wissen wir nicht.

Auf ihr Zeichen hin übernahm der neue Polizeiseelsorger. Sie verließ die Küche. Eine Befragung des Ehepaars war in der jetzigen Situation sowieso nicht möglich. Sie würde sich das Zimmer des Mordopfers ansehen. Sie fand es im oberen Stockwerk am Ende einer schmalen Holztreppe. Das Elternschlafzimmer lag direkt daneben.

Es war ein klassisches Mädchenzimmer in Rosa und Plüsch. Vielleicht etwas zu kindlich für eine junge Frau von einundzwanzig, fand Dohr. Auf dem Bett drängelten sich die Stofftiere, an den Wänden hingen gerahmt karibische Strandidyllen und Sonnenuntergänge, außerdem Schnappschüsse mit Kollegen und einige Best-friend-Fotos mit einer Frau in ihrem Alter, wahrscheinlich Karla Geest. Die Kleidung im Schrank war unauffällig bis konservativ, die Kleidung eines netten, harmlosen Mädchens. Nichts ähnelte auch nur entfernt dem grünen Etuikleid, in dem Roswitha Paesch aufgefunden worden war.

Die einzige Überraschung war eine Bong aus Glas in den jamaikanischen Nationalfarben Schwarz-Gelb-Grün auf einem Hocker in der Ecke. In den beiden Öffnungen der Kifferutensilie steckten Trockenblumen, als handele es sich um eine extravagante Vase. Vielleicht war Hertha Paeschs Tochter doch nicht so brav, wie ihre Mutter glaubte.

Irgendwann schloss sich die Haustür hinter ihnen. Ihnen war anzusehen, dass sie trotz ihrer Professionalität noch unter dem Eindruck des gerade Erlebten standen. Sie knöpften ihre Jacken und Mäntel zu. Bauer legte seinem Kollegen und Vertreter freundschaftlich die Hand auf die Schulter. Der Mann zuckte zusammen, versuchte, den Impuls aber zu überspielen. Der neue Polizeiseelsorger war offensichtlich kein Freund von spontanem Körperkontakt.

»Es läuft jedes Mal anders, aber das hier war schwieriger als gewöhnlich«, sagte Bauer.

Josef Achnitz nickte. »Ich denke, ich wäre zurechtgekommen.«

»Das glaube ich auch.«

»Trotzdem war es gut, dass Sie dabei waren. Danke.« Achnitz wandte sich an Dohr. »Haben wir Zeit für eine Nachbereitung, Frau Dohr?«

Wenn man eine Todesnachricht überbracht hatte, waren Besprechungen zwischen den beteiligten Beamten und dem Polizeiseelsorger üblich. Dohr nickte. »Ich rufe Sie morgen an.«

Josef Achnitz verabschiedete sich, stieg ein und fuhr davon.

Dohr musterte Bauer. »Die Babypause bekommt Ihnen gut, Herr Pfarrer. Wie läuft's mit der Kleinen?«

»Wunderbar, alles bestens. Und bei Ihnen?«

»Wie üblich. Noch keine Sehnsucht nach dem hier? Sie waren froh, als der neue Kollege Sie angerufen hat, geben Sie's ruhig zu.«

»Nicht wirklich. Mitzuerleben, wie ein neuer Mensch die

Welt entdeckt, ist nicht zu toppen. Umso mehr, wenn es das eigene Kind ist.«

Es entstand eine Pause.

Dohr sah Bauer prüfend an. »Kommen Sie zurück?«

»Warum nicht?«

Dohr legte die Stirn in Falten. »Wissen Sie, was ich immer denke, wenn ein Verdächtiger beim Verhör mit einer Gegenfrage antwortet?«

Sie öffnete die Wagentür. Sie musste nicht auf Bauers Antwort warten.

09

Das Viertel, in dem Karla Geest wohnte, lag nah am Stadt-
zentrum, hatte aber einen ähnlich kleinbürgerlichen Zu-
schnitt wie die Wohngegend der Paeschs. Allerdings waren
es hier zwei- und dreistöckige Mietshäuser, nach dem Krieg
schnell und billig hochgezogen, alles eng, niedrig und dunkel. Bauherren und Architekten waren sich wohl einig gewesen, dass die zukünftige Mieterschaft froh sein konnte,
überhaupt ein Dach über den Kopf zu kriegen.

Das Haus lag zwischen einem winzigen, auf Gothic ge-
stylten Friseursalon und einem griechischen Restaurant,
das mal eine Eckkneipe gewesen war.

Die junge Frau, die ihnen öffnete, mochte drei oder vier
Jahre älter sein als das Mordopfer. Ihr Gesicht war rundlich,
ihre Figur tendierte Richtung vollschlank. Von den beiden
war sie eindeutig die weniger Attraktive. Umso mehr hatte
sie ihre Freundin strahlen lassen, dachte Dohr, bei Frauen
war diese Kombination gar nicht so selten.

Auf den Fotos im Zimmer des Mordopfers hatte Karla
Geest Bürokleidung oder unauffällige Freizeitkleidung getragen. Jetzt steckte sie in schlabberigen Sweatpants und

hatte es sich heute offensichtlich geschenkt, ihre glatten halblangen Haare in Form zu bringen.

Dohr hielt ihr den Dienstausweis entgegen. »Hauptkommissarin Dohr, Kripo Duisburg. Darf ich reinkommen? Ich habe ein paar kurze Fragen.«

Die junge Frau gab den Weg frei. Sie zog den Vorhang beiseite, der den Eingangsbereich des Einzimmerappartements vom Wohnbereich mit der Schlaf- und Kochnische abtrennte. Dohr kam es vor, als betrete sie eins der Musterzimmer in einer Ikea-Filiale.

Auf einem Sideboard lief der Fernseher. Eine Moderatorin mit schriller Stimme kündigte eine Rankingshow der hundert nervigsten Popsongs an.

Karla Geest stand unentschlossen da.

»Setzen wir uns doch«, sagte Dohr. Sie deutete auf den Fernseher. »Und wenn Sie das ausmachen könnten, das wäre nett.«

»Ja klar.« Karla Geest fand die Fernbedienung zwischen dem Tsunami aus bunten Kissen, der das Sofa zu überrollen schien. Die hysterische Stimme aus dem Fernseher verstummte. Dohr wählte einen der zwei Korbsessel, die junge Frau nahm Platz auf dem Sofa.

»Warum haben Sie Frau Paesch belogen?«

Karla Geest griff nach einem Kissen mit stilisierten Blumenblüten und presste es schützend gegen ihren Bauch. »Sind Sie deshalb hier?« Ihre Hand wanderte zu einer mit Joghurtgums gefüllten Glasschale auf dem Couchtisch. Direkt daneben lag eine Punktetabelle der Weight Watchers.

»Ihre Eltern haben es rausgekriegt, oder?« Mechanisch griff sie nach einem der Kaubonbons und schob es in den Mund.

»Was haben sie rausgekriegt, Frau Geest?«

Sie sah Dohr unsicher an. »Ich weiß nicht, ob ich das darf. Ich habe es ihr versprochen.«

»Ich bin von der Polizei, Frau Geest.«

Die junge Frau schaute unglücklich auf die Schale mit den Süßigkeiten. Dies war eine Situation, aus der sie eine weitere Zuckerdosis nicht erlösen würde.

»Rosie ist meine beste Freundin. Eigentlich meine einzige. Ich mache das immer für sie.«

»Lügen?«

»Ihre Eltern sind furchtbar! Vor allem ihre Mutter.« Der kurze emotionale Ausbruch war sofort wieder verpufft. Als sie weitersprach, klang es nach Kapitulation. »Rosie darf überhaupt nichts. Ihre Mutter macht sie ständig runter. Sie hält das nicht aus. Darum bin ich ihr Alibi.«

»Das Wochenende darf sie also mit Ihnen verbringen.«

Karla Geest zuckte hilflos mit den Achseln. »Ich verstehe das auch nicht. Vielleicht weil ich vom Land komme, von einem Bauernhof. Rosies Mutter hält mich wohl für einen harmlosen Bauerntrampel.«

»Und sind Sie das?«

Sie sah zu Boden. »Im Grunde schon. Als ich nach Duisburg gezogen bin, dachte ich, alles würde anders – ich würde anders. Aber ohne Rosie … Bei mir wäre überhaupt nichts los außer Fernsehen.« Sie stand auf und öffnete eine Tür des zweiteiligen Kleiderschranks. »Das gehört mir.«

Kleidungsstücke in gedeckten Tönen, unauffällig bis

langweilig. Es war das, was Dohr schon von den Fotos kannte.

Die junge Frau öffnete die zweite Tür. »Die gehören Rosie.«

Die zweite Hälfte des Schranks war mit Kleidungsstücken vom Kaliber des grünen Etuikleides gefüllt, samt passenden Schuhen, aber auch mit anderen Outfits, die einen an jedem Türsteher einer coolen Disco vorbeibringen würden.

»Ich würde mich nie trauen, so was zu tragen. Aber mit Rosie zusammen komme ich trotzdem überall rein.«

Das ist leider vorbei, dachte Dohr.

Karla Geest wirkte erleichtert, ihr großes Geheimnis offenbaren zu können. Ohne dass Dohr sie drängen musste, sprach sie weiter. Sie fragte nicht einmal nach dem Grund für den Besuch der Hauptkommissarin.

Dohr erfuhr, wie sich die beiden Frauen kennengelernt hatten. Rosie hatte Karla an ihrem ersten Arbeitstag auf der Meldestelle mit zu einem italienischen Imbiss genommen. Das Kantinenessen sei ungenießbar, hatte sie gesagt. Danach hatten sie sich schnell angefreundet.

»Haben Sie denn viel gemeinsam?«, fragte Dohr.

»Eigentlich nicht. Ich bin schüchtern und eher häuslich. Nicht so abenteuerlustig wie Rosie. Am Anfang musste sie mich überreden, mit in die Clubs oder in Discos zu gehen.« Sie griff wieder in die Schale mit den Süßigkeiten. »Ich wäre gern wie sie.«

Dohr konnte sich gut vorstellen, was Rosie diese Freundschaft gebracht hatte. Anerkennung, Bewunderung und ein

Gefühl von Überlegenheit statt Bevormundung und Demütigung, wie sie es zu Hause erlebte.

»Am Anfang hat sie ihre Sachen noch zu Hause versteckt und sich bei mir nur umgezogen. Später habe ich ihr dann meinen halben Schrank gegeben. Ihre Online-Bestellungen lässt sie sich hierherschicken.« Sie nahm eine weitere Handvoll Joghurtgums und steckte mechanisch einen nach dem anderen in den Mund. »Einmal sind wir nach Amsterdam gefahren. Wir waren sogar in einem Coffeeshop. Rosie hat Haschisch geraucht. Ich habe mich nicht getraut.«

Sie schien vergessen zu haben, dass sie eine Polizeibeamtin vor sich hatte.

»Wir waren auch im Melkweg. Da hat ihr so ein Typ eine Pille gegeben. Ich glaube, das war Ecstasy. Sie ist mit ihm verschwunden und erst morgens zurück ins Hotel gekommen. Ich bin fast gestorben vor Angst, aber sie hat nur gelacht.«

»Gab es noch andere ›Abenteuer‹?«

»Wir waren bei illegalen Autorennen, sind sogar einmal vor der Polizei geflüchtet. Rosie fand das supercool, ich nicht.« Sie schwieg einen Moment, dann schüttelte sie den Kopf. »Sie wird immer extremer.«

»Was war ihr letztes Abenteuer?«

Karla Geest zögerte. »Wir waren in einem SM-Club. Fifty shades of grey und so, Sie wissen schon.«

Dohr horchte auf. Die Art und Weise, wie Roswitha Paesch getötet worden war, hatte sie und ihre Kollegen an eine sadomasochistische Sexualpraktik, die schiefgegangen war, denken lassen. Es gab sogar ein Beispiel. Bei einem bizarren Sexspiel hatte ein Mann in Großbritannien seine Freundin versehentlich mit einer Schrotflinte getötet.

»*VeryDarkGrey* heißt der Club. Ich wollte nicht mit, aber Rosie hat nicht lockergelassen. «

»Wann war das?«

»Am letzten Wochenende.«

»Erzählen Sie mal.«

»Es war widerlich. Ich fand es einfach nur widerlich.«

Ihr Ekel schien durch die Erinnerung wieder aktiviert zu werden.

»Wie sind Sie denn auf die Idee gekommen?«

»Rosie hat den Club zufällig im Internet gefunden. Da sind Fotos, und die Veranstaltungen werden beschrieben. Mir hat das schon gereicht, aber sie ... ich weiß auch nicht. Ich glaube nicht, dass sie wirklich auf so was steht, aber es klang aufregend und verboten. Ihre Mutter würde auf der Stelle tot umfallen, wenn sie davon wüsste, hat sie gesagt.«

Eine weitere Handvoll Kaubonbons machte sich auf den Weg.

»Es war so eine Art Schnupperabend, eine Einführung für Anfänger. Außer uns waren vielleicht sieben, acht Paare da. Es gab Cocktails, dann hat uns die sogenannte Herrin überall rumgeführt und uns alles gezeigt. Diese ganzen grauseligen Folterbänke und Peitschen und Gerätschaften. Mir reicht es schon, wenn ich beim Arzt auf den gynäkologischen Stuhl muss. Da sehe ich keinen Spaß.«

Sie schüttelte sich angewidert, bekämpfte das Gefühl aber sofort mit einer weiteren Dosis Zucker.

»Dann gab es so eine Art Vortrag über Fesseln, Peitschen

und Klemmen ...« Sie stockte, zwang sich aber weiterzusprechen. »Als uns die Frau die ganzen SM-Varianten erklärt hat, ist mir fast schlecht geworden.«

»Sollten Sie auch ... selbst etwas ausprobieren?«

Die junge Frau starrte sie entgeistert an. »Nein! Aber es gab eine Vorführung. Diese ›Herrin‹ hatte da einen Mann, der an so einem Kreuz festgebunden war. Ich bin rausgegangen und habe im Auto gewartet.«

»Und Roswitha?«

»Ist geblieben.«

»Haben Sie jemanden näher kennengelernt, während Sie in dem Club waren? Hat sich jemand für Sie oder Rosie interessiert? Sie angesprochen?«

Sie überlegte. »Nicht, während ich noch da drin war. Was danach passiert ist, weiß ich nicht. Rosie wollte mir von der Vorführung erzählen, aber ich wollte es nicht hören.«

»Hat sie vielleicht gesagt, dass sie da noch mal hinwill?«

»Nein.«

»Können Sie sich vorstellen, dass sie es tun würde, ohne es Ihnen zu sagen?«

Sie dachte wieder nach. »Möglich. Vielleicht hätte sie es für sich behalten.«

»Könnte sie gestern Abend wieder dorthin gefahren sein?«

Sie zuckte mit den Achseln.

»Sie hat sich hier bei Ihnen umgezogen. Hat sie gar nichts gesagt?«

»Doch. Dass sie auf eine Party wollte.«

»Ohne Sie?«

»Sie hat nur gemeint, das wäre nichts für mich. Zu heftig.«

»Hat sie gesagt, warum?«

Karla Geest schüttelte den Kopf.

»Wissen Sie, wo die Party stattfinden sollte? Mit welchen Leuten?«

Erneutes Kopfschütteln.

»Und das war das letzte Mal, dass Sie Ihre Freundin gesehen haben?«

Sie antwortete nicht. Schließlich sagte sie: »Ich weiß, warum Sie hier sind. Rosie ist etwas passiert. Hab ich recht?«

»Wie kommen Sie darauf?«

»Sie hat mich weder angerufen noch gesimst. Wir simsen uns immer ...« Ihre Augen füllten sich mit Tränen.

Sie hatte es geahnt, die ganze Zeit über, während sie Dohr alles erzählt hatte. Sie hatte diesen Moment nur hinauszögern wollen. Ihre Hand wanderte wieder zu der Schale, aber die war leer.

»Sie ist tot, nicht wahr?«

Dohr bejahte. Die junge Frau wirkte plötzlich verloren. Sie sah zum Kleiderschrank.

»Und was mache ich jetzt damit?«

10

Sie war nur noch eine Meldung in den Kurznachrichten. Über den Fernsehschirm liefen Bilder von der Schrottinsel im Duisburger Hafen. Sie zeigten Einsatzfahrzeuge der Polizei hinter rot-weißem Flatterband und Männer in Schutzanzügen vor Autowracks. Die Informationen lieferte eine sachliche Stimme aus dem Off.

»Im Duisburger Hafen wurde am Morgen auf dem Gelände einer Recycling-Firma die Leiche einer jungen Frau gefunden. Die Polizei geht von einem Gewaltverbrechen aus. Die Staatsanwaltschaft hat ein Todesermittlungsverfahren eingeleitet.«

Weder Hauptkommissarin Dohr noch Pfarrer Achnitz hatten die Umstände des Todes von Roswitha Paesch erwähnt, und Bauer hatte nicht danach gefragt. Doch nun zweifelte er nicht daran, dass es ihre Leiche war, die man auf dem Schrottplatz gefunden hatte. Ob ihr Vater in diesem Moment ebenfalls vor dem Fernseher saß? Zwanzig Jahre hatte er seine Tochter aufwachsen sehen, zwanzig Sekunden in den Nachrichten blieben von ihrem Leben übrig.

Bauer schaltete den Apparat aus. Auf ihrer Krabbeldecke

versuchte Marie, einen bunten Beißring zu erreichen, der sich schräg oberhalb ihres Kopfes befand. Sie streckte sich, bog ihren Rücken durch, strampelte mit den Beinen und ächzte vor Anstrengung. In dem Augenblick, als sie das Spielzeug zu fassen bekam, rollte ihr Körper herum, und sie landete auf dem Bauch. Ihr verdutztes Gesicht brachte Bauer zum Lachen. Marie reckte den Kopf in seine Richtung und strahlte ihn an. Bauer legte sich zu ihr auf die Decke.

Während Marie zufrieden auf dem Beißring herumkaute, klingelte es an der Haustür. Kam Sarah heute früher zurück? Normalerweise dauerte ihr Kurs »postnatales Yoga« genauso lange wie die Sportschau, von der er in der Werbepause auf die Nachrichten gezappt hatte. Bauer wusste von seiner Frau, dass die Yogalehrerin den wöchentlichen Termin mit Bedacht gewählt hatte. Ihrer Erfahrung nach waren frischgebackene Väter samstags um diese Zeit zu Hause und konnten auf das Baby aufpassen.

Mit seiner Tochter auf dem Arm öffnete er die Tür. Yildiz stand davor. Auf der Straße vor dem Haus parkte ein Motorrad. Darauf saß Leon Berger.

»Hallo, Herr Bauer«, begrüßte ihn die junge Frau.

»Guten Abend«, erwiderte Bauer verwundert.

»Ich hoffe, ich störe nicht.«

»Überhaupt nicht. Meine Frau ist allerdings nicht da.«

»Ich wollte auch zu Ihnen. Natürlich nur, wenn Sie einen Moment Zeit haben.«

»Kommen Sie rein!« Er blickte zur Straße – und zögerte. »Was ist mit Ihrem Verlobten?«

Die Frage schien ihr unangenehm zu sein. »Er wartet lieber draußen.«

Bauer schloss die Tür hinter ihr. Er war nicht sicher, ob er auch den Biker in sein Haus gelassen hätte. Sie setzten sich ins Wohnzimmer. Marie legte er wieder auf die Krabbeldecke.

»Sie ist so süß«, sagte Yildiz.

Sie lächelte. Doch ihre Augen blieben ernst, während sie das Baby betrachtete. In ihrer Miene lag etwas anderes als das oberflächliche Entzücken, das der Anblick eines zufriedenen Babys bei den meisten Menschen hervorrief. Bauer konnte es nicht greifen.

Ihr Lächeln verschwand, als sie sich ihm zuwandte: »Sie waren gestern bei Leon, im Rockerclub.«

Es war eher eine Feststellung als eine Frage.

»Ja«, bestätigte Bauer.

»Er möchte sich bei Ihnen entschuldigen.«

»Und dafür schickt er Sie?«

Sie wirkte ratlos. »Ich glaube, er traut sich nicht.«

Bauer schwieg. Er wurde nicht schlau aus Leon.

»Was ist denn zwischen Ihnen vorgefallen?«, wollte Yildiz besorgt wissen.

»Hat er Ihnen nichts erzählt?«

»Er hat gesagt, ich soll Sie fragen.«

Bauer war überrascht. Leon überließ es ihm, seiner Verlobten von der Attacke zu erzählen. Der junge Biker lieferte sich aus.

»Ich glaube, es war ein schlechter Zeitpunkt für ein Gespräch«, erwiderte er ausweichend.

»Sie meinen, wegen der Kutte? Er sagt, er hatte keine Ahnung, dass er sie bekommen sollte. Ich glaube ihm. Die haben ihn damit überrascht.« Bitter fügte sie hinzu: »Tolle Überraschung.«

Nun verstand Bauer die Situation, in die er am Abend zuvor am Clubhaus der Rocker geraten war. Vollversammlung mit Grillfest, zu Ehren des neuen Members. Wenn Leon die Death Riders wirklich verlassen wollte, würde es nun ungleich schwerer für ihn werden. Für die Mitgliedschaft in einem Rockerclub gab es keine Kündigungsfrist. Es war eine Verbindung auf Lebenszeit.

»Ihr Verlobter trägt die Kutte nicht«, sagte Bauer. »Ich habe gerade jedenfalls keine an ihm gesehen.«

»Er will sie nicht haben. Er wird sie zurückgeben. Aber das ist wohl nicht so einfach.« Yildiz blickte wieder zu Marie. Leise ergänzte sie: »Es ist alles nicht so einfach.«

Bauer hatte das Gefühl, dass Yildiz noch etwas anderes bedrückte als Leons offizielle Aufnahme bei den Death Riders.

Seine Frage war ein Schuss ins Blaue: »Möchten Sie mir etwas erzählen?«

Sie sah ihn ertappt an. Volltreffer.

»Ich bin dem Seelesorgegeheimnis verpflichtet. Wenn Sie mir etwas anvertrauen, darf ich es nicht weitergeben. Nicht einmal Polizei oder Staatsanwaltschaft können mich dazu zwingen. Auch wenn ich Elternzeit habe, bin ich immer noch Seelsorger.«

Sie atmete tief ein und aus. Dann sagte sie: »Ich bin schwanger.«

Bauer schwieg überrascht. Er spürte Erleichterung. Er hatte mit Schlimmerem gerechnet. Oder war es schlimm für Yildiz?

»Wollen Sie das Kind bekommen?«

Ihre Antwort kam schnell und entschlossen: »Ja.«

»Und Leon?«

Nun zögerte sie: »Er weiß noch nichts davon.«

»Haben Sie Angst, dass er es nicht will?«

»Nein! Er möchte eine Familie haben. Mit mir. Das hat er mir gesagt. Und ich möchte das auch.«

Yildiz saß aufrecht da und blickte ihm gerade in die Augen. Die junge Frau hatte einen Plan für ihre Zukunft, und sie schien bereit, dafür zu kämpfen. Doch offenbar wusste sie nicht, wie.

»Warum reden Sie nicht mit ihm?«, fragte Bauer.

»Weil es Erpressung wäre. Er muss erst raus aus dem Club. Danach sage ich es ihm.«

Bauer überlegte einen Moment, dann stand er auf, nahm seine Tochter hoch und legte die Decke um sie. »Kommen Sie!«

Yildiz folgte ihm aus dem Haus. Leon lehnte an seiner Maschine und rauchte. Als er sie sah, schnippte er eilig die Zigarette weg und richtete sich auf. Bauer ging auf ihn zu. Leon wich seinem Blick nicht aus.

»Sie sind jetzt richtig drin? Full Member?«, sagte Bauer.

»Ich gebe die Kutte zurück«, antwortete er.

»Können Sie das versprechen?«

»Ich schwöre nicht auf die Bibel oder so was. Ich glaube nicht an Ihren Gott.«

»Er ist nicht nur meiner. Aber Sie sollen es auch nicht ihm versprechen, sondern Ihrer Freundin.«

Überrumpelt blickte Leon zu Yildiz. »Das habe ich doch schon.«

»Tun Sie es noch mal«, forderte Bauer. »Dann hat Sie einen Zeugen. Genau wie Sie.«

Leon zögerte kurz, dann reichte er Yildiz die Hand.

»Du hast mein Wort.«

Yildiz schlug ein. Der Ernst des Augenblicks brachte beide zum Grinsen. Bauer durchbrach den Moment.

»Das wird nicht leicht«, sagte er zu Leon. »Aber das muss ich Ihnen ja nicht erzählen.«

»Nein«, bestätigte Leon knapp.

Es gab nur zwei Optionen, aus einem Rocker-Chapter auszusteigen: in *Good Standing*, mit dem Einverständnis des Clubs, oder in *Bad Standing*. Letzteres bedeutete, dass die Rocker den Aussteiger als Verräter betrachteten.

»Wenn Sie Hilfe brauchen …«, setzte Bauer an.

»Ich komme klar«, unterbrach Leon ihn.

Der junge Mann wirkte ähnlich entschlossen wie kurz zuvor Yildiz. Offenbar hatte auch er einen Plan. Doch wie dieser aussehen sollte, konnte Bauer sich nicht vorstellen. Gleichzeitig wusste er, dass es keinen Sinn hatte, Leon danach zu fragen.

»Gut«, sagte der Seelsorger und schob seine Bedenken beiseite.

Für Leon war das Gespräch damit beendet. Er griff nach den beiden Helmen, die am Lenkrad des Motorrads baumelten, und reichte seiner Freundin einen davon. Yildiz kletterte auf den Sozius und schlang die Arme um ihn.

Dann lächelte sie Bauer ernst an. »Danke.«

Er nickte nur.

Bevor Leon den Motor startete, deutete er auf Marie. »Ich will Ihre Kleine nicht erschrecken. Der Hobel ist ziemlich laut.«

»Keine Sorge, sie mag alles, was Krach macht. Aber danke für den Hinweis.«

Bauer ging zurück zum Haus. Marie jauchzte auf seinem Arm, als die Harley ansprang. Zusammen blickten sie dem Motorrad nach. Die Straßenlaternen flammten auf, als es durch die alte Zechensiedlung davonrollte. Ein blauer Passat kam ihm entgegen.

Er ahnte die steilen Falten auf der Stirn seiner Frau, schon bevor sie aus dem Wagen stieg.

»War das Yildiz?«, fragte Sarah, während sie von der Straße herankam. »Mit ihrem Freund?«

»Ja.«

Marie streckte die Arme nach ihrer Mutter aus. Sarah nahm sie Bauer ab und musterte sie, als wolle sie sich vergewissern, dass ihr nichts geschehen war.

Dann sah sie ihn besorgt an. »Was wollte er hier?«

»Sich entschuldigen.«

»Und das war alles?«

»Nein. Yildiz ist schwanger.«

»O Gott«, entfuhr es Sarah.

»Ich glaube, die beiden kriegen das hin.« Glaubte er das

101

wirklich? Oder redete er es sich nur ein? Bauer wusste es nicht.

Eine kleine dicke Hand patschte in Sarahs skeptisches Gesicht. Marie wollte die Aufmerksamkeit ihrer Mutter – und bekam sie prompt.

»Du hast recht.« Sarah lächelte ihre Tochter an. »Es ist viel zu kalt hier draußen!«

Bauer folgte seiner Frau ins Haus. Mit dem Gefühl, die Welt auszusperren, drückte er die Tür hinter sich ins Schloss.

11

»Lust auf einen Besuch im SM-Studio?«

Verena Dohr war in ihren Wagen gestiegen und hatte die Nummer von Oberkommissarin Coenes gewählt.

»Privat oder dienstlich?«

»Das entscheiden wir vor Ort«, gab Dohr trocken zurück. »In einer halben Stunde.«

Sie hatte die Adresse durchgegeben, dann war sie losgefahren.

Unterwegs merkte sie, wie hungrig sie war. Für eine Mittagspause war keine Zeit gewesen. Sie hielt an einer mobilen Imbissbude, versorgte sich mit Currywurst, Pommes rotweiß und einer Cola. Sie stellte alles auf dem Beifahrersitz ab und gab die Zieladresse ins Navi ein.

Das *VeryDarkGrey* lag in einem Gewerbegebiet südöstlich von Obermarxloh zwischen Speditionen, Containerlagern und dem größten Zoofachgeschäft Europas.

Der SM-Club hatte sich neben einem Sanitär- und Installationsbetrieb in einem Flachbau eingerichtet. Alle Fenster waren mit Metalljalousien gesichert, über der Eingangstür waren zwei Überwachungskameras montiert. Es gab weder ein Firmenschild noch einen Namen neben der Türklingel. Der Parkplatz lag hinter dem Gebäude. Die Klientel war wohl nicht scharf darauf, ihren Besuch in einem Sadomaso-Club zu annoncieren.

Dohr nahm einen Schluck aus der Colaflasche und machte sich über die Currywurst her. Sie wischte sich gerade den Mund ab, als Senta Coenes gegen die Scheibe klopfte. Dohr entriegelte die Beifahrertür, Coenes öffnete sie.

»Ah, heute mal das Nationalgericht. Schmeckt's?«

»Darauf antworte ich nur in Anwesenheit meines Anwalts.« Dohr grinste.

Die Oberkommissarin stieg ein. Dohr schob die Pappschale mit den übrig gebliebenen Pommes in die Papiertüte zurück.

»Isst du die nicht mehr?«

Dohr sah ihre Kollegin überrascht an. »Bedien dich.«

Coenes begann, sich die Pommes aus der Tüte zu angeln. »Okay, warum sind wir hier?«

Dohr fasste den Inhalt ihrer Gespräche mit den Eltern und der Freundin des Mordopfers zusammen. Als sie zu Roswitha Paeschs Besuch im SM-Club kam, begriff Coenes sofort ihren Gedankengang.

»Nach allem, was ich über SM weiß, kommt mir das etwas weit hergeholt vor«, meinte sie skeptisch.

»Vielleicht. Aber wir sollten der Sache trotzdem nachgehen.«

Coenes knüllte die Tüte zusammen und sah Dohr fragend an. Dohr deutete mit dem Kopf nach hinten. Coenes wandte sich um. Hinter ihrem Sitz lagen bereits andere Fast-

Food-Verpackungen auf dem Boden. Sie warf die Papiertüte dazu. Auf der Rückbank bemerkte sie den Ausdruck des Immobilienangebots, mit dem Dohr am Morgen unterwegs gewesen war.

»Ziehst du um?«

Dohr nickte. »Ich musste. Sonst hätte meine Pensionswirtin mich adoptiert.«

Coenes lachte. »Hast du schon was?«

»Ja. Aber ich weiß nicht, ob ich die Wohnung behalte.«

»Warum denn?«

»Viel zu groß.« Dohr löste ihren Sicherheitsgurt. »Wollen wir?«

Sie stiegen aus und gingen zum Eingang. Coenes drückte auf den Klingelknopf. Irgendwo im Haus ertönte ein Gong. Als sich nichts weiter tat, schlug Dohr mit der Faust gegen die Holztür und hielt ihren Dienstausweis in eine der beiden Kameras.

Die Frau, die ihnen öffnete, mochte Anfang vierzig sein. Sie trug lange schwarze Handschuhe, schwarze hochhackige Schuhe und einen vorn geschlitzten Rock mit jeder Menge applizierter schwarzer Rüschen. Eine Korsage aus schwarzem Brokat lieferte die perfekte Bühne für die eindrucksvolle Oberweite der Frau. Zusammen mit einer wallenden roten Lockenpracht sollte das Ensemble wohl barocke Ausschweifungen signalisieren. Trotzdem hatte Dohr den Eindruck, dass eine kreuzbrave Hausfrau vor ihr stand.

»Sie sind Lady Nora, die ›Herrin‹?«

Die Frau nickte stumm.

»Wie ist Ihr richtiger Name?«

»Sandra Vesper. Hören Sie, hier ist alles legal. Das ist kein Bordell, falls Sie das glauben. Hier treffen sich ausschließlich gleich gesinnte Erwachsene.«

»Schon klar«, sagte Coenes. Sie schaute auf ihr Smartphone und las vor: »Kerkerparty. Das perfekte Setting für Männer und Frauen, die sich danach sehnen, dominiert, erniedrigt, gedemütigt, körperlich benutzt oder missbraucht zu werden.«

Durch eine mittelalterlich anmutende Tür betrat ein groß gewachsener Mann den Empfangsbereich. Mit seinem schwarzen taillierten Gehrock und der Weste hätte er sofort eine Statistenrolle in einer Vampirserie bekommen. Allerdings gaben ihm die Nickelbrille und der akkurate Seitenscheitel etwas Oberlehrerhaftes, dem alles Erotische fehlte.

»Was ist hier los?«, fragte er scharf.

»Markus, mein Mann«, erklärte Sandra Vesper. An ihn gewandt, ergänzte sie: »Die Polizei.«

»Dürfen wir reinkommen?« Coenes machte einen Schritt auf die Tür zu.

Vesper berührte die Schulter seiner Frau, sie ging beiseite, als habe er bei ihr einen Schalter umgelegt. Vesper trat an ihre Stelle und blockierte den Durchgang.

»Nein. In Kürze treffen hier eine Menge Gäste ein. Sie erwarten von uns Diskretion.«

»Wir interessieren uns nicht für diese Gäste, jedenfalls im Moment nicht«, gab Dohr ruhig zurück. »Das kann auch so bleiben, wenn Sie uns ein paar Fragen beantworten.«

Vesper blieb stur. »Wir kommen gern morgen zu Ihnen

und beantworten alles, was Sie wollen, aber jetzt geht es nicht. Außer Sie haben einen Durchsuchungsbeschluss.«

»Oder«, Dohr hob die Stimme um zwei Dezibel, »wir warten, bis Ihre Party richtig in Schwung ist, und kommen dann mit einem Dutzend uniformierter Kollegen zurück.«

Ihr Gegenüber gab sich geschlagen. Er schaute auf die Pilotenuhr an seinem Handgelenk, die seine Verkleidung endgültig in ein Karnevalskostüm verwandelte. Dann zuckte er mit den Achseln und gab den Weg frei.

Dohr hatte noch nie einen SM-Club von innen gesehen. Umso verblüffter war sie, dass das *VeryDarkGrey* ziemlich genau der Vorstellung entsprach, die sie sich von so einem Etablissement gemacht hatte. Fußböden, Tapeten, Möbel und Dekorationen waren in Schwarz, Silber und Violett gehalten. Überall herrschte schnörkeliges Pseudorokoko und brannten Kerzen. Die Epoche des Marquis de Sade schien nach wie vor der Goldstandard unter SM-Fans zu sein. Allerdings wirkte das Ganze nur wie die Kulisse für ein billiges Horror-B-Movie.

Der Weg zum Büro führte an Glasvitrinen voller Peitschen, Ledergeschirren, die Dohr eher einer Reithalle zugeordnet hätte, Metallklammern, Dildos und anderen Objekten aus Edelstahl vorbei, deren Zweck sich Dohr nicht vorstellen wollte. An den Wänden waren Haken und Ringe befestigt, viele davon weit über Kopfhöhe. Alles war penibel sauber und abwaschbar, überall gab es Metallständer mit gestapelten Handtüchern.

In einem Raum sah sie einen gynäkologischen Untersuchungsstuhl und diverse medizinisch anmutende Gerätschaften. Schockierender war für sie allerdings das Klassenzimmer. Es war der idyllischen Kitschversion einer Dorfschule aus dem 19. Jahrhundert nachgebildet, mit Sitzpulten in Kindergröße, Schultafel und einem Wandbild mit dem Alphabet in Sütterlin. Die wichtigsten Gegenstände im Raum waren aber vermutlich die antik aussehenden Rohrstöcke.

»Was wir hier tun, ist sauber und sicher. Wir sorgen dafür, dass bestimmte Grenzen nicht überschritten werden.«

Das Büro war das Gegenteil zur sterilen Aufgeräumtheit der Spielräume. Überall stapelte sich Papier, auf dem Schreibtisch hatte sich ein gutes Dutzend benutzter Kaffeebecher angesammelt. Auf einem Regal warteten Latexmasken auf ihren Einsatz, mit Gummischläuchen statt Atemöffnungen.

Coenes sprach als Erste. »Hatten Sie gestern Abend auch eine Party?«

Markus Vesper bejahte.

Coenes scrollte auf ihrem Handy durch die Internetseite des Clubs. »Danke, ich seh schon ...« Sie las. »Sklavenspiele.«

Dohr legte ein Foto auf den Tisch. Es zeigte nur Roswitha Paeschs Gesicht. »Kennen Sie diese Frau?«

Vesper schüttelte den Kopf. »Nicht, dass ich wüsste.«

Sandra Vesper sah ihrem Mann über die Schulter. »Doch. Sie war mit ihrer Freundin hier. Am Schnupperabend, vor ein oder zwei Wochen.«

»Vor einer Woche«, korrigierte Coenes. »Sehen Sie in

Ihrer Kundendatei nach. Die Leute müssen sich bei Ihnen doch namentlich anmelden. Roswitha Paesch.«

Markus Vesper öffnete eine Datei und überflog eine Liste. Schließlich nickte er. »Sie haben recht. Roswitha Paesch. Sehr attraktiv und aufgeschlossen. Ihre Freundin war mehr der Typ Landei.«

»Sie ist wahrscheinlich nur ihrer Freundin zuliebe mitgekommen«, ergänzte seine Frau. »Das haben wir oft.«

»Erzählen Sie mal, wie der Abend so abgelaufen ist.«

Vesper zuckte mit den Achseln. »Wie immer. Zuerst macht meine Frau die Führung, dann Cocktails, dann mein üblicher Vortrag – was ist BDSM? etc. «

»Und danach?«, fragte Coenes.

Vesper warf seiner Frau einen Blick zu, sie übernahm.

»Manchmal gibt es eine Vorführung. Wenn sich ein Sub zur Verfügung stellt. Nur leichte Erziehung.«

»Sub? Was ist das?«, fragte Dohr.

Markus Vesper seufzte. »Es kommt vom englischen *submission* – Unterwerfung.«

»Und Sie sind bei der Vorführung die Domina?«

Sandra Vesper lachte humorlos. »Eine Domina ist etwas ganz anderes. Dominas verkaufen eine Dienstleistung. Wir spielen Spiele.«

Markus Vesper fügte hinzu: »Der Freundin war das wohl zu viel. Sie ist rausgegangen.«

»Und Frau Paesch?«

»War interessiert. Ich kann mir vorstellen, dass sie irgendwann wiederkommt.«

Definitiv nicht, dachte Dohr. »Hat sie mit jemandem länger gesprochen? Oder hat sich jemand für sie interessiert?«

Sandra Vesper warf ihrem Mann einen Blick zu. Dann sagte sie: »Wir haben unsere Gäste nicht die ganze Zeit im Auge. Einige wollten nach der Vorführung selbst experimentieren. Da mussten wir dabeibleiben, das machen wir bei Anfängern immer. Die anderen sind an die Bar gegangen.«

»Frau Paesch auch?«

»Ich denke schon«, erwiderte Sandra Vesper.

»Wer arbeitet an der Bar? Wir müssen mit ihm sprechen.«

»Mit ihr. Tara.«

Markus Vesper verlor die Geduld. »Hören Sie, wir haben alle Ihre Fragen beantwortet. Die ersten Gäste können jeden Moment eintreffen. Warum sind Sie überhaupt hier?«

»Frau Paesch ist ermordet worden«, sagte Dohr und wartete auf die Reaktionen der SM-Club-Betreiber.

Sandra Vesper sah man die Betroffenheit an. Bei ihrem Mann mahlten die Kaumuskeln. Dann explodierte er.

»Und da kommen Sie natürlich sofort zu uns! Wem Vanillasex zu langweilig ist, der bringt ja auch Frauen um!« Vesper funkelte sie wütend an. »Wen diskriminieren Sie denn noch so? Homosexuelle, Schwarze, Juden?«

Dohr hörte ungerührt zu, bis dem Mann die Luft ausging. Dann sagte sie ruhig: »War's das? Wir brauchen die Adresse und Telefonnummer dieser Tara.«

Sandra Vesper fischte ein Walkie-Talkie aus dem Chaos auf dem Schreibtisch. »Tara? Kannst du bitte mal ins Büro kommen.«

Kurz darauf trat eine junge Frau in Jeans und Hoodie durch die Tür. Sie wirkte in diesem Ambiente deplatziert.

Sandra Vesper las Dohrs Gedanken. »Tara studiert Politikwissenschaft. Sie zieht sich gleich um.«

Dohr zeigte Tara das Foto. »War diese Frau am vergangenen Freitag bei Ihnen an der Bar?«

Die Studentin betrachtete das Foto in aller Ruhe, dann sagte sie: »Sie hat einen Prosecco getrunken.«

»Hat sie mit jemandem gesprochen?«

»Überwiegend mit den Teilnehmern des Schnupperkurses.«

»Gab es noch andere Gäste?«, fragte Dohr überrascht.

»Ab dreiundzwanzig Uhr ist der Club für alle Mitglieder geöffnet.«

Dohr sah Markus Vesper scharf an. »Das hatten Sie nicht erwähnt.«

»Sie haben nicht danach gefragt.«

Er hatte recht. Dohr wandte sich wieder an die junge Frau. »Hat sich jemand besonders für sie interessiert?«

Dohr sah, dass sie etwas sagen wollte, aber ein fast unmerkliches Kopfschütteln Vespers stoppte sie. Stattdessen zuckte sie mit den Schultern. »Ich hatte viel zu tun.«

Sandra Vesper brachte sie zurück zum Foyer. Bevor sie die Tür öffnete, sagte sie: »Wir sind keine Gemeinschaft von Verrückten oder unkontrollierbaren Sadisten, glauben Sie mir. Im Gegenteil. Unsere Spiele haben Regeln.«

Dohr nickte. »Mag sein, aber Spiele können auch mal aus dem Ruder laufen.«

Sandra Vesper öffnete die Tür, um sie hinauszulassen.

Davor stand ein Paar, der Mann grauhaarig, Mitte fünfzig, Typ erfolgreicher Unternehmer, im schwarzen Maßanzug und schwarzen polierten Budapestern, die Frau gut zwanzig Jahre jünger und in einem kurzen, aber eleganten Abendkleid, natürlich in Schwarz. Die Begegnung war beiden sichtlich unangenehm.

Als Dohr die Wagentür entriegelte, sagte sie: »Diese Tara lügt.«

»Aber so was von.«

»Was in dem Laden aber nichts bedeuten muss.«

»Sehe ich auch so.« Coenes' Smartphone summte. Sie hörte kurz zu.

Dohr spürte, wie sich die Energie ihrer Kollegin veränderte. »Was gibt's?«

»Gute Nachrichten. Die Forensik hat einen Teilabdruck auf der Waffe gefunden. Vorn am Lauf.«

»Gibt's schon eine Übereinstimmung?«

»Er ist ziemlich schwach. Die KTU ist dran.«

Die Hauptkommissarin setzte Senta Coenes bei ihrem Auto ab. Dann fuhr sie zu ihrer Pension, packte ihren Koffer, verabschiedete sich von ihrer enttäuschten Pensionswirtin und fuhr ins Dellviertel.

Der Zweitschlüssel lag wie verabredet in ihrem neuen Briefkasten. Der Makler hatte den Kasten mit einem Klebezettel markiert, ihre Umzugshelfer hatten den Schlüssel nach getaner Arbeit hineingeworfen.

Sie hatte am Morgen noch in der Wohnung den Mietvertrag unterschrieben. Im Auto hatte sie einen der beiden

Studenten angerufen, die ihre Umzugskartons für sie ins Self-Storage transportiert hatten. Er war sofort bereit gewesen, mit seinen Kumpels in Aktion zu treten. Seine Wohnung war nur drei Minuten entfernt. Er war runter auf die Straße gekommen. Mit seinem Vollbart sah der tätowierte Zwanzigjährige zur einen Hälfte aus wie Heidis Alpöhi, mit seiner blonden Seitenscheitelfrisur zur anderen Hälfte wie ein zwölfjähriger Hitlerjunge. Sie vertraute ihm. Vielleicht setzte sie aber auch nur darauf, dass er es nicht wagen würde, ein krummes Ding bei einer Hauptkommissarin des KK11 zu versuchen. Sie drückte ihm die Schlüssel für die Wohnung und den Lagerraum in die Hand, außerdem ihre Kreditkarte, nannte ihm ihre PIN und beauftragte ihn, die Kartons in die Wohnung zu bringen und anschließend bei Ikea ein Bett ohne viel Schnickschnack, eine Matratze, Bettdecke und Bettwäsche zu kaufen und alles in ihrer neuen Wohnung in einem Zimmer seiner Wahl aufzubauen.

Er hatte nur die Augenbrauen hochgezogen und gesagt: »Cool.«

»Was kriegt ihr dafür?«

Er hatte kurz überlegt und eine Zahl genannt. Sie hatte ihm alle Scheine gegeben, die sie in ihrem Portemonnaie hatte.

»Den Rest werfe ich bei dir in den Briefkasten.«

Auch das war für den Informatikstudenten cool gewesen.

Das Ganze hatte keine fünf Minuten gedauert.

Sie stieg die drei Etagen nach oben. Sie hatte kein euphorisches Gefühl von Neuanfang erwartet, aber dass sie gar nichts spürte, irritierte sie doch.

Der Schlüssel drehte sich problemlos im Schloss. Sie zögerte, bevor sie über die Schwelle trat, als habe sie Angst, einen Tatort zu kontaminieren. Würde es wieder ein Tatort werden wie das Haus, das sie hinter sich gelassen hatte, ein Tatort für die Kollegen von der Drogenfahndung, vielleicht auch für einen Psychopathologen?

Sie schob ihren Koffer vor sich durch die Tür. Sie ertastete den Lichtschalter, ein halbes Dutzend in die abgehängte Decke eingelassene Strahler tauchte den Flur in gedämpftes Licht. Sie drehte den Dimmer hoch, das helle Parkett schimmerte einladend. Alle Türen links und rechts zu beiden Seiten des Flurs standen offen.

Sie streifte die Schuhe ab und machte sich auf die Suche nach ihrem neuen Bett.

12

Ihr Vater hatte den Couchtisch hochgekurbelt, wie jeden Sonntagmorgen. Die schwere, an den Rändern eichenfurnierte und auf der Oberfläche gekachelte Tischplatte ließ sich in der Höhe verstellen. Ihre Mutter hatte die Decke mit dem Saum aus gehäkelter Spitze aufgelegt. Von dem blütenweißen Stoff war jedoch nicht viel zu sehen. Dicht an dicht standen Schalen und Schälchen, Platten und Schüsseln; Dips und Brotaufstriche, Weißkäse, Tomaten, Gurken und Oliven, Honig und Marmelade, eine Pfanne mit Menemen Sucuklu, der Eierspeise mit scharfer Wurst, die ihre Mutter eigens für Timur zubereitete, goldgelbe Piçi sowie ein großer Korb mit Fladenbrot, Sesamkringeln und den süßen Sigara böreği mit Apfelfüllung, die sie so mochte und die ihr Vater aus der Großbäckerei seines Onkels mitbrachte, in der er seit mehr als zwanzig Jahren arbeitete.

Sie goss Tee ein und verdünnte ihn mit Wasser, das leise im Samowar simmerte. Das gemeinsame Sonntagsfrühstück war Tradition bei Familie Karabulut, daran hatte auch Yildiz' Auszug nichts geändert. Sie reichte ihren Eltern die Teegläser und nahm neben ihrer Mutter auf der Couch Platz.

Als kleines Mädchen war Yildiz, sobald ihre Mutter sie auch nur einen Moment aus den Augen gelassen hatte, auf den Schoß ihres Vaters geklettert. Sie hatte die Krümel aus seinem Bart gezupft, und er hatte darüber gelacht. Ihre Mutter hatte sie jedes Mal ermahnt, doch sie hatte immer gewusst, dass die Gutmütigkeit ihres Vaters sie schützen würde.

Er saß am Kopfende, der zweite Sessel auf der anderen Seite des Tisches war noch leer. Ihr Bruder war eben erst vom Nachtdienst nach Hause gekommen. Sie hoffte, dass er nicht zu lange duschte. Der Teller mit dem Weißkäse stand genau vor ihr, der säuerliche Geruch stieg ihr in die Nase, und sie merkte, wie ihr übel wurde. Wo blieb Timur? Wenn er mitfrühstückte, richtete sich die Aufmerksamkeit ihrer Mutter hauptsächlich auf ihn.

»Wie geht's mit dem Master voran?«, fragte ihr Vater und lächelte sie wohlwollend an. Seit sie nicht mehr zu Hause wohnte, war auch die Frage nach ihrem Studium zur Tradition geworden.

»Ich habe ja gerade erst angefangen«, antwortete Yildiz. Sie rührte Honig in ihren Tee und konzentrierte sich auf den süßen Duft.

»Ich verstehe immer noch nicht, wieso du weiterstudieren willst«, sagte ihre Mutter. »Du hast doch schon einen Abschluss.«

»Aber nur den Bachelor.«

»Deinem Bruder reicht das.«

»Er hatte seinen Job ja auch sicher. Auf dem freien Markt sind die Chancen mit einem Master größer, und man hat auch bessere Karriereaussichten.«

»Vielleicht wirst du ja mal Ministerin.« Der Vater zwinkerte ihr zu. »Mit deinem Studium hast du die besten Voraussetzungen für die Ressorts Arbeit und Soziales oder Kinder und Familie. Wir suchen engagierten Nachwuchs, gerade mit Migrationshintergrund, und besonders Frauen!«

Mit »wir« meinte er den SPD-Ortsverein Duisburg-Ruhrort. Cem Karabulut war schon als junger Mann in die Partei eingetreten. Sozialpolitik war sein großes Thema, das ihrer Mutter Yagmur eher Kinder und Familie.

Sie wandte sich mit einem Lächeln Yildiz zu. »Deine Cousine Damla erwartet im Mai übrigens ihr zweites Kind.«

»Oh, wie schön«, antwortete Yildiz lahm. Sie wusste, was als Nächstes kommen würde. »Das ging ja ganz schön schnell.«

»Es ist gut, wenn Geschwister nahe beieinander sind. Das sieht man doch an Timur und dir.«

Ihre Mutter konnte auch lustig sein. Timur war nur fünfunddreißig Minuten vor Yildiz auf die Welt gekommen. Was ihn nie daran gehindert hatte, sich als großer Bruder zu fühlen – und auch so aufzuführen. Während ihrer Kindheit hatte sich die Geschwisterliebe zwischen den Zwillingen vor allem in ständigen Streitereien gezeigt. Trotzdem waren sie beinahe so etwas wie Freunde gewesen. Dann hatte er begonnen, sich als ihr Aufpasser zu betrachten, und behauptet, er sei für sie verantwortlich. Sie hatte es ertragen, um mit ihren ständigen Streitereien nicht das Familienleben zu vergiften. Aber sie hatte sich bei ihrem Vater beschwert. Er hatte Timur zurechtgewiesen. Eine Zeit lang hatte es gewirkt.

Den nächsten Satz leitete ihre Mutter, wie erwartet, mit einem Seufzer ein. »Ich hoffe nur, dass ich es noch erlebe, Oma zu werden.«

»Yagmur, was redest du? Du bist immer noch eine junge, schöne Frau«, schmeichelte ihr Vater. »Und Yildiz ist gerade mal zwanzig.«

»Einundzwanzig«, korrigierte ihre Mutter. »Ein gutes Alter, um Kinder zu bekommen.«

»Dafür bräuchte sie erst einmal einen Mann!« Timur kam ins Wohnzimmer. »Aber wer will schon so eine Vogelscheuche?«

Sie schnitt ihrem Bruder eine Grimasse. Er ließ sich in seinen Sessel fallen.

»Hol mir Tee, Schwester!«, verlangte er grinsend.

»Hol ihn dir selbst«, gab Yildiz routiniert zurück.

Timur spielte vor ihr gern den türkischen Macho. Er tat dies mit einer charmanten Selbstironie, sodass man ihm nie wirklich böse sein konnte. Aber Yildiz war bis heute nicht sicher, ob er das Klischee wirklich nur vortäuschte. Im elterlichen Haushalt rührte er kaum einen Finger, und wenn er es einmal tat, stellte er sich dabei so ungeschickt an, dass ihre Mutter ihm die Arbeit sofort abnahm. Yildiz war sicher, dass er erst zu Hause ausziehen würde, wenn er eine Frau gefunden hatte, die ihn ebenso verwöhnte.

Während die Mutter ihm Gemüserührei und Wurst auf den Teller häufte, nahm Timur sich Tee. Trotz der Dusche sah er müde aus.

»Wie war der Dienst?«, fragte sein Vater.

»Nicht mal zwölf Stunden lang«, antwortete Timur, diesmal ohne jede Ironie.

Kamen an Wochenenden zu brisanten Bundesligaspielen noch Großlagen wie Demonstrationen hinzu, war ihr Bruder auch schon einmal doppelt so lange im Einsatz. Timur wollte zur Kripo. Aber bevor er sich spezialisieren konnte, musste er, wie alle jungen Kommissare, die vierjährige »Erstverwendungszeit« hinter sich bringen – drei Jahre davon in einer Hundertschaft der Bereitschaftspolizei.

»Ich habe dich gestern Abend gesehen, Schwesterchen.« Er grinste sie an.

Yildiz verschluckte sich fast an ihrem Tee. »Wo?«

»Altendorfer Straße, in deinem Polo. Wir sind da gerade eingerückt, mit der ganzen Hundertschaft.«

Sie erinnerte sich an die Kolonne der Einsatzwagen auf der Gegenfahrbahn. Leon war auf seinem Motorrad vor ihr hergefahren. Sie hatte die Nacht bei ihm im Wohnmobil verbracht und war am Morgen direkt vom Autohof zu ihren Eltern gefahren.

»Wieder wegen dieser Clans?«, vermutete ihr Vater.

Timur nickte. »Personenkontrollen in den Shisha-Bars, Verkehrskontrollen auf der Straße.«

»Eine furchtbare Gegend«, ließ sich ihre Mutter vernehmen. Die Bemerkung galt allerdings weniger den prekären sozialen Verhältnissen in Altendorf. Sie hätte auch jeden anderen Ort furchtbar gefunden, wenn Yildiz dorthin gezogen wäre.

»Nicht mehr lange«, behauptete Timur. »Langsam checken die Libanesen, dass das doch nicht ›ihre Hood‹ ist, in der sie machen können, was sie wollen.« Er wandte sich Yildiz zu. »Wo wolltest du denn so spät noch hin?«

»Ich war mit einer Freundin verabredet.« Yildiz spürte, wie ihr das Blut in die Wangen schoss.

»Zum Partymachen?«

»Zum Lernen.«

»Am Samstag, ist klar.«

»Ich war gestern auch in der Bibliothek«, rechtfertigte sich Yildiz.

Timur ließ nicht locker. »Ist die Freundin zufällig ein Typ?«

»Quatsch! Wie kommst du darauf?«

»Kriminalistische Intuition. Du hast einen Freund, gib's zu!«

»Hab ich nicht!«, erwiderte Yildiz heftig. Zu heftig. Bemüht ruhig setzte sie hinzu: »Selbst wenn es so wäre, was würde dich das angehen?«

»Ich muss auf dich aufpassen.« Timur lächelte. »Ich bin dein großer Bruder.«

»Du bist ein Idiot!«

»Yildiz!«, tadelte sie ihr Vater. Dann sagte er streng zu Timur: »Du sollst deine Schwester nicht immer ärgern.«

»Ich will nur nicht, dass sie wieder auf so einen Dreckskerl reinfällt wie damals.«

»Da war sie vierzehn, und sie hatte mit diesem Jungen nie wieder etwas zu tun.« Bestätigung suchend, blickte ihr Vater sie an. »Oder?«

»Natürlich nicht«, antwortete Yildiz. Sie spürte, dass

ihre Mutter sie beobachtete, und biss in ein Stück Fladenbrot.

»Das ist auch gut so«, sagte Timur. Das Lächeln war aus
seiner Miene verschwunden. »Heute früh kam sein Name
über Funk. Leon Berger. Es war eine Fahndungsmeldung,
rausgegeben vom KK11.«

Yildiz saß da wie erstarrt. Sie versuchte, den Brotklum-
pen herunterzuwürgen, doch er verstopfte ihren Mund wie
ein dicker pelziger Lappen. Das KK11 war Timurs großes
Karriereziel – das Kommissariat für Mordermittlungen.

13

Sie fuhr hoch. Eben hatte sie noch mit nichts als einem Stachelhalsband bekleidet vor einer Reihe grau melierter Herren in Smokings gestanden, die sie verächtlich taxierten, jetzt fand sie sich in der Mitte eines völlig leeren halbdunklen Raums in einem Doppelbett wieder. Es dauerte mehrere Sekunden, bis sie den Traum abgeschüttelt hatte und begriff, dass sie sich im Schlafzimmer ihrer neuen Wohnung befand.

Die Leuchtzeiger ihrer Uhr zeigten zehn Minuten nach sechs. Draußen war es noch dunkel.

Als sie ihren Koffer über die Schwelle geschoben und die Wohnung betreten hatte, war ihr schlagartig bewusst geworden, wie erschöpft sie war. Es war nicht die Erschöpfung nach einem anstrengenden Arbeitstag, sondern von Monaten und Jahren emotionaler Schwerstarbeit als Co-Abhängige und Komplizin des Mannes, den sie geliebt hatte und von dem sie sich nur durch einen emotionalen Gewaltakt hatte losreißen können. Sie hatte in einer anonymen Pension gewohnt und darauf gewartet, dass die Erholung einsetzte. Dass es so schwer sein würde, hatte sie nicht erwartet.

In der Wohnung war es eiskalt gewesen. Sie hatte das Zimmer gesucht, in dem die Jungs das Bett aufgebaut hatten. Die Bettdecke war bezogen und zurückgeschlagen. Sie hatte ihren Jogginganzug aus dem Koffer geholt, angezogen, war ins Bett gekrochen und sofort eingeschlafen.

Sie schob einen Fuß unter der Decke hervor. Es war immer noch kalt. Sie musste die Therme anwerfen.

Ihre Umzugskartons standen ordentlich aufgereiht im Nachbarzimmer. Sie riss einen nach dem anderen auf. Im vierten fand sie einen Teil ihrer Winterkleidung. Sie streifte einen Wollpullover über und schlüpfte in ein Paar Laufschuhe.

Sie fand die Therme im Badezimmer am anderen Ende der Wohnung. An der Tür hing ein Emailleschild mit der schnörkeligen Aufschrift *Gäste*. Sie ging nicht davon aus, dass das Bad oft benutzt werden würde.

Sie arbeitete sich durch die am Gerät befestigte Betriebsanleitung. Die Zündflamme sprang an, mit leisem Knurren erwachte die Therme zum Leben. Sie würde doch nicht erfrieren.

Sie machte sich auf den Weg zur Küche. Allerdings erwarteten sie dort nur leere Schränke und ein genauso leerer Kühlschrank, doch zu ihrer Überraschung schimmerte auf der Arbeitsfläche eine nagelneue dunkelrote Kaffeemaschine. Offenbar hatten die Jungs sich daran erinnert, dass sie gesagt hatte, sie müsse sich schnellstens eine besorgen. Sie hatten sie von dem Geld gekauft, das sie ihnen gegeben hatte, wie die Quittung neben der Maschine zeigte – aber trotzdem. Außerdem hatten sie drei verschiedene Sorten Kaffeepads, einen Kaffeebecher und in einem Weißbierglas einen Strauß rosafarbener Chrysanthemen zurückgelassen. Entweder die Jungs waren schwul, oder sie gehörten zu einer neuen, genetisch modifizierten Sorte Mann.

Mit einem Becher Caffè Crema Perfetto trat sie auf die Terrasse hinaus. Sie sog die herbstfeuchte Luft ein. War das der Geruch des Neuanfangs? Ihr Blick fiel auf ein aus Weiden geflochtenes Vogelhaus, das mit Kabelbindern am Metallgeländer befestigt war. Sie würde also Vögel füttern. Das wäre in der Tat ein Neuanfang. Sie musste nur regelmäßig Futter kaufen. Daran konnte die Sache noch scheitern.

Eine Stunde später verließ sie frisch geduscht und in ihrem schwedischen Daunenmantel das Haus. Ihr Wagen stand direkt vor der Tür. Das würde sich auf jeden Fall ändern. Ab morgen würde sie zu Fuß gehen und den Dienstwagen nach Feierabend auf dem Parkplatz des Präsidiums abstellen.

Die Fahrt dauerte eine Minute. Sie rollte durch die Schranke und fuhr zum Hintereingang. Ein blauer Ford folgte ihr. Der Fahrer hielt nicht weit entfernt und stieg aus. Karman. Er hatte seine Schutzweste in der Hand.

Sie wartete am Eingang auf ihn.

»Morgen, Guido. Gibt's was Neues?« Sie deutete auf die Schutzweste. Sie hatte versucht, so neutral wie möglich zu klingen, aber es hatte nicht funktioniert. Der Hauptkommissar fühlte sich angegriffen.

»Hätte ich dich anrufen sollen und dein Okay abwarten?«

Sie atmete tief durch. »Ich frage dich noch mal: Gibt es in dem Fall neue Erkenntnisse? Oder muss ich auf deinen schriftlichen Bericht warten?«

Sie sah, dass Karman die Drohung verstanden hatte. Auf dem Weg nach oben lieferte er eine präzise Zusammenfassung des neuen Ermittlungsstandes. Eine Stunde später wiederholte er sie im Besprechungsraum vor dem gesamten Team. Dort gab es statt der alten Heizkörper jetzt Löcher in den Wänden und feinen Mörtelstaub auf den Möbeln.

Da Karman Bereitschaftsdienst hatte, war die Information von der KTU an ihn gegangen. Die Kollegen hatten mit dem Teilabdruck auf der Waffe einen Treffer gelandet. Er gehörte einem Leon Berger, Alter 21, wohnhaft in Duisburg-Ruhrort. Karman hatte sofort dessen Kriminalakte gezogen.

Berger war schon als Jugendlicher straffällig geworden. Man hatte ihn wegen Autodiebstahls und Körperverletzung verurteilt. Zuletzt hatte er in der JVA Duisburg-Hamborn eine mehrmonatige Haftstrafe wegen Fahrerflucht abgesessen und war vor vier Wochen entlassen worden.

»Berger ist bei seiner Mutter gemeldet. Also dachte ich, ich schaue da mal vorbei.« Karman schien zufrieden mit sich. »Ich habe sicherheitshalber ein paar Kollegen vom SEK mitgenommen.«

Daran war nichts auszusetzen. Leon Berger war einer Tat verdächtig, die mit einer Schusswaffe verübt worden war, weiterer Schusswaffengebrauch war nicht auszuschließen.

Karman fuhr fort. Der Verdächtige war nicht angetroffen worden. Bei einer ersten Befragung hatte die Mutter erklärt, den Aufenthaltsort ihres Sohnes nicht zu kennen. Sie hatte behauptet, dass er nur selten in der Wohnung übernachtete.

»Wenn er nicht da übernachtet, ist das vielleicht eine Verletzung seiner Bewährungsauflagen«, bemerkte Coenes.

»Könnte sein.« Karman blätterte in einem Ordner. »Sein Bewährungshelfer heißt Ludwig Holzer.«

»Kennt den jemand?«, fragte Dohr.

Alle schüttelten den Kopf.

»Über einen derzeitigen Arbeitsplatz ihres Sohnes konnte sie keine Angaben machen«, fuhr Karman fort. »Wenn ihr mich fragt, lügt sie.«

»Würde ich auch, wenn mir das SEK am Sonntagmorgen die Tür eintritt«, brummte Oberkommissar Herwig. Er war sauer. Eigentlich hätte er genau jetzt bei einer Regatta seinen Platz im Ruderachter des Polizeisportvereins einnehmen sollen.

»Die mag die Polizei nicht.«

»Mag in dem Viertel doch keiner, Guido.« Oberkommissar Aast begann, einen Apfel zu schälen.

Karman hatte das Zimmer des Verdächtigen durchsucht. Er hatte schlechte Schulzeugnisse, alte Comics, Motorradzeitschriften und anderen Papierkram gefunden, aber nichts, was sich auf den ersten Blick mit dem Fall in Verbindung bringen ließ. Er hatte alles eingepackt und mitgenommen.

»Zumindest konnte ich von ihr seine Handynummer kriegen. Das Handy ist abgeschaltet. Ich würde sagen, er ist flüchtig.«

Dohr räusperte sich zum Zeichen, dass sie ab jetzt übernahm. Karman war damit nicht glücklich. Er ließ die Akte auf den Tisch fallen und wirbelte eine Staubwolke auf. Den größten Teil davon bekam er selbst ab. Er fluchte.

Dohr ignorierte seine Gemütsbekundung. »Wir arbeiten in zwei Richtungen – den Verdächtigen finden, die Tatermittlung weiterführen.«

Nach einer halben Stunde hatten sie die Ermittlungsaufgaben durchgesprochen und verteilt. Aast hatte bereits festgestellt, dass auf den Gesuchten ein Motorrad und ein Camper zugelassen waren, und beides in die Fahndung gegeben. Über Bergers persönliches Umfeld wussten sie praktisch noch nichts. Sie mussten herausfinden, wo er arbeitete, ob er eine Beziehung hatte, wer seine Freunde waren. Ein Ansatzpunkt fand sich in seiner Kriminalakte. Berger war aktiver Kampfsportler. Kickboxen und Karate wurden erwähnt. Sie mussten den Club finden, in dem er trainierte. Karman versuchte, den Bewährungshelfer zu erreichen, bisher aber ohne Erfolg.

Sie brauchten dringend eine richterliche Genehmigung, um eine Standortabfrage von Bergers Handy durchzuführen. Wenn er das Handy einschaltete, dann hatten sie ihn. Vielleicht kamen sie ja an die IMEI-Nummer des Geräts, dann konnten sie ihn bei ausgeschaltetem Handy orten und sogar dann, wenn er die SIM-Karte gewechselt hatte.

»Wir sollten noch mal mit der Mutter sprechen«, schlug Coenes vor. »Diesmal vielleicht unter günstigeren Umständen.«

Es war keine Spitze gegen Karman, trotzdem schoss er einen giftigen Blick auf die Kollegin ab.

»Nun zur Tatermittlung«, wechselte Dohr das Thema. »Bisher kennen wir weder den Tatort, den Tathergang, das Motiv noch mögliche weitere Tatbeteiligte, Zeugen etc.«

»Immerhin haben wir die Waffe und den Fingerabdruck«, hielt Karman dagegen.

Dohr nickte. »Aber jeder Anwalt, der sein Geld wert ist, wird behaupten, sein Mandant habe die Waffe später in die Hand genommen.« Als ob Karman das nicht selbst wusste. »Was machen wir beim Opfer?«

»Standortabfrage und Bewegungsprofil«, sagte Herwig. »Ich kümmere mich um die Genehmigung. Die Telefonnummer kriege ich von den Eltern.«

Aast hatte den Apfel vertilgt und wischte sich die Finger an einem Stofftaschentuch ab. »Wie ist sie von ihrer Freundin zu der Party gekommen? In ihrem Outfit vermutlich nicht mit öffentlichen Verkehrsmitteln.«

»Ihre Freundin hat nicht erwähnt, dass sie sich ein Taxi gerufen hat«, sagte Dohr.

Oberkommissar Aast nickte. »War nicht nötig. Zwei Ecken weiter ist ein Halteplatz.«

»Gut. Du kümmerst dich darum. Außer dem Abdruck irgendwas Neues von der Forensik?«

»Das Opfer hat eine Pizza Vegetariana gegessen«, sagte Herwig. »Fünfzehn Minuten bis eine Stunde vor ihrem Tod. Um dieselbe Zeit hat sie Kokain geschnupft. Außerdem hatte sie eine größere Menge Tequila intus.«

»Also ist sie auf der Party angekommen«, konstatierte Karman.

Das war's. Alle standen auf und klopften sich den Staub ab.

Dohr hatte sich gerade hinter ihrem Schreibtisch niedergelassen, als Senta Coenes hereinkam. Der Blick der Oberkommissarin fiel auf den Daunenmantel, den Dohr über einen Stuhl geworfen hatte.

»Neu?«

»Stammt aus den Kartons.«

»Dann hast du dich doch ins Storage getraut?«

Dohr schüttelte den Kopf. »Ich bin umgezogen.«

»Wann denn das?«, fragte Coenes überrascht.

»Gestern. Ich habe ein paar Jungs engagiert. Wenn man keine Möbel hat, geht's ziemlich flott.«

»Und ich habe in Bonn eine Doppelgarage randvoll mit meinem Zeug.« Es klang nicht, als freue sie sich darüber. »Wo wohnst du jetzt?«

»Im Dellviertel. Drei Minuten zu Fuß von hier.«

»Cool, cool ...«

»Kann ich was für dich tun?«

»Ach so, richtig. Ich hatte da einen Gedanken. Wer immer die Leiche auf dem Schrottplatz abgelegt hat, musste sich dort auskennen. Er hatte möglicherweise sogar einen Schlüssel. Er wusste, wie mit den Schrottautos verfahren wird – aber nicht, dass die Maschinenführer immer den Kofferraum der Autos kontrollieren?«

Dohr ahnte, worauf die Oberkommissarin hinauswollte. »Weiter.«

»Vielleicht wusste er es ja doch, aber er konnte sicher

sein, dass der Maschinenführer nicht in diesen speziellen Kofferraum sehen würde.«

»Weil der wusste, was drin war.«

»Aber dann bricht er sich das Bein. Er kommt ins Krankenhaus, und jemand anders bedient die Maschine.«

Dohr stand auf. »In welchem Krankenhaus liegt er?«

14

Der Anruf kam, als sie die Kirche betraten. Bauer war froh, dass die Glocken noch läuteten. Sie übertönten das Klingeln seines Handys und bewahrten ihn vor strafenden Blicken der anderen Gottesdienstbesucher. Nur seine Frau sah ihn fragend an, während er, mit Marie auf dem Arm, das Telefon aus seiner Tasche nestelte. Das Display zeigte eine ihm unbekannte Nummer. Er drückte den Anruf weg. Dies fiel ihm immer noch schwer, auch nach vier Monaten Elternzeit. Als Polizeiseelsorger hatte er in ständiger Rufbereitschaft gelebt. Doch nun gab es keine dienstlichen Akutlagen mehr, die ihn aus dem Familienalltag reißen konnten. Ein Rest Unruhe blieb trotzdem. Er hatte sich daran gewöhnt, sie zu ignorieren.

Bauer stellte das Handy auf lautlos. Sie nahmen in einer der hinteren Bankreihen Platz. Er blickte zu dem Kreuz hinauf, das in mehreren Metern Höhe über dem Altar zu schweben schien. Es hing an einem dünnen, nur bei genauem Hinsehen erkennbaren Stahlseil von der Gewölbedecke herab, bestand aus massivem Plexiglas und bewegte sich leicht in der Thermik des Kirchenschiffs. Das durchsichtige

Material fing das Licht ein, brach es und warf es bunt zurück. Im Sommer, wenn die Sonne durch die Kirchenfenster fiel, war die Wirkung noch spektakulärer. Doch auch an diesem grauen Sonntag im November, im Schein von Lampen und Kerzen, fand Bauer es fast unwirklich schön. Aus Leserbriefen im Gemeindeblättchen wusste er, dass nicht alle Mitglieder der Pfarrgemeinde seine Ansicht teilten. Einige trauerten dem Holzkreuz nach, das die Pfarrerin bei ihrem Amtsantritt hatte ersetzen lassen. Bauer hingegen war die Neuanschaffung vorgekommen wie ein Sinnbild für sein eigenes neues Leben. Er sah in den schlichten Kunststoffbalken das, wofür das Symbol christlichen Glaubens seiner Ansicht nach stehen sollte: Licht – und nicht Leiden. Geschaffen hatte das Lichtkreuz ein Künstler aus Recklinghausen, wie Bauer Sohn einer Bergarbeiterfamilie.

Der Organist trat aus der Sakristei. Auf seinem schwarzen Kapuzenpulli prangte ein Aufdruck: *Glück ist, wenn der Bass einsetzt.* Er schlurfte durch den Seitengang und lächelte verschlafen Marie zu, die auf Bauers Schoß saß. Womöglich hatte der junge Mann die Nacht auf einem Rave verbracht.

Er stieg die Treppe hinauf zur Orgelempore. Das Glockengeläut verebbte. Es wurde still. Vereinzelte Huster hallten dünn durch die entstandene Leere, der Gottesdienst war nur mäßig besucht. Dann setzte mit einem mächtigen Dur-Akkord die Orgel ein, und ihr vielstimmiger Klang füllte den weiten Raum vollkommen aus.

Bauer war nicht gerade ein Experte für sakrale Musik. In seiner Schallplattensammlung fanden sich nur die Standardwerke, und er hätte nicht sagen können, wann er zuletzt eins davon aufgelegt hatte. Aber im Gottesdienst liebte er die Verschmelzung von Musik und Raum, wie sie nur eine Kirchenorgel zustande brachte. So verschlafen der junge Organist auch gewirkt hatte, sein Instrument spielte er mit sprühender Energie und voller Leidenschaft.

Marie wippte ausgelassen auf und ab. Offenbar mochte sie es, wie die tiefen Töne im Bauch kitzelten. Bauer spürte sogar an seiner Hüfte Vibrationen. Dann begriff er, dass sie nicht von den meterhohen Basspfeifen, sondern von dem Handy in seiner Jacke verursacht wurden. Wieder holte er es hervor. Dieselbe Nummer wie vor einer Minute. Mit einem Achselzucken in Sarahs Richtung drückte er den Anruf abermals weg.

Die Pfarrerin trat aus der Sakristei. Ihr schwarzer Talar wehte hinter ihr her, während sie mit energischen Schritten zum Altar ging. Als sie sich ihrer Gemeinde zuwandte, endete das Orgelpräludium, wie es begonnen hatte: mit einem großen Dur-Akkord. Ein perfekt getimter Auftritt. Sofort stimmte der Organist das nächste Musikstück an, ein Lied. Sarah nahm eine Fotokopie des Textes von der Gesangbuchablage und hielt sie so, dass Bauer mit hineinsehen konnte.

Bauer kannte das Stück nicht, trotzdem würde er versuchen mitzusingen. Er erinnerte sich an seine eigene, ziemlich kurze Zeit als Gemeindepfarrer am Niederrhein. Er war kein ängstlicher Mensch, doch in den Sekunden, bevor er im Gottesdienst das erste Lied angestimmt hatte, war ihm regelmäßig der Schweiß ausgebrochen. Die Pfarrerin vor dem Altar dagegen schien gern zu singen. Während sie mit klarer Stimme die erste Strophe intonierte, kam Bauer ein Gedanke. Er entsprang der Unruhe, die sich nicht mehr ignorieren ließ, seit er auch den zweiten Anruf abgewiesen hatte.

Er beugte sich zu Sarah. »Hast du Yildiz meine Nummer gegeben?«

Sie nickte und sah ihn an. Auch sie wirkte plötzlich beunruhigt. Im nächsten Moment vibrierte erneut das Handy in seiner Jackentasche. Er holte es hervor. Eine SMS: *Bitte um Rückruf. Dringend! Yildiz.*

Noch ehe er seine Frau darum bitten konnte, nahm sie Marie von seinem Schoß und nickte ihm auffordernd zu. Sie hatte mitgelesen. Während er durch den Seitengang zum Ausgang lief, spürte er eine Gewissheit, mit der er zu allen Einsätzen als Polizeiseelsorger geeilt war.

Das Handy bereits am Ohr, drückte er die schwere Holztür auf. Er hörte kein Freizeichen, es wurde sofort abgenommen.

»Hallo? Herr Bauer?«

Eine Frau. Sie klang aufgeregt. Aber es war nicht Yildiz.

Die Straße vor dem Autohof war wie ausgestorben, der Lkw-Parkplatz dagegen hoffnungslos überfüllt.

Nachdem er den Kinderanhänger an Sarahs Fahrrad gekoppelt hatte, war er von der Kirche im Rekordtempo heimgeradelt. Vor seinem Haus war er in den Passat umgestiegen und hatte Vollgas gegeben.

Er hielt direkt vor dem Tankstellenshop und sprang aus dem Wagen. Noch ehe er die Ladentür erreichte, kam eine Frau in Kittelschürze heraus. Ihre Gestalt und ihre Art, sich zu bewegen, erinnerten an einen Gummiball.

»Herr Bauer?«, rief sie ihm entgegen. Dieselbe Stimme wie am Telefon und noch genauso besorgt.

»Ja. Wir beide haben telefoniert?«

Sie nickte und stellte sich vor: »Magdalena Nowak. Aber sagen Sie Leni, das machen alle. Die SMS war auch von mir. Ich habe mit ›Yildiz‹ unterschrieben, weil ich nicht wusste, ob ...«

»Das war sehr clever von Ihnen«, unterbrach er sie. »Wo ist Yildiz?«

»Kommen Sie!«

Er folgte ihr in den Shop. Durch eng stehende Regale, in denen sich alles fand, was Fernfahrer im Alltag benötigten, eilte sie in einen rustikal möblierten Speiseraum. Dort saßen einige Trucker und tranken Kaffee, andere lasen Zeitung oder spielten Karten. Ihre Gespräche verstummten, als Bauer eintrat. Er nickte den Männern zu, sie grüßten zurück. Leni durchquerte den Raum und drückte die Schwingtür zur Küche auf.

Yildiz hockte im hintersten Winkel zwischen Säcken mit Gemüsezwiebeln und Kartoffeln auf einer Getränkekiste. Sie war leichenblass, ihre verquollenen und geröteten Augen verrieten, dass sie geweint hatte. Bei ihr stand ein massiger Mann mit gutmütigem Gesicht. Hilflos hielt er ihr eine Suppentasse hin. Er wirkte erleichtert, als er die Chefin des Autohofs sah.

»Sie will nicht Suppe«, sagte er mit osteuropäischem Akzent.

»Petko hat sie gefunden«, erklärte Leni. »Auf der Brache

hinter seinem Laster. Das arme Ding war ohnmächtig. Er hat sie hergetragen.«

Bauer ging vor Yildiz in die Hocke. »Was ist passiert?«

»Leon ist weg«, sagte sie tonlos. »Er ist abgehauen.«

»Wissen Sie, warum?«

»Die Polizei sucht ihn. Wegen Mordes.« Sie schluchzte auf.

Die Chefin des Autohofs drängte sich an Bauer vorbei und nahm Yildiz in den Arm.

»Das ist bestimmt nur ein Missverständnis. Das wird sich alles aufklären, ganz sicher!« Beruhigend strich Leni der weinenden jungen Frau über den Rücken und sah zu Bauer. »Ich kenne den Jungen. Der bringt niemanden um. Sagen Sie das Ihren Kollegen!«

Offenbar hielt sie ihn für einen Polizisten. Er nahm sich nicht die Zeit, sie aufzuklären.

»Woher kennen Sie ihn?«

»Er hilft mir an der Tankstelle. Und er wohnt doch hier.«

»Hier? Auf dem Autohof?«

»In seinem Wohnmobil. Leon hat sich eine Stellfläche eingerichtet, auf der Brache hinter dem Parkplatz. Das Gelände wird seit Jahrzehnten nicht mehr genutzt, und sein Campervan steht schon seit dem vorletzten Sommer da. Aber jetzt ist er verschwunden.«

Bauer blickte zu Yildiz. Sie war völlig aufgelöst. Er würde nichts aus ihr herausbekommen, bevor sie sich nicht beruhigt hatte.

»Kann ich den Stellplatz sehen?«, fragte er.

»Natürlich. Aber außer Leons Motorrad werden Sie dort

nichts mehr finden.« Leni wandte sich dem Mann zu, der immer noch die Suppentasse in der Hand hielt. »Petko?«

Der Trucker ging voran über den Parkplatz, wo die Lkw dicht an dicht standen und die Fernfahrer ihren Sonntag verbrachten. Um Punkt zweiundzwanzig Uhr würden die meisten von ihnen vom Hof rollen, denn dann endete die gesetzlich vorgeschriebene Zwangspause für den Schwerlastverkehr.

Petko steuerte eine Lücke zwischen zwei Sattelzügen an, die etwas weiter auseinanderstanden als die anderen Laster. Dahinter lag eine Industriebrache. Eine kleine Fläche direkt am Rand des Geländes wirkte aufgeräumter als der Rest des verwilderten Areals. Dort standen ein Gartentisch und einige Plastikstühle, ein VW Polo älteren Baujahrs und ein Motorrad. Von der Stellfläche weg zog sich eine doppelte Spur durch Büsche und Gräser bis zu einem Schotterweg, der zur Straße führte.

Der Fernfahrer schien Bauers Gedanken zu erraten. »Camper ist altes Mercedes T2. Gutes Auto. Fährt überall.«

Bauer nickte nachdenklich. Leon Berger hatte seine Campingmöbel und seine Harley zurückgelassen und war mit seinem Wohnmobil quer über die Brache davongerumpelt. Der Kriminalitätsbericht der Polizei Duisburg verzeichnete im Jahr durchschnittlich zwanzig Tötungsdelikte. In einem davon ermittelte gerade Verena Dohr. Zusammen mit ihr und seinem Nachfolger hatte Bauer den Eltern des Opfers die Todesnachricht überbracht. War Leon Berger der Tatverdächtige in diesem Fall? Fahndete die Hauptkommissarin nach ihm?

Bauer wollte sich schon abwenden, da sah er auf der Erde neben den Campingmöbeln etwas glitzern. Er ging näher und bückte sich. Es war ein Handy. Das Display war zersplittert, das Gerät völlig zerstört. Es war nicht nur heruntergefallen. Jemand hatte es zertreten.

Offenbar wusste Leon, dass die Polizei nach ihm suchte. Er war auf der Flucht.

15

Jedes Krankenhaus hatte einen Platz oder eine versteckte Nische, wo sich Nikotinsüchtige versammelten wie eine Horde Aussätziger. In der Berufsgenossenschaftlichen Unfallklinik war es der Eingang zur Grünanlage.

Dohr und Coenes erkannten sie schon von Weitem. Ein knappes Dutzend Männer und Frauen in ausgebeulten Trainingsanzügen und mit Gesichtern, die aussahen, als sei das Leben einfach über sie hinweggerollt. Sie hockten auf eisernen Parkbänken oder hielten sich an Infusionsständern fest. Bei manchen wirkte die Zigarette, als sei sie das Einzige, das sie noch am Leben hielt.

»Ich hasse Krankenhäuser«, sagte Senta Coenes und zog den Reißverschluss ihres gefütterten Parkas nach oben. »Mein Vater lag fast ein halbes Jahr auf der Inneren, dann ist er gestorben.«

Dohr murmelte eine Beileidsbekundung.

»Ich musste ihn jeden zweiten Tag besuchen. Meine Mutter wollte das. Sie hat gearbeitet. Eigentlich war es nur die Gallenblase. Aber dann haben ihn diese Krankenhaus-

139

keime erwischt. Die Ärzte haben alles versucht, was damals möglich war.«

»Wie alt warst du?«

»Zwölf.«

Dohrs Eltern waren noch gesund und munter. Ihr Vater lebte mit der Frau, die er sich aus Thailand mitgebracht hatte, in dem Haus, in dem Dohr aufgewachsen war, und weinte den guten alten DDR-Zeiten nach. Dass er damals nur Westfernsehen gesehen und auf die Bonzen geschimpft hatte, wollte er nicht mehr wissen. Dohrs Mutter war nach der Wende in den Westen gegangen. Sie hatte nicht wieder geheiratet. Jetzt arbeitete sie in der Disposition eines bayerischen Logistikunternehmens und unternahm so viele Busreisen, wie sie nur konnte. Letztes Jahr war sie in Schottland und Marokko gewesen.

Eine übergewichtige Frau in rosafarbener Ballonseide und mit Plastikschläuchen in den Nasenlöchern zog an ihrer Menthol-Zigarette und wurde umgehend von einem Hustenanfall geschüttelt. Ihre Schicksalsgefährten quittierten es mit stoischem Gleichmut.

Coenes deutete auf einen Mann mit eingegipstem Bein, der als Einziger im Rollstuhl saß. »Das muss er sein.«

Sie hatten Herbert Koonz zuerst auf der Unfallchirurgischen Station gesucht. Eine Schwester hatte ihnen verraten, dass er mal wieder »unten war«.

»Wenn der hochkommt, riecht der wieder wie ein voller Aschenbecher.«

Koonz war nicht ihr Lieblingspatient, so viel war klar.

»Seine Finger kann er auch nicht bei sich behalten. Können Sie den nicht mitnehmen?« Ein Scherz.

»Herr Koonz?«

Der Mann im Rollstuhl richtete sich auf. Er war nachlässig rasiert, seine Haare sahen aus, als habe sie einer seiner Kollegen mit der Blechschere geschnitten. Er trug einen grünen Trainingsanzug, sein linker Fuß steckte in einem schmuddelig-weißen Socken und einem gestreiften Badelatschen.

Er grinste. »Ah, die Zeugen Jehovas?«

Alle lachten. Offenbar war Koonz der Spaßvogel der Gruppe. Dohr und Coenes wiesen sich aus. Für einen Moment verschwand die launige Selbstsicherheit aus den Augen des Mannes. Dann erinnerte er sich daran, was er seinem Publikum schuldig war.

Er streckte ihnen die gekreuzten Handgelenke entgegen. »Okay! Ich war's! Ihr könnt mich verhaften.«

»Was waren Sie?«, fragte Dohr ohne jeden Funken Humor.

»Keine Ahnung, Leute. War nur ein Witz«, kam der verunsicherte Koonz wieder zum Vorschein.

Auch Coenes verzog keine Miene. »Echt zum Totlachen, Herr Koonz. Können wir uns irgendwo allein unterhalten?«

Koonz hatte anscheinend nicht vor, sein Publikum im Stich zu lassen. »Wir haben hier keine Geheimnisse. Stimmt's, Leute? Wir erzählen uns alles – vom Katheter bis zur Bettpfanne.«

Erneutes Gelächter. Na schön, wenn er es so wollte, dachte Dohr. Sie deutete auf sein eingegipstes Bein.

»Wie ist das passiert?«

»Deshalb seid ihr hier? Und ich dachte wegen der Leiche.«

Er wusste also Bescheid. Einer seiner Kollegen musste ihn angerufen haben. Vielleicht sogar Stankowski selbst.

»Also?«

»Na, was schon? Ich bin auf der Scheißtreppe ausgerutscht.«

»Sie wollten in den Führerstand?«, fragte Coenes.

»Na, fensterln bestimmt nicht.«

Der Brüller. Das Publikum kam auf seine Kosten.

»Wir sind irritiert«, sagte Dohr. »Ihr Chef meint, Sie kontrollieren bei jedem Fahrzeug, das in die Presse kommt, den Kofferraum.«

Koonz' Augen verengten sich. »Tu ich auch.«

»Und wieso haben Sie die Frau dann nicht gefunden?«, fragte Coenes.

»Oder haben Sie sie gesehen und den Deckel einfach wieder zugemacht?«, setzte Dohr nach.

Koonz starrte sie an. Seine Hände hatten die Greifreifen des Rollstuhls gepackt und ließen ihn vor und zurück rollen, als wolle er gleich einen Schnellstart hinlegen. Die Energie hatte sich verändert. Das Publikum spürte es. Kein Feixen mehr.

»Mann, vielleicht habe ich es ausnahmsweise mal vergessen! Nobody is perfect. Okay? Hätte ich den Scheißdeckel bloß aufgemacht! Dann säße ich jetzt nicht hier!«

Koonz' Blick wanderte zu seinem Publikum, aber das schien die Seiten gewechselt zu haben.

»Was ist mit den anderen?«, fragte Dohr.

»Den anderen was?«

»Den anderen Autos, die in die Presse sollten. Haben Sie bei denen auch ›vergessen‹, den Kofferraum zu überprüfen?«

»Zweiundvierzig Fahrzeuge«, ergänzte Coenes.

Hinter der Stirn des Mannes arbeitete es. Entweder versuchte er, sich zu erinnern, oder er überlegte, mit welcher Lüge er den wenigsten Ärger kriegen würde.

»Ich erinnere mich nicht. Muss der Schock gewesen sein. Das tat nämlich verdammt weh. Okay?« Er klopfte auf den Gips.

»Also haben Sie nur diesen einen Kofferraum ›vergessen‹, Herr Koonz?«

»Scheiße, was soll das? Wollen Sie mir was anhängen?«

»Vielleicht haben Sie den Deckel ja aufgemacht und gedacht: Das fehlt mir gerade noch, ich tu mal so, als hätte ich nichts gesehen.«

Dohr und Coenes spielten sich jetzt die Bälle zu.

»Aber Sie waren aufgeregt und sind auf der Treppe ausgerutscht.«

Die Zuhörer hatten aufgehört, an ihren Zigaretten zu ziehen. Das hier war besser als Reality-TV.

»Okay, okay. Ich hab mir den einen geschenkt. War doch sowieso der Letzte in der Reihe. Mann, ich arbeite da seit neun Jahren und habe noch nie was gefunden! Zufrieden?«

Dohr und Coenes schwiegen. Die wenigsten hielten die Stille aus. Koonz gehörte dazu.

»Und wissen Sie was? Ich bin froh darüber. Ich brauche

in meinem Kopf kein Bild von einer abgemurksten Alten, das ich dann jedes Mal sehe, wenn ich einen Kofferraum aufmache.«

Er atmete hörbar aus. Entweder war er erleichtert, weil die Wahrheit endlich raus war, oder weil ihm doch noch eine halbwegs plausible Lüge eingefallen war.

Dohr öffnete das Foto in ihrem Smartphone. »Kennen Sie diese Frau? Haben Sie sie schon mal gesehen?«

Sie hielt ihm das Foto, das der Polizeifotograf ihr gemailt hatte, vors Gesicht. Koonz warf einen kurzen Blick auf das Display, wandte sich aber sofort ab.

»Sehen Sie richtig hin, verdammt noch mal!«

Er schüttelte den Kopf. »Kenne ich nicht.«

Von seiner großen Klappe war nichts übrig geblieben.

Dohr wandte sich an die Zuschauer. »Und? Hat's Spaß gemacht?«

Als sie vom Krankenhausparkplatz fuhren, sagte Coenes: »Er lügt.«

Sie nickte. »Fragt sich nur, in welchem Punkt und warum?«

16

Gegen Mittag rollte Martin Bauer zum ersten Mal seit vier Monaten auf den Parkplatz des Polizeipräsidiums. Es fühlte sich merkwürdig an. War es möglich, dass ihm seine Arbeit hier doch fehlte?

Er betrat die Eingangshalle. Sie war leer bis auf den Polizeihauptkommissar, der hinter dem Empfangstresen Dienst tat. Bauer kannte ihn, hatte seinen Namen aber vergessen. Eigentlich passierte ihm das nie. Anscheinend wirkte sich der Daueraufenthalt in der Babywelt auch auf seine kognitiven Funktionen aus.

Der Mann nickte ihm freundlich zu. »Gratuliere, Herr Pfarrer!«

Bauer wusste, was er meinte. »Danke!«

»Ein Mädchen, oder? Wie heißt sie denn?«

»Marie.«

»Ist Ihre Zweite, oder? Da müssen Sie's wohl noch mal versuchen.« Der Polizeihauptkommissar grinste.

Der Mann stand kurz vor der Pensionierung und gehörte noch der Generation an, für die männlicher Nachwuchs ein Muss war.

»Meinen Sie, mir fehlt ein Stammhalter, Herr Tietz?«, fragte Bauer. Der Name des Beamten war ihm wieder eingefallen.

Hauptkommissar Tietz lachte. »Ist heute nicht mehr so modern, ich weiß.«

Bauer winkte ihm zu und durchquerte die Halle. Er würde an die Tür seines Büros klopfen, in dem jetzt sein Stellvertreter saß. Es war Sonntag, Pfarrer Achnitz würde vermutlich nicht da sein. Aber der Versuch genügte als Vorwand für einen Besuch bei Hauptkommissarin Dohr.

Er bog zu dem Seitentrakt ab, in dem sein Büro lag. Fast wäre er mit Polizeidirektor Lutz zusammengestoßen. Einen Moment lang standen sie einander schweigend gegenüber. Sie waren keine Freunde.

Der cholerische und selbstgerechte Leiter der Direktion Kriminalität hasste alles an Bauer, von dessen unkonventioneller Arbeitsauffassung bis zu seiner kompromisslosen Parteinahme für in Schwierigkeiten geratene Polizisten, traumatisierte Opfer und verstörte Zeugen. Dass die meisten Beamten den Polizeiseelsorger als einen der ihren betrachteten, machte Bauer zu einem Dorn im Fleisch des Polizeidirektors. Lutz wartete auf den einen Fehler, mit dem Bauer sich das Genick brechen würde. Bisher vergeblich. Aber da war noch mehr. Lutz hatte Angst vor ihm.

Vor anderthalb Jahren hatte Bauer ein seelsorgerisches Gespräch mit einem Dienstgruppenleiter geführt. Der Mann hatte Bauer etwas anvertraut, ein schmutziges Geheimnis. Nicht sein eigenes, sondern das von Lutz. Kurz darauf hatte der Beamte vorzeitig den Dienst quittiert. Zwei Monate später war er tödlich verunglückt.

Lutz wusste, dass der Beamte bei ihm gewesen war. Die Vorstellung, dass der Polizeiseelsorger den dunklen Fleck auf seiner Weste kannte und er sich auf das Seelsorgegeheimnis verlassen musste, machte ihn wahnsinnig. Bauers Elternzeit musste ihm wie Urlaub vorkommen.

Lutz sah aus, als hätte er in etwas Saures gebissen. Er starrte Bauer an und suchte nach den passenden Worten. Bauer erlöste ihn.

»Hallo, Herr Polizeidirektor. Wie geht es Ihnen?« Bauer streckte ihm die Hand entgegen. »Machen Sie Wochenenddienst?

Lutz brachte seine Gesichtsmuskeln unter Kontrolle, ein falsches Lächeln erschien auf seinem Gesicht. »Was? Nein ... Tag, Herr Pfarrer ... Ist Ihre Elternzeit schon vorbei?«

»Keine Sorge. Ich besuche nur meinen Stellvertreter. Mal hören, wie es ihm geht. Vielleicht kann ich ihm den einen oder anderen Rat geben.«

Bauer sah, wie Lutz die Stirn runzelte und die Augen zusammenkniff. Offenbar fasste er den letzten Satz als Drohung auf.

Er räusperte sich. »Und mit dem Baby alles okay? Gesund und munter?« Lutz quälte sich durch eine Runde Small Talk. Bauer gab die passenden Antworten. Der Polizeidirektor sah auf seine Uhr. »Tja, ich muss weiter. Alles Gute noch.«

Lutz eilte davon. Es war ihm gelungen, dass sich Bauer beinahe fühlte, als sei er nie weg gewesen.

Er klopfte an die Tür des Büros, das bis vor vier Monaten seins gewesen war. Zu seiner Überraschung öffnete sich die Tür, und sein Stellvertreter stand vor ihm.

Pfarrer Achnitz trug die Schutzweste mit der Aufschrift *Seelsorger* und war in Eile. Er freute sich, Bauer zu sehen, musste aber sofort los, um einen Großeinsatz zu betreuen. Ein Sonntagsspiel der Bundesliga, Dortmund gegen Eintracht Frankfurt. Die Kollegen erwarteten einen Hooligan-Feiertag.

Bauer wünschte ihm Glück.

Verena Dohrs Bürotür war geschlossen. Vielleicht war die Hauptkommissarin gar nicht im Haus. Er klopfte. Keine Antwort. Er öffnete die Tür.

Verena war über die Tastatur ihres Computers gebeugt. Zwischen ihren Augenbrauen stand eine tiefe Falte, und ihre Kaumuskeln traten hervor, während sie versuchte, den USB-Stecker des Kabels im schrägen Winkel in die Buchse an der Tastatur zu bekommen.

»Was ist?«, blaffte sie, ohne aufzuschauen, und fügte hinzu, irgendwann werde sie die verdammte Steinzeittechnik in diesem Laden aus dem Fenster werfen.

»Darf ich mal?«, fragte Bauer.

Verena fuhr hoch. Einen Moment lang sah sie ihn überrascht an, dann sagte sie: »Was wollen Sie denn hier?«

Bauer nahm die Tastatur vom Schreibtisch und schob

den USB-Stecker in die Buchse. »In meiner Pfarrei hatte ich auch mal so ein Teil. Ist allerdings zehn Jahre her.«

Verena sah ihn unverwandt an. Schließlich sagte sie: »Ich hab's geahnt, Sie halten es nicht aus.«

»Merkwürdiger Empfang für einen kleinen Freundschaftsbesuch, Frau Dohr.« Er stellte die Tastatur zurück auf den Tisch.

»Ein Freundschaftsbesuch? Wirklich?« Ihr Blick wurde misstrauisch.

»Ja. Ich war unten bei meinem Stellvertreter. Wollte mal hören, wie er mit der Todesnachricht klarkommt. Hatten Sie schon Ihre Nachbesprechung?«

Ihre Miene entspannte sich. »Noch keine Zeit. Was sagt er?«

»Nichts. War unterwegs zum Dortmundspiel. Gegen Frankfurt.«

»Ach ja, gegen Frankfurt.« Sie nickte. »Da könnten einige religiösen Beistand vertragen.«

»Und Sie? Sonntagsarbeit? Solange der Fall noch frisch ist?«

Sie zuckte mit den Achseln. »Die ersten achtundvierzig Stunden, Sie wissen ja.«

Er schwieg einen Moment, dann fragte er: »Haben Sie schon eine Spur? Oder einen Verdächtigen?«

Ihr Misstrauen war sofort wieder da. »Warum wollen Sie das wissen?«

»Ich war dabei, als die Eltern es erfahren haben, Frau Dohr«, erwiderte er ruhig und fürchtete sich schon jetzt vor dem Moment, in dem er ihr reinen Wein einschenken musste.

Sie überlegte kurz, dann nickte sie. »Wir fahnden nach einem Mann, Anfang zwanzig.«

»Wie sind Sie auf ihn gestoßen?«

»Fingerabdrücke. Auf der Tatwaffe. Er ist vorbestraft.«

»Weswegen?«

Ihre Hand wanderte zu der Akte auf ihrem Schreibtisch, sie öffnete sie aber nicht. »Ein paar Jugendstrafen, alles Kleinkram. Zuletzt Unfallflucht.«

Sie hätte ebenso gut Leons Namen nennen können. Bauer wusste, dass die Hauptkommissarin den Schock in seinem Gesicht sah. Auf der Akte klebte ein gelber Zettel mit Leons Namen und Adresse.

Schnell sagte er: »So jung ... Wissen Sie, warum er es getan hat?«

»Wir werden ihn fragen, wenn wir ihn haben.«

Bauer dachte an das neunte Gebot: *Du sollst nicht falsch Zeugnis reden ...* Dagegen stand seine Verschwiegenheitspflicht als evangelischer Seelsorger. Yildiz hatte sich ihm anvertraut. Alles, was er über Leon wusste, hatte er von ihr. Er konnte sein Wissen nicht mit Verena teilen, ohne das Seelsorgegeheimnis zu verletzen. Jedenfalls sah er das so.

Er merkte, dass sie ihn argwöhnisch musterte. »Aber unter seinen Vorstrafen sind keine Gewaltdelikte?«

»Er hatte mal Ärger als Türsteher.«

»Hmm ...«

Sie hörte seinen Zweifel. »Nicht zufrieden, Herr Pfarrer?

Er hatte die Waffe in der Hand, so viel steht fest. Ist Ihre Neugier jetzt befriedigt?«

Bauer hatte seine Antwort noch nicht gefunden, als die Tür aufging und Oberkommissarin Coenes eintrat. Wie Verena war sie überrascht, ihn zu sehen.

»Hallo, Herr Pfarrer. Ist das Jahr schon um?« Sie meinte die Elternzeit, und es war ein Scherz.

Er rang sich ein Lächeln ab. »Keine Angst, das ist nur ein Freundschaftsbesuch.«

»Und wie geht's der Kleinen?«

Verena unterbrach sie. »Senta! Was gibt's?«

Coenes nickte ihm bedauernd zu. Die Arbeit ging vor. »Ich habe was über Koonz.«

»Er hat eine Strafakte?«

Coenes schüttelte den Kopf. Sie schaute auf den Ausdruck in ihrer Hand. »Er war Zeuge. Vor zwei Jahren. Eine Schießerei in einer Trinkhalle.«

Verena runzelte die Stirn. »Ich erinnere mich. Irgendein Ärger zwischen zwei Motorradgangs.«

»Richtig. Worum es ging, ist nicht rausgekommen. Aber Koonz war zufällig in dem Kiosk, als es knallte. Ein Zeuge hat ausgesagt, ein Mitglied der Death Riders habe einen der Oguz Devils angeschossen. Koonz hat widersprochen. Der erste Zeuge hat seine Aussage später zurückgezogen. Der vermeintliche Schütze wurde freigesprochen.«

»Was hat denn der gesagt, der angeschossen wurde?«, fragte Bauer.

Verena warf ihm einen missbilligenden Blick zu, antwortete aber trotzdem. »Diese Typen regeln das lieber untereinander. Ehrensache«, fügte sie sarkastisch hinzu. Dann fixierte sie Bauer streng. »Was machen Sie noch hier? Wir haben zu tun.«

Wieder lächelte er. »Ich habe mich auch gefreut, Sie wiederzusehen. Schönen Tag noch.«

Er verließ das Büro. Als er vor der Tür stand, war von seinem falschen Lächeln nichts mehr übrig. Leon hatte eine Frau getötet. Behaupteten jedenfalls seine Fingerabdrücke.

Hauptkommissar Karman kam den Flur heruntergerannt. Als er Bauer sah, geriet er kurz aus dem Tritt. Dann lief er wortlos an Bauer vorbei und verschwand in Dohrs Büro.

»Wir haben das Wohnmobil!« Karman klang wie ein Zocker, der den Pott gewonnen hatte. »Es ist vor einer Minute auf den Parkplatz am Landschaftspark gefahren. Der Wächter hat das Kennzeichen erkannt.«

Einen Moment herrschte Stille. Dann hörte Bauer Verenas Stimme: »Okay. Alarmieren Sie die Essener Kollegen.«

In Essen befand sich der nächstgelegene Standort für Spezialeinheiten der Polizei. Sie setzte das SEK in Marsch.

Er musste sich beeilen.

17

Horst Melzer stand vor der schwersten Entscheidung seines bisherigen Rentnerlebens. Wenn er den Platz verließ, wenn er sich nicht mehr gegen die Anarchie stemmte, die hier an den Wochenenden drohte, würde unweigerlich das Chaos ausbrechen. Wenn er jedoch auf seinem Posten blieb und seine Pflicht erfüllte, entkam womöglich ein Mörder.

Gut, dem Kriminalbeamten am Telefon war das Wort »Mörder« nicht über die Lippen gekommen. Er hatte lediglich von einer »im Zusammenhang mit einem Tötungsdelikt dringend gesuchten Person« gesprochen. Aber schon im nächsten Satz hatte er davor gewarnt, sich dem Gesuchten zu nähern oder ihn gar anzusprechen. Für Melzer war die Sache damit klar. Er kannte sich mit dem Jargon der Polizei aus, gehörte er doch zu den 6 120 *Freunden der Polizei NRW Duisburg* – auf Facebook.

Vor seinem Rentnerdasein hatte er sich nie für das Internet interessiert. Ganz im Gegensatz zu seiner Frau, die lange vor ihm die Möglichkeiten erkannt hatte, welche die sogenannten sozialen Medien eröffneten. Allerdings dienten sie Tini hauptsächlich dazu, Kontakt zu den Kindern und Enkeln zu halten. Tatsächlich wusste sie nun mehr über ihre Töchter als früher, obwohl die drei schon seit Jahren über die ganze Republik verstreut lebten und nur selten zu Besuch kamen. Ganz gleich, ob es sich um die letzte sportliche Aktivität, den jüngsten Kinobesuch oder den aktuellen Beziehungsstatus handelte, seine Frau war immer auf dem neuesten Stand. Die jungen Leute veröffentlichten ja nicht nur die belanglosesten Alltäglichkeiten, sondern auch ihre persönlichsten Dinge.

Er selbst hingegen wäre nie auf die Idee gekommen, die Welt mit Fotos von seinem Mittagessen zu belästigen, oder – noch absurder – seiner Frau in einem Kommentar zu übermitteln, dass er sie liebte. Wozu etwas mitteilen, das niemanden interessierte? Oder etwas, das der Adressat ohnehin wusste? Noch dazu in aller Öffentlichkeit? Nein, er nutzte das World Wide Web so, wie es seiner Meinung nach alle mündigen Bürger tun sollten: als unerschöpfliche Quelle für wirklich relevante Informationen. In seiner Facebook-Freundesliste fanden sich keine persönlichen Bekannten, sondern die Profile und Seiten öffentlicher Institutionen und seriöser Nachrichtenportale.

Obwohl auch seine Frau zu den Menschen gehörte, die die Möglichkeiten des Internets nicht einmal ansatzweise ausschöpften, war er ihr dankbar. Sie hatte ihm den Weg in das digitale Universum gewiesen und ihn damit vor der drohenden Lethargie des Rentnerdaseins bewahrt. Nach seinem langen Berufsleben war er überzeugt gewesen, sich über die menschliche Natur keine Illusionen mehr zu machen. Er hatte sich getäuscht. Zu Anfang hatten ihn die Aggressivität und die Dummheit, die viele Zeitgenossen in ihren Posts und Kommentaren an den Tag legten, erschüttert und abgeschreckt. Doch dann hatte er beschlossen, den Kampf aufzunehmen. Nun ging er täglich online in den gesellschaftlichen Diskurs.

Auch seinen Minijob verdankte er dem Internet. Die Seite des Landschaftsparks Duisburg-Nord war eine der Ersten gewesen, die er *geli*kt hatte. Am nächsten Tag hatte er den Post mit der Stellenausschreibung gesehen und umgehend geantwortet. Als ehemaliger Außendienstmitarbeiter des Ordnungsamts Duisburg war er prädestiniert für die Nebentätigkeit als Parkplatzwächter. Er hatte die Stelle sofort bekommen. Seitdem gewährleistete er an Tagen mit erhöhtem Besucheraufkommen die öffentliche Sicherheit auf dem Hauptparkplatz des Landschaftsparks. Obwohl er die Bezeichnung »Hilfspolizist« für seinen ehemaligen Beruf immer abgelehnt hatte, hatte er sich in seiner aktiven Zeit doch stets als Teil der Staatsgewalt gefühlt, die auch für die Gefahrenabwehr zuständig war. Hier, auf diesem Parkplatz, fühlte er sich noch immer so. Heute mehr als an jedem Tag zuvor.

Der umgebaute Mercedes Transporter war ihm direkt aufgefallen, als das Fahrzeug in die Zufahrt abgebogen war. Das hatte zwei Gründe. Zum einen gab es auf dem Parkplatz eine eigens für Wohnmobile reservierte Stellfläche. Doch die war wegen des Lichterfests schon seit dem Vortag voll belegt. Die spektakulären Laser-Installationen zogen viele Besucher an, die in ihren Campern übernachteten.

Ungleich schwerer wog jedoch der zweite Grund. Die *Po-*

lizei NRW *Duisburg* hatte am Morgen einen Fahndungsaufruf gepostet. Gesucht wurde ein einundzwanzigjähriger Mann, der »möglicherweise mit einem zum Wohnmobil umgebauten Mercedes-T2-Transporter unterwegs« war. Horst Melzer hatte sich im Laufe seiner Dienstjahre ein hervorragendes Gedächtnis für amtliche Kennzeichen antrainiert. Es funktionierte immer noch einwandfrei. Er hatte keine Sekunde gezögert.

Während er mit dem 11. Kommissariat telefoniert hatte, war er dem alten T2 unauffällig gefolgt. Der Fahrer hatte das schwere Fahrzeug zur Wohnmobilstellfläche gelenkt, dort vergeblich nach einem freien Platz Ausschau gehalten, war dann weiter durch die engen Reihen parkender Pkw gerollt, ohne jedoch eine Lücke zu finden, die breit genug für den Kleinlaster gewesen wäre. Schließlich hatte er auf dem Parkstreifen für Reisebusse angehalten und den Motor abgestellt. Eine klare Ordnungswidrigkeit. Aber Melzer hatte sich an die Anweisung des Kriminalbeamten gehalten und nichts unternommen, sondern den Wagen nur aus sicherer Entfernung beobachtet.

Niemand war ausgestiegen. Melzer hatte sich gefragt, ob der Gesuchte hier in Deckung gehen wollte. Keine ganz dumme Idee. Die Wahrscheinlichkeit, von einer Streife entdeckt zu werden, war auf dem riesigen Parkplatz sicher geringer als im fließenden Verkehr. Nachdem einige Minuten ereignislos verstrichen waren, hatte Melzer überlegt, zur Einfahrt des Parkplatzes zurückzukehren, dort auf das Eintreffen der Polizei zu warten und währenddessen weitere ankommende Besucherfahrzeuge aus Sicherheitsgründen abzuweisen.

Und da passierte es: Die Fahrertür wurde geöffnet. Ein Mann kletterte aus dem Mercedes. Die weit über den Kopf gezogene Kapuze seiner Jacke verbarg sein Gesicht. Aber seine Statur entsprach der Personenbeschreibung aus der Fahndungsmeldung. Er kam auf Melzer zu, stutzte, als er ihn entdeckte – und blieb stehen.

»Ist es okay, wenn ich kurz da parke? In 'ner halben Stunde bin ich wieder weg.«

Verdammt! Die Warnweste hatte ihn verraten. Melzer bekam keinen Ton heraus. Er nickte nur stumm.

»Super. Echt nett von Ihnen. Danke.«

Der Mann ging weiter.

Er war immer höflich und nett. Sagten das nicht oft Zeugen über Mörder, die jahrelang unentdeckt in ihrer Nachbarschaft gelebt hatten? Melzer erschauderte.

Der Mann verließ den Parkplatz, überquerte die Straße und ging auf den Haupteingang des Landschaftsparks zu. Was, wenn er gar nicht vorhatte zurückzukommen? Wenn er nur sein auffälliges Fahrzeug loswerden, in den Massen der Besucher abtauchen und über das hundertachtzig Hektar große unübersichtliche Gelände fliehen wollte? Melzer blickte die Straße hinunter. Nirgends eine Spur von der Polizei.

Der Mann mischte sich unter die Besucher, die am Torhaus des ehemaligen Hüttenwerks vorbei auf das Gelände des Industrieparks strömten.

Das war der Zeitpunkt, eine Entscheidung zu treffen.

Melzer atmete tief durch. Dann riss er sich die Warnweste vom Leib, warf sie in die Ligusterhecke neben der Einfahrt und nahm die Verfolgung auf.

18

Bauer schaffte die knapp neun Kilometer in Rekordzeit. Wochentags hätte er für die Strecke doppelt so lange gebraucht. An diesem Sonntag jedoch hatte auf der A 59 nur spärlicher Verkehr geherrscht. Leider war das kein Vorteil. Die Spezialkräfte, die sich vermutlich längst aus Essen auf den Weg gemacht hatten, würden noch schneller unterwegs sein als er.

Im Gegensatz zur Autobahn war der Parkplatz vor dem Landschaftspark überfüllt. Pkw rollten auf der Suche nach einer Lücke durch die Reihen. Auch Bauer hielt fieberhaft Ausschau. Aber er sah weder Leons Wohnmobil noch den Parkplatzwächter, der die Polizei informiert hatte. Bauer versuchte, seinen Vorsprung abzuschätzen. Zehn Minuten? Fünfzehn? Nicht viel Zeit, um einen flüchtigen Mordverdächtigen zu überreden, sich zu stellen, selbst wenn er unschuldig sein sollte. War Leon unschuldig? Wie kamen dann seine Fingerabdrücke auf die Tatwaffe? Und was wollte er hier? Bestimmt nicht das Lichterfest besuchen. Er wusste, dass nach ihm gefahndet wurde. Oder gab es doch eine andere Erklärung für das zerstörte Handy? Bauer fiel keine ein.

Ein lautes Hupen riss ihn aus seinen Gedanken. Zwei

Parkreihen weiter rangierte ein Reisebus. Der Fahrer gestikulierte wütend hinter seinem Steuer. Dann sah Bauer, warum. Ein alter Mercedes Kleinlaster blockierte den für Busse reservierten Seitenstreifen. Leons Wohnmobil!

Er gab Gas und quetschte sich an dem Minivan vorbei, der vor ihm an den parkenden Fahrzeugen entlangschlich. Am Ende der Reihe bremste er kurz ab und schoss um die Ecke. Ein VW Polo kam genau auf ihn zu. Zentimeter vor der Stoßstange brachte Bauer sein Auto zum Stehen. Die Fahrerin starrte ihn erschrocken an.

Yildiz.

Er sprang aus seinem Kombi, lief zu ihr und riss die Fahrertür auf. »Was machen Sie hier? Hat Leon Sie herbestellt?«

Sie zögerte.

»Da steht sein Wohnmobil«, fuhr Bauer eilig fort. »Die Polizei ist schon auf dem Weg.«

Ihre Augen weiteten sich. »Er will sich mit mir treffen.«

»Im Camper?«

»Im Park. Er hat mir eine SMS geschickt. Ich kannte die Nummer nicht. Aber die Nachricht kann nur von ihm sein. Wir waren vorigen Sommer hier schwimmen. Am Klarwasserkanal.«

»Okay. Ich suche ihn.«

»Ich komme mit!«

»Nein«, erwiderte er entschieden. »Sie fahren wieder. Sofort! Ich sorge dafür, dass er sich stellt.«

»Er ist unschuldig. Er könnte niemals jemanden ermorden.«

»Dann wird ihm auch nichts passieren. Ich kenne die ermittelnde Beamtin. Sie ist eine der Besten.«

Yildiz zögerte.

»Bitte, fahren Sie!«

Sie atmete durch. »Passen Sie auf ihn auf?«

»Mache ich. Ich rufe Sie an.«

Sie zog die Fahrertür zu, umkurvte seinen Passat und fuhr davon.

Erneut hörte Bauer ein Hupen. Hinter seinem Auto stand der Minivan. Das Paar auf den Vordersitzen sah ihn böse an. Er stieg wieder ein, fuhr an das andere Ende des Platzes und parkte im Halteverbot. Dann rannte er los.

Als er die Ausfahrt erreichte, bog Yildiz gerade in ihrem Polo auf die Straße ab. In der Ligusterhecke neben dem Bürgersteig hing eine Warnweste. Sie trug den Aufdruck des Landschaftsparks.

Er überquerte die Fahrbahn. Aus Richtung Autobahn kamen zwei Pkw mit hoher Geschwindigkeit heran. Der Erste war ein BMW. Verena Dohr fuhr dasselbe Modell in derselben Farbe als Dienstwagen. Obwohl er sicher war, dass sie ihn auf diese Entfernung nicht erkennen konnte, wandte er sein Gesicht ab und spurtete um die Ecke des alten Backsteingebäudes neben dem Haupteingang. Der Zugang zum Park war kostenlos, das Gelände war frei zugänglich. Fast wäre Bauer auf dem Kopfsteinpflaster der breiten Zufahrt ausgerutscht. Er verlangsamte sein Tempo.

Die Hauptkommissarin würde vermutlich auf das Sondereinsatzkommando warten, bevor sie sich dem Wohnmobil nähern und feststellen würde, dass es leer war. Erst danach würde sie die Umgebung absuchen lassen. Er hatte also immer noch Vorsprung. Und er wusste, wo er Leon suchen musste. Jedenfalls ungefähr. Der Kanal hinter dem Kühlwerk hatte eine Länge von mehreren Hundert Metern.

Bauer versuchte, sich an den kürzesten Weg dorthin zu erinnern. Er kannte den Park gut. Als Nina noch klein gewesen war, hatten sie regelmäßig Familienausflüge hierher gemacht. Doch das Gelände war riesig, und durch die gigantischen Industrieanlagen zog sich ein Labyrinth von Wegen und Gängen. Schon jetzt waren viele Besucher darauf unterwegs. Die Lichtinstallationen würden zwar erst in einigen Stunden mit Einbruch der Dunkelheit zur Geltung kommen. Aber bis dahin lockten ein Kunsthandwerkermarkt und das Musikprogramm auf der Bühne vor der Gießhalle 1. Hier hatte früher schon nachts der Himmel geglüht. Jedoch nicht befeuert von einer Lasershow, sondern beim Abstich des Hochofens, im Widerschein des flüssigen, zweitausend Grad heißen Roheisens.

Bauer beschloss, die Route durch die Vorratsbunker zu nehmen. Das war zwar ein Umweg, aber auf der Gießstraße kam er besser voran als quer durch die Marktstände. Er rannte, so schnell es eben noch möglich war, ohne einen Zusammenstoß zu riskieren.

Er bog zu den Bunkern ab. Riesige dunkle Räume, Projektoren warfen Bilder aus der Blütezeit des Hüttenwerks an die nackten Betonwände. Ein Metallsteg führte mitten hindurch. Die Gitterroste dröhnten unter Bauers Schritten. Die Besucher machten ihm erschrocken Platz.

Als er wieder ans Tageslicht kam, hämmerte sein Herz.

Vorbei am Kühlwerk und den Klärbecken, erreichte er die Werkstraße. Sie verlief unmittelbar am Klarwasserkanal. Keuchend blieb er stehen.

Hier waren nur noch wenige Menschen unterwegs. Keiner von ihnen sah aus wie Leon Berger. Auf dieser Seite war die Böschung des Kanals dicht bewachsen und von einer Mauer gesäumt. Im Abstand von gut fünfzig Metern gab es Durchgänge. Dahinter lagen Treppen. Sie führten zwischen Bäumen und Büschen hindurch zu kleinen Badeinseln, die ins Wasser hineingebaut worden waren. Auf einer davon hatte Leon wahrscheinlich im letzten Sommer mit Yildiz gelegen. Doch von seinem Standort aus konnte Bauer die Inseln nicht einsehen. Es würde Zeit kosten, sie einzeln abzusuchen. Zeit, die er nicht hatte.

Auf der anderen Seite zog sich ein Stahlgerüst am Ufer entlang. Darauf gab es einen Hochweg mit Sicht auf den Kanal.

Bauer wollte sich gerade wieder in Bewegung setzen, als er auf dem Hochweg einen Mann bemerkte, der regungslos dastand. Seine Kleidung, ein dunkelblauer Blouson und eine Hose derselben Farbe, erinnerte an die Uniformen städtischer Ordnungsamtsmitarbeiter. Der Mann sah unverwandt zu einem entfernten Punkt des Kanals. Als würde er etwas beobachten. Oder jemanden. Dabei telefonierte er mit seinem Handy.

Ein Bild blitzte in Bauers Kopf auf. Die Warnweste in der Hecke!

Der Parkplatzwächter war Leon gefolgt.

Nichts rührte sich im Wohnmobil.

Sie hatten ihre Dienstwagen an der Straße stehen lassen. Den Mercedes T2 hatten sie schnell gefunden. Sie standen zwei Reihen entfernt und beobachteten ihn aus der Deckung parkender Wagen. Selbst wenn sie näher herangerückt wären, hätten sie nur das leere Führerhaus einsehen können. Das kleine Fenster an der Seite des umgebauten Laderaums war verhängt.

»Wahrscheinlich wollte er die Karre nur loswerden«, knurrte Herwig. Der Ärger über die verpasste Ruderregatta hatte ihm nachhaltig die Laune verdorben.

»Auf einem Haltestreifen für Reisebusse, wo das sofort auffällt?«, erwiderte Coenes skeptisch. »Wäre ziemlich dämlich.«

»Einen Fingerabdruck auf der Tatwaffe zu hinterlassen zeugt auch nicht gerade von einem überdurchschnittlichen IQ«, mischte sich Karman ein.

Verena Dohr hielt den Täter nicht für dumm. Die Art und Weise, wie er den Leichnam hatte beseitigen wollen, war wohlüberlegt gewesen. Hätte der Plan funktioniert, wäre Roswitha Paesch spurlos verschwunden. Und mit ihr die Tatwaffe. Gut möglich, dass das Verbrechen nie entdeckt worden wäre. Bislang hatten sie nicht den kleinsten Hinweis auf den Tatort. Nur die Leiche und die Pistole mit dem Fingerabdruck eines Mannes, in dessen Akte sich Jugendstrafen wegen ziemlich dummer Delikte fanden.

Aast kam von seiner Suche nach dem Parkplatzwächter zurück. »Keine Spur von dem Mann.«

Verena wandte sich an Karman: »Du hast dir doch seine Nummer notiert, oder?«

»Klar«, kam es nach kurzem Zögern aggressiv zurück.

Karman war ein Arschloch. Grundlos aggressiv wurde er nie.

»Ruf ihn an! Er soll die Zufahrt sperren. Es sind zu viele Leute hier.«

»Der Notizblock liegt auf meinem Schreibtisch.« Der Hauptkommissar quetschte den Satz durch die zusammengebissenen Zähne.

Jetzt kannte sie den Grund. Karman wollte ihren Posten, er konnte sich keine Fehler erlauben.

»Dann ruf im Präsidium an. Jemand soll in dein Büro gehen und nachsehen.« Sie bemühte sich, neutral zu klingen.

Trotzdem sah er sie an, als hätte sie ihn absichtlich vor den Kollegen bloßgestellt. Er holte sein Handy hervor.

Verena blickte über den Parkplatz. Er war voll belegt, es würde nicht auffallen, wenn der Wächter die Zufahrt sperrte. Doch auch dann konnten jederzeit Besucher auftauchen, die zurück zu ihren Fahrzeugen wollten. Die andere Option war, den Platz komplett abzuriegeln. Aber das würde dauern, und Berger würde es womöglich bemerken. Dann verloren sie das Überraschungsmoment.

Kein guter Ort für einen Zugriff.

Karman beendete sein kurzes Telefonat. »Nummer kommt gleich.« Noch während er sprach, summte sein Handy. Verdutzt nahm er das Gespräch an. »Ja?« Plötzlich wechselte sein Gesichtsausdruck. »Stell ihn durch!« Er deckte das Mikrofon seines Handys ab und sah Verena an.

»Die Einsatzzentrale. Sie haben den Parkplatzwächter in der Leitung.« Dann sprach er wieder ins Handy. »Hallo? Hauptkommissar Karman hier. Wo stecken Sie?« Er hörte konzentriert zu. »Okay. Bleiben Sie dran!« Wieder wandte er sich an Dohr. »Unsere Zielperson ist im Landschaftspark.«

»Scheiße!«, entfuhr es ihr.

Im Laufschritt erreichten sie die Straße. Direkt vor ihnen bremsten zwei schwarze hochmotorisierte Limousinen hart ab. Durchtrainierte Männer in Freizeitkleidung sprangen aus den Autos.

Das SEK.

Sie kamen von rechts. Er sah sie, kurz bevor er die Treppe hinunter zur letzten Badeinsel erreichte. Im Sprinttempo kamen die Männer aus Richtung Klettergarten herangerannt. Sie hatten die direkte Route genommen. Aber sie hatten Bauer noch nicht bemerkt.

Mit zwei Sätzen war er an der Treppe. Leon stand auf der Badeinsel. Er starrte über den Kanal in Richtung Stahlgerüst. Hatte er den Parkplatzwächter entdeckt? Bauer bekam die Antwort, als er die Stufen hinabsprang. Leon fuhr herum. Schwer atmend verharrte Bauer. Sie sahen einander an.

Im nächsten Moment drehte Leon sich um und hechtete ins Wasser. Mit einem einzigen Schwimmzug durchtauchte er den schmalen Kanal, zog sich am anderen Ufer hoch, hetzte die Böschung hinauf, spurtete auf eine Schlackenhalde zu und verschwand im Unterholz eines Wäldchens.

Das Ganze hatte nur Sekunden gedauert. Bauer stand da

wie erstarrt. Er wusste, dass er Leon nicht einholen konnte. Das kleine Waldgebiet an der Halde zog sich bis zur Autobahn. Unmöglich zu sagen, in welche Richtung sich Leon wenden würde.

Bauer stieg die Treppe wieder hinauf. Die SEK-Beamten waren keine zwanzig Meter mehr entfernt. Im Schutz der Ufermauer kamen sie lautlos und mit gezogenen Waffen heran. Als Bauer auf den Weg trat, richteten sich alle Pistolen auf ihn. Er blieb stehen. Der Anführer des Trupps musterte ihn scharf, sah, dass er nicht der Gesuchte war, und gab seinen Männern ein Handzeichen. Sie ließen ihre Waffen wieder sinken. Bauer kannte keinen der Polizisten. Bei den Spezialkräften gab es kaum Beamte, die einen Seelsorger konsultierten. Der Teamführer legte einen Finger auf die Lippen und bedeutete Bauer, in welche Richtung er zu verschwinden hatte.

Bauer überquerte den Weg und drückte sich durch ein Gebüsch. Diesmal würde auch er die kürzeste Route nehmen: durch den Klettergarten, den der Alpenverein im Labyrinth der haushohen Tagesbunker eingerichtet hatte.

Bauer eilte durch die Betonschluchten. Da hörte er vor sich schnelle Schritte. Jemand kam ihm entgegen. Mit einem Satz verschwand er in einer dunklen Mauernische. Sekunden später rannte Hauptkommissar Karman vorbei. Er atmete schwer. Offenbar hatte er beim Tempo der SEK-Kollegen nicht mithalten können. Das würde an seinem Ego kratzen. Bauer hörte weitere Männer herankommen. Herwig und Aast keuchten vorüber. Danach wurde es still. Er wartete noch einige Atemzüge lang, dann spähte er in den

Gang. Niemand mehr zu sehen. Er trat aus seinem Versteck und lief weiter. Doch bevor er das Ende des Korridors erreichte, ertönte eine Stimme.

»Jetzt höre ich Sie wieder.«

Verena Dohr! Bauer blickte sich um. Auf beiden Seiten nur Betonwände.

»Durchs Wasser?! Scheiße! Bleiben Sie weiter dran!«

Im nächsten Moment kam die Hauptkommissarin um die Ecke. Sie hielt ein Handy in der Hand. Sie stoppte ab und starrte ihn entgeistert an.

»Ich wollte mit ihm reden«, kam Bauer ihrer Frage zuvor. »Aber er ist abgehauen.«

Ihre Augen verengten sich. »Haben Sie ihn gewarnt?«

»Nein«, erwiderte er fest.

Ihre Kiefermuskeln zuckten.

»Darüber sprechen wir noch«, presste sie hervor.

Dann lief sie an ihm vorbei.

Sie hatten keine Chance mehr.

Dohr stand auf der Promenade am Kanalufer. Eine Spur zog sich quer über den Weg. Das Wasser war aus der Kleidung des Flüchtigen auf den grauen Basaltsplitt getropft. Doch die dunkle Fährte verblasste schon. Ein paar Minuten noch, dann würde sie verschwunden sein. Wie Leon Berger.

Karman kam mit dem Gruppenführer des SEK-Teams aus dem Wäldchen, das am Fuß des Schlackenhügels begann. In diese Richtung war der Verdächtige gelaufen. Dohr zog an ihrer Zigarette, spürte die Hitze der Glut an ihren Fingern und schnippte die Kippe weg. Sie landete auf dem feuchten Splitt. Dohr trat sie aus. Es hatte keinen Sinn, die Spurensicherung herzubeordern.

»Das Scheißgestrüpp zieht sich bis zur Autobahn«, sagte Karman.

»Von der Ausfahrt Neumühl bis zum Kreuz Nord«, ergänzte der Parkplatzwächter ungefragt. »Mehr als die Hälfte des Parks besteht aus Grünflächen. Die Natur holt sich alles zurück. Es gibt hier mehr als siebenhundert Pflanzenarten.«

Dohr zwang sich zu einem kurzen Lächeln. Dieser Tag war garantiert ein Höhepunkt in seinem Rentnerleben.

»Mein Team kann da nicht mehr viel machen«, sagte der Gruppenführer. »Sie brauchen eine Hundertschaft, wenn Sie das Gelände absuchen lassen wollen. Mindestens.«

»Oder einen Mantrailer«, schlug Karman vor.

Vor ein paar Monaten hatten sie einen dieser Spürhunde vom Landesamt der Polizei angefordert. Auch damals war Bauer in den Fall verwickelt gewesen.

»Wenn der Kerl schlau ist, dann ist er längst über die Autobahn«, gab der Gruppenführer zu bedenken.

Das hatte Verena auch schon überlegt.

»Wir brechen ab«, beschloss sie. »Sie können abrücken.«

Der SEK-Mann nickte kurz und beorderte über Funk seine Leute zurück.

»Und was machen wir?« Karmans Miene ließ keinen Zweifel daran, dass er ihre Entscheidung für falsch hielt.

»Wir nehmen uns den Camper vor«, antwortete sie.

Coenes brauchte keine zwei Minuten, dann glitt die Schiebetür zur Seite.

»Gehört aber nicht zur Standardausrüstung«, knurrte Karman. Er meinte das Lockpicking-Set, mit dem sie das alte Schloss geknackt hatte.

»Ist ein Hobby«, erwiderte Coenes, »rein privat.« Sie blickte zu Dohr und machte eine einladende Geste in Richtung der Tür. »Bitte schön.«

»Sollten wir das nicht der Spusi überlassen?«, mischte sich Karman erneut ein.

Dohr ignorierte ihn und stieg in den Camper. Sie wusste nicht, wonach sie suchte. Kurz darauf hatte sie es gefunden, in einem Einbauschrank, auf einem Stapel T-Shirts. Von der Rückseite einer Rockerkutte grinste sie ein Totenkopf an – das Emblem der Death Riders.

Koonz war Zeuge einer Schießerei gewesen, an der die Death Riders beteiligt gewesen waren. Und ihr Tatverdächtiger war offensichtlich Mitglied dieser Motorradgang.

Es war wie früher. In der Küche brannte schon Licht. Er sah Sarah am Küchentisch sitzen. Als sie den Passat hörte, sprang sie auf. Kaum war er ausgestiegen, öffnete sich die Haustür, und sie kam ihm entgegen.

»Was ist passiert?«

Sorge in der Stimme, Erleichterung in ihrem Gesicht. Sie hatte Angst um ihn gehabt. Er erzählte ihr alles. Er hatte sich eingemischt. Er hatte sich in Gefahr gebracht. Doch sie machte ihm keinen Vorwurf. Das war anders als früher.

»Hast du schon mit Yildiz gesprochen?«, fragte Sarah.

Er schüttelte den Kopf.

»Ruf sie an! Jetzt gleich. Sie dreht wahrscheinlich durch vor Sorge.«

Auch Yildiz war erleichtert. Doch nur kurz. Leon war nicht wohlbehalten zu ihr zurückgekehrt. Er war noch immer auf der Flucht. Bauer spürte ihre Verzweiflung durch das Telefon. Er versuchte, Trost zu spenden und Mut zu machen. Seine Worte klangen hohl. Als er auflegte, war das Gefühl, eine Niederlage erlitten zu haben, noch stärker als schon auf seinem Heimweg.

Sie gingen früh schlafen. Marie lag auf dem Rücken in ihrem Beistellbett, die Augen fest geschlossen, die Arme neben dem Kopf. Während Sarah im Badezimmer verschwand, beugte er sich zu seiner Tochter hinunter, bis er ihre Atemzüge auf seiner Wange spürte.

Es war nicht wie früher. Er war nicht hinterhergesprungen, als Leon in das Wasser gehechtet war.

Er war einfach stehen geblieben.

19

Nachdem er aus dem Kanal geklettert war, war er gerannt. Die Kälte hatte er nicht gespürt, das war erst später gekommen. Er war zuerst Richtung Kühlwerk gelaufen, dann nach Süden, bevor er sich in einem großen Bogen nach Norden gewandt und den Landschaftspark am Autobahnkreuz Duisburg-Nord verlassen hatte. Er hatte acht Autobahnspuren überquert und sich in einem Gebüsch verkrochen. Dort war er vor Kälte und Adrenalin zitternd liegen geblieben.

Nach zwei Stunden war er sicher, dass er die Bullen abgehängt hatte. Er hatte sein Versteck verlassen und sich auf den Weg gemacht. Nachdem er anderthalb Stunden frierend durch Hamborn gelaufen war, hatte er gefunden, was er suchte. Die Vespa parkte vor einer AOK-Filiale. Motorroller zu knacken hatte er schon mit dreizehn gelernt. Den Helm fand er im Staufach unter der Sitzbank.

Er hatte sich für die violette 125er entschieden, weil er damit auf die Autobahn durfte. Und weil niemand ein Mitglied der Death Riders auf so einem Teil vermuten würde.

Auf Höhe der Kleingartenanlage war er auf den Grünstreifen gefahren, hatte den Roller zwischen die Büsche geschoben und war die Böschung hinaufgeklettert. Er war auf dem Fußweg bis zur Rückseite des Schrebergartens gegangen, zu erkennen an der Konföderiertenflagge am Fahnenmast auf dem Nachbargrundstück. Er hatte sich durch die Hecke gezwängt, mit seinem Leatherman ein Loch in den Zaun geschnitten und war hindurchgekrochen. Der Schrebergarten lag in der hintersten Reihe der Kleingartenanlage. Von der Autobahn trennten ihn nur ein Maschendrahtzaun, eine zwei Meter hohe Hecke und ein Trampelpfad. Wenn er abhauen musste, war er in dreißig Sekunden wieder auf der Autobahn.

Das Erste, was er suchte, war das Herz.

Er hatte es vor fast zehn Jahren mit einem Taschenmesser an einer versteckten Stelle in die Rinde des Apfelbaums geschnitten. Yildiz hatte zugesehen. In die Mitte hatte er ihre Initialen und die Buchstaben *AGA* geritzt – *Allein gegen alle*. Er hatte das damals cool gefunden. Dann war alles außer Kontrolle geraten, ihre Eltern waren durchgedreht und hatten Yildiz in die Türkei geschleppt.

Er zog das Wegwerfhandy aus der Innentasche der Outdoorjacke. Vielleicht hatte es den Badeausflug im Kanal ja überlebt. Die Innentaschen sollten wasserdicht sein. Zu seiner Überraschung waren sowohl das Handy als auch sein Portemonnaie völlig trocken.

Er ließ das Licht des Handys über den Stamm wandern. Er rechnete eigentlich nicht damit, dass das Herz noch da war. Nicht, wenn sie es entdeckt hatten. Wenigstens stand der Baum noch.

Da war es! Fast zugewachsen, aber noch erkennbar. Er

ließ die Finger über die Narbe gleiten, die er dem Baum zugefügt hatte, und dachte daran, wie sie sich hier geküsst hatten, zuerst unter dem Apfelbaum und dann in der Gartenlaube. Viel mehr war nicht passiert, bevor sie von Yildiz' Eltern erwischt worden waren.

Er schaltete das Handy aus und lauschte in die Dunkelheit. Außer dem Rauschen des Verkehrs auf der A42 war nichts zu hören.

Leise schlich er zu dem Holzhäuschen im hinteren Teil des Schrebergartens. Er dachte an seinen Camper. Bestimmt nahmen die Bullen ihn gerade völlig auseinander.

Der Schlüssel für die Laube lag immer noch unter dem flachen Stein am Fuß der Terrassenstufe.

Er ließ das Licht des Handys durch den Raum wandern. Es sah noch genauso aus wie damals. Auf der Eckbank mit den geblümten Kissenauflagen waren sie von Yildiz' Eltern beim Knutschen überrascht worden.

An den Haken neben der Tür hingen ein paar Kleidungsstücke, die Yildiz' Vater offenbar bei der Gartenarbeit trug. Leon zog sich aus, holte das Portemonnaie aus der Tasche, dann schlüpfte er in eine dunkelblaue Arbeitshose, ein Sweatshirt, eine wattierte Jacke und Arbeitsschuhe mit Stahlkappen. In einer Ecke fand er den Radiator. Hoffentlich hatten sie den Strom im Winter nicht abgestellt.

Er fand die Steckdose, das Kontrolllämpchen am Radiator leuchtete auf. Er legte seine feuchten Kleidungsstücke über die Metallrippen und schob seine Motorradschuhe drunter.

Langsam wurde ihm warm.

Er klappte die Sitzfläche der Eckbank hoch. Vor zehn Jahren hatte Yildiz' Mutter dort eingewecktes Obst aufbewahrt. Sie hatten mehrere Einmachgläser geöffnet und sich gegenseitig mit Kirschen und Pfirsichstücken gefüttert.

Ein Knall ließ ihn hochfahren. Eine Serie von explosionsartigen Geräuschen folgte. Es dauerte mehrere Sekunden, bis er begriff, dass er nicht von der Polizei angegriffen wurde, sondern jemand irgendwo ein Feuerwerk abbrannte.

Es war extrem unwahrscheinlich, dass er hier gefunden würde. Er wusste von Yildiz, dass ihre Eltern um diese Jahreszeit nie hier waren. Die ganze Anlage war im Winter praktisch verlassen. Außerdem waren die Türken und Russen, die inzwischen viele der Schrebergärten gepachtet hatten, nicht wie die Deutschen. Sie kümmerten sich wenig um ihre Nachbarn. Sie hatten nicht gern mit der Polizei zu tun und würden nicht sofort Alarm schlagen, wenn sie jemanden in der Anlage sahen, den sie nicht kannten. Solange er keinem selbst ernannten Platzwart in die Arme lief, war alles okay.

Damals hatte es so einen Typen gegeben. Glotzkowski. Eigentlich hieß er Glogowski, ein kleiner Wichtigtuer mit einem Gesicht wie eine Bulldogge, der ständig herumschlich und jeden Verstoß gegen die Kleingartenordnung meldete. Die ersten türkischen Pächter waren ihm besonders ein Dorn im Auge gewesen. Ein Deutscher hatte die Schrebergärten erfunden, darum war das nur was für Deutsche. Yildiz hatte ihm das erzählt. Er war es auch gewesen, der sie bei Yildiz' Eltern angeschwärzt hatte. Deshalb hatte Leon seinen Namen nie vergessen.

Er legte sich auf die Bank und verschränkte die Hände hinter dem Kopf. Bevor er Yildiz anrief, musste er sich darüber klar werden, wie es weitergehen sollte.

Er war kein Verräter. Aber es war kompliziert. Das Richtige zu tun schien unmöglich. Yildiz war sein einziger fester Punkt in dem ganzen Wirrwarr. Wenn er das Geld wollte, musste er cool bleiben, mindestens noch zwei oder drei Tage. Oder aussteigen. Doch das war auch keine Lösung. Nein, er würde das Geld nehmen und dann mit Yildiz verschwinden. Sie hatte oft davon gesprochen, irgendwo in Afrika etwas aufzubauen, eine Schule oder eine Sozialstation, sich um Kinder zu kümmern, die Aids hatten oder von ihren Eltern für Hexen gehalten und verjagt wurden. Manchmal kam es ihm vor, als sorgte sie sich um die ganze Welt. Er fand das okay.

Wenn es vorbei war, würde er ihr alles erklären. Auch das mit der toten Frau. Wenn ihn die Polizei vorher schnappte, sah es natürlich anders aus.

Er blickte auf sein Handy. Fast zwölf.

Er musste anrufen.

Sofort war das flaue Gefühl wieder da. Er wählte die Nummer.

»Hallo?« Gerhard Bohde, der Präsident des MC, war selbst dran.

Leon nannte seinen Namen nicht. »Ich bin's.«

Am anderen Ende der Leitung blieb es einen Moment lang still.

»Ruf mich auf der anderen Nummer an.« Bohde unterbrach die Verbindung.

Leon wählte die Nummer des Handys von Bohdes Frau. Der Präsident hatte ihm das erklärt: Wenn die Polizei für einen Verdächtigen eine richterliche Abhörgenehmigung bekam, schloss das die Telefonnummer eines nicht vorbestraften Ehepartners nicht automatisch ein.

Bohde war lange Zeit eine Art Vaterfigur für ihn gewesen. So hatte Yildiz es jedenfalls genannt. Für Leon war er die Verkörperung von allem gewesen, was ihn an der Motorradgang angezogen hatte – absolute Loyalität, ein unverbrüchlicher Ehrenkodex, Mut und Entschlossenheit. Aber das war vorbei. Er hatte begriffen, dass er für den Präsidenten letztlich nur ein nützlicher Idiot war.

»Gestern hatten sie mich fast.«

»Wissen wir. Aber du hast einen super Abgang gemacht, hab ich gehört. Gut, dass du schwimmen kannst.« Bohde lachte. »Wo bist du jetzt?«

»Ich bin sicher. Hier findet mich keiner.«

Ein kurzes Schweigen. Bohde verstand offenbar, dass Leon seinen Aufenthaltsort nicht nennen wollte.

»Okay, besser, ich weiß es nicht. Brauchst du irgendwas? Hast du Geld?«

»Ja, alles cool.«

»Wenn du verreisen willst ... vielleicht nach Schweden ...«

Leon wusste, was der Präsident meinte. Der MC hatte mehrere Chapter in Schweden, wo er untertauchen konnte.

»Wir könnten was arrangieren. Andererseits, wenn du hier bleibst ...«

»Keine Sorge, ich bin immer noch dabei.« Leon spürte

die Erleichterung am anderen Ende der Leitung. »Ich zieh das durch. Sind ja nur noch zwei oder drei Tage.«

»Gut. Danach ist dein Problem sowieso erledigt.«

Vor allem deins, dachte Leon. Er schwieg.

»Rede mit Vural. Er fährt nachher zum Club.«

»Okay.« Leon wusste, dass Vural montags die Abrechnungen prüfte.

»Wenn du was brauchst, melde dich. Du weißt, dass wir dich nicht hängen lassen.« Dann war die Leitung tot.

Im SM-Club war auch Montagnacht um eins noch einiges los. Der Parkplatz war gut gefüllt. Vurals mattschwarzer AMG Mercedes mit den getönten Scheiben und den schwarzen Felgen stand noch nicht da. Leon hielt im Schatten der Mauer zum Nachbargrundstück.

Eine halbe Stunde lang beobachtete er, wie Pärchen vorfuhren und den Club betraten und andere herauskamen und wegfuhren. Endlich rollte der Mercedes durchs Tor. Leon trat aus dem Schatten und nahm den Helm ab. Schließlich wollte er nicht versehentlich von Mansur, der praktisch nie von Vurals Seite wich, umgelegt werden. Vural saß selbst am Steuer. Es war allgemein bekannt, dass er lieber in seinem getunten Benz hockte als auf einer Harley. Inzwischen gab es türkische MCs, die gar nicht mehr Motorrad fuhren.

Vural Doruk fuhr die getönte Scheibe runter. »Hey, Leon.«

Er lächelte, aber wie immer kam es Leon vor, als ob er die Zähne fletschte.

»Hallo, Vural.« Leon lächelte zurück, obwohl er wusste, dass Vural nicht viel von ihm hielt.

Der türkische Rocker streckte den Arm zum Brother-Handshake aus dem Fenster. Leon schlug ein. Vural trug weder Lederkluft noch Kutte, sondern einen Maßanzug. Aber er hätte Leon sogar in Badehose Angst eingejagt.

»Wie geht's? Schöne Scheiße.« Es klang nicht wirklich bedauernd. »Aber du hältst dich super. Respekt.« Er stieß Mansur in die Seite. »Hab ich recht?«

Mansur beugte sich herüber. »Cool.«

Leon zuckte mit den Achseln.

Vural nickte. »Gut, dass du hier bist. Und keine Sorge – wir regeln das schon.«

»Ich mache mir keine Sorgen. Ich will dir nur sagen, dass ich noch dabei bin.«

Vural zog die Brauen hoch. »Ich weiß, dass ich mich auf dich verlassen kann.«

Der nächste Punkt war schwierig. Er durfte nicht übereifrig rüberkommen. »Ich muss vorsichtig sein. Vielleicht brauche ich etwas mehr Zeit, um hinzukommen. Ich muss rechtzeitig wissen, wann es losgeht.«

»Keine Sorge. Du holst das Boot, dann uns. Alles läuft glatt.« Der Blick des Türken bohrte sich in Leons Augen. »Sag mir, wo du dich versteckst, dann holt Mansur dich ab.«

Leon zögerte den Bruchteil einer Sekunde. Er hatte keine Wahl. Er sagte es ihm. »Aber da werde ich vielleicht nicht bleiben. Ihr könnt mich anrufen. Das Handy ist neu.«

Er nannte die Nummer, Mansur schrieb sie auf. Sie verabschiedeten sich mit einem weiteren Brother-Handshake. Leon fuhr los.

An der nächsten Kreuzung hielt er an. Er tippte Yildiz' Nummer ins Handy und schickte ihr zwei Emojis – ein lächelndes Mondgesicht und eine Insel mit einer Palme drauf. Dann tippte er eine zweite SMS und schickte sie ab: *Es läuft.*

Mansur sah Vural fragend an. »Traust du ihm?«

Statt zu antworten, sagte Vural: »Du behältst ihn im Auge.«

»Und wenn es gelaufen ist?«

»Kümmerst du dich um ihn.«

20

Er hatte die Adresse von der Strafakte auf Dohrs Schreibtisch. Er kannte die Straße. Sie lag in Ruhrort. Der Stadtteil am Zusammenfluss von Rhein und Ruhr gehörte praktisch zum Hafen. Ein enges, kleinbürgerliches Viertel mit zwei- und dreigeschossigen Mietshäusern, Vor- und Nachkriegsarchitektur, hinter den meisten Fensterscheiben weiße Spitzengardinen und vor den Hauseingängen Frauen in Kittelschürzen, die miteinander plauderten. Mangels Malochercharme war das Viertel bisher von Gentrifizierung und Baristakultur verschont geblieben. Die Straßenbahnlinie bog an der Kreuzung nach Süden ab, ab hier war es eine reine Wohnstraße.

Die Wohnung lag im ersten Stockwerk eines dreigeschossigen Mietshauses mit den gleichen weißen Kacheln wie das Haus, in dem die Freundin des Opfers wohnte. Auch hier gepflegte Gardinen, Blumenkästen auf den Fensterbrettern und erstaunlicherweise keinerlei Graffiti an den Hausfassaden.

Er fand den Namen und läutete. Nach ein paar Sekunden

ertönte der Türöffner. Er stieg eine sauber geputzte und gebohnerte Holztreppe hinauf in den ersten Stock.

In der Tür stand eine Frau. Bauer schätzte sie auf Mitte vierzig. Nicht die Mitte vierzig, die durch gesunden Lebensstil und regelmäßige Besuche bei teuren Kosmetikerinnen und Friseuren auf Mitte dreißig konserviert wurde. Das Leben hatte ihr jedes anstrengende Jahr mit Falten und verhärteten Gesichtsmuskeln ins Gesicht geschrieben.

»Frau Berger?«

Sie nickte. Sie wirkte ausgebrannt.

Sie hatte ihre halblangen Haare pechschwarz gefärbt und straff nach hinten gebunden. Schwarzer Eyeliner rahmte ihre rot geweinten Augen ein. Ihre blauen Nägel stammten vom Nagelstudio. Sie trug enge Jeans und ein schwarzes Top, auf dem mit Glitzer und Pailletten auf Englisch stand, dass sie New York liebte. Bauer bemerkte ein Tattoo an ihrem Handgelenk, einen dieser pseudoindianischen Traumfänger.

»Mein Name ist Martin Bauer. Ich bin Polizeiseelsorger. Ich würde gern mit Ihnen über Ihren Sohn sprechen.«

In ihren Augen flackerte Panik auf. »Was ist passiert?«

Er hob beruhigend die Hände. »Keine Sorge, Frau Berger. Soweit ich weiß, geht es ihm gut. Darf ich kurz hereinkommen?«

Sie rührte sich nicht. Vielleicht war sie emotional ausgelaugt, vielleicht misstraute sie ihm einfach.

Er zeigte ihr seinen Dienstausweis.

Bauer hatte schon oft Frauen wie sie kennengelernt. Das Schicksal hatte dafür gesorgt, dass sie plötzlich mit einem oder mehreren Kindern allein dagestanden hatten. Sie hatten als alleinerziehende Mütter ihr Bestes gegeben und gegen alle Wahrscheinlichkeit weiter auf Partnerschaft und Glück gehofft. Das von kurzen, enttäuschenden Beziehungen unterbrochene Alleinsein zehrte an ihnen und schliff sie mehr und mehr ab. Sie versuchten, die Bitterkeit so gut es ging in Schach zu halten, und päppelten die schwindende Hoffnung wie ein krankes Pflänzchen.

Er bemerkte ihren kurzen Blick. War der Mann, der vor ihr stand, ein potenzieller Kandidat? Er erlosch sofort wieder. Ein automatischer Reflex. Ihre Körperspannung nur noch ein Willensakt.

Sie winkte ihn mit einer resignierten Handbewegung herein.

In der Diele roch es nach angebranntem Essen.

»Ich habe die Kartoffeln auf dem Herd vergessen. Das ganze Wasser war weg.«

Irgendwo lief Musik. Andrea Berg. *Du musst erst fallen, um aufrecht zu gehen, erst mal verlieren, um zu verstehen, alles im Leben hat seinen Sinn, und jedes Ende ist ein Neubeginn.* Er kannte den Song. Es war nicht seine Art von Musik, aber viele Menschen, mit denen er zu tun hatte, liebten sie. Er hatte es verstehen wollen und die neueste CD der Schlagersängerin mehrmals angehört. Mit jedem Mal war ihm klarer geworden, wie sehr ihre Texte Religionsersatz waren. Trost, Sinngebung und das ständig wiederholte Versprechen auf ein Happy End.

Sie ging voraus, ohne sich nach ihm umzusehen. Der CD-Player stand in der Küche. Sie schaltete ihn aus.

»Die Polizei hat Leons Zimmer durchsucht. Dabei kommt er fast gar nicht mehr her.« Sie sagte es ohne jede Emotion. Sie öffnete eine Tür, dann standen sie in Leons Zimmer. »Sie haben einfach alles auf den Boden geworfen. Wer das aufräumen soll, ist denen egal.«

Ihr Blick wanderte über das Durcheinander. Sie atmete tief ein, als sammele sie Kraft, doch die Luft entwich in einem lautlosen Seufzer, und sie ließ sich auf die Kante von Leons Jugendbett sinken.

»Wenn sein Vater nicht gestorben wäre ...«

Eine mitfühlende Bemerkung genügte. Vermutlich hatte sie seit Jahren nicht mehr darüber gesprochen. Aber es war immer da gewesen. Vielleicht deshalb das viele Schwarz an ihr.

Er erfuhr, dass ihr Ehemann »in der Chemie« gearbeitet hatte, in einem kleinen Betrieb, der Farben, Lacke und Klebstoffe herstellte. Vielleicht hatten sie an den Schutzeinrichtungen gespart, vielleicht war man damals damit auch noch nicht so weit wie heute. Er war jedenfalls an Blasenkrebs erkrankt. Ein paar Ärzte bestätigten, es könne von dem Zeug kommen, mit dem er jeden Tag umgegangen war, konnten es aber nie beweisen. Aber was hätte das schon geändert? Er war nicht leicht gestorben, er hatte sich wochenlang gequält, die Schmerzen mussten schrecklich gewesen sein. Leon hatte ihn fast einen Monat lang jeden Tag im Krankenhaus besucht. Er war damals zwölf gewesen. Danach hatte es mit dem Schuleschwänzen angefangen. Von den Lehrern hatte er sich auch nichts mehr sagen lassen.

»Eine schwere Zeit für Sie beide«, sagte Bauer leise.

Sie nickte. »Er hat sich dann immer mehr von mir zurückgezogen. Beinahe, als würde er mir die Schuld geben.«

Wenn man einen geliebten Menschen verloren hatte, suchte man oft nach etwas oder jemandem, dem man die Schuld geben konnte. Zorn und Wut waren leichter zu ertragen als Schmerz.

»Sie wissen, dass nach Ihrem Sohn gefahndet wird?«

Sie antwortete nicht.

»Es gab einen Polizeieinsatz. Man hat sein Wohnmobil gefunden.« Da war sie wieder, die Panik in ihren Augen. Wie lange rechnete sie schon mit dem Schlimmsten? »Ihm ist nichts passiert. Er ist geflohen.« Er machte eine Pause, damit sich ihr Herzschlag wieder normalisieren konnte. »Ich bin hier, weil ich Ihrem Sohn helfen will.«

Sie sprang auf und machte einen Schritt auf ihn zu. Es brach aus ihr heraus. »Er hat das nicht getan! Sie sagen, er hat eine Frau ermordet. Das ist eine Lüge! Niemals! Nicht mein Leon!«

»Bitte, Frau Berger, beruhigen Sie sich. Ich glaube auch nicht, dass er es getan hat.«

Aber ihre Energie war schon wieder aufgebraucht. Sie bückte sich und sammelte mechanisch ein Dutzend Motorradzeitschriften auf, die auf dem Boden verstreut lagen, sah sich ratlos um, als wisse sie nicht, was sie damit tun sollte, und ließ sich schließlich aufs Bett fallen.

»Als er sich mit Hubert angefreundet hat, habe ich gehofft …« Der Satz versiegte.

»Ein Junge aus seiner Schule?«

Sie sah ihn an, als habe sie ihn nicht verstanden, doch

185

dann schüttelte sie den Kopf. »Nein, nein, das ist der Mann einer Nachbarin. Wir sind befreundet. Er heißt Wegener, Hubert Wegener.« Sie sprach weiter. Es klang, als müsse sie die Erinnerungen wie ein Tonnengewicht aus einem tiefen Loch hieven. »Leon hat seiner Frau leidgetan. Sie hat ihn ihren Rasen mähen und im Garten helfen lassen. Dann hat er immer zugesehen, wenn Hubert an seinem Boot rumgeschraubt hat. So eins mit Kajüte. Er tuckert damit immer auf dem Rhein rum. Hubert hat ihn helfen lassen. Er hat gesagt, Leon habe echt Talent für Motoren. Er hat ihn oft mitgenommen, wenn er gefahren ist. Ich glaube, er hat Leon das Bootfahren richtig beigebracht.« Sie verstummte.

»Dann ist er eine Art ... väterlicher Freund für Leon?«

»Das habe ich mir gewünscht. Hubert ist ein hochanständiger Mann. Beamter beim Zoll. Er wäre ein gutes Vorbild gewesen.«

Eine weitere gescheiterte Hoffnung, es war nicht zu überhören.

»Was ist passiert?«

»Leon hat das Boot geklaut, da war er fünfzehn. Er ist bis nach Rotterdam gekommen. Da hat ihn die Polizei geschnappt.«

»Warum hat er das getan?«

»Es war wegen dem Mädchen, dieser Türkin.«

Yildiz.

»Ihre Eltern hatten sie erwischt, in ihrem Schrebergarten. Es war total harmlos! Aber sie haben ein riesiges Drama daraus gemacht. Sie haben das arme Mädchen sogar in die Türkei transportiert.«

»Und deshalb hat Leon das Boot gestohlen?«

»Er war völlig durch den Wind.«

»Dann war er wohl sehr verliebt?«

»O ja! Ich habe ihn seit dem Tod seines Vaters zum ersten Mal wieder lächeln sehen. Ich war mal in der Anlage. Freunde von mir haben da auch einen Schrebergarten. Die Türken kommen da kaum noch hin, sagen sie. Ich war an der Laube. Leon hatte was in einen Baum geritzt.« Sie lächelte jetzt selbst. »In einem Herz stand L + Y AGA.« Ihr traten Tränen in die Augen. »Danach war er nur noch wütend. Und Hubert war sauer und hatte auch die Schnauze voll.«

Bauer stellte sich vor, wie es für den Fünfzehnjährigen gewesen sein musste, zum zweiten Mal eine männliche Bezugsperson zu verlieren.

»Danach ließ er sich überhaupt nichts mehr sagen. Er hat sich nur noch für Motorräder interessiert und ist in wirklich schlechte Gesellschaft geraten.« Ein neuerlicher Energieausbruch. »Aber das mit der Frau … niemals! Leon ist ein guter Junge. Er würde keiner Frau was tun!«

»Ich bin sicher, dass Sie recht haben, Frau Berger«, sagte er ruhig. »Und ich möchte Leon helfen. Er muss sich stellen, das ist Ihnen doch klar? Alles andere macht es nur schlimmer und wäre sehr gefährlich für ihn.«

Sie dachte einen Augenblick nach, dann nickte sie. »Ich weiß.«

»Haben Sie eine Idee, wo er sich verstecken würde?«

Sie sah ihn misstrauisch an.

»Ich verspreche Ihnen, ich gehe allein hin, ohne Polizei.« Er sah, dass sie ihm glaubte.

Ihre Stimme war traurig, als sie sagte, sie wisse es nicht.

Als er die Tür hinter sich schloss, hörte er aus der Wohnung wieder Andrea Bergs Stimme. *Steh auf und tanz, dreh dich ins Licht, weil wirklich alles möglich ist.* Das Heilsversprechen. Die frohe Botschaft.

21

Nach dem Aufstehen hatte sich Yildiz zweimal übergeben und eben noch mal, obwohl nichts mehr da war, was raus-konnte.

Sie starrte auf die Tasse mit dem lauwarmen Kaffee. Sie fragte sich, wie sie das bittere Zeug jemals hatte trinken können. Im Moment löste bereits der Anblick einen Würge-reiz aus.

Sie sah auf die Wanduhr. Annika hatte sie aufgehängt. Die Zahlen von eins bis zwölf lagen in der unteren Hälfte kreuz und quer durcheinander, als seien sie runterge-rutscht, in der oberen Hälfte stand in Schnörkelbuchstaben *Who cares?* Es sollte witzig sein, jetzt gerade entsprach es ex-akt ihrem Gemütszustand. In einer halben Stunde begann ihr Seminar *Rassismus und soziale Organisation von Nichtzugehö-rigkeit*, und sie hockte in Schlafanzug und Bademantel am Küchentisch. Sie konnte sich nicht erinnern, schon einmal zu spät gekommen zu sein, und gefehlt hatte sie nur ein ein-ziges Mal, als sie mit vierzig Grad Fieber im Bett gelegen hatte. Doch wegen der Grippewelle hatten die meisten ihrer

Kommilitonen auch flachgelegen. Aber die Uhr hatte recht: Who cares?

Sie rief auf ihrem Handy Leons letzte Nachricht auf. Zwei Emojis, kein Text. Typisch. Leon war nicht direkt verschlossen, aber er ließ auch nicht ständig jeden wissen, was in ihm vorging. Er klärte die Dinge lieber mit sich selbst und verkündete nur das Endergebnis. So etwas machte die meisten Frauen wahnsinnig – ihr hatte es an ihm sofort gefallen.

Jetzt wünschte sie sich, er würde reden wie ein Wasserfall.

Sie hatte ihm eine SMS geschrieben. *Ruf mich an!* Er hatte nicht geantwortet. Sie kannte ihn gut genug, um sich weitere Kontaktversuche zu verkneifen. Er würde sich melden, wenn er so weit war. Falls ihm nicht vorher etwas passierte.

Sie hatte es ihm sagen wollen, gleich, nachdem sie bei Pfarrer Bauer gewesen waren. Sie waren spontan nach Venlo gefahren, um Indonesisch zu essen. Sie waren sich so nah gewesen. Eigentlich der perfekte Moment. Doch plötzlich war die Angst da gewesen, die Angst davor, wie er reagieren würde. Warum?

Das Handydisplay hatte sich ausgeschaltet, sie aktivierte ihn und starrte auf Leons Emoji-SMS. Eine Insel mit einer Palme drauf. Was sollte das bedeuten? Dass alles gut werden würde? Dass er eine Reise mit ihr machen wollte? Sie waren noch nie zusammen verreist. Keine Zeit, keine Gelegenheit.

Sie hatte es ihm nicht gesagt, weil sie sich seiner nicht mehr sicher war. Noch vor ein paar Wochen war das anders gewesen. Aber etwas ging vor. Er verschwieg ihr etwas. Das machte ihr Angst. Und jetzt wurde er auch noch von der Po-

190

lizei gesucht. Wegen Mordes. Ihr Bruder wusste davon, ihre Eltern wussten es. Aber sie wussten nicht, dass Leon und sie wieder zusammen waren. Irgendwann würden sie es herausfinden.

Sie schob den Gedanken beiseite.

Sie liebte ihre Familie, ihre Familie war ihr wichtig. Alle Brücken abzubrechen und völlig von ihr getrennt zu leben mochte sie sich nicht einmal ausmalen. Immer wieder hatte sie versucht, sich Szenarien vorzustellen, in denen ihre Beziehung zu Leon in ein Happy End mündete. Sie wünschte sich, dass er in der Familie als Schwiegersohn akzeptiert wurde. Sie wollte, dass ihre Kinder auch Großeltern, Onkel und Tanten, Cousins und Cousinen hatten, dass sie im Sommer alle zusammen die Wochenenden im Schrebergarten ihrer Eltern verbrachten. Vielleicht würde ja alles anders werden, wenn das Kind erst da war. Nichts erweichte Elternherzen mehr als Enkelkinder.

Nein – wie sollte das jemals Wirklichkeit werden, wenn die Polizei Jagd auf Leon machte?

Sie hörte, wie sich der Wohnungsschlüssel im Schloss drehte. Die Tür wurde geöffnet. Ihre Mitbewohnerin fluchte halbherzig, Rucksack und Fahrradhelm knallten auf den Boden der Diele, dann kam Annika in die Küche gestapft, in jeder Hand einen Jutebeutel mit Einkäufen aus dem Bioladen.

»Scheiße, so ein SUV-Idiot hätte mich fast vom Rad geschossen!« Sie sah Yildiz irritiert an und runzelte die Stirn. »Wieso bist du hier? Du hast doch *Rassismus*. Ich wollte schon sauer sein, weil du nicht abgeschlossen hast.« Sie stellte die

Einkäufe ab und ließ sich auf einen Stuhl fallen. »Was ist los? Geht's dir nicht gut?«

»Nicht besonders.«

»Grippe?« Annika musterte sie prüfend. »Ich hab gehört, wie du heute Morgen gekotzt hast. Ich würde ja sagen, Kater, wenn ich nicht wüsste, dass du kaum was trinkst ...« Sie verstummte. Ihr Blick war auf das blaue Fläschchen mit den Weichkapseln gefallen. »Alter ...«

Sie griff danach. Yildiz war zu lethargisch, um sie daran zu hindern. Es war sowieso egal.

»Folsäure?«

Annika sah sie an. An diese Art von Blick würde sie sich gewöhnen müssen, dachte Yildiz. Der Blick, mit dem eine unverheiratete Frau bedacht wurde, wenn man noch nicht wusste, ob ihr Zustand sie in Euphorie oder in Verzweiflung versetzte.

»Bist du schwanger?«

Yildiz nickte stumm.

»Sieht nicht aus, als ob du dich freust.«

Yildiz ließ das Statement einen Moment lang in ihrem Kopf widerhallen. Hatte Annika recht? Dann sagte sie: »Eigentlich schon. Ich traue mich nur nicht.«

»Warum? Was ist los?«

Die Hand, die Annika ihr auf den Unterarm legte, war vom Radfahren noch feucht und kalt, trotzdem spürte Yildiz Wärme und Mitgefühl.

Sie war kurz davor, in Tränen auszubrechen. »Leon wird von der Polizei gesucht. Und diesmal ist es schlimm.«

»Oh ...«

Sie wusste, dass sie nicht mehr sagen musste. Annika verstand sie auch so.

»Was willst du machen?«

Sie zuckte ratlos mit den Achseln. »Vielleicht ist es nicht der richtige Zeitpunkt.«

Annika spürte wohl, dass Yildiz im Moment nicht in der Stimmung für mitfühlende Frauengespräche war. Yildiz wusste, es war für Annika ein heikles Thema, seit sie eine ungewollte Schwangerschaft abgebrochen hatte.

»Okay, wenn du reden willst, ich bin den ganzen Nachmittag hier.« Annika begann, die Einkäufe einzuräumen.

Yildiz ging ins Bad.

Als sie wieder in die Küche kam, war Annika nicht mehr da. Auf dem Tisch lag das Informationsmaterial, das ihre Mitbewohnerin bei ihrer eigenen Abtreibung konsultiert hatte.

22

Es war eine Eingebung. Oder ein Schuss ins Blaue. Es würde sich bald herausstellen.

Als Martin Bauer die Wohnung von Leons Mutter verlassen hatte, war er ratlos gewesen. Noch ein Leben, das sich festgefressen hatte wie der Kolben eines verrosteten Motors. Er wusste nicht, was er noch tun sollte, aber er konnte Yildiz, Leon und Leons Mutter nicht einfach ihrem Schicksal überlassen. So war er nicht gemacht, so hatte ihn Gott nicht geschaffen.

Dass Leon verrückt genug war, um etwas Verrücktes zu tun, hatte er bewiesen. Wie würde er reagieren, wenn die schwer bewaffneten Beamten vom SEK vor ihm standen? Würde er an seine Freundin denken?

Leon musste sich stellen. Womöglich hätte er ihn überreden können, wenn er am Kanal eine Chance dazu gehabt hätte.

Das hier war vielleicht seine zweite Chance.

Er hielt auf dem leeren Platz vor der Kleingartenkolonie. Im Winter, wenn die Vegetation ruhte, beschäftigten sich Kleingärtner anscheinend mit anderen Dingen.

Das Foto in Yildiz' Wohnung hatte ihn auf die Idee gebracht. Es hing in der Diele, neben einem Greenpeace-Plakat mit dem McDonald's-Symbol und der Textzeile *unGEN-ießbar*. Die einzige gerahmte Fotografie, die er gesehen hatte. Ein Familienfoto: Yildiz mit ihren Eltern und vermutlich ihrem Bruder vor einer Laube in einem Schrebergarten. Alle lächelten, außer Yildiz. Es war aus einiger Entfernung aufgenommen, wohl damit man auch die ordentlichen, frisch bepflanzten Beete sehen konnte. Yildiz war vierzehn oder fünfzehn Jahre alt. Es musste der Schrebergarten sein, in dem sie und Leon sich geküsst und in dem man sie erwischt hatte.

Bauer war davon überzeugt, dass Leon im Grunde seines Herzens Romantiker war, ähnlich wie die Drogen dealenden Protagonisten des Filmklassikers *Easy Rider*. Sich an einem Ort zu verstecken, der ihn mit Yildiz verband und an dem man ihn bestimmt zuallerletzt suchen würde, erschien Bauer gar nicht so abwegig.

Das Tor der Kleingartenanlage war nicht abgeschlossen. Er trat auf den Hauptweg, der das längliche Areal in zwei gleiche Hälften teilte. Alles wirkte verlassen, niemand weit und breit, der ihn fragte, was er hier wolle.

Auf der Fotografie war hinter der Gartenlaube eine hohe Hecke und ein Stück von einem Maschendrahtzaun zu sehen gewesen. Vermutlich lag der Schrebergarten auf einem Grundstück am Rand der Anlage.

Auf einer verwitterten Holztafel entdeckte er einen alten Wegeplan. Vom Hauptweg zweigten in regelmäßigen Abständen Verbindungen ab, die an einem Weg endeten, der die Anlage entlang der äußeren Gärten umrundete und am Tor begann und endete. Bauer entschied sich, nach rechts zu gehen.

Als ihm die Idee mit dem Schrebergarten gekommen war, hatte er sich sofort gefragt, wie er diesen einen bestimmten Garten finden sollte. In und um Duisburg musste es ein paar Dutzend Kleingartenanlagen geben. Es stellte sich heraus, dass es mehr als hundert waren. Er wollte seine Idee schon begraben, da fiel ihm Sarah ein. Vielleicht hatte Yildiz ja mal den Namen der Anlage erwähnt, in der sie mit Leon erwischt worden war.

Er rief seine Frau an. Sarah dachte nach. Ohne Erfolg. Erst als er damit drohte, ihr die Namen aller einhundert Schrebergartenkolonien vorzulesen, funkte es. Kleingartenverein Grüne Heimat e. V. Sie erinnerte ihn daran, vorsichtig zu sein, und wünschte ihm Glück. Das würde er brauchen, denn die Frage war, ob er den Schrebergarten überhaupt erkennen würde. In fünf oder sechs Jahren konnte sich eine Menge verändern.

Nachdem er die Kolonie zur Hälfte umrundet und dabei gut vierzig Schrebergärten mit seiner Erinnerung an Yildiz' Fotografie verglichen hatte, kam er auf der gegenüberliegenden Seite der Kleingartenanlage an. Der Verkehr auf der A42 tönte als leises Rauschen herüber.

Er sah die Flagge erst, als er bereits an dem Schrebergarten vorbeigegangen war. Sie hing schlaff an dem gut drei Meter hohen Fahnenmast, die Farben waren ausgeblichen. Aber es war dieselbe Flagge, die er am Rand des Fotos in Yildiz' Wohnung gerade noch hatte erkennen können. Der

Flaggenmast stand nicht im Garten der Karabuluts, sondern auf dem Nachbargrundstück.

Er machte kehrt. Vor dem Gartentor blieb er stehen. Der Schrebergarten sah etwas trist aus, aber das war normal, wenn die Saison vorüber und das letzte Stück Obst oder Gemüse geerntet war. Keine Spur menschlicher Anwesenheit. Dennoch hatte er das Gefühl, dass er zum richtigen Ort gekommen war.

Das Tor war abgeschlossen. Es war niedrig, eher ein symbolisches Hindernis. Er rief Leons Namen. Keine Antwort. Er kletterte über das Tor. Er marschierte zwischen den Beeten hindurch und klopfte an die Tür der Laube.

»Leon! Wenn Sie da drin sind, machen Sie bitte auf! Ich will nur mit Ihnen sprechen.« Er legte sein Ohr an die Tür. Nichts. »Ich bin allein gekommen. Die Polizei weiß nicht, dass Sie hier sind.« Er klopfte erneut. »Bitte, Leon! Niemand weiß, dass ich hier bin.« Diesmal meinte er, ein Rascheln zu hören. Also sprach er einfach weiter. »Ich habe das Foto vom Schrebergarten bei Yildiz gesehen. Die Flagge nebenan ist da drauf. Und meine Frau wusste von der Kolonie. Niemand hat Sie verraten.« Wieder wartete er. Keine Antwort.

Er setzte sich neben der Tür auf einen wackeligen Holzschemel und lehnte sich an die Wand. Vielleicht redete er hier ja zu zwanzig Kubikmetern Schrebergartenluft. Er hätte gern geraucht, aber er hatte ja aufgehört, wegen Marie.

Nach fünf Minuten sagte er: »Ich weiß nicht, ob Sie da drin sind, Leon. Aber ich weiß, dass Ihnen Yildiz sehr viel bedeutet. Ich verstehe das. Ich liebe meine Frau sehr. Wir haben uns an der Uni kennengelernt. Aber unser Lieblingsplatz war der Baggersee. Im Sommer sind wir immer spätnachts hingefahren, dann waren alle anderen schon weg. Wir haben uns auf eine Decke gelegt, in die Sterne geschaut und uns zu jedem eine Geschichte ausgedacht. Ich habe ein Herz und unsere Namen in einen Baum geritzt. Vielleicht ist er noch da. Wenn ich in Ihrer Lage wäre, würde ich wahrscheinlich da hinfahren.« Er stand auf. »Darum bin ich auf die Idee gekommen, Sie könnten vielleicht hier sein. Ich gehe jetzt.«

Er war drei Schritte weit gekommen, als die Tür hinter ihm geöffnet wurde.

»Was wollen Sie?«

Er drehte sich um. Leon stand im Türrahmen. Er trug eine blaue Arbeitshose und seine Motorradstiefel, sonst nichts. In der Hand hatte er ein T-Shirt, das er anscheinend hatte anziehen wollen, als er gestört worden war. Er war muskulös, ohne nach Muckibude auszusehen, und strahlte eine Lässigkeit aus, die man nur aus alten amerikanischen Filmen kannte. Er verstand, dass Yildiz sich in ihn verliebt hatte. Sogar Sarah hätte zweimal hingesehen.

Er ging auf Leon zu. »Danke.«

Leon blieb in der Tür stehen. Er schien nicht zu frieren. Er musterte Bauer mit zusammengezogenen Augenbrauen. »Warum haben Sie mir im Park geholfen?«

»Na ja, geholfen … Ich habe mich nur ›zurückgehalten‹.«

»Weil Ihre Frau mit Yildiz befreundet ist?«

»Auch. Sie wäre stinksauer gewesen, wenn ich zugelassen hätte, dass das SEK Sie erschießt.«

Leon überlegte, was er davon halten sollte. Dann sagte er: »Ich kann selbst auf mich aufpassen.«

Es klang wie der Satz des Nebendarstellers, der gleich erschossen werden würde.

»Und jetzt verschwinden Sie. Sagen Sie Ihrer Frau, mir geht's gut.«

»Möglich, wenn auch nicht sehr wahrscheinlich«, erwiderte Bauer. »Aber Ihrer Freundin geht es überhaupt nicht gut, und ich glaube, das ist Ihnen nicht gleichgültig.« Er sah, dass er ins Schwarze getroffen hatte.

»Sie wissen wohl immer ganz genau, was in anderen Leuten vorgeht, und deshalb dürfen Sie sich überall einmischen.« Diesmal war es Leon, der ins Schwarze getroffen hatte.

»Ich mische mich ein, weil Ihre Freundin mich darum gebeten hat.«

Leon sah ihn mehrere Sekunden lang schweigend an. Dann sagte er: »Also, was wollen Sie?«

»Sie müssen sich stellen, Leon.«

Die Lässigkeit verschwand. »Ich gehe nicht mehr in den Knast.«

»Tun Sie's für Yildiz. Was soll Sie mit einem Freund, der zum Krüppel geschossen wird oder tot ist?«

»Versuchen Sie, mir Angst zu machen?« Der Ton seiner Stimme sollte sagen, dass Bauer sich die Mühe sparen konnte.

»Das SEK geht davon aus, dass Sie gefährlich sind – und bewaffnet.«

»Ich habe die Frau nicht umgebracht.«

»Die Polizei hat die Tatwaffe gefunden. Ihre Fingerabdrücke sind drauf.«

Bauer sah den Schreck in Leon Bergers Augen. Aber der junge Mann fasste sich sofort wieder.

»Ich glaube Ihnen kein Wort.«

»Warum sollte ich lügen? Stellen Sie sich, und erklären Sie es der Polizei.«

In Leon arbeitete es. Er stand jetzt unter Hochspannung. Bauer erkannte den Kampfsportler, der sich selbst in die Ringecke manövriert hatte. *Fight-or-flight.*

»Ich kann nicht. Sie haben nicht die geringste Ahnung. Lassen Sie mich in Ruhe! Verschwinden Sie!« Er machte einen Schritt auf Bauer zu.

Er glaubte nicht, dass Leon ihn angreifen würde. Aber er begriff, dass er im Moment nicht weiterkam.

»Hauen Sie ab!« Leon griff nach dem Schemel, auf dem Bauer eben noch gesessen hatte.

Er hob besänftigend die Hände. »Denken Sie darüber nach. Denken Sie an Yildiz. Sie sind unschuldig, ich glaube Ihnen. Erklären Sie es der Polizei.«

Bauer kletterte über das Tor, diesmal in der anderen Richtung. Leon stand immer noch vor der Gartenlaube, aber er schien seinen Besucher schon vergessen zu haben.

Auf dem Rückweg zu seinem Wagen fror Bauer. Es war nicht die Novemberkälte, sondern das Gefühl von Machtlosigkeit. Das Bild von Leon im Türrahmen der Laube – unzugänglich und auf einem Weg, der zu Schmerz und Leid führen würde, nicht nur für ihn selbst, sondern auch für die Menschen, die ihn liebten.

Er stieg in seinen Wagen, ließ den Motor aber nicht an. Stattdessen starrte er auf das Stückchen Brachland, das den Zufahrtsweg zur Kleingartenanlage von der Autobahntrasse trennte. Der Boden war zerfurcht und aufgerissen. Er erinnerte ihn an ein Übungsgelände für Kampfpanzer, das er vor Jahren besucht hatte.

Er war nicht allmächtig. In Momenten wie diesem fiel es ihm unendlich schwer, diese Tatsache zu akzeptieren. Er habe ein Demutsproblem, hatte ihm Sarah einmal gesagt. Nur der Herr war allmächtig. Vielleicht war das hier eine Übung.

Seinem Eindruck nach sagte Leon die Wahrheit. Er hatte die Frau nicht ermordet. Aber seine Fingerabdrücke waren auf der Waffe, also musste er in irgendeiner Weise in die Tat verwickelt sein. Je früher Leon mit der Polizei, am besten mit Hauptkommissarin Dohr, darüber sprach, desto besser.

Was war die Alternative? Ein Leben auf der Flucht? Allein? Oder mit Yildiz? War es das, was sich Leon vorstellte? Mit einem Baby? Bauer sah Marie vor sich. Um nichts in der Welt hätte er auf das Leben mit seiner Tochter verzichtet. Das Gleiche wünschte er Yildiz und Leon und ihrem ungeborenen Kind.

Ja, Leon musste sich stellen. Dohr war seine beste Chance. Bauer vertraute ihr. Sie war eine gründliche und faire Ermittlerin. Ihr ging es nicht darum, einen Fall möglichst schnell abzuschließen, sie würde der Wahrheit auf den Grund gehen.

Er fasste einen Entschluss.

Wahrscheinlich würde Leon ihn dafür hassen. Damit

konnte er leben. Er erwog kurz, Sarah anzurufen, verwarf es aber wieder.

Er ließ den Motor an.

Doch, er war sich sicher. Das hier war keine Übung in Demut, sondern eine Herausforderung. Es war der Auftrag, es besser zu machen und alles zu versuchen, was in seiner begrenzten Macht stand. Diese Interpretation gefiel ihm erheblich besser.

23

»Ich kann Ihnen sagen, wo er sich versteckt.«

Hauptkommissarin Dohr saß hinter ihrem Schreibtisch und sah ihn an. »Ich wusste es. Sie hängen da mit drin. Verdammt, Bauer!«

Er brachte ein schiefes Lächeln zustande. »Darf ich mich setzen? Dann beichtet es sich leichter.«

Sie deutete auf den Besucherstuhl. Mehrere Aktenordner auf dem Schreibtisch vor ihr waren aufgeschlagen. Diese Art von Akten hatte er oft genug gesehen – die Spurenakte, den Beweismittelband, die Fahndungsakte und den Tatortfundbericht mit der Lichtbildmappe. Diese hier gehörten alle zum selben Ermittlungsvorgang. Er las das Aktenzeichen und den Namen des Tatverdächtigen auf der Fahndungsakte: Leon Berger.

»Sie wollten doch mit mir reden«, sagte er.

Wortlos stand sie auf, ging zur Tür, warf sie zu und setzte sich wieder. Sie musterte ihn feindselig. Eigentlich waren sie so etwas wie Freunde. Sie hatte sich für seine ältere Tochter eingesetzt, als Nina bei einer G7-Demo in Frankreich Ärger mit der Polizei bekommen hatte. Sie hatte ihn mehr als einmal gedeckt, als er seine Amtsbefugnisse überschritten und im Territorium der Polizei gewildert hatte. Außerdem hasste der Polizeidirektor sie beide ungefähr gleich stark.

»Ich bin ganz Ohr.« Ihre Stimme klang, als sei er ein renitenter Verdächtiger, der ihre Geduld strapazierte.

»Also zuerst einmal«, erwiderte er sanft, »glaube ich nicht, dass Leon Berger diese Frau ermordet hat.«

Aus irgendeinem Grund schien sein Satz sie noch wütender zu machen. Trotzdem war ihre Stimme um mehrere Dezibel leiser, als sie sagte: »So, Sie glauben das nicht?«

»Ich habe ihn kennengelernt, und …«

Sie zog einen Ordner unter den anderen hervor. »Sie wissen nichts über diese Ermittlung. Gar nichts. Hier.«

Ohne hinzusehen, schlug sie den Ordner auf. Darin waren die Fotos, die der Pathologe bei der Obduktion gemacht hatte. Der Anblick war grauenhaft. Bauer wandte den Blick ab.

»Sehen Sie hin! Da! Ihr ist in die Vagina geschossen worden. So was kennt man sonst nur aus afrikanischen Bürgerkriegen. Und die Fingerabdrücke von Leon Berger sind auf der Tatwaffe.«

Er zwang sich, wieder hinzusehen. Die Verheerungen, die das Projektil im Körper der jungen Frau angerichtet hatte, waren furchtbar. Aber … Leon Berger sollte das getan haben? Der junge Mann, der Yildiz in der Gefängniswerkstatt einen Verlobungsring geschmiedet hatte, dem er vor einer halben Stunde im Schrebergarten der Eltern seiner Verlobten in die Augen gesehen hatte?

Dohr schlug die Mappe wieder zu.

Er schüttelte den Kopf. »Nein.«

»Was nein?«

»Das hat er nicht getan. Unmöglich.«

»Ach, wieder mal Ihre berühmte Intuition? Darauf pfeife ich. Sie sagen mir jetzt sofort, was Sie mit diesem Kerl zu tun haben!«

Er nickte. »Darum bin ich hier.«

Er erzählte ihr alles, von Yildiz und ihrer Verbindung zu Sarah, von ihrer Sorge um Leon und der Bitte um Hilfe, von seiner ersten Begegnung mit Leon. Die Sache mit dem Benzin ließ er aus.

»Er ist Member der Death Riders, das wissen wir. In dem Wohnmobil lagen seine Kutte und anderes MC-Zeug. Sein Motorrad haben wir auch. Der Mann ist Mitglied einer gewalttätigen kriminellen Vereinigung, Herr Bauer.«

»Aber er will da raus, Frau Dohr.«

»Sagt wer? Er selbst?«

»Yildiz.«

»Dann muss es ja wahr sein.« Sie schüttelte den Kopf über seine Gutgläubigkeit.

»Ich glaube ihr.«

»Hat sie Ihnen auch erklärt, wie seine Abdrücke auf die Mordwaffe kommen?«

Er schwieg.

»Na schön. Dann kommen wir mal zu Ihrem Auftritt im Landschaftspark. Sieht mir sehr nach Beihilfe aus. Woher wussten Sie, wo sein Wohnmobil geparkt war?«

Bauer seufzte. »Okay, ich geb's ja zu. Ich habe es mitgehört, als ich bei Ihnen im Büro war.«

»Und dann sind Sie sofort losgefahren, um ihn vor der Polizei zu warnen, weil Sie ja wussten, dass er unschuldig ist?«

Langsam ging ihm Dohrs Sarkasmus auf die Nerven. »Ich hatte Angst, dass er eine Dummheit macht, wenn Sie mit dem SEK anrücken. Ich wollte ihn überreden, sich zu stellen.«

Dohr ließ den Blick nicht von ihm. Dann beugte sie sich vor. »Wo ist er?«

Er zögerte. »Ich habe eine Bedingung.«

Dohr riss die Augen auf. »Sie decken einen flüchtigen Mordverdächtigen und stellen Bedingungen?«

Er überlegte kurz. »Gut, ich vertraue auf Ihre Vernunft und Ihr Urteilsvermögen.«

Er erzählte ihr, wie er den Schrebergarten gefunden hatte. Dohr sah sich gezwungen, anerkennend zu nicken.

»Gute Arbeit.«

»Ich habe versucht, ihn zu überreden. Am Kanal hatte ich dazu ja keine Gelegenheit. Und ich würde es gern noch mal versuchen.«

»Das heißt?«

»Ich sage Ihnen, wo er ist ...«

»Ja ...?«

»... wenn wir zusammen hinfahren. Nur wir beide.«

Dohr dachte nach. »Sie verpfeifen ihn? Das passt gar nicht zu Ihnen.«

»Es ist das Beste für ihn, vorausgesetzt, Sie leiten die Ermittlungen.«

»Falls er noch da ist.«

Er zuckte mit den Schultern. »Haben wir einen Deal?«

Sie ließ ihn fünf Sekunden zappeln, dann nickte sie. »Okay, Sie Nervensäge. Ich bin gleich wieder da.«

Sie verließ das Büro. Sein Blick wanderte zu den Ermittlungsakten. Er zog sich die am nächsten liegende heran und schlug sie auf. Obenauf lag eine Liste der im Wohnmobil beschlagnahmten Gegenstände – die Kutte, diverse Bankunterlagen, ein Notebook, ein Taschenmesser, ein Jagdmesser, eine ältere Ausgabe des *Spiegel*, Jahrgang und Ausgabe waren gewissenhaft aufgeführt. Bauer war überrascht. Dass Leon eines von Deutschlands politischen Leitmedien las, konnte er sich nicht vorstellen. Wahrscheinlich hatte Yildiz das Heft bei ihm vergessen.

Dohr kam zurück. »Finger weg, Bauer! Man kann Sie wirklich nicht allein lassen.«

Sie griff nach ihrem Daunenmantel und nahm das Schulterholster mit ihrer Dienstwaffe aus der Schreibtischschublade.

Sie registrierte seinen Blick. »Was?«

»Muss das sein?«

Sie streifte das Holster über. Dann zog sie den Mantel an.

»Gehen wir.«

24

Sie fuhren schweigend.

Bauers Anspannung war deutlich zu spüren. Ihr war klar, wie schwer es ihm fallen musste, diesen jungen Mann an die Polizei zu verraten. Aber es war die richtige Entscheidung, ob Leon Berger schuldig war oder nicht. Sie wusste das, und Bauer wusste es auch. Sie merkte, dass er sie ansah. Sie ignorierte es. Ein Teil von ihr war immer noch sauer. Wie bei jedem seiner Alleingänge, in den er sie im Laufe ihrer Bekanntschaft verwickelt hatte.

Sie hatte nach dem Einsatz schlecht geschlafen. Sie hatte in der noch fremden Wohnung wach gelegen. Die Vorstellung, dass Bauer am Ort des Polizeieinsatzes gewesen war, um den Gesuchten zu warnen, hatte ihr keine Ruhe gelassen. Damit hatte er eine Grenze zu viel überschritten. Es wäre eigentlich das Ende ihrer merkwürdigen Art von Freundschaft gewesen und das Ende seiner Karriere als Polizeiseelsorger. Der Gedanke hatte sie wütend gemacht. Nicht, weil Bauer ihr in die Quere gekommen wäre. Was sie nicht ertragen konnte, war das Selbstzerstörerische in manchen seiner Aktionen. Wie ein Motorradfahrer, der absichtlich viel zu schnell in eine Kurve raste.

Als habe er ihre Gedanken erraten, sagte er: »Es ist die Wahrheit. Ich wollte ihn überreden, sich zu stellen. Und das will ich immer noch.«

»Schon okay.«

Noch etwas anderes beunruhigte sie. Hauptkommissar Karman hatte sie gesehen, als sie mit Bauer in den Aufzug gestiegen war. Die Dienstgruppenleiterin des KK11 fraternisierte ein weiteres Mal mit dem Polizeiseelsorger, der sich in ihre Arbeit einmischte. Dabei war er nicht einmal im Dienst. Nach einer längeren Dürrezeit war das endlich wieder Wasser auf Karmans Mühlen. Sie hatte keinen Zweifel, dass er Polizeidirektor Lutz schnellstens davon in Kenntnis setzen würde. Sie würde Bauers Anwesenheit nicht verschweigen können, falls sie Leon Berger festnahmen.

Die Zufahrt zur Kleingartenanlage war nur über einen unbefestigten Weg möglich. Daran scheiterte ihr Navi. Bauer musste sie den letzten Kilometer lotsen.

Als sie ausstiegen, sagte er: »Ich gehe erst mal allein rein, okay?«

»Sie wollen wohl unbedingt umgelegt werden?«

»Leon legt niemanden um.«

Sie schüttelte den Kopf. »Kann ich nicht machen.«

Sie passierten zwanzig oder dreißig Schrebergärten, dann blieb Bauer stehen.

»Da ist es.«

Das Gartentor war abgeschlossen. Sie wollte drüberklettern, aber Bauer hielt sie zurück.

»Was?«

»Lassen Sie mich vorgehen. Bitte!«

Sie zögerte. Bauer stieg über das Tor.

Das war falsch. Wenn er erschossen wurde, würde sie dafür geradestehen müssen, nicht nur vor ihren Vorgesetzten, sondern vor einer Witwe und zwei Halbwaisen. Sie beobachtete, wie er zur Gartenlaube ging und an die Tür klopfte.

»Leon! Machen Sie auf! Ich bin's noch mal, Martin Bauer.«

Sie warteten, aber nichts passierte.

Bauer klopfte erneut. »Leon?« Keine Antwort. Er drückte die Klinke nach unten, die Tür war unverschlossen. »Leon?«

Bauer verschwand im Halbdunkel. Sie wartete zwei Sekunden, dann stieg sie ebenfalls über das Tor und lief zur Gartenlaube. Im selben Moment trat Bauer wieder ins Freie.

»Er ist nicht mehr da.«

Sie schob sich an ihm vorbei. Im Licht, das durch die Tür hereinfiel, sah es ordentlich und aufgeräumt aus. Bis auf drei Einmachgläser auf dem Tisch, deren Inhalt Berger anscheinend gegessen hatte. Sie roch daran. Mirabellen und Pflaumen.

»Er ist weg, sobald Sie außer Sicht waren.«

Bauer nickte bedrückt.

»Sie hätten sofort zu mir kommen müssen, als Sie wussten, wo er ist.«

Er zuckte mit den Achseln.

»Sie könnten wenigstens sagen, dass es Ihnen leidtut.«

Sie verließen die Laube. Bauer schloss die Tür hinter sich.

»He, was treiben Sie da?«, blaffte der Mann sie an. Er war klein und massiv wie ein Kassenschrank und saß in einem Elektromobil für Senioren. Das Gesicht zum kantigen Schädel leuchtete hochrot. Wie eine Warnleuchte vor einem besonders unangenehmen Zeitgenossen.

Als sie sich dem Gartentor näherten, hielt der Mann sein Handy in die Höhe.

»Ich habe die Polizei schon gerufen.« Er grinste herausfordernd. »Muss jeden Moment hier sein. Ihr Nummernschild habe ich auch fotografiert.«

»Das hätten Sie sich sparen können. Wir sind die Polizei.« Dohr hielt ihm ihren Dienstausweis unter die Nase und fragte scharf: »Wie heißen Sie?«

Er zog ihre Hand näher heran, studierte das Dokument und brummte, das könne jeder behaupten. Dann musterte er Bauer mit zusammengekniffenen Augen. »Sie waren doch vorhin schon da! Ihr Kennzeichen habe ich auch.«

»Gut gemacht.« Bauer lächelte.

»Sie sind hier rübergeklettert und dann weggefahren.«

»Ich frage noch mal: Wie heißen Sie?« Dohrs Ton war um einige Grad schärfer geworden.

»Ich? Wieso?« Offenbar betrachtete der Mann die Frage als Zumutung.

»Wir können Sie auch aufs Kommissariat bringen.«

Der Mann knurrte etwas. »Glogowski, Richard. Ich bin am längsten hier im Verein.«

»Und der Platzwart?«

»Einer muss doch aufpassen. Sonst macht jeder, was er will, oder? Wir haben hier jetzt viele Türken und Russen.«

»Haben Sie heute noch jemanden gesehen, der nicht hier hingehört?«

»Wen denn?«

»Das frage ich Sie. Wie wär's, wenn Sie einfach antworten, Herr Glogowski?« Ihr Ton zeigte Wirkung.

»Außer dem da war hier keiner«, erwiderte er mürrisch.

»Genauer gesagt, Sie haben niemanden bemerkt.«

»Ich sehe und höre alles«, versuchte ihr Gegenüber aufzutrumpfen, allerdings ohne viel Elan. »Die Parzelle gehört den Karabuluts. Seit acht Jahren. Türken.« Offenbar wollte er seine Behauptung untermauern. »Sind ganz ordentlich. Kennen sich mit Gärtnern aus. Gemüse und Obst vor allem. Und sie halten sich an die Vereinsordnung. Der Sohn ist ja auch bei der Polizei.«

Sie kletterten wieder über das Gartentor. Dohr notierte sich Glogowskis Namen und Telefonnummer. Als sie weg waren, zog der sein Handy aus der Tasche.

Vor der Kleingartenanlage hielt gerade ein Streifenwagen. Sie kannte die Kollegen.

»Falscher Alarm.«

»Wieder Glotzkowski, oder?« Die Oberkommissarin hinter dem Lenkrad grinste säuerlich. »Der hält sich hier für den Hilfssheriff. Ruft uns mindestens einmal im Monat. Also dann.«

Sie gab Gas, wendete mit Schwung und brauste davon.

»Und jetzt?«, fragte Bauer.

»Fahnden wir weiter.«

25

Ihre Mutter öffnete Yildiz die Tür. Sie hatte ihre weiße Schürze mit den Sonnenblumen umgebunden. Die trug sie nur, wenn sie türkische Süßspeisen zubereitete.

»Yildiz, so eine Überraschung.« Sie tauschten die üblichen Küsschen. »Komm rein, komm rein!« Die Mutter zog sie in die Wohnung. »Du warst doch erst gestern hier. Ist etwas passiert?«

Yildiz schüttelte den Kopf und hielt den Stoffbeutel hoch, in dem sie ihre Schmutzwäsche sammelte. »Ich wollte doch gestern meine Wäsche waschen.«

In ihrer Wohngemeinschaft hatten sie keine Waschmaschine. Annika ging immer in einen Waschsalon um die Ecke. Yildiz hatte das auch tun wollen, aber ihre Mutter hatte entsetzt die Arme in die Luft geworfen. Ihre Wäsche in derselben Maschine mit der von wildfremden Menschen! Auf keinen Fall!

Ihre Mutter nahm ihr den Wäschebeutel aus der Hand. Yildiz folgte ihr in die Küche und sah zu, wie sie den Inhalt in die Maschine stopfte. Niemand anders durfte ihre Miele bedienen. Nur sie konnte mit dem sensiblen, zwölf Jahre alten Gerät umgehen. Sie liebte ihre Waschmaschine. Sie war das Erste und Einzige, was sie von ihrem Mann verlangt hatte, als er zum Vorarbeiter befördert worden war. Da sie nicht sehr gut lesen konnte und deutsch schon gar nicht, hatte Yildiz die Bedienungsanleitung ganz genau übersetzen müssen, ebenso die Dosierungsanweisungen auf dem Waschmittelkarton. Seither hatte sie alles akribisch befolgt und ihr Waschmittel nie mehr gewechselt. Die Miele war der Mercedes ihrer Mutter, hatte Yildiz einmal gescherzt, als ihr Vater mal wieder einen ganzen Tag an seinem zehn Jahre alten Daimler herumpoliert hatte.

Sie sah zu, wie ihre Mutter konzentriert Waschprogramm, Temperatur und Dauer einstellte, und fragte sich, warum sie gekommen war. Sie hätte ihre Wäsche genauso gut beim nächsten Besuch waschen können.

Ihre Mutter musterte sie prüfend. »Du siehst schlecht aus. Bist du krank?« Sie legte Yildiz die Hand auf die Stirn. »Ich habe noch Beyran-Suppe im Tiefkühlfach.«

Yildiz versicherte, es gehe ihr gut, aber ihre Mutter war schon unterwegs zum Kühlschrank. Yildiz ergab sich in ihr Schicksal, wechselte ins Wohnzimmer und ließ sich aufs Sofa fallen. Sie schlüpfte aus den Schuhen und zog die Beine an.

Ihr Vater kam herein. »Yildiz!« Er küsste sie auf den Kopf. »Musst du nicht studieren? Oder sind schon Semesterferien?«

»Nein, Baba. Ich will nur Wäsche waschen.«

»Ist deine Mutter in der Küche?«

Sie nickte. Er ging aus dem Zimmer.

Sie mochte ihre Eltern. Das war ihr Zuhause, immer noch. Hier fühlte sie sich geborgen, trotz allem. Sie hatte nie das Gefühl gehabt, sie müsse rebellieren. Aber sie wusste, dass ihre Eltern noch nicht so weit waren, jemanden wie Leon zu akzeptieren. Timur war in dieser Beziehung noch schlimmer.

Sie betrachtete sich als moderne Frau. Aber sie verstand viele ihrer deutschen Kommilitonen nicht. Sie hielten kaum Kontakt zu ihren Eltern, nahmen aber gern Geld von ihnen. Sie hatten das Gefühl dafür verloren, wie wichtig die Familie war. Stattdessen hatten sie Internet-Freunde, Follower und Netzwerke, ohne echte Bindungen und ohne Verlässlichkeit. Es kam Yildiz vor, als lebten sie in einem luftleeren Raum. Auch wenn alle anderen einen im Stich ließen, die Familie war immer da.

So sollte es wenigstens sein. Es brach ihr das Herz, dass sie den wichtigsten Teil ihres Lebens vor ihren Eltern verheimlichen und vielleicht mit ihrer Familie brechen musste.

Ihre Mutter kam aus der Küche und stellte ihr einen Teller mit Beyran und ein Schälchen mit ihrem Lieblingsmilchreis mit Granatapfel und Safran hin.

»Was ist los mit dir, Yildiz? Iss!«

Zehn Minuten später saßen sie zu dritt am Tisch, tranken Tee und sprachen darüber, im Sommer in die Türkei zu fliegen und das Haus von Yildiz' Großmutter zu renovieren.

Ihr Vater stellte gerade eine Liste mit Elektromaterial zusammen, das er aus Deutschland mitnehmen würde, als sie hörten, wie die Wohnungstür aufgeschlossen wurde.

»Timur? Bist du das?«, rief die Mutter.

Ihr Bruder war in Uniform, als er ins Wohnzimmer trat.

Ihr Vater schaute von seiner Liste auf. »Was ist los? Hast du keinen Dienst?«

»Glotzkowski hat angerufen. Die Polizei war bei uns im Garten.«

»Ist jemand eingebrochen?«, fragte die Mutter erschrocken.

Timur bejahte. Warum grinste er dabei, wunderte sich Yildiz.

»Ihr glaubt nicht, wer!« Er klang triumphierend.

Ihr Vater wurde ungeduldig. »Nun sag schon, Timur!«

»Leon Berger!«

Yildiz erschrak.

»Wahrscheinlich wusste er noch, wo wir den Schlüssel immer hinlegen. Er hat sich da versteckt und dein Obst gegessen.«

»Woher weißt du, dass er es war?«, fragte Yildiz.

»Ich bin bei der Polizei, Schwesterchen.«

Ihre Mutter schaute ihn verwirrt an. »Aber warum hat er sich ausgerechnet bei uns versteckt?«

»Keine Ahnung. Komisch, Yildiz, oder?«

Er sah sie an. Die Frage war nicht doppeldeutig gemeint. Dennoch hatte sie das Gefühl, ihr gesamtes Blut schieße ihr in den Kopf. Sie sah, dass Timur es bemerkt hatte. Er kannte sie. Er hatte sie oft aufgezogen, weil sie so leicht rot wurde. Seine Miene veränderte sich.

»Du hast es gewusst!«

»Nein, ich …«

»Lügnerin! Ihr seid wieder zusammen!«

»Ist das wahr, Yildiz?«

Ihre Eltern sahen sie an, als sei sie eine Fremde, so kam es ihr vor. Sie wollte etwas sagen, fand aber keine Worte. Ihr Gesicht glühte, ihr Kopf war leer.

»Nun red schon!«, verlangte Timur grob.

Sie sprang auf. »Leon hat das nicht getan!«

Als sie aus dem Wohnzimmer rannte, liefen ihr Tränen über das Gesicht. Sie hörte, wie die Mutter ihren Namen rief. Dann fiel die Wohnungstür hinter ihr ins Schloss.

26

Es gab einen Ort, an dem er sich jede Grausamkeit vorstellen konnte. Dort stand eine Skulptur, in der er alles sah, was er fürchtete. Seine größten Zweifel, seine tiefsten Ängste, erstarrt in Bronze. Bauer war auf dem Weg zum Thronoi.

Auf der Rückfahrt von der Kleingartenanlage hatten er und Verena Dohr nicht mehr geredet. Er hatte ihr Leon Berger ausliefern wollen. Leon hatte seinen Verrat vorausgeahnt. Es war ihm nicht gelungen, Vertrauen zu dem jungen Mann aufzubauen.

Er hatte es immer für seine größte Stärke gehalten, Zugang zu Menschen zu finden, sie auch in Extremsituationen zu erreichen. Er war überzeugt gewesen, eine Verbindung zu Leon zu spüren. Hatte er sich getäuscht? Hatte er seine Fähigkeit verloren?

Bauer traute sich selbst nicht mehr.

Er hatte sich auf dem Parkplatz vor dem Polizeirevier von der Hauptkommissarin verabschiedet, war zu seinem Auto gegangen – und daran vorbei. Nach einem kurzen Fußweg erreichte er den Kantpark. Darin lagen das Lehmbruck-Museum und der Skulpturengarten.

Die kahlen Kronen der Bäume ragten wie schwarze Gerippe in den Himmel. Eine geschlossene Wolkendecke ohne erkennbare Struktur filterte alle Farben aus dem Licht. Bauer ging durch den leeren Park, vorbei an Kunstwerken, die heute kein Publikum finden würden. Auch der große Spielplatz, von dem sonst Kinderlärm durch die Grünanlage drang, lag verlassen da.

Er hielt auf die alte Rosskastanie zu und bereitete sich mit einem tiefen Atemzug auf den Anblick vor. Er ging an den dichten immergrünen Eibensträuchern vor der kleinen Lichtung vorbei – und stoppte. Er war perplex. Nein, er hatte sich nicht verlaufen. Bäume, Wege, Skulpturen, es war alles noch dort, wo es seiner Erinnerung nach hingehörte. Nur der Thronoi stand nicht mehr an seinem Platz. Der Betonsockel, auf dem die Bronzestatue gethront hatte, verwitterte nutzlos auf der Wiese.

Vor der Elternzeit war Bauer regelmäßig in diesem Park gewesen. Bei schönem Wetter hatte er seine Mittagspausen hier verbracht, meist auf einer der Bänke am Spielplatz. Den Thronoi hatte er nur selten aufgesucht. Aber er hatte immer gewusst, dass er da war. Nun war das Abbild des grausamen, gleichgültigen Gottes verschwunden.

Bauer fühlte sich, als hätte seine Welt einen ihrer Pole verloren. Er ging über das von moderndem Laub bedeckte Gras zu dem Betonsockel. Auf der Oberfläche des dreieckigen Blocks waren Bohrlöcher zu sehen, wo die Statue verankert gewesen war. Es wuchs Moos darin. Der Thronoi musste schon vor einer ganzen Weile entfernt worden sein. Von wem und warum? Bauer war hier, weil er sich Antworten erhoffte. Bekommen hatte er noch mehr Fragen. Doch wenigstens die ließen sich vermutlich einfach klären.

Er näherte sich dem flachen Museumsbau von der Rückseite. Die gläserne Fassade schien die Grenze zwischen Park und Gebäude, zwischen innen und außen aufzuheben. Er strebte auf den Hintereingang zu. Da entdeckte er ihn, wenige Schritte neben der Tür, am Rande des gepflasterten Platzes, blieb stehen und wartete. Doch der Schauder, den er immer beim Anblick der Skulptur empfunden hatte, blieb aus.

Er trat bis auf Armlänge an den sitzenden, mit seinem Thron verschmolzenen Herrscher heran. Im Park hatte er zu der Statue auf dem Betonsockel aufsehen müssen. Hier, auf dem Hinterhof des Museums, starrte ihn der Thronoi auf Augenhöhe aus den leeren Höhlen in seinem Alienschädel an. Bauer meinte, die Kälte zu spüren, die von dem monströsen Kunstwerk ausging. Aber heute fraß sie sich nicht in seine Seele. Er streckte die Hand aus. Er hatte die narbig erstarrte Bronze noch nie berührt und auch nie beobachtet, dass es ein anderer Betrachter versucht hatte.

Kurz bevor seine Finger das Metall erreichten, hörte er ein Rauschen, das rasend schnell herankam. Unwillkürlich zog er den Kopf ein und fuhr herum. Ein Taubenschwarm pfiff dicht über ihn hinweg. Erleichtert entspannte sich Bauer wieder. Dann bemerkte er eine ältere Frau, die neben dem Museumseingang stand und rauchte. Sie trug keine Jacke. An ihrer Bluse war ein Namensschild befestigt. Es trug das Logo des Museums. An ihrem Hals hing eine Lesebrille an einer feingliedrigen Kette. Ihre Zigarette steckte in einer

Zigarettenspitze. Die Art, wie sie das kurze silberne Röhrchen hielt, wirkte kein bisschen affektiert, sondern ganz selbstverständlich. Sie beobachtete ihn aus wachen Augen, die von zahllosen Lachfältchen umrahmt waren.

»Kein Zweifel, dass wahrhaft auch das Grauen dieser Figur innewohnt – so beschreibt ein Kunsthistoriker unseren Thronoi«, sagte sie.

»Die Tauben haben mich erschreckt«, erklärte er.

Sie lächelte skeptisch, sagte aber nichts.

»Wann ist er versetzt worden?«, fragte Bauer.

»Im Sommer. Die Kinder haben Angst vor ihm. Eine Elterninitiative, die den Spielplatz instand hält, hat sich beschwert.«

»Hier wirkt er weniger Furcht einflößend.«

»Ich hätte ihn stehen lassen. Zum Schönen gehört auch der Schrecken.«

»Noch ein Zitat?«

»Nein.« Sie zog ihre Zigarette aus der Spitze und warf die Kippe in einen Betonkübel, der als Aschenbecher diente. »Lebenserfahrung. Einen guten Tag noch.«

»Wünsche ich Ihnen auch.«

Sie ging. Er blieb nachdenklich zurück. Er hatte in der Skulptur immer den Gegenentwurf zu seinem eigenen Gottesbild gesehen. Aber vielleicht gab es gar keinen Gegensatz, vielleicht wünschte Bauer ihn sich nur. So wie er an einen liebenden Gott glauben wollte und nicht an die grausame, kalte Gleichgültigkeit des Thronoi. Doch womöglich war alles eins. Bauer war von demselben jungen Mann mit Benzin übergossen und beinahe angezündet worden, der ein paar Stunden später seine Verlobte zärtlich in den Arm genommen hatte. Vielleicht konnte Leon die eine Frau lieben und eine andere töten.

Bauer wandte sich wieder der Skulptur zu. Über den Metallschädel zog sich eine frische weißliche Spur. Die Tauben hatten dem Herrscher auf den Kopf geschissen.

Yildiz umklammerte den Porzellanbecher, der vor ihr auf dem Küchentisch stand, mit beiden Händen. So hatte sie schon dagesessen, als er heimgekommen war. Das Papierschild des Teebeutels hing aus dem Becher. Eine Melisse-Lavendel-Mischung, Sarah hatte sie während ihrer Schwangerschaft getrunken. Die Kräuter sollten Unruhezustände lindern. Gegen Yildiz' Verzweiflung halfen sie anscheinend nicht. Bauer fürchtete, dass die junge Frau anfangen würde zu weinen, sobald sie den Becher losließe.

»Dieser verdammte Glotzkowski!« Ihre Stimme zitterte. »Er hat uns damals schon an meine Eltern verraten.«

Sarah legte ihre Hand auf Yildiz' Arm. »Aber jetzt bist du erwachsen. Sie können dich nicht mehr in die Türkei schaffen.«

Sie starrte auf ihren Teebecher. »Es wird alles immer schlimmer. Ich verstehe nicht, wie die Polizei überhaupt auf unseren Schrebergarten gekommen ist. Nicht mal ich wusste, dass Leon sich da versteckt!«

Sarah sah ihn an. Sie hatte die Zusammenhänge längst durchschaut.

»Ich war dort«, erklärte Bauer. Yildiz blickte überrascht

auf. »Ich habe versucht, ihn zu überreden, sich zu stellen. Aber ich bin einfach nicht zu ihm durchgedrungen.«

»Und dann haben Sie die Polizei geholt?«, stieß Yildiz hervor.

»Nur eine Beamtin, mit der ich befreundet bin. Sie ist Leons beste Chance, heil aus dieser Sache rauszukommen, ganz egal, was er getan hat.«

»Er hat nichts getan!«

Bauer hob beschwichtigend die Hände. »Das sage ich doch auch gar nicht ...«

Es war zu spät. Sie rannte aus der Küche. Die Haustür fiel donnernd ins Schloss.

Sarah sah ihn an. »Was ist los, Martin? Hältst du es für möglich, dass er ...?« Sie verstummte.

»Ich weiß einfach zu wenig über ihn!« Es klang beinahe resigniert.

Sarah schüttelte den Kopf. »Wo ist deine Menschenkenntnis, auf die du so stolz bist?«

»Auch in Elternzeit?«, versuchte er zu scherzen. Sie reagierte nicht. Ernst fuhr er fort: »An dem Abend, als Roswitha Paesch ermordet wurde, haben die Death Riders ihn offiziell zum Vollmitglied gemacht. Das ist eine Verbindung auf Leben und Tod.«

»Und deshalb soll er die Frau ermordet haben?«

»Die Welt, in die Leon geraten ist, hat ihre eigenen Gesetze. Und unter den entsprechenden Umständen ist jeder Mensch zu einem Mord fähig – sagt Hauptkommissarin Dohr.«

»Das glaube ich nicht«, entgegnete Sarah entschieden. »Und du auch nicht!«

Er schwieg. Er wünschte sich, es wäre so.

Es läutete. Sarah ging in die Diele. Er folgte ihr. Vor der Tür stand Yildiz. Tränen liefen ihr über die Wangen.

»Mein Auto«, schluchzte sie. »Es springt nicht an.«

27

Inmitten des größten Binnenhafens Europas wirkte das Zollamt wie ein Witz. Ein rotbrauner Backsteinbau, kaum mehr als ein Zweifamilienhaus. Tatsächlich war es nur ein Ableger des viel größeren und modernen Hauptzollamtes in der Stadt.

Dort hatte Bauer zuerst nach Hubert Wegener gefragt, dem Mann, der für Leon mehrere Jahre lang eine Art Ersatzvater gewesen war. Von Leons Mutter wusste er, dass Wegener Zollbeamter war. Nachdem Bauer sich mit seinem Dienstausweis legitimiert hatte, wurde er schließlich an die im Hafengebiet gelegene Nebenstelle verwiesen. Dort vertrete Wegener die Arbeitseinheit *Finanzkontrolle Schwarzarbeit*.

Jetzt fragte sich Bauer, ob es in der Behörde möglicherweise als Strafe galt, hierhin versetzt zu werden. Solche Posten gab es in allen größeren Organisationen, auch in der Kirche. Pater Brown und Don Camillo konnten ein Lied davon singen.

Eine Tafel im Eingangsbereich informierte über die Abteilungen und Öffnungszeiten. Warensendungen konnten zwischen 7.15 und 14.00 Uhr abgeholt werden. Nicht gerade kundenfreundlich. Die Abteilung *Finanzkontrolle Schwarzarbeit* war nicht ausgewiesen. Offen zugänglich war nur der Warte-bereich für die Abholer von Postsendungen. Einen Empfang gab es nicht, aber einen Klingelknopf. Er drückte ihn. Nach einer gefühlten Ewigkeit erschien eine korpulente Dame, die ihn mit einem mürrischen »Ja?« aufforderte, sein Anlie-gen vorzubringen. Erneut half sein Dienstausweis. Er durfte die ausgetretenen Stufen zur ersten Etage hinaufsteigen. Das Büro lag am Ende eines sparsam beleuchteten Flurs. Er klopfte, von drinnen kam ein unwilliges Knurren, und er trat ein.

Der Mann am Schreibtisch saß über ein mit grünem Filz ausgekleidetes Holztablett gebeugt, auf dem mehrere matt-schwarze Metallteile lagen. Im ersten Moment begriff Bauer nicht, was er da sah. Dann fiel sein Blick auf das Schnellzieh-holster, das Fläschchen mit Waffenöl, den Putzstock und den Reinigungsfilz auf dem Tablett.

»Was wollen Sie?« Wegener richtete sich auf und mus-terte ihn misstrauisch.

Es schien Bauer angebracht, erneut seinen Dienstaus-weis zu zücken. »Martin Bauer, ich bin Polizeiseelsorger.«

Wegener stand auf. Er bewegte sich langsam. Und wach-sam, als gehöre er nicht in dieses schäbige Büro einer aus-gelagerten Zolldienststelle, sondern … Bauer überlegte … in eine amerikanische Cop-Serie?

»Sind Sie Herr Wegener?«

Wegener antwortete nicht. Er streckte Bauer auch nicht die Hand entgegen, die in einem dünnen weißen Baumwollhandschuh steckte. Stattdessen nahm er Bauers Dienstausweis und studierte ihn.

Bauer konnte sich vorstellen, warum ein pubertierender Junge wie Leon in dem Mann einen brauchbaren Ersatzvater gesehen hatte. Wegener hielt sich gerade, war offensichtlich durchtrainiert, sein blonder Bürstenhaarschnitt hatte etwas Militärisches. Er wirkte nicht, als ob er viel lachte, aber er strahlte etwas Verlässliches, wenn auch Starres aus.

»Was kann ich für Sie tun?« Er streifte die Handschuhe ab und warf sie auf das Tablett. »Man muss sein Handwerkszeug in Ordnung halten, oder?« Er sagte es ohne jede Ironie.

»Es geht um Leon Berger.«

Wegener hielt inne. Er schien für einen Moment aus dem Takt zu geraten. »Leon?«

Bauer bejahte.

Wegener bedeckte das Tablett mit einem schwarzen Tuch. »Setzen Sie sich. Ich räume das nur weg.«

Das Büro wirkte trist. Bis auf zwei Plakate, mit denen die Zollfahndung in Essen versuchte, Nachwuchs zu rekrutieren, gab es nichts Dekoratives. Das einzig Persönliche war das gerahmte Foto eines schmucken, sicher fünfzehn Meter langen Kabinenkreuzers. Wegener stand mit einer Kapitänsmütze auf dem Kopf direkt davor auf dem Anleger eines Jachthafens und deutete auf den Schriftzug am Bug des Schiffs – *Success*. Er lächelte nicht.

Wegener öffnete einen Aktenschrank. Wie die übrigen Büromöbel schien er aus der Zeit zu stammen, als das Gebäude noch das einzige Zollamt der Stadt gewesen war. Bis auf ein paar Leitzordner war er leer. Wegener stellte das Tablett hinein, nahm ein Feuchttuch aus einer Packung und begann, sich sorgfältig die Finger abzureiben.

Warum tat er das? Er hatte beim Reinigen der Waffe doch Handschuhe getragen.

Der Mann ging zu dem Waschbecken in einer Ecke des Büros und wusch sich die Hände. Nachdem er sie eingeseift hatte, bearbeitete er sie mit einer Wurzelbürste. Bauer kannte das von seinem Vater. Der war allerdings Bergmann gewesen. Jetzt bemerkte er auch Wegeners gerötete Gesichtshaut, offensichtlich das Ergebnis einer extrem gründlichen Nassrasur, und den makellosen Zustand seiner Kleidung. Der ganze Mann sah aus wie frisch gereinigt und gebügelt.

Wegener schloss den Schrank ab und steckte den Schlüssel ein. Er setzte sich hinter seinen Schreibtisch, legte die Hände vor sich auf die Tischplatte und betrachtete sie prüfend. Dann sagte er: »Ich habe seit Jahren kein Wort mehr mit Leon gesprochen.«

Bauer erklärte, dass nach Leon gefahndet wurde und warum. Er erwartete Anzeichen von Betroffenheit, aber Wegener starrte nur auf seine geröteten Hände mit den perfekt gekürzten Nägeln.

»Ich würde ihn gern finden, bevor die Polizei es tut, und ihn überreden, sich zu stellen. Ich denke, er hat das nicht getan.«

Wegener hob den Blick. »Tatsächlich. Wieso?«

Bauer zuckte mit den Schultern. »Intuition. Oder Menschenkenntnis, wenn Sie wollen.«

Der Zollbeamte nickte nachdenklich.

»Sie kennen Leon viel besser als ich«, fuhr Bauer fort. »Würden Sie ihm so eine Tat zutrauen?«

Wegener schüttelte den Kopf, aber es war keine Verneinung, sondern eine Geste der Ratlosigkeit. »Ich habe ihn gekannt – früher. Aber dann hat er sich an diesen Motorradclub gehängt. Das sind Kriminelle. Keine Ahnung, wie ihn das verändert hat.«

»Wissen Sie, wie es dazu gekommen ist?«

Mechanisch griff Wegener nach einem Stressball, der neben dem vorsintflutlichen Computermonitor lag, und begann, ihn zu kneten. »Der Chef von dem Verein hatte eine Motorradwerkstatt bei uns im Viertel. Dort hat Leon dann immer rumgehangen. Er hat sich für so was interessiert. Er kannte die Technik von meinem Boot am Ende besser als ich.« Er deutete auf das gerahmte Foto. »Als das vorbei war, hat er sich wohl was Neues gesucht. Die haben ihn dann reingezogen.«

»Waren Sie nicht wütend oder enttäuscht? Auch weil er Ihr Boot gestohlen hat? Ich weiß das von seiner Mutter.«

»Nur am Anfang. Ich habe keine Kinder, aber ich weiß, dass in der Pubertät alle Jungen gegen ihre Väter rebellieren. Sein Vater war tot. Und ich war wohl in seinem Leben das, was einem Vater am nächsten kam.«

Bauer hatte das Gefühl, dass Wegener nicht ganz ehrlich war. Vielleicht hatten ihn der Diebstahl des Bootes und das darauf folgende Zerwürfnis doch tiefer gekränkt, als er sich selbst eingestand.

»Ich habe gehört, er sei aus Liebeskummer mit Ihrem Boot abgehauen.«

Wegener sah ihn an. »Liebeskummer? Möglich. Vielleicht war das der Auslöser. Ich weiß es nicht.«

»Hat er Ihnen nie von Yildiz erzählt?«

»Nein.«

Er log. Wenn Leons Mutter über Yildiz Bescheid wusste, musste er es auch wissen.

»Haben Sie versucht, sich mit ihm auszusprechen?«

»Keine Chance. Nachdem ich ihm die Polizei hinterhergeschickt hatte, war ich für ihn gestorben. Dabei war das nur wegen seiner Mutter. Die war fast verrückt vor Angst. Er hatte zwar keinen Schein, aber er konnte mit dem Boot genauso gut umgehen wie ich. Ein Naturtalent.«

Das Boot war Wegeners Ein und Alles, daran gab es keinen Zweifel. Kaum vorstellbar, dass er die Polizei nur alarmiert hatte, weil Leons Mutter Angst um ihren Sohn gehabt hatte.

»War er aggressiv? Hatte er oft Ärger in der Schule?«

Wegener schüttelte den Kopf. »Eigentlich nicht. Er war groß für sein Alter und kräftig. Darum wurde er oft provoziert und herausgefordert. Er musste sich wehren.« Er hörte auf, den Ball zu kneten. »Wieso interessieren Sie sich so für ihn? Sind Sie als Polizeiseelsorger nicht für die Polizisten zuständig, die ihn fangen sollen?«

Bauer erzählte ihm von seiner Frau und Yildiz.

»Verstehe.« Er betrachtete wieder nachdenklich seine Hände. »Mir tut es wirklich leid für Leon, dass er in so einer Bredouille steckt. Aber ich weiß nicht, wie ich ihm oder Ihnen helfen kann.«

»Ich hatte gehofft, Sie haben eine Idee, wo er sich versteckt hält.«

Wegener dachte kurz nach. »Tut mir leid.«

In den nächsten fünf Minuten versuchte Bauer, ein Gespräch in Gang zu bringen. Er fragte, wie Wegener Leon kennengelernt habe, was sie zusammen unternommen hatten, ob er ihre Beziehung als eine Freundschaft gesehen hatte oder sich selbst eher als eine Art Vaterfigur. Wegeners Antworten waren kurz, ausweichend und klangen wie die Berichte, die Polizeibeamte verfassten. Entweder war er von Natur aus wenig gesprächig, oder er versuchte bewusst, das Gespräch auszutrocknen.

Schließlich gab Bauer auf. Er bedankte sich. Wegener ging mit ihm zur Tür. Vor dem Foto des Kabinenkreuzers blieb Bauer stehen. »Ein wirklich schönes Boot.«

»Ich fahre kaum noch. Irgendwie ist mir der Spaß daran vergangen.«

Bauer meinte, Verbitterung herauszuhören. Diesmal schüttelte ihm Wegener die Hand. Er gab Bauer eine Visitenkarte. »Wenn Sie etwas von Leon hören oder von der Polizei – ich wäre Ihnen dankbar, wenn Sie mich auf dem Laufenden halten könnten. Würden Sie das tun?«

»Natürlich, wenn Sie wollen.«

»Danke.«

Bauer ging.

28

Er war enttäuscht. Er hatte das Gefühl, mehr über Wegener erfahren zu haben als über Leon. Ein merkwürdiger Mann. Wenn er zu Beginn noch geglaubt hatte zu erkennen, wieso Leon in ihm eine Vaterfigur gesehen haben könnte, war dieses Gefühl am Ende des Gesprächs verflogen. Andererseits: Leon hatte kurz zuvor seinen Vater verloren. Vielleicht war er einfach froh gewesen, nicht mit der weiblichen Energie seiner Mutter und ihrem Schmerz allein zu sein.

Jedenfalls half das, was Bauer von Wegener erfahren hatte, weder dabei, Leon zu finden, noch, ihn besser zu verstehen.

Er saß in seinem Wagen vor dem Zollamt und schaute zu, wie die Windschutzscheibe beschlug. Er spürte den Impuls, unter dem Fahrersitz nach einer verlorenen Zigarette zu suchen. Der Drang wurde stärker, er begrüßte ihn wie einen alten Bekannten und wartete darauf, dass der Impuls seine Kraft verlor und sich schließlich in nichts auflöste. Er würde nicht rauchen, er hatte es Marie versprochen.

Er rief zuerst Yildiz an. Sie hatte nichts von Leon gehört. Sie war den Tränen nahe. Er bemühte sich, sie zu beruhigen.

Der nächste Anruf ging an Verena Dohr. Sie war nicht gerade begeistert, verriet ihm aber trotzdem, dass die Fahndung nach Leon bisher erfolglos geblieben war.

Was jetzt? Ihm kam ein Gedanke. Heute war Montag. Er sah auf die Uhr. Viertel vor vier. Das passte.

Eine Stunde später verließ er die Turnhalle einer Grundschule in Neudorf. Er hatte zwar nichts Neues über Leon erfahren, dafür aber eine ganze Menge über Leons Motorradclub.

Die Informationen stammten von Hauptkommissar Oliver Kampen. Kampen war beim LKA 4 in Düsseldorf für Bandenkriminalität zuständig, außerdem arbeitete er als Jugendtrainer im Polizeiboxsportverein. Einmal im Jahr organisierte er in Brennpunktvierteln Tage der offenen Tür. Er hatte einer Menge Jungen und Mädchen geholfen, die chronische Wut, die sie im Bauch hatten, in eine disziplinierte Form von Kampfsport zu kanalisieren. Irgendwann hatte er zufällig von Bauer gehört. Ein boxender Polizeiseelsorger? Den konnte Kampen gebrauchen. Er hatte ihn gefragt, ob er nicht mitmachen wollte. Bauer hatte zugesagt. Seither hatte er Kampen dreimal bei den Tagen der offenen Tür unterstützt.

Wie erwartet, hatte er den Hauptkommissar in der Turnhalle beim Kindertraining gefunden. Er hatte ihm erklärt, worum es ging. Der Hauptkommissar hatte das Training für ein paar Minuten an einen der Fortgeschrittenen übergeben, und sie waren hinaus auf den Pausenhof gegangen.

Kampen kannte die Death Riders. Das LKA führte sie in der Datei über kriminelle Motorclubs, sprich Rockergangs.

Sie waren einer der kleineren Clubs mit unter fünfhundert Mitgliedern, einem halben Dutzend Chapters in Deutschland und noch mal genauso vielen in Norwegen und Schweden. Sie waren bisher noch nicht sehr oft durch ihre kriminellen Aktivitäten aktenkundig geworden. Anscheinend betätigten sie sich bisher vor allem als Türsteher und Schutzgelderpresser. Von den Territorien der Hells Angels und Bandidos hielten sie sich fern. Aber Kampen wusste von Gerüchten, dass die Death Riders in letzter Zeit Ärger mit einer albanischen Gang hatten.

»Mehr kann ich dir nicht sagen, Martin, tut mir leid. Oder doch, eins noch. Du weißt, dass die Death Riders mittlerweile auch eine Menge türkische Mitglieder haben?«

Bauer verneinte.

»Vor ein paar Jahren gab es Ärger zwischen den Death Riders und einer türkischen Bikergang. Ein Türke wurde angeschossen. Wir hatten Vergeltungsaktionen erwartet. Aber stattdessen gab es ein Patch-over. Die gesamte Gang wechselte zu den Death Riders. Wir haben keinen Schimmer, wer das eingefädelt hat und wie.«

Bauer bedankte sich.

»Das ist alles ziemlich allgemein, ich weiß. Über die Interna bei den MCs oder einzelne Mitglieder wissen wir zu wenig. Aber vielleicht hilft es dir ja trotzdem.«

Sie verabschiedeten sich. Er war schon fast am Schultor, als der Hauptkommissar ihn rief.

»Warte!« Kampen lief zu ihm. »Ich hab vielleicht noch was. Es gibt da ein langjähriges Mitglied der Riders. Er ist vor einem Jahr rausgeflogen. Warum, wissen wir nicht. So was kommt praktisch nie vor. Ein Kollege hat versucht, ihn anzuzapfen, doch da geht gar nichts. Er redet nicht mit Bullen. Aber vielleicht hat er ja eine religiöse Ader ...«

Kampen nannte ihm einen Namen, sagte ihm, wo er den Mann finden konnte, klopfte ihm auf die Schulter, wünschte ihm Glück und rannte zurück zur Turnhalle.

29

Von der Turnhalle der Grundschule bis zum Großmarkt war es nur ein Katzensprung. Auf Höhe des Polizeipräsidiums fing es an zu nieseln, in der Altstadt zerplatzten die Regentropfen schon wie kleine Wasserbomben auf seiner Windschutzscheibe, und auf der Schwanentorbrücke fiel der Regen so dicht und schwer, dass man die Ausflugsschiffe der Weißen Flotte, die unten am Anleger festgemacht hatten, kaum erkennen konnte. Dann war der Regenguss so schnell vorbei, wie er angefangen hatte. Als der Pförtner die Schranke für Bauer öffnete, rauschte gerade das letzte Wasser in die Gullis.

Selbst jetzt, am Abend, drängten sich auf dem Gelände Lieferwagen und Pkw. Dazwischen rangierten Lastzüge, die noch ihren Platz suchten oder deren verderbliche Ladung von Gabelstaplern bereits an ihr Ziel im Inneren der riesigen Halle gebracht worden war. Trotz des miesen Wetters waren die Rolltore der Großmarkthändler geöffnet, kaltes Neonlicht fiel ins Freie und spiegelte sich auf dem nassen Pflaster.

Hier arbeitete Horst Schaffroth.

Bauer fand eine Lücke zwischen dem Transporter eines

Markthändlers und einem SUV mit dem Logo eines Sternerestaurants, in dem er mit Sarah schon mal gegessen hatte.

Über dem nächstgelegenen Rolltor stand der Firmenname eines Großhändlers für Obst und Gemüse. Er wusste nicht, ob er Horst Schaffroth in dieser Halle finden würde, aber irgendwo musste er ja anfangen.

Drinnen war es so hell, dass er die Augen zusammenkniff. In allen Richtungen reihten sich Paletten mit Obstkisten und Kartons mit Orangen, Ananas, Kiwis, Äpfeln und Bananen aneinander. Zwei Männer in wattierten Arbeitsjacken und mit über die Ohren gezogenen Wollmützen stapelten auf Hubwagen Bestellungen, die sie von Klemmbrettern ablasen. Ein dritter Mann zählte Bananenkisten, die von einem Gabelstaplerfahrer im Eingangsbereich abgesetzt wurden.

Er schaute von seinem elektronischen Handheld auf. »Wo fehlt's, Meister? Wir haben alles für eine super Ratatouille.«

Er hatte offensichtlich auf Anhieb erkannt, dass Bauer kein Weiterverkäufer war.

Bauer grinste. »Gemüse kauft meine Frau. Ich kann Qualität nicht von Mist unterscheiden, sagt sie.«

»Kann man lernen. Ich geb Kurse.« Ein Witz, obwohl der Mann keine Miene verzog.

»Ich suche Horst Schaffroth.«

»Hotte? Haben wir hier nicht. Der macht Kartoffeln. Sie gehen wieder raus, dann rechts. Vier Tore weiter, Meister.«

Der Fall war erledigt, der Mann wandte sich wieder seinen Bananenkisten zu.

Bauer bedankte sich und rückte ab. Über dem vierten Rolltor stand *Paul Wormser – Großhandel für Kartoffeln, Zwiebeln und Knoblauch*. Das Tor stand offen, aber dahinter war es nicht taghell wie bei den anderen Großmarkthändlern. Die LED-Birne an der Decke hatte höchstens zehn Watt. An einem Kassentresen kaute ein knorriger Mittfünfziger auf einer übel riechenden Zigarre herum und kratzte sich am Kopf, während er einen Stapel Lieferscheine durchblätterte.

»Warum ist es bei Ihnen so dunkel?«

Der Zigarrenraucher hob den Blick. »Kartoffeln sind lichtempfindlich. Weiß anscheinend doch nicht jeder.« Etwas freundlicher fügte er hinzu: »Wir wollen ja nicht, dass unsere Ware den Kunden aus tausend Augen entgegenstarrt. Was kann ich für Sie tun?«

»Ich wollte zu Herrn Schaffroth.«

»Hotte? Der macht grade Feierabend. Ist hinten an seinem Spind. Gehen Sie ruhig durch.« Er deutete vage in eine Richtung.

Bauer ging den halbdunklen Gang zwischen hohen Stahlregalen voller Säcke mit Kartoffeln, Zwiebeln und Knoblauch hinunter. Am Ende war eine Tür. Sie stand einen Spaltbreit offen. Er drückte sie auf. Der Umkleideraum wurde von einer flackernden Neonröhre im Sekundentakt erhellt und wieder verdunkelt.

»Herr Schaffroth?«

Die Gestalt vor dem Spind fuhr herum, die rechte Hand verschwand hinter dem Rücken. Als sie wieder erschien, hielt sie ein Jagdmesser. Die Klinge war auf Bauer gerichtet.

Er hob besänftigend die Hände. »Mein Name ist Bauer.

Ich bin Pfarrer, Polizeiseelsorger. Ich würde gern mit Ihnen sprechen.«

Der Mann wechselte das Standbein. Er wankte leicht, als stimme mit seinen Beinen etwas nicht. Aber trotzdem sah er nicht aus, als ob Flucht zu seinem Repertoire gehörte.

»Warten Sie! Ich zeige Ihnen meinen Ausweis.«

Vorsichtig zog Bauer seinen Dienstausweis aus der Tasche. Der Mann ignorierte das eingeschweißte Dokument. Er erinnerte Bauer an einen Catcher, der sich für seinen letzten Kampf bereit machte. Bauer schätzte ihn auf Ende vierzig. Die ausgewaschenen Jeans, die schweren Motorradstiefel, die abgewetzte Motorradjacke und die schwarze Wollmütze, die er bis zu den Augen heruntergezogen hatte, ließen an Motorradgangs in Filmen aus den Fünfzigern denken. Das zerfurchte Gesicht mit den langen Koteletten und dem grauen Hufeisenbart hätte sich aber auch gut in einer gealterten Metal-Band gemacht. Er sah gefährlich aus, zumal er das Messer in der Hand hielt. Gleichzeitig erkannte Bauer aber die Angst in seinen Augen.

»Polizeipfarrer?« Der Mann glaubte ihm nicht. Ein Trick.

»Ich würde gern mit Ihnen über einen Ihrer Freunde sprechen. Aus Ihrem Motorradclub.«

Schaffroth schien ihn gar nicht zu hören. »Wenn du mich erledigen willst, dann fang an.«

»Es geht um Leon. Leon Berger.«

Die Hand mit dem Messer sank ein paar Zentimeter nach unten. »Was ist mit ihm?«

»Die Polizei sucht ihn. Er soll eine Frau ermordet haben.«

»Leon?« Er zog ungläubig die Brauen hoch. Dann sagte er: »Was kümmert Sie das?«

»Ich will ihm helfen.«

»Warum?«

»Weil ich nicht glaube, dass er es getan hat.«

Langsam verschwand die Hand mit dem Messer hinter seinem Rücken und kam ohne zurück. Offenbar hatte Schaffroth entschieden, dass kein Killer sich die Mühe machen würde, ihn mit so einer Geschichte einzulullen. Er ließ sich schwer auf die ramponierte Gartenbank an der Wand fallen. Man konnte förmlich zusehen, wie sich sein Adrenalinspiegel normalisierte. Erst jetzt spürte Bauer die eigene Anspannung. Er hatte seit über vier Monaten nicht mehr geraucht, aber jetzt brauchte er eine Zigarette. Als hätte der Rocker seine Gedanken erraten, zog er ein Päckchen Van Nelle aus der Tasche und begann, sich eine Zigarette zu drehen.

»Der gehört da sowieso nicht rein.« Er meinte Leon, und er meinte die Death Riders. Seine Finger waren völlig ruhig, als er den Tabak auf das Blättchen legte. »Sie sind Pfarrer? Evangelisch?«

Bauer bejahte.

Schaffroth leckte das Papier an und formte eine etwas krumme Zigarette. Ohne Bauer anzusehen, sagte er: »Ich war auch mal evangelisch. Die Kirche bei uns hatte so einen Jugendtreff. Der Pfarrer da war ganz in Ordnung.«

Er förderte ein Feuerzeug zutage. Er zündete die Zigarette an, sog den Rauch tief in seine Lunge, behielt ihn mehrere Sekunden drin, dann ließ er ihn raus.

»Er hat sich für mich eingesetzt, als ich das erste Mal Ärger mit den Bullen hatte. Der wollte mir auch helfen, hat aber nicht geklappt.«

Er hielt Bauer das Tabakpäckchen hin. Bauer nahm es und drehte sich schweigend eine Zigarette. Der erste Zug löste den vertrauten Mix aus Genuss, Abscheu und Schuldgefühl aus.

Er sagte: »Leon hat seit vorgestern die Kutte.«

»Scheiße.« Es klang enttäuscht.

»Waren Sie auch Full Member?«

Schaffroth schüttelte den Kopf. »Ich war fünf Jahre lang Prospect. Musste jeden Scheiß für die machen. Die haben mich behandelt wie Dreck. Vor allem die Türken.«

»Zum Beispiel?«

Der Ex-Rocker sah ihn an. Das Misstrauen war wieder da.

»Wir haben auch so was wie das Beichtgeheimnis«, sagte Bauer. »Was wir hier reden, erfährt niemand.«

Schaffroths abschätzender Blick entspannte sich. »Was soll's ... Ich musste Waffen transportieren, Schulden eintreiben, so was.«

»Sie wurden rausgeworfen. Warum?«

Er schüttelte den Kopf und wirkte plötzlich müde und erschöpft. Dann sagte er: »Beichten soll ja gut sein.«

Er trat den Rest seiner Zigarette aus und begann, die nächste zu drehen.

»Ich sollte jemanden umlegen. Vor einem Jahr. Warum, weiß ich nicht. Wir waren zu zweit. Ich und einer von den Türken. Zuerst haben wir ihn zusammengeschlagen. Dann hatte ich die Pistole in der Hand. Der Hahn war schon gespannt. Aber ich konnte nicht schießen. Der Türke sagte *Los, drück ab!* Aber der Typ, den ich kaltmachen sollte, stand direkt vor mir, näher als Sie jetzt. Er konnte sich kaum auf den Beinen halten. Und immer wieder *Drück ab! Los, drück ab!* Ich konnte nicht. Der Türke hat es dann gemacht.«

Er starrte ins Leere, als habe er das Bild in diesem Moment vor Augen. Seine Rechte war zur Faust geballt, als habe er die Pistole noch immer in der Hand.

»Ich träume davon, fast jede Nacht.«

»Warum haben Sie sich nicht sofort geweigert, das zu tun?«

Schaffroth sah Bauer an, als kapiere der gar nichts. »Man tut, was einem gesagt wird.«

Dazu gab es nichts zu sagen.

»Dann sind die Bullen gekommen. Sie haben mich verhört. Nur mich. Eine Woche später haben sie das Clubhaus auseinandergenommen, aber nichts gefunden. So ein Schwein von der Kripo hat dabei ganz nebenbei fallen lassen, ich hätte gequatscht.«

»Warum hat er das getan?«, fragte Bauer.

»Er wollte es mir heimzahlen. Ich hatte ihn umgehauen, als sie mich festnehmen wollten. Im Club haben sie ihm geglaubt. Dann bist du raus, erledigt. *Out in bad standing.* Zum Abschuss freigegeben.« Er klang verbittert. »Ich musste die Kutte abgeben und alles, was mit dem MC zu tun hat.« Er schob den rechten Ärmel der Motorradjacke hoch. »Sie haben mir das MC-Tattoo mit einem Bandschleifer rausgefräst.«

Bauer starrte schockiert auf die handtellergroße vernarbte Stelle, die wie verbrannt aussah.

»*Out in bad standing* ist schlimmer, als tot zu sein«, fuhr der Ex-Rocker fort. »Niemand will mehr irgendwas mit dir zu tun haben. Nicht mal MCs, mit denen dein Club verfeindet ist. Als hättest du die Pest.«

»Sind Sie in Gefahr?«, fragte Bauer.

Schaffroth gab ein humorloses Lachen von sich. »Im März haben mich drei Typen niedergestochen. Zwölf Stiche. Ich kenne sie. Gehören zu einem Supporter-Club der Riders in Bayern. Ist ein Wunder, dass ich noch lebe.«

»Haben Sie die Männer angezeigt?«

Der Mann musterte ihn abschätzig. »So verkommen bin ich noch nicht, selbst wenn alle das glauben.«

»Versuchen die es wieder?«

»Kann sein.«

»Sie haben Angst.«

Schaffroth zuckte mit den Schultern. »Überall. Immer. Damit muss ich leben. Deshalb das Messer. Sorry übrigens.«

»Was ist mit Zeugenschutz?« Bauer dachte an Leon. Vielleicht wäre das dessen einzige Chance, aus allem rauszukommen.

Der Ex-Rocker fuhr hoch. »Hörst du nicht zu? Ich bin kein Verräter!« Der Zorn verschwand so schnell, wie er gekommen war. »Zeugenschutz ist sowieso ein Witz. Sie versprechen dir, was du willst, dann lassen sie dich hängen. Ich habe von einem gehört. Den haben sie von einer miesen Bude in die nächste verschoben. Finanziell war er unter

Hartz vier. Hat sich nie sicher gefühlt. Bis er sich umgebracht hat.«

»Sie könnten wegziehen.«

»Kann ich mir nicht leisten. Bringt aber sowieso nichts. Der MC hat beste Kontakte. Wenn eine Razzia anstand, wussten wir das schon eine Woche vorher. Dann musste ich das Clubhaus putzen, jeden Millimeter. Dafür habe ich jedes Mal fast einen Tag gebraucht und noch die halbe Nacht. Oft mit Leon zusammen.« Er verstummte und starrte vor sich auf den Boden.

Bauer ließ ihm eine halbe Minute, dann fragte er: »Wie ist Leon zurechtgekommen?«

Schaffroth dachte einen Moment lang nach. »Ein guter Junge. Loyal. Er wollte dazugehören, irgendwo. Der Präsi war für ihn der liebe Gott. Damals jedenfalls noch. Darum ist er ja auch an seiner Stelle in den Knast gegangen. Hat gesagt, er wäre gefahren.«

»Die Fahrerflucht?«, fragte Bauer verblüfft nach.

»Genau.«

Eine Weile schwiegen sie beide.

Dann schüttelte der Ex-Rocker langsam den Kopf. »Eine Frau? Schwer vorzustellen. Leon ist kein Killer.«

»Das denke ich auch.«

»Andererseits ... du kannst in Situationen geraten ... du darfst keine Schwäche zeigen.« Schaffroth trat den Rest der Zigarette aus. »Jetzt ist sowieso alles anders – seit dem Patch-over.«

»Patch-over?«

»Die Türken hatten ihren eigenen MC. Dabei fahren

manche von denen nicht mal Motorräder«, fügte er höhnisch hinzu. »Früher dauerte es Jahre, bis man aufgenommen wurde. Aber die haben einfach ihre Kutten ausgezogen und unsere angezogen.«

»Wie ist es dazu gekommen?«

»Die Death Riders hatten Ärger mit den Albanern. Haben sie immer noch. Die Dreckskerle wollen uns aus ihren Territorien drängen.« Schaffroth schien vergessen zu haben, dass sein Club ihn verstoßen hatte. »Wir waren zu schwach. Darum hat der Präsi sich mit den Türken geeinigt und sie aufgenommen. Ein großer Fehler, meiner Meinung nach. Vural ist keiner, der auf die Dauer die zweite Geige spielen will.«

Vural musste der Anführer der Türken im MC sein.

»Vielleicht wäre ich ohne dieses türkische Arschloch nicht rausgeworfen worden. Er hat nicht lockergelassen. Wegen dem steigt der Club auch ins Drogengeschäft ein. Der Präsi wollte das nie, sein Bruder ist an einer Überdosis gestorben.« Schaffroth stand auf. »Leon war enttäuscht, als ich gehen musste. Nachdem er aus dem Knast gekommen ist, sind wir uns zufällig über den Weg gelaufen. Er hat mit mir geredet, was er eigentlich nicht durfte. Ich denke, er glaubt nicht mehr an den Scheiß von absoluter Loyalität und dass wir alle Brüder sind.«

»Seine Freundin sagt, er will raus.«

»Nachdem er gerade Member geworden ist? Das ist praktisch unmöglich. Er hat geschworen: Death Rider forever, forever Death Riders – bis in den Tod.«

30

Die beiden Anrufe erreichten ihn auf der Abbiegespur zur A40 in Richtung Venlo.

»Verena Dohr«, verkündete die weibliche Stimme der Sprachassistenten-App seines Smartphones emotionslos über die Autolautsprecher.

Er hatte erst am Nachmittag mit der Hauptkommissarin telefoniert. Beunruhigt nahm er das Gespräch an.

Sie sparte sich jede Begrüßungsfloskel. »Wie lange brauchen Sie bis zur Wohnung von Leon Bergers Freundin?«

»Was ist passiert?«

Sie ignorierte seine Frage. »Wie lange?«

Ein elektronisches Signal meldete den zweiten Anruf.

»Knapp zwanzig Minuten«, antwortete er rasch.

»Ich warte auf Sie.« Ohne weitere Erklärung legte sie auf. Sofort fing das Telefon wieder an zu klingeln.

»Sarah«, informierte ihn die Sprachassistentin.

Im nächsten Moment drang die Stimme seiner Frau aus den Lautsprechern. »Martin? Ich bin bei Yildiz. Kannst du herkommen?«

»Was ist denn los?«

»Erkläre ich dir, wenn du da bist.« Sarah klang ebenso ärgerlich wie zuvor die Hauptkommissarin. »Beeil dich!«

Sie beendete das Telefonat. Nach einem schnellen Blick in den Seitenspiegel zog Bauer von der Abbiegespur zurück auf die Fahrbahn. Der Sattelschlepper, der seit dem Großmarkt hinter ihm gefahren war, musste abbremsen. Der Fahrer brachte seinen Ärger lautstark über die Drucklufthörner seiner Hupe zum Ausdruck.

Hundert Meter weiter ordnete sich Bauer erneut rechts ein, nun in die entgegengesetzte Richtung: Essen. Der Lkw nahm denselben Weg. In der engen, lang gezogenen Kurve der Zufahrt fuhr der Vierzigtonner so dicht auf, dass Bauer fürchtete, von der nassen Straße geschoben zu werden. Auf dem Beschleunigungsstreifen gab er Gas. Die voll aufgeblendeten Scheinwerfer des Trucks verschwammen im Rückspiegel. Bauer lenkte seinen Passat auf die linke Spur und schaltete die Scheibenwischer auf höchste Stufe.

Der Wagen seiner Frau parkte direkt vor dem Eingang des heruntergekommenen Mietshauses, Verenas BMW nur wenige Meter weiter. Kalter Regen schlug ihm ins Gesicht, als er aus dem Auto sprang. Aus dem Hauseingang kam ihm eine ältere Frau entgegen, ihre Dauerwelle geschützt von einer Regenhaube aus transparentem Plastik. Bauer erreichte die Tür, bevor sie zufiel. Im Treppenhaus roch es noch intensiver nach Schimmel als bei seinem ersten Besuch. Er hetzte die Stufen hinauf in den dritten Stock. Die Hauptkommissarin und ihre Kollegin Senta Coenes lehnten am Treppengeländer.

»Na endlich«, knurrte Verena.

»Wo ist meine Frau?«, fragte Bauer.

»Da drin.« Sie nickte in Richtung Wohnungstür. »Wäre nett, wenn Sie sie überzeugen könnten, uns reinzulassen.«

Bauer drückte auf die Klingel. Als nichts geschah, klopfte er. »Sarah? Ich bin's. Mach bitte auf!«

Sie öffnete. Sie hatte Marie auf der Hüfte und sah nicht aus, als wollte sie den Eingang freigeben. Seine Tochter lachte und streckte die Arme nach ihm aus.

Sarah übergab ihm das Kind. »Sie wollen Yildiz verhören.«

»Befragen«, korrigierte Verena gereizt.

Sarah ignorierte den Einwurf. Zu ihrer grimmigen Miene fiel Bauer nur ein Wort ein: Löwenmutter. Yildiz war ihr Schützling.

»Es geht ihr nicht gut«, sagte sie zu Bauer. »Sie hat sich zweimal übergeben.«

»Ist Frau Karabulut krank?«, mischte Coenes sich ein.

»Nein. Aber völlig fertig.«

Vor ihrer Antwort hatte Sarah einen Sekundenbruchteil gezögert. Bauer sah zu Verena. Er konnte nicht erkennen, ob sie es bemerkt hatte.

»Das tut mir leid«, erklärte die Hauptkommissarin knapp. »Trotzdem müssen wir mit ihr sprechen. Sie ist eine wichtige Zeugin.«

»Was soll sie denn bezeugen? Sie hat mit Ihrem Mordfall nichts zu tun.«

»Aber ihr Freund. Leon Bergers Fingerabdrücke sind auf der Tatwaffe. Das hat Ihnen Ihr Mann doch sicher erzählt.«

Der Vorwurf ging gegen ihn. Er kam sich vor wie ein

Ringrichter. Nur dass er beiden Gegnern persönlich verpflichtet war. Und ein Baby auf dem Arm hatte.

»Also würden Sie uns jetzt bitte hereinlassen«, fuhr Verena fort.

Sarah bewegte sich keinen Zentimeter. »Tut mir leid. Ich habe es Ihnen eben schon gesagt: Frau Karabulut möchte nicht mit Ihnen reden.«

»Sarah ...«, versuchte Bauer sich einzuschalten. Doch seine Frau schien ihn nicht zu hören.

Auch Verena beachtete ihn nicht mehr. Sie verlor die Geduld. »Das ist eine Mordermittlung, verdammt noch mal! Ein Anruf beim Staatsanwalt, und ich habe eine offizielle Vorladung. Wollen Sie wirklich, dass ich Frau Karabulut von einer Streife abholen und ins Präsidium schaffen lasse?«

»Das würde Ihnen auch nichts nützen. Jeder Anwalt holt sie da raus, ohne dass sie auch nur ein Wort sagen muss.«

»Es tut mir leid, Frau Bauer, da irren Sie sich«, übernahm Coenes, um Sachlichkeit bemüht. »Seit der Reform der Strafprozessordnung 2017 sind Zeugen verpflichtet, zur Sache auszusagen.«

»Nicht, wenn sie mit dem Beschuldigten verlobt sind. Das Zeugnisverweigerungsrecht gilt nämlich nach wie vor.«

Bauer wunderte sich nicht über die Sachkenntnis seiner Frau. Sie arbeitete an einem sozialen Brennpunkt. In ihrem Bürgerzentrum gab es auch eine kostenlose Rechtsberatung.

»Frau Karabulut ist mit Herrn Berger verlobt?«, fragte Coenes überrascht.

»Ja«, bestätigte Sarah.

»Wie praktisch«, schnaubte Verena.

Sarah blitzte sie an. »Glauben Sie mir etwa nicht?«

»Für Glauben ist Ihr Mann zuständig. Ich sammle Beweise, Indizien und Zeugenaussagen. Falls diese Verlobung tatsächlich besteht, will ich das von Frau Karabulut selbst hören. Entweder hier oder im Präsidium. Ihre Entscheidung.«

Sarah antwortete nicht. Die Hauptkommissarin zückte ihr Handy.

Bauer ging dazwischen. »Warten Sie!« Er wandte sich an seine Frau. »Lass sie mit Yildiz reden. Du kannst Frau Dohr vertrauen. Das weißt du!«

Er sah, wie es in ihr arbeitete. Die Hauptkommissarin hatte mehr als einmal den Kopf für ihn hingehalten.

Doch Sarah schüttelte den Kopf. »Hier geht's nicht um mich.«

»Wirklich nicht?«, hakte er sanft nach. Er ahnte, was in ihr vorging, und er liebte sie dafür. Sie wollte Yildiz beschützen. Sich kampflos der Vernunft zu beugen fiel niemandem schwerer als Bauer selbst.

Sie atmete durch und blickte zu Verena. »Warten Sie in der Küche.«

Sarah verschwand. Bauer führte die Hauptkommissarin und ihre Kollegin in die Wohnung. Schweigend standen sie in dem kleinen Raum, der von dem Plastikschirm der Deckenlampe in gelbes Licht getaucht wurde. Regen trommelte gegen die nachtschwarze Fensterscheibe. Marie kniff die Augen zusammen und rieb sich mit den Fäusten durchs Gesicht. Zu Hause hätte sie längst in ihrem Bett gelegen.

Bauer strich ihr über den Rücken und hielt sie so, dass sie den Kopf an seine Schulter lehnen konnte. Doch sie wollte nicht schlafen. Sie hatte schon den Wortwechsel im Treppenhaus mit besorgtem Blick verfolgt. Nun spürte sie die Spannung in der engen Küche.

Das Geräusch einer Tür, die geöffnet wurde, drang von der Diele durch die Stille. Kurz darauf kam Sarah mit Yildiz herein. Selbst im warmen Lampenschein war das Gesicht der jungen Frau aschfahl.

Verena trat auf sie zu. »Yildiz Karabulut?«

»Ja.« Yildiz nickte.

»Hauptkommissarin Dohr, Kripo Duisburg. Das ist meine Kollegin Oberkommissarin Coenes.«

»Hallo«, grüßte Coenes freundlich.

»Wollen wir uns setzen?«, schlug Verena vor.

»Natürlich. Entschuldigung.« Yildiz deutete auf die Stühle am Resopaltisch. »Bitte.«

Die beiden Kommissarinnen nahmen gegenüber von Yildiz Platz. Sarah blieb stehen. Bauer lehnte sich an die Küchenzeile.

»Sie sind mit Herrn Leon Berger bekannt?«, eröffnete Verena die Befragung.

»Ich bin seine Verlobte.« Yildiz' Bemühen, ihrer Stimme einen festen Klang zu geben, war nicht zu überhören.

»Seit wann sind Sie mit ihm verlobt?«

»Seit vier Monaten.«

»Da war er noch inhaftiert«, warf Coenes ein.

»Ich hatte eine Besuchserlaubnis. Er hat mir einen Ring gemacht. In der Gefängnisschlosserei.« Yildiz zog eine dünne Kette, die sie am Hals trug, aus ihrem Shirt. Daran baumelte ein einfacher Metallring. »Er hat ihn sogar graviert. Hier, sehen Sie.«

Sie streifte die Kette ab und reichte sie Coenes.

Die Oberkommissarin betrachtete die Innenseite des Rings. »Y+L AGA«, las sie vor. »Was bedeutet das?«

»Yildiz und Leon, allein gegen alle.«

Coenes gab Yildiz die Kette zurück.

»Als Verlobte von Herrn Berger müssen Sie keine Frage beantworten, die wir im Zuge der Ermittlung gegen ihn stellen«, erklärte Verena förmlich.

»Das hat mir Frau Bauer schon gesagt.«

»Wann haben Sie ihn zuletzt gesehen?«

»Am Samstag. Er hat mich von der Uni-Bibliothek abgeholt. Am Nachmittag waren wir bei Herrn Bauer, und danach sind wir nach Venlo gefahren.«

»Was wollten Sie dort?«, fragte Coenes.

»Wir waren essen, in einem indonesischen Restaurant. Anschließend hat Leon mich nach Hause gebracht.«

Dohr blickte kurz zu Bauer. Doch sie sparte sich die Frage, warum Leon und Yildiz bei ihm gewesen waren, und wandte sich wieder Yildiz zu.

»Seitdem haben Sie ihn nicht mehr gesehen?«

»Nein.«

»Hatten Sie sonstigen Kontakt? Anrufe? SMS?«

»Dazu möchte ich nichts sagen.«

Verena nickte nur. Bauer entdeckte feine Linien in ihrem Gesicht, die er vor ein paar Monaten noch nicht bemerkt hatte. Es waren keine Lachfältchen.

»Wissen Sie, wo Ihr Verlobter sich zurzeit aufhält?«, fragte Coenes.

»Nein.«

»Würden Sie es uns denn sagen, wenn Sie es wüssten?« Die Oberkommissarin lächelte Yildiz warmherzig an.

Zum ersten Mal zögerte Yildiz. Dann sagte sie: »Nein, würde ich nicht.«

Marie wurde unruhig. Sie musste schlafen. Er stieß sich von der Küchenzeile ab und bewegte sich im Wiegeschritt auf der Stelle. Manchmal funktionierte das.

Verena zog einen Fotoausdruck aus ihrer Handtasche und legte ihn vor Yildiz auf die Resopalplatte. »Kennen Sie diese Frau?«

Yildiz schüttelte den Kopf. »Nein. Wer soll das sein?«

»Roswitha Paesch. Sie wurde ermordet. Einen Abend, bevor Sie indonesisch essen waren – mit Herrn Berger.«

Yildiz schluckte. »Leon hat sie nicht umgebracht«, stieß sie hervor.

Bauer war näher an den Tisch herangetreten. Der Ausdruck zeigte die vergrößerte Kopie eines Passfotos. Er erstarrte, als er es sah. Erinnerungsfetzen wirbelten durch seinen Kopf, Bilder von einem gekreuzigten Ferkel an einem Feuer, von Bikern, die von ihren Maschinen stiegen, und von einem Mercedes, aus dem eine Frau auf High Heels kletterte.

»Was ist mit Ihnen?« Coenes hatte seine Reaktion bemerkt.

Alle sahen ihn an.

»Das ist das Mordopfer?« Er hörte seine Stimme wie aus einem Nebenraum.

Verena Dohr musterte ihn irritiert. »Sie waren doch dabei, als wir ihren Eltern die Todesnachricht überbracht haben.«

»In der Wohnung hingen nur Kinderfotos von ihr.«

»Ich habe Ihnen den Obduktionsbericht gezeigt, in meinem Büro, heute Morgen.«

»Nur die Fotos mit den Verletzungen. Keins von ihrem Gesicht.«

»Verdammt, Bauer! Was wollen Sie uns eigentlich sagen?«

»Ich habe sie gesehen. Im Hauptquartier der Death Riders. Als ich mit Leon gesprochen habe.«

»Wann war das?«, fragte Coenes.

»Am Abend, als sie ermordet wurde«, kam Verena ihm zuvor.

»Dann waren das Mordopfer und Leon Berger zur Tatzeit am selben Ort?«, hakte Coenes nach.

Niemand antwortete. Plötzlich sprang Yildiz auf. Sie lief aus der Küche. Sarah eilte hinter ihr her. Würgelaute und heftiges Schluchzen kamen aus dem Flur.

Die Hauptkommissarin sah ihn an. »Jetzt sagen Sie mir nicht noch, dass sie schwanger ist.«

Bauer sagte es nicht. Verena Dohr erhob sich.

»Was für eine Scheiße«, hörte er sie murmeln, während sie den Raum verließ. Coenes folgte ihr wortlos.

Marie wand sich auf seinem Arm und fing an zu weinen.

Er drückte sie an sich. Er hatte Angst, sie fallen zu lassen. Alle Kraft schien aus ihm gewichen zu sein.

Die Lichter der Stadt verschwammen im Regen, als sie nach Hause fuhren. Marie schlief in ihrer Babyschale. Sarah saß stumm neben ihm. Er wusste, dass sie weinte. Er wusste, was sie fühlte. Sie hatte helfen wollen. Sie hatte sich eingemischt. Und sie hatte alles nur schlimmer gemacht.

Er nahm ihre Hand. Das war alles, was er noch tun konnte.

31

Verena Dohr schaltete die Scheinwerfer aus. Dunkelheit verschluckte die nasse Straße. Im nächsten Moment erloschen auch die Lichter in ihrem Rückspiegel. Karman war ein Mistkerl, aber er dachte mit.

Sie fuhr in der Mitte der schmalen Fahrbahn. Die Straßenränder konnte sie nur erahnen, es gab keine Markierungen auf der maroden Asphaltdecke. Sie nahm den beleuchteten Tunnel im Bahndamm hundert Meter vor ihr als Orientierungspunkt und rollte dann an der stacheldrahtbewehrten Mauer entlang. Coenes rutschte auf dem Beifahrersitz herum. War sie nervös? Oder suchte sie nur nach einer bequemeren Position? Sie hatten die Schutzwesten nicht ohne Grund angelegt, und die ballistischen Platten aus hochverdichtetem Polyethylen drückten im Rücken.

Das Tor in der Mauer stand offen. Im Vorbeifahren erhaschte sie einen Blick auf erleuchtete Fenster in einem niedrigen Gebäude und davor abgestellte Motorräder. Unmöglich, sie in dem kurzen Moment zu zählen. Aber es waren bestimmt mehr als ein Dutzend.

»Bei dem Sauwetter bleiben auch die harten Jungs lieber

im Trockenen«, spottete Coenes. Sie klang nicht so cool wie sonst. Offenbar hatte sie die Maschinen auch gesehen.

Dohr war froh, dass sie einen ganzen Zug von der BePo geordert hatte. Die Hauptkommissarin hielt nicht viel von staatlichen Machtdemonstrationen. Aber Angehörige der Rockerszene galten als extrem gewaltbereit, auch – oder besser: insbesondere – gegenüber der Polizei. Einige Clubs versahen ihre Kutten mit dem *Onepercenter*-Patch. Es symbolisierte, dass die Mitglieder sich selbst als Gesetzlose sahen. Andere Aufnäher wurden als Auszeichnung für das Begehen von Kapitalverbrechen verliehen, zum Beispiel das Patch *Expect No Mercy*. Den Erkenntnissen verschiedener Strafverfolgungsbehörden zufolge hatten Träger dieses Schriftzugs einen Menschen getötet. Oder wenigstens schwer verletzt.

Mit den dreißig angeforderten Bereitschaftspolizisten sollten sie den Rockern im Clubhaus zahlenmäßig deutlich überlegen sein. Die beste Voraussetzung, einer Eskalation des bevorstehenden Einsatzes vorzubeugen. Es gab aber noch einen zweiten Grund, auf Beamte aus Essen zurückzugreifen und nicht auf Duisburger Kollegen. Rockerclubs waren oft bestens vernetzt, bis in lokale Behörden hinein. Geplante Polizeiaktionen wurden in vielen Fällen durchgestochen. Das Hauptquartier der Death Riders zu durchsuchen machte jedoch nur ohne »Vorankündigung« Sinn.

Roswitha Paesch war am Abend ihres Todes im Clubhaus gewesen, dafür gab es nun einen Zeugen: Bauer. Selbst wenn sie nicht dort ermordet worden sein sollte, war es eine heiße Spur. Der zuständige Ermittlungsrichter hatte ohne zu zögern einen *Beschluss zur Ergreifungs- und Ermittlungsdurch-*

suchung ausgestellt. Die Hauptkommissarin rechnete zwar kaum damit, den Tatverdächtigen vor Ort festnehmen zu können. Die Chance jedoch, endlich den Tatort zu ermitteln, schätzte sie dafür umso höher ein. Die Spurensicherung stand schon bereit. Sie hatten das Team von Sylvia Kühne an der Abzweigung von der Hauptstraße zurückgelassen. Sie würde mit ihren Leuten nachrücken, sobald das Objekt gesichert war.

Dohr steuerte den Wagen in den Tunnel und schaltete die Scheinwerfer wieder an. Hinter dem Bahndamm begann das Hafengelände. Auf der Ölinsel ragten die Türme der Tanklager in den Nachthimmel. Sie hielt auf der linken Straßenseite, in einer Ausweichbucht für Lkw, und stellte den Motor ab. Wie Trommelfeuer prasselte der Regen auf das Autodach. Karman stoppte dicht hinter ihr. Sie rief den Zugführer über Funk.

»Wie lange braucht ihr noch?«

»Sechs Minuten bis zum Zielort«, kam es zurück.

Sie zog die Kapuze ihres Daunenmantels über den Kopf, nickte Coenes zu, und sie stiegen aus. Karman, Aast und Herwig kletterten aus dem zweiten Wagen.

»Sechs Minuten«, informierte sie ihre Kollegen. »Gehen wir.«

Hintereinander liefen sie durch den Tunnel zurück. Sie bewegten sich dicht an der gut zwei Meter hohen Mauer entlang. Kurz vor der Einfahrt gab Dohr ein Handzeichen. Alle stoppten. Sie spähte in den Hof. Vierzehn Motorräder, ein Mercedes-AMG GT. Der 130 000 Euro teure Sportwagen war von der Straße aus nicht zu sehen gewesen. Er parkte unter dem Vordach eines Schuppens neben dem Haupthaus. Die Bikes standen ungeschützt im Regen. Soweit sie es erkennen konnte, war das gesamte Gelände ummauert. Dennoch konnte es einen zweiten Ausgang geben. So gering die Wahrscheinlichkeit auch war, Leon Berger hier anzutreffen, sie würde das Clubhaus umstellen lassen, bevor sie hineingingen.

Jemand tippte ihr auf die Schulter. Coenes. Sie deutete auf den Fahnenmast neben dem Tor. Eine schwarze Flagge mit Totenkopfemblem hing wie ein überdimensionaler Putzlappen davon herab. Dohr sah ihre Kollegin fragend an.

»Kamera«, sagte Coenes leise.

Sie entdeckte das kleine Gerät an der Spitze des Holzpfahls. »Verdammt!«

»Da hättest du auch vorher anrufen können«, knurrte Karman. Die Häme war nicht zu überhören.

»Und jetzt?«, fragte Herwig.

»Die BePo ist in drei Minuten hier«, antwortete Coenes. »Selbst wenn die uns nicht bemerkt haben ...«

Weiter kam sie nicht. An der Front des Clubhauses flammten Halogenstrahler auf und tauchten den Innenhof in gleißendes Licht. Die Tür flog auf, und eine Handvoll massiger Männer trat aus dem Haus, dem Äußeren nach alle Mitglieder der türkischen Bikergang, die sich den Death Riders angeschlossen hatte. Sie sah Baseballschläger und eine Motorradkette.

»Sie haben uns bemerkt«, konstatierte Herwig trocken.

»Los!«, entschied Dohr.

»Im Ernst?«, fragte Aast. »Wollen wir nicht lieber auf die Kollegen warten?«

Die Hauptkommissarin trat durch das Tor. Hinter sich hörte sie einen Fluch. Aber die anderen folgten ihr. Sie streifte die Kapuze vom Kopf und steuerte direkt auf den Rocker an der Spitze der Gruppe zu, augenscheinlich der Anführer.

»Polizei Duisburg, Hauptkommissarin Dohr.« Sie griff in ihren Mantel, um ihren Dienstausweis aus der Innentasche zu ziehen.

Die rechte Hand ihres Gegenübers verschwand hinter dessen Rücken. Dohr blieb stehen. Alle blieben stehen.

»Ganz ruhig!«, sagte sie. »Ich zeige Ihnen jetzt meinen Dienstausweis, okay?«

Der Anführer schüttelte den Kopf. »Du lässt deine Hand da, wo sie ist. Außer du willst rausfinden, wer schneller ist!«

Er grinste. Es sah aus, als würde ein Kampfhund die Zähne blecken. Seine ganze Gestalt erinnerte an einen Bullterrier. Der Mann war kaum größer als sie, aber doppelt so breit, der kurze Hals dicker als sein geschorener Schädel. Hatte er eine Schusswaffe hinter seinem Rücken verborgen? Sie traute es ihm zu.

»Was ist? Höschen schon nass? Weil du Schiss hast oder weil du mich geil findest?«

Seine Kumpane lachten. Er genoss es. Weitere Rocker traten aus dem Clubhaus. Sie waren eindeutig keine Türken.

»Wir haben einen richterlichen Durchsuchungsbeschluss«, erklärte Coenes laut.

Der Rocker ignorierte es. Er machte zwei Schritte auf

Dohr zu. Jetzt war er so nah, dass sie das Bier und die Zwiebeln in seinem Atem riechen konnte. Seine rechte Hand hatte er noch immer hinter dem Rücken. Er grinste nicht mehr.

»Nimm deine Leute, und verpiss dich, Fotze«, sagte er leise. »Oder es gibt richtig Ärger.«

»Mansur!«

Er fuhr herum.

»Hör auf, die Frau Hauptkommissarin und ihre Kollegen auf den Arm zu nehmen. Die verstehen deinen Humor nicht.«

Ein Mann war aus dem Clubhaus getreten. Dass er zu den türkischen Rockern gehörte, sah man sofort. Aber er war anders. Er war zwar ebenfalls muskulös, aber nicht gebaut wie ein Kleiderschrank, sondern schlank und groß. Während ihr Gegenüber mit einem kehligen türkischen Akzent gesprochen hatte, klang sein Deutsch perfekt und akzentfrei.

Er lächelte süffisant. Ohne Hast kam er heran. Die Gruppe teilte sich wie das Meer vor Moses. Der angesprochene Mansur reihte sich ein, der Neue blieb vor Dohr stehen. Sie sah das Patch auf seiner Kutte: *VICE PRESIDENT*.

»Sie sind die Nummer zwei?«

Er lächelte. »Wie man's nimmt.«

»Ich rede lieber mit dem Chef.«

In diesem Moment bog ein schwerer Mann mit langen grauen Haaren um eine Ecke des Clubhauses. Auf seiner Kutte prangte ein Patch mit der Aufschrift *President*. »Was wollen die hier?« Seine Frage war an den Vice President gerichtet.

»Ich hab das im Griff«, erwiderte der Angesprochene ungeduldig.

Dohr wandte sich an den Grauhaarigen. »Hauptkommissarin Dohr, Kripo Duisburg. Sie haben hier das Sagen?«

»Ich bin der Vorsitzende unseres Motorradclubs, falls Sie das meinen«, antwortete er.

»Und Ihr Name ist?«

»Gerhard Bohde. Aber vielleicht erklären Sie mir erst einmal, was Sie hier wollen.«

»Wir haben einen Durchsuchungsbeschluss. Sie kennen das doch. Also machen Sie keinen Ärger.« Dohr deutete auf den Mann, den sie irrtümlich für den Anführer gehalten hatte. »Und nehmen Sie Ihren Hofhund an die Leine.«

Auf einen Blick von Bohde hin gab der türkische Vice President seinem kampflustigen Kumpan einen kurzen Wink. Der zog daraufhin grinsend seine Hand hinter dem Rücken hervor. Darin hielt er eine zerknitterte Ausgabe der *Sport-Bild*.

Das Geräusch schwerer Motoren drang durch den prasselnden Regen. Sekunden später fuhren drei Gruppenkraftwagen der Bereitschaftspolizei auf den Hof. Sie hatten noch nicht ganz angehalten, da flogen schon die Türen auf. Dreißig Polizisten in voller Einsatzmontur sprangen aus den Fahrzeugen.

Dohr atmete durch. Sie blickte sich zu ihrem Team um und sah in erleichterte Gesichter.

Der Zugführer trat zu ihr. »Konnten Sie's nicht abwarten?«

Fast hätte sie laut aufgelacht – das Adrenalin. »So ungefähr.«

Die Bereitschaftspolizisten hatten Aufstellung genommen und standen wie eine Wand vor den Rockern. Die Türken hatten sich um den Vice President geschart, die anderen blickten zum Präsidenten und warteten auf seine Reaktion. Das Patch-over des türkischen MCs schien nicht alle Konflikte zwischen den ehemals verfeindeten Gangs gelöst zu haben.

Der Präsident sah Dohr abwartend an. Er rührte sich nicht vom Fleck. Sie tat ihm den Gefallen und ging zu ihm.

»Wir ermitteln in einem Tötungsdelikt gegen eins Ihrer ›Vereinsmitglieder‹: Leon Berger.«

»Tut mir leid, der Junge ist nicht hier.«

»Wie gesagt: Wir haben einen Durchsuchungsbeschluss. Senta?«

Coenes kam heran und griff in ihre Tasche.

Bohde winkte ab. »Den können Sie mir drinnen zeigen. Wäre doch schade, wenn so ein offizielles Schriftstück Wasserflecken bekommt.«

Kurz darauf tropfte das Wasser aus ihrer Kleidung auf den gefliesten Boden des Clubhauses der Death Riders. Das alte Ziegelgebäude war aufwendig renoviert worden. Trockenbauwände unterteilten die ehemalige Lagerhalle. Im großen Hauptraum gab es eine professionell ausgestattete Theke, lederne Couchgarnituren und eine lange Tafel aus schwerem Holz, an der gut zwanzig Personen Platz fanden.

Alles wirkte penibel aufgeräumt. Dohr und Coenes saßen mit dem Präsidenten am Tresen. Karman, Aast und Herwig befragten die anderen Rocker und nahmen ihre Personalien auf.

Bohde beantwortete bereitwillig jede Frage – sagte aber nichts. Ja, Leon sei an dem fraglichen Abend hier gewesen. Man habe ihm die Kutte überreicht und seinen Einstand als *Full Member* gefeiert, aber seitdem habe er sich nicht mehr blicken lassen. Nein, das finde er nicht seltsam, schließlich gebe es keine Anwesenheitspflicht. Möglich, dass auch ein paar Frauen da gewesen seien, man bringe öfter Freundinnen mit, schließlich habe man nichts zu verbergen. An die Kleine auf dem Foto erinnere er sich jedoch nicht. Er kenne sie nicht und habe auch Leon nie mit ihr gesehen. Richtig, es gebe eine Kamera am Tor. Leider würde die Festplatte der Überwachungsanlage regelmäßig überschrieben.

»Was ist mit Fotos von der Party?«, fragte Coenes. »Auf der Death-Riders-Website steht eine ganze Galerie mit Bildern von Ihren Vereinsfeiern.«

»Verflucht! Ans Fotografieren habe ich diesmal gar nicht gedacht.« Er gab sich keine Mühe, überzeugend zu wirken. »Aber fragen Sie doch mal die Männer. Vielleicht hat einer ein paar Schnappschüsse mit seinem Handy gemacht.«

Dohr tauschte einen Blick mit Coenes. Es hatte mit Sicherheit Handyfotos gegeben. Ebenso sicher hatte der Präsident dafür gesorgt, dass sie gelöscht worden waren. Während Dohrs Überzeugung wuchs, dass sie den Ort gefunden hatten, an dem Roswitha Paesch ermordet worden war, sank gleichzeitig ihre Hoffnung, dass sie hier auf Beweise für die Tat stoßen würden.

»Rena?« Sylvia Kühne kam in ihrem weißen Schutzanzug herangewirbelt. Sie kannte nur Vollgas oder Stillstand. Im Stillstand hatte Dohr die Kriminaltechnikerin noch nie erlebt. »Hast du einen Moment?«

Das Team von der Spurensicherung hatte sich zuerst die Nebenräume vorgenommen. Kühne führte die Hauptkommissarin zu einer Tür, an der in Augenhöhe ein rosafarbenes Plastikschild angebracht war. Es zeigte die bloßen Unterschenkel einer Frau. Ihre Füße steckten in High Heels, um ihre Knöchel baumelte ein heruntergelassener Slip.

»Die haben sogar ein Mädelsklo«, erläuterte die Kriminaltechnikerin. »Ich dachte, wenn euer Mordopfer mitgefeiert hat, war sie garantiert irgendwann pinkeln oder ihr Make-up auffrischen.«

Sie stieß die Tür auf. Der kleine Raum war vom Boden bis zur Decke gefliest. Eingelassene Halogenstrahler leuchteten jeden Winkel aus. Dohr entdeckte nirgends auch nur ein Stäubchen. Der vage Geruch, den sie beim Betreten des Clubhauses wahrgenommen hatte, war hier so deutlich, dass sie ihn zuordnen konnte. Es roch wie im Schwimmbad.

»Was hast du gefunden?«

»Nichts. Absolut nichts. Da drin kannst du dich 'ner OP am offenen Herzen unterziehen und kommst ohne Keime wieder raus. Aber das ist noch nicht alles.«

Sie ging weiter. Die nächste Tür stand offen. Dohr blickte auf ein hohes Metallregal. Es enthielt große Plastikkanister mit verschiedenfarbigen Flüssigkeiten sowie Stapel von Putztüchern und Reinigungsschwämmen und Packungen mit Gummihandschuhen und Einwegschürzen.

»Ein Putzraum?«

»Kein normaler.« Kühne zog einen der Kanister aus dem Regal.

»Natriumhypochlorit«, las Dohr vom Etikett ab.

»Chlorbleichlauge«, übersetzte die Kriminaltechnikerin. »Die putzen mit Biozidreinigern, und keinen davon kriegst du in einem Drogeriemarkt.«

»Was machen Biozidreiniger?«, fragte Verena ahnungsvoll.

»DNA-Spuren kaputt.«

»Was ist mit den Reinigungstüchern?«

»Alle noch fabrikneu und verschweißt.«

»Habt ihr die Mülltonnen gecheckt?«

Blöde Frage, sagte Sylvia Kühnes Blick.

Dohr fühlte sich plötzlich sehr müde. Sie wandte sich ab. Hinter ihr im Gang stand der Vice President. Er lehnte mit verschränkten Armen an der Wand neben der Frauentoilette und grinste sie an.

32

Die Hauptkommissarin wanderte im Schlafanzug durch ihre neue Wohnung. Sie kam ihr immer noch riesig vor, was sie ja für eine Einzelperson auch war. Seit ihrem Einzug hatte sich fast nichts geändert. In den Küchenschränken und im Kühlschrank herrschte nach wie vor gähnende Leere. Ohne die Kaffeemaschine und das Sortiment Kaffeepads hätte sie die Tür genauso gut abschließen und den Schlüssel wegwerfen können. Im Bad hatte sie das Nötigste auf der Ablage unter dem Spiegel deponiert. Sie hatte sich aus den Umzugskartons ein Basissortiment an Winterkleidung zusammengesucht und in mehreren Haufen auf dem zum Glück sauberen Parkettboden gestapelt.

Bereute sie etwa schon, bei ihrem überstürzten Umzug alle Möbel und Haushaltsutensilien zurückgelassen zu haben? Nein, es war genau richtig gewesen. Vielleicht sollte sie die netten Jungs anrufen und mit ihrer Kreditkarte losschicken, Möbel und alles andere zu kaufen, was man zu einem normalen Leben in der eigenen Wohnung brauchte. Sie traute ihnen das ohne Weiteres zu, jedenfalls mehr als sich selbst.

Sie blieb vor der Terrassentür stehen und starrte in den trüben Tag hinaus. Wenigstens eins hatte sie am Vortag geschafft. Auf dem Weg von der Schrebergartenanlage zurück ins Präsidium hatte sie an einer Tierhandlung gehalten. Ein höchstens sechzehnjähriger Verkäufer hatte sie beraten. Sie hatte den Laden mit Futter für jede Art von Vogel, den es in der Stadt gab, verlassen – mit Ausnahme von Tauben. Noch in der Nacht hatte sie von allem etwas in das Futterhäuschen geschüttet. Damit war es offiziell: Sie war eine Vogelfreundin, und morgendlichem Gezwitscher stand nichts mehr im Weg.

Hauptkommissar Karman und die Oberkommissare Aast, Herwig und Coenes saßen schon mit Kaffeebechern, Teetassen und Schreibblöcken am großen Konferenztisch, als Dohr den Besprechungsraum betrat. Das war ungewöhnlich. An ein Wunder grenzte aber etwas anderes.

Der Raum, der wochenlang eine Baustelle gewesen war, war sauber und aufgeräumt. Der riesige Tisch, die Stühle, die Pinnwand – alles stand wieder an seinem Platz, der Baustaub war verschwunden. Wo ausgestemmte Löcher in den Wänden gegähnt hatten, hingen jetzt effizient aussehende Heizkörper.

Die Mitglieder ihres Teams hatten sich von ihrem Schock anscheinend schon erholt. Sie sahen Dohr schweigend an und warteten auf ihre Reaktion.

»Weiß jemand, was hier passiert ist?«

»Polnische Schwarzarbeiter?«, witzelte Karman.

»Die müssen die ganze Nacht durchgearbeitet haben.« In Aasts Stimme klang das Staunen noch nach.

»Oder wir sind in der falschen Etage«, sagte Herwig.

»Nicht zu fassen.« Dohr schüttelte den Kopf.

»Hat nur einen Haken«, sagte Karman. »Merkst du was?«

Dohr hatte es nicht sofort registriert, aber jetzt wurde es ihr bewusst: Der Raum war total überheizt.

»Der Thermostat steht auf neunundzwanzig Grad.« Karman stand auf und riss eins der Fenster auf. Ein Schwall feuchtkalter Novemberluft strömte herein. »Wir wollten nur auf dich warten.«

»Warum drehen wir die Heizung nicht runter?«

»Haben wir schon versucht. Funktioniert nicht.«

»Habt ihr die Haustechnik angerufen?«

»Die sagen, dafür sei die Montagefirma zuständig.« Karman verschränkte die Arme vor der Brust. »Rate mal, was die sagen?«

Dohr seufzte. »Dann ist das hier ab jetzt eben die Direktionssauna, und wir bringen Badetücher mit.«

Niemand lachte. Kein Wunder. Die Stimmung war auf dem Nullpunkt. Die gestrige Razzia hatte sich nicht nur als Schlag ins Wasser erwiesen, was die Ergebnisse betraf. Sie hatten sich dabei auch noch von einer Bande Motorradkrimineller verhöhnen lassen.

Dohr nahm ihren Platz am Kopf des Tischs ein. »Na schön. Die Runde haben wir verloren, den Kampf aber noch lange nicht.« Es sollte aufmunternd klingen. Sie schlug den Schreibblock mit ihren Notizen auf. »Ich habe eben noch mal mit der Forensik gesprochen. Sie haben nichts. Keine Blutspuren, keine DNA, keine Fingerabdrücke vom Opfer, überhaupt erstaunlich wenige Abdrücke. Fotos von der Party sind auf der Website bisher auch keine aufgetaucht. Was sagt uns das?« Es war eine rhetorische Frage.

Aast antwortete trotzdem. »Dass wir am richtigen Ort waren.«

»Sehe ich auch so. Wir waren am Tatort. Warum machen die sich sonst die Mühe, den ganzen Laden porentief zu putzen?«

Coenes sah in die Runde. »Hattet ihr auch das Gefühl, dass wir es eigentlich mit zwei Clubs zu tun hatten?«

Herwig nickte. »Die Türken.«

»Der Präsident und sein Vize schienen nicht unbedingt die dicksten Freunde zu sein«, stimmte Dohr zu.

»Der Vize ist eindeutig der Chef bei den Türken.«

»Vielleicht können wir das ausnutzen?«, fuhr Coenes fort. »Einen Keil zwischen sie treiben. Haben wir was über den Vize?«

Herwig griff nach der Liste mit den Personendaten, die sie bei der Razzia aufgenommen hatten. Er tippte auf einen Namen. »Hier. Vural Doruk.«

Karman runzelte die Stirn. »Hört sich für mich wie so ein sch... Albaner an.«

»Guido!«, ermahnte Dohr den Kollegen.

Coenes riss Herwig die zusammengehefteten Seiten aus der Hand. »Das gibt's nicht!«

Sie sprang auf und lief aus dem Raum. Aast sah Herwig fragend an, der zuckte nur mit den Achseln.

Karman schien die Unterbrechung gerade recht zu kommen. »Wo wir gerade dabei sind ...«

Er fixierte die Hauptkommissarin. Sie kannte den Blick

und wusste, was unweigerlich folgen würde: eine persönliche Spitze oder ein direkter Angriff.

»Vielleicht willst du uns jetzt endlich mal verraten, wie du überhaupt auf das Clubhaus der Death Riders gekommen bist. Was sollte diese Razzia?«

Aast und Herwig rutschten unbehaglich auf ihren Stühlen herum. Dohr verstand sie. Karman forderte ihre Vorgesetzte heraus, und sie hofften, nicht hineingezogen zu werden.

»Und sag nicht, der einzige Grund wäre die Rockerkutte in Bergers Wohnwagen.«

Ihr war klar, was sie mit ihrer Antwort lostreten würde. Darum hatte sie sich bisher davor gedrückt, aber jetzt hatte sie keine Wahl mehr.

»Ich habe einen Zeugen. Er hat gesehen, dass sowohl Berger als auch das Opfer auf der Party im Clubhaus waren.«

Karman spürte, dass er einen Treffer gelandet hatte. »Und damit rückst du erst jetzt raus? Wieso? Wer ist der Zeuge?«

Es kostete sie Überwindung, den Namen auszusprechen. »Martin Bauer.«

Karman fuhr hoch. Auch auf Herwig und Aast wirkte die Antwort wie ein kalter Guss.

»Bauer hängt da mit drin?« Karman schien elektrisiert.

»Er hängt da nicht drin. Er ist ein Zeuge. Aber das spielt im Moment keine Rolle.« Ein aussichtsloser Versuch, die Katze zurück in den Sack zu stopfen. Sie sah, wie Karman innerlich Anlauf nahm.

Doch in dem Moment kam Coenes zurück. Sie wedelte

mit den zusammengehefteten Blättern. »Unser türkischer Rocker ist Inhaber des SM-Clubs.«

Sekundenlanges Schweigen. Dann sprachen alle gleichzeitig. Dohr bremste sie.

»Okay, okay! Der Reihe nach. Also: Von unserem Verdächtigen führt eine Spur zu den Death Riders. Dort stoßen wir auf Vural Doruk. Er ist Vizepräsident des MC, aber ihm gehört auch der SM-Club, in dem das Opfer eine Woche vor seinem Tod gewesen ist. Derselbe Vural Doruk, den Herbert Koonz, der Mann, der eigentlich an der Schrottpresse hätte stehen sollen, schon mal vor Gericht entlastet hat.«

»Die Verbindungen von Vural Doruk zu unserem Opfer sind deutlich stärker als die von Leon Berger«, brachte Herwig es auf den Punkt.

Karman schüttelte den Kopf. »Berger kann sie trotzdem umgebracht haben. Seine Fingerabdrücke sind auf der Waffe.«

»Das könnte jeder, der auf der Party war«, wandte Coenes ein. »Vorausgesetzt, das Clubhaus ist tatsächlich der Tatort. Dafür gibt es bisher keine Beweise.«

»Wir könnten jeden von der Liste vorladen«, sagte Aast.

Karman schnaubte verächtlich. »Und uns wieder lächerlich machen. Die werden reihenweise bestreiten, dass sie überhaupt da waren, und sich gegenseitig Alibis geben.«

»Wir könnten Zeugen suchen, aus der Nachbarschaft zum Beispiel«, hielt Aast dagegen.

Karman verzog das Gesicht. »Zeitverschwendung.«

»Wir haben doch einen Zeugen, der vor Ort war. Er könnte sich ein paar Fotos ansehen«, schlug Coenes vor.

Alle Augen richteten sich auf Dohr. Was hatte Martin Bauer auf der Party einer kriminellen Motorradgang zu suchen, auf der vermutlich eine junge Frau zu Tode gekommen war? Dazu hatte sie sich nicht geäußert.

Karman verlor die Kontrolle. Er schrie sie praktisch an. »Verdammt noch mal, Verena! Wieso ist Bauer mal wieder Hauptzeuge in unserem Fall?«

Er hatte recht. Die Kollegen mussten erfahren, woher die Informationen stammten, die für ihre Ermittlungen wichtig waren. Selbst wenn Karman dieses Wissen mit Sicherheit gegen sie einsetzen würde.

Sie lieferte eine Kurzfassung: Aus Angst, ihr Freund werde wieder straffällig, hatte Leon Bergers Freundin Martin Bauer gebeten, auf ihn einzuwirken, den MC zu verlassen. Deshalb war er zum Clubhaus gefahren, zufällig am Tag der Party. Eine rein seelsorgerische Aktion. Dabei hatte er Leon Berger sowie das Mordopfer gesehen. Ende der Geschichte.

»Also alles nur Zufall«, bemerkte Karman sarkastisch.

Dohr stand auf. »Genau. Deshalb gehen wir jetzt auch wieder an die Arbeit. Mario und ich sprechen mit Koonz. Senta und Harald knöpfen sich noch mal die Bardame aus dem SM-Club vor.« Sie sah Karman an. »Und du treibst Fotos von den Männern auf dieser Liste auf, die wir Bauer zeigen können. Findest du wahrscheinlich in ihren Strafakten. So weit alles klar? Dann los!«

Keine zehn Minuten später saß Hauptkommissar Karman auf dem unbequemen Besucherstuhl im Büro des Polizeidirektors. Er hatte Lutz haarklein von der Dienstbesprechung berichtet, Dohrs Einlassungen zu Bauers Rolle bei der Ermittlungen hatte er fast wörtlich wiedergegeben.

Jetzt wartete er auf die Explosion.

Noch schwieg Lutz und starrte auf die Druckbuchstaben, die er mit einem Bleistift in seinen Schreibblock geritzt hatte: B A U E R. Zum dritten Mal fuhr er die Linien nach. Dann schaute er auf. »War's das?«

Karman bejahte.

Das von Natur aus ständig gerötete Gesicht des Polizeidirektors verdunkelte sich noch mehr. Dann war es so weit.

»Ich glaube von Dohrs Quatsch kein einziges verdammtes Wort!« Er drückte den Bleistift so fest ins Papier, dass die Spitze abbrach und an Karmans Kopf vorbeiflog. »Zufällig vor Ort gewesen! Von wegen! Bei dem Kerl ist gar nichts zufällig.« Er schnappte nach Luft. »Der hängt da irgendwie mit drin. Tut er doch immer. Strafvereitelung – darauf läuft es wahrscheinlich raus. Und die Dohr deckt ihn!«

Karman saß nur da und genoss die Show.

»Strafvereitelung ...« Die Stimme von Lutz bekam etwas Träumerisches. »Wenn ich denen das nachweisen könnte, das wäre wie Weihnachten und Ostern zusammen.«

»Bauer und die Kollegin ignorieren ständig Anweisungen, Gesetze und Vorschriften. Solche Leute haben in einer Behörde wie unserer einfach nichts zu suchen, wenn ich mir erlauben darf, das zu sagen.« Karman wusste, dass er Lutz damit aus der Seele sprach.

»Da haben Sie verdammt recht, Karman. Deshalb müssen wir auch dranbleiben. Sie müssen dranbleiben. Halten

Sie mich auf dem Laufenden. Sie wissen, dass ich Sie als leitenden Ermittler wollte und nicht die Dohr. Wenn es so weit ist ...« Lutz ließ den Satz in der Luft hängen.

Karman hatte keine Schwierigkeiten, ihn in seinem Kopf zu vervollständigen.

33

Das Studentenwohnheim lag in Sicht- und Hörweite einiger Hafenanlagen und der Friedrich-Ebert-Brücke.

Oberkommissarin Senta Coenes saß hinter dem Steuer, ihr Kollege Harald Herwig studierte auf dem Beifahrersitz den schriftlichen Bericht, den sie von der ersten Befragung Tara Holters angefertigt hatte.

Er ließ das Papier sinken und schüttelte den Kopf. »Mann, mir wird immer schlecht, wenn ich im fahrenden Auto lesen muss. Erzähl mal.«

Coenes lieferte eine knappe Zusammenfassung.

»Tara Holter jobbt im SM-Club an der Bar. Sie hat sich an Roswitha Paesch erinnert. Die Frau war bei ihr an der Bar. Hat behauptet, niemand habe sich mit unserem Opfer länger unterhalten. Wir haben nicht weiter nachgebohrt, wozu auch? Jetzt sieht die Sache anders aus.«

Herwig nickte. »Alles klar.«

Coenes betrachtete Herwig verstohlen von der Seite. Sie hatte bisher noch nie allein mit ihm gearbeitet. Würde er akzeptieren, dass sie die Führung bei der Befragung übernahm? Sie war immer noch die Neue im Team. Andererseits hatte sie zusammen mit der Hauptkommissarin die erste Befragung durchgeführt.

Sie kannte Herwig kaum. In Diskussionen schlug er sich meist auf Karmans Seite. Ob die zwei enge Freunde waren, konnte sie nicht sagen. Karman war ein echter Kotzbrocken, Herwig schien eigentlich ganz okay zu sein. Ein durchschnittlicher Kollege mit durchschnittlichen Ansichten und Vorurteilen, manchmal freundlich, manchmal übellaunig, leidlich kollegial, kein Jünger von Mahatma Gandhi, aber allem Anschein nach auch kein missgünstiger Mistkerl. Bis jetzt jedenfalls.

»Hast du was dagegen, dass ich die Führung übernehme? Die Frau kennt mich, ich habe schon mit ihr gesprochen.«

Herwig sah sie einen Moment lang an. Dann sagte er: »Kein Problem.«

Das Zimmer lag im fünften Stock am Ende eines langen Flurs. Unterwegs kamen ihnen ständig junge Leute entgegen, vermutlich Studenten. Obwohl jeder seine Augen auf sein Smartphone geheftet hatte, waren alle in der Lage, kollisionsfrei an ihnen vorbeizumanövrieren. Wie Fledermäuse, dachte Coenes. Sie fragte sich, ob sie wussten, dass ihre Kommilitonin in einem SM-Club jobbte. Im Grunde war das ja eher harmlos. In ihrer Zeit bei der Sitte in Bonn hatte Coenes mehr als einmal mit jungen Frauen zu tun gehabt, die sich ihr Studium durch Prostitution verdienten.

Vor dem Zimmer mit der Nummer 526 blieben sie stehen. Die Oberkommissarin klopfte. Herwig wartete genau zwei Sekunden, dann öffnete er die Tür und trat vor ihr in das etwa fünfzehn Quadratmeter große Zimmer. So viel dazu, ihr die Führung zu überlassen.

Tara Holter räumte gerade einen Stapel T-Shirts in den bereits zur Hälfte gefüllten Reisekoffer, der auf dem Bett lag. Sie drehte sich um und sah Senta Coenes ohne eine Spur von Überraschung an. »Ich habe Sie schon erwartet.«

»Tatsächlich? Sieht eher aus, als wollten Sie verreisen«, konstatierte Herwig.

Statt die implizite Frage zu beantworten, erklärte Tara Holter, sie werde im kommenden Semester in Barcelona studieren.

Herwig begann, im Zimmer herumzuschlendern – soweit das zwischen Bett, Stuhl, Schrank und Schreibtisch möglich war. Bei Tara Holter schien das keine Wirkung zu haben.

»Ist schon alles im Koffer, aber wenn Sie in meiner dreckigen Wäsche wühlen wollen – nur zu.«

Herwig wollte etwas sagen, aber Coenes' Blick stoppte ihn.

»Sie haben im *VeryDarkGrey* gekündigt?«, fragte sie.

»Nicht nötig. Ich kriege mein Geld tageweise, immer nach Feierabend. Das meiste ist sowieso Trinkgeld.«

Herwig blieb bei dem veralteten Computerdrucker auf dem Schreibtisch stehen. Im Ausgabeschacht lag der letzte Ausdruck. Er warf einen Blick darauf, runzelte die Stirn und nahm das Blatt aus dem Drucker.

»Nach dem, was hier steht, haben Sie das Zimmer in Barcelona erst ab dem 3. Januar, Frau Holter.«

»Ich kenne da jemanden. Bei dem komme ich so lange unter.« Sie sah Herwig herausfordernd an.

Coenes griff ein. »Hören Sie, Frau Holter. Wir wollen Ihnen keinen Ärger machen."«

»Können wir aber«, warf Herwig ein.

Coenes warf Herwig einen genervten Blick zu. Dann zog sie die DIN-A5-große Kopie eines Polizeifotos von Vural Doruk aus der Tasche und hielt sie der Studentin hin.

»Kennen Sie diesen Mann?«

Die junge Frau warf einen kurzen Blick auf das Bild. Dann sah sie Coenes an, sagte aber nichts.

»Ist er der Grund, warum Sie abreisen?«, fragte die Oberkommissarin ruhig.

Tara Holters Schultern sanken nach unten, aber sie schwieg immer noch.

»Das ist Vural Doruk. Er ist Inhaber des *VeryDarkGrey*, also Ihr Chef«, fuhr Coenes fort. »Die Vespers sind nur Geschäftsführer?«

Sie nickte. »Es war früher ihr Club. Aber er hat ihnen ein Angebot gemacht, das sie nicht ablehnen konnten. Glaube ich jedenfalls.«

»Das haben die Vespers so gesagt?«

»Nicht direkt.«

»Na schön. Deshalb sind wir nicht hier. Sie erinnern sich vielleicht an unser erstes Gespräch. Wir haben Sie gefragt, ob sich jemand besonders für Roswitha Paesch interessiert hat. Ich wiederhole die Frage jetzt.«

Die junge Frau blickte von Coenes zu Herwig und wieder zu Coenes. Sie hatte Angst, aber nicht vor ihnen.

Herwig verlor die Geduld. »Wir können Sie auch auf dem Kommissariat befragen. Vielleicht verpassen Sie dann Ihren Flug.«

»Ich fahre Flixbus.« Es klang trotzig. Offensichtlich aktivierte Herwig ihre rebellische Ader.

»Noch mal – wir wollen Ihnen keinen Ärger machen«, versuchte Coenes wieder die Richtung zu ändern, »aber wir müssen wissen, ob sich Vural Doruk und Roswitha Paesch an dem Abend begegnet sind. Sagen Sie uns die Wahrheit, dann fahre ich Sie persönlich zu Ihrer Bushaltestelle.« Sie ignorierte Herwigs empörten Blick. »Haben die beiden miteinander gesprochen?«

Taras Widerstand war gebrochen. »Er hat sie angemacht.«

»Mit Erfolg?«

»Und ob!«

34

Schon aus der Ferne sah Dohr, dass Herbert Koonz und sein Rollstuhl in der Raucherrunde fehlten. Vielleicht war er beim Röntgen, oder der Sitz seiner Beinschiene wurde korrigiert, vielleicht lag er auch nur in seinem Zimmer auf dem Bett und sah fern.

Sie zwängten sich in den Aufzug zu zwei Pflegern mit OP-Betten. In einem davon lag ein junger Mann mit Halstattoo, im anderen eine abgemagerte alte Frau, deren schweißfeuchte silberne Haarsträhnen an ihrem Kopf klebten. Beide hatten die Augen geschlossen und bewegten keinen Muskel. Vielleicht waren sie tot, dachte Dohr, ein ungleiches Paar gemeinsam auf dem Weg zum selben Ziel, der Pathologie.

Der Aufzug hielt auf der zweiten Etage: Allgemeine Chirurgie / OP I und II. Nicht die Pathologie. Die Pfleger schoben die Betten aus der Aufzugkabine. Dohr und Aast fuhren allein weiter.

Auf der Autofahrt zur Klinik hatte sich der Oberkommissar in sein Stofftaschentuch geschnäuzt. Dann hatte er ihr plötzlich anvertraut, dass er seinen nächsten Urlaub in einem Krankenhaus verbringen werde. Sie hatte ihn überrascht angesehen, er hatte halbherzig gegrinst.

»Eine Ayurveda-Klinik im Westerwald. Auf eigene Kosten. Drei Wochen, viertausend Euro.«

»Wow! Kriegst du eine Herztransplantation?« Sie grinste zurück.

Aast sah sie vorwurfsvoll an. »Ayurveda, Verena! Nein, ich will endlich meine Allergien loswerden. Mir reicht's. Es ist echt kein Spaß, wenn man gerade die Wintergrippe überstanden hat und dann schon wieder anfängt zu schniefen und mit roten Augen rumrennt, weil überall Weiden- und Birkenpollen rumfliegen. Dann kommen Gräser, dann Beifuß und Ambrosia. Erdbeeren darf ich auch keine essen, keinen Honig, von Gluten schwillt mir der Bauch an, und wenn ich Laktose zu mir nehme, kann ich mit meinen Blähungen Richtung Mond starten. Scheiße!«

Die Vehemenz ihres Kollegen verblüffte sie. Bisher hatte Aast seine Allergien wie die Frotzeleien darüber stoisch ertragen und kaum ein Wort darüber verloren.

»Ich dachte, du kommst ganz gut klar damit, Mario.«

»Würdest du damit klarkommen? Ich lasse mir möglichst wenig anmerken, das ist alles. Die Sticheleien nerven auch so schon genug.«

»Die sind doch nicht ernst gemeint.«

Sie sagte es wider besseres Wissen. Für viele Kollegen war jemand wie Aast ein natürliches Mobbingopfer. Sie mochte sich gar nicht vorstellen, wie er seine Zeit bei der Bereitschaftspolizei überstanden hatte.

»Schon klar. Passen in deinen Augen Vollblut-Allergiker und Macho mit Knarre zusammen?«

»Du wärst gern ein Macho?«

»Natürlich nicht. Aber ich will Respekt wie jeder andere auch.«

»Hmm.«

Den Rest der Fahrt über hatten sie geschwiegen, sie aus Betroffenheit, Mario vermutlich, weil es ihm peinlich war, seine innersten Gefühle preisgegeben zu haben. Bestimmt bereute er es schon.

Sie hatte die Nummer des Zimmers, in dem Koonz lag, im Kopf. Ein gutes Gedächtnis für Fakten, Daten und anscheinend bedeutungslose Informationen war für Kripobeamte ihrer Ansicht nach ein Muss. Wenn man die Puzzlestücke, die während einer Ermittlung zutage gefördert wurden, nicht präsent hatte, würde das Unterbewusstsein niemals die Eingebungen und Geistesblitze produzieren, die zur Aufklärung vieler Verbrechen nötig waren.

Dohr klopfte an und öffnete die Tür. Ein Zweibettzimmer. Der Mann im Bett an der Fensterseite schlief. Es war nicht Koonz. Der Platz für das zweite Bett, erkennbar an den in die Wand integrierten Anschlüssen für Sauerstoff, Beleuchtung, Telefon und zentrale Überwachung, war leer. War Koonz etwa schon entlassen worden, oder hatte man ihn nur verlegt?

Auf dem Weg zum Schwesternzimmer kam ihnen ein unter Gesichtsakne leidender junger Pfleger entgegen. Er trug eine Bettpfanne aus Edelstahl und sang leise *London Calling* vor sich hin. Dohr stoppte ihn. Auf ihre Frage nach dem Verbleib von Herrn Koonz aus Zimmer XY verstummte er. Mit belegter Stimme fragte er zurück, ob sie Angehörige seien. Dohr zeigte ihm ihren Dienstausweis.

»Ach so, Sie sind schon da.« Er klang erleichtert.

Dohr und Aast tauschten einen Blick. Was sollte das heißen?

»Ist er verlegt worden?«, fragte der Oberkommissar.

Der junge Mann sah ihn verwirrt an. »Verlegt?« Dann leuchteten seine Augen auf. »Okay, schon kapiert, Polizeihumor. So was haben wir hier auch. ›Verlegt worden‹ … könnte man so sagen. Runter in den Keller.«

»In welchen Keller?«

»Na, in die Pathologie.«

Sie mussten noch zweimal ihre Ausweise zeigen, bis sie zu dem hell erleuchteten gekachelten Raum mit den Edelstahltischen vorgedrungen waren. Niemanden schien ihre Anwesenheit zu irritieren. Das war verständlich. Jeder Sterbefall, bei dem die Todesursache unklar war, verlangte eine polizeiliche Ermittlung – auch im Krankenhaus. Das war Routine. Es passierte nicht oft, aber oft genug, um daran gewöhnt zu sein.

Der fensterlose Sektionsraum war hell erleuchtet, die Kacheln reichten vom Boden bis zur Decke, über den Edelstahltischen hingen Lampen, die Dohr an die Praxis ihrer Zahnärztin denken ließen.

Nur ein Tisch war belegt. Davor standen vier Männer. Zwei von ihnen trugen grüne Labormäntel, OP-Hauben und Mundschutz. Die grauen Haare des Älteren lugten wie Stacheln in alle Richtungen an den Seiten der Haube hervor. Er sprach in ein Diktiergerät. Der Jüngere beugte sich gerade über das Gesicht des Toten – Koonz' Gesicht. Die beiden anderen Männer trugen wie Dohr und Aast zum Schmuddelwetter passendes Zivil. Einer der Männer wandte sich um. Er zog überrascht die Brauen hoch.

»Was wollt ihr denn hier?«

Hauptkommissar Marantz. Schon das zweite Mal, dass sie sich bei diesem Fall begegneten. Sie konnte sich Unangenehmeres vorstellen.

Sie lächelte. »Beim nächsten Mal geben Sie aber einen aus.«

Marantz lächelte zurück. »Ehe Sie mich verklagen.« Er wurde ernst. »Ihr seid auch wegen Koonz hier?«

Sie bejahte.

Der Mann mit den grauen Stachelhaaren hatte sein Diktiergerät sinken lassen und sich ihnen zugewandt. Dohr und Aast stellten sich vor. Er nickte nur. Anscheinend hielt er das Namensschild an seinem Ärztemantel für ausreichend: Professor Dr. Hinrich Süder.

»Sind vier Kripobeamte nicht ein bisschen viel?«

Dohr wies ihn auf den Unterschied zwischen dem Kriminaldauerdienst, der durch den Anruf der Klinik alarmiert worden war, und dem KK11 hin.

»Herr Koonz ist ein wichtiger Zeuge. Wir hatten eigentlich erwartet, dass er noch lebt.«

»Das sollte er auch«, erwiderte der Pathologe trocken. »Nach Aussagen der Stationsschwester hat er zwar geraucht wie ein Schlot, an seinem gesundheitlichen Allgemeinzustand war aber nichts auszusetzen.«

»Und warum liegt er dann hier?«, machte sich Aast nun bemerkbar.

Der Professor warf ihm einen tadelnden Blick zu. »Alles zu seiner Zeit, junger Mann.«

»Die Todesursache ist noch nicht geklärt, darum der Anruf bei uns«, mischte sich Marantz ein. »Aber ihr könnt ab hier gern übernehmen. Wir haben genug zu tun.«

»Wir auch.« Dohr trat näher an den Toten heran. Es war keine zwei Tage her, da hatte sich der Mann noch vor versammeltem Publikum über sie lustig gemacht. »Aber falls es Anzeichen für einen unnatürlichen oder gewaltsamen Tod gibt ...«

»... würde das die Klinik immens freuen«, unterbrach der Professor. »Keine Schadenersatzklagen, Sie verstehen.«

»... könnte das in direktem Zusammenhang mit unseren Ermittlungen stehen«, beendete Dohr ihren Satz. »Vielleicht warten wir noch so lange.«

»Oder wir verschwinden jetzt sofort«, konterte Marantz.

Der Professor räusperte sich. »Wenn ich die Dame und die Herren stören darf – möglicherweise kann ich ja weiterhelfen.« Er stieß den jüngeren Mann im grünen OP-Kittel an. »Robert!« An die drei Kripobeamten gerichtet, fügte er hinzu: »Mein Assistent.«

Der junge Mann unterbrach was auch immer er da gerade tat und richtete sich auf. »Wir haben petechiale Blutungen im Bereich der Augen und Augenlider. Sie gehen auf stecknadelkopfgroße Blutaustritte als Folge der Erhöhung des kapillaren Druckes und hypoxischer Endothelschädigungen zurück.«

Dohr wollte eine Frage stellen, aber der junge Mann war nicht zu bremsen.

»Petechien können verschiedene Ursachen haben, aber eine davon ist Ersticken, sei es durch Strangulation …«

»Anzeichen für Letzteres fehlen«, unterbrach der Professor.

»… oder durch Verschließen von Mund und Nase, etwa mit der Hand oder mit einem Kissen oder durch den Sauerstoffentzug mittels einer über den Kopf gezogenen Plastiktüte«, fuhr der Assistent ungerührt fort.

»Darüber ärgere ich mich immer, wenn ich Fernsehkrimis sehe. Jemanden mit einem Kissen zu ersticken ist nämlich verdammt schwierig«, unterbrach ihn sein Chef erneut. »Der Körper hat noch etwa eine Minute lang genug Sauerstoff, um sich zu wehren. Dabei kann er Bärenkräfte entwickeln.«

Dohr verlor die Geduld. »Wollen Sie sagen, dass Koonz erstickt wurde?«

Sie hatte auf eine direkte Antwort gehofft, aber der Assistent setzte zu einem Vortrag an. »Ersticken ist ein komplexer Vorgang. Zuerst hält das Opfer unwillkürlich den Atem an, weil der Kohlendioxidgehalt im Blut ansteigt. Das reizt das Atemzentrum und aktiviert die Atemhilfsmuskulatur, was heftige Atemzüge zur Folge hat.«

»Um Himmels willen, warum erzählen Sie uns das?«

Der Assistent sah die Hauptkommissarin beleidigt an. »Verkürzt gesagt: Der Täter kann sich Prellungen oder andere Verletzungen zuziehen. Ich dachte, das interessiert Sie vielleicht.«

Professor Süder grinste zufrieden. »Sehen Sie? Wir sind hier nicht nur bessere Metzger.«

»Das hat auch niemand behauptet, Herr Professor«, warf Hauptkommissar Marantz ein.

Der empfindsame Pathologe nickte. »Richtig. Sie haben natürlich recht. Ich muss nur manchmal an die Sticheleien meiner Frau denken. Sie ist Gehirnchirurgin. Um den Erstickungstod einwandfrei festzustellen, sind Gewebeuntersuchungen nötig. Eine endgültige Antwort wird Ihnen Ihr Rechtsmediziner geben.«

Damit war es halboffiziell: Koonz war ermordet worden, der Leichnam gehörte dem KK11. Hauptkommissar Marantz und sein Kollege verabschiedeten sich.

Keine Viertelstunde später war das Krankenzimmer mit Flatterband abgesperrt und Koonz' Zimmernachbar verlegt worden. Da er sich von der Schwester in der Nacht eine Tablette hatte geben lassen, hatte er tief und fest geschlafen. Dass keine zwei Meter entfernt ein Mensch mit einem Kissen oder einer Plastiktüte zu Tode gebracht worden war, hatte sich nicht einmal in seinen Träumen niedergeschlagen.

Weder das Nachtpersonal noch die Morgenschicht hatte eine fremde oder sich verdächtig verhaltende Person auf der Station bemerkt. Sie konnten nur hoffen, dass die Spusi und die Forensiker etwas finden würden, und die Aufzeichnungen der Überwachungskameras auswerten.

Wer den Mord begangen beziehungsweise in Auftrag gegeben hatte, darüber bestanden bei Dohr kaum Zweifel. Es verlief eine deutliche Linie von Koonz' Zeugenaussage, die den gewalttätigen türkischen Rockerboss Vural Doruk vor dem Knast bewahrt hatte, über Doruks Begegnung mit dem späteren Opfer im SM-Club bis zur Beseitigung der Leiche, an der wiederum Koonz wissentlich oder – was weniger wahrscheinlich war – unwissentlich beteiligt gewesen wäre. Die Linie lief nicht über Leon Berger, sie lief über Vural Doruk.

35

Bauer fühlte sich nutzlos. Die Ohnmacht, die er am Abend zuvor auf dem Heimweg von Yildiz' Wohnung verspürt hatte, hatte sich über Nacht wie Blei in seine Knochen gefressen.

»Jetzt glaubst du wirklich, er hat es getan, oder?«, hatte Sarah nach einem stillen Frühstück gefragt.

Er hatte die Faktenlage erläutert, Indizien aufgeführt, über Menschen in Extremsituationen referiert. Er hatte von dem Rocker berichtet, dem die Death Riders ihr Club-Tattoo aus dem Arm gefräst hatten. Sarah hatte währenddessen Marie angezogen und die Tasche für das Babyschwimmen gepackt. Eigentlich wäre er an der Reihe gewesen. Doch seine Frau hatte ihn darum gebeten, den Termin übernehmen zu dürfen. Sie wollte der Hilflosigkeit entfliehen. Als Sarah sie am Morgen angerufen hatte, war Yildiz nicht ans Telefon gegangen.

»Du hast meine Frage nicht beantwortet«, war Sarahs einziger Kommentar auf seine weitschweifigen Darlegungen gewesen. »Und du siehst müde aus.«

Sie hatte ihm über die Wange gestrichen und war ins

Auto gestiegen. Er hatte Marie gewinkt, die fröhlich auf dem Beifahrersitz in ihrer Babyschale strampelte. Er hatte dem Wagen nachgesehen, dann war er wieder ins Haus gegangen. Sie würden nicht vor Mittag zurückkommen. Die anderen Mütter würden Sarah mit in das Elterncafé nehmen, in dem sie nach dem Schwimmen regelmäßig Kaffee trinken gingen. Ihn, den einzigen Vater im Kurs, hatten sie noch nie eingeladen. Bauer hatte die Spülmaschine aus- und das benutzte Frühstücksgeschirr hineingeräumt. Er hatte die Breireste von Maries Babywippe gewischt und die Küche gefegt. Danach hatte er sich wieder an den Tisch gesetzt.

Er trank seinen vierten Kaffee und blätterte die Tageszeitung durch. Amerikanische Forscher hatten auf Island eine Gedenktafel für den Okjökull errichten lassen. Der Gletscher war der Erderwärmung zum Opfer gefallen. Seine Eisdicke hatte einmal fünfzig Meter betragen. Nun war er verschwunden. Die Zahl der Flüchtlinge, die von Afrika über das Mittelmeer nach Europa kamen, war weiter gesunken. Ihre Chancen, auf der Überfahrt zu sterben, waren seit dem Rückzug staatlicher Behörden aus der Seenotrettung drastisch gestiegen.

Er faltete die Zeitung zusammen, blickte aus dem Fenster, nahm einen Schluck aus seiner Tasse. Der Himmel war grau, der Kaffee nur noch lauwarm. Er stand auf. Er musste etwas tun.

Schon vor Wochen hatte er Sarah versprochen, ein weiteres Fach im selbst gebauten Regal über der Wickelkommode anzubringen. Er ging in den Keller, suchte ein Brett und holte den Fuchsschwanz aus dem alten Werkzeugschrank seines Vaters. Neben dem Schrank standen große stabile Kartons. Darin verwahrte Bauer, nach Jahrgängen geordnet, die Ausgaben des Nachrichtenmagazins Spiegel, das er abonniert hatte. Sarah nannte die Sammlung scherzhaft sein Altpapierlager. Im Grunde hatte sie recht. Er konnte sich nicht erinnern, je eins der Magazine wieder hervorgeholt zu haben, um es erneut zu lesen oder etwas nachzuschlagen, was der Sinn seines Archivs sein sollte. Trotzdem legte er jedes gelesene Heft darin ab.

Er zog einen der Kartons heran, um das Brett darauf zuzusägen. Er hielt inne. Die Asservatenliste, die er in Verenas Büro gesehen hatte, fiel ihm ein. Unter den Gegenständen, die das KK11 in Leons Wohnmobil beschlagnahmt hatte, war auch eine ältere Ausgabe des Spiegel gewesen. Selbst wenn Yildiz das Heft mitgebracht hatte, warum hatte Leon es aufbewahrt?

Er holte Schreinerwinkel, Zimmermannsbleistift und Zollstock aus dem Werkzeugschrank. Die Maße des Regals hatte er noch im Kopf. Er zeichnete die Schnittlinie auf das Brett. An Jahrgang und Nummer der im Camper gefundenen Spiegel-Ausgabe erinnerte er sich nicht, sosehr er sich auch bemühte. Er setzte den Fuchsschwanz an. Auf der Asservatenliste war beides verzeichnet gewesen. Er begann zu sägen. Verena Dohr konnte er nicht anrufen. Mit seiner Einmischung hatte er die Hauptkommissarin in eine äußerst unangenehme Lage gebracht – wie schon so oft. Doch dieses Mal hatte er nicht »nur« seine Befugnisse als Polizeipfarrer überschritten. Er hatte keine Befugnisse, er war in Elternzeit. Und Verena hatte von seiner Einmischung gewusst.

Er mochte sich nicht vorstellen, welche Konsequenzen es für sie haben würde, wenn Polizeidirektor Lutz davon erfuhr.

Das abgesägte Holz fiel zu Boden. Er glättete die Schnittkanten des gekürzten Bretts mit Sandpapier. Dann kramte er vier Stuhlwinkel und Schrauben aus den Schubladen des Werkzeugschranks und stieg hinauf in den ersten Stock. Maries Zimmer hatten sie gleich neben ihrem Schlafzimmer eingerichtet. Seit ihre ältere Tochter Nina ins Dachgeschoss gezogen war, hatte der Raum als Abstellkammer gedient. Bauer hatte ihn von Grund auf renoviert, sogar den alten Holzboden hatte er abgeschliffen. So kalt und düster der Himmel vor dem Fenster auch sein mochte, die frisch geölten, wieder hellen Eichendielen verbreiteten behagliche Wärme. Das Kinderzimmer war zu Bauers neuem Lieblingsort in dem alten Haus geworden.

Doch nun blieb er auf der Türschwelle stehen. Er wollte nicht auf einer Insel leben. Er konnte es nicht, nicht auf Dauer. So wenig, wie er glauben konnte, dass Leon einer jungen Frau eine Pistole in die Vagina geschoben und abgedrückt hatte.

Er stellte Brett und Werkzeuge ab, ging hinunter ins Wohnzimmer, klappte seinen Laptop auf und öffnete im Ordner »Dienstliches« das Dokument mit dem Telefonverzeichnis des Duisburger Präsidiums. *Grohl, Siegfried – Leitung Asservatenkammer* stand neben dem Anschluss, den er gesucht hatte. Der Name sagte ihm nichts. Doch das war nicht ungewöhnlich. Reine Bürotätigkeiten wurden auch bei der

Polizei oft nicht von Polizisten, sondern von Verwaltungs-fachangestellten erledigt.

Er tippte die Durchwahl in sein Handy.

Eine Frau meldete sich. »Asservatenverwaltung, Weber.«

»Guten Tag, Polizeipfarrer Bauer hier. Eigentlich hatte ich erwartet, Herrn Grohl unter dieser Nummer zu errei-chen.«

»Das war mein Vorgänger. Er ist vor zwei Jahren in Rente gegangen.«

»Er steht immer noch im Telefonverzeichnis.«

»Das ist seit der Steinzeit nicht mehr aktualisiert wor-den«, scherzte sie gut gelaunt. »Vielleicht kann ich Ihnen ja auch helfen. Sie sind Polizeipfarrer?«

»Ja, hier im Haus.«

»Sie rufen aber nicht aus dem Haus an. Ich habe hier eine Handynummer auf dem Display.«

»Die finden Sie auch im prähistorischen Verzeichnis. Falls Sie mich überprüfen wollen.«

»Sekunde.«

Er hatte es wie einen Scherz klingen lassen, aber Frau Weber nahm ihren Job offenbar ziemlich ernst.

»Da habe ich Sie schon: Bauer, Martin – evangelischer Seelsorger. Was kann ich für Sie tun, Herr Bauer?«

»Ich betreue die Angehörigen in einer aktuellen Morder-mittlung – Roswitha Paesch.«

»KK11, ich weiß. Ich habe erst gestern eine ganze Kiste mit Beweismaterial aus dem Besitz des Tatverdächtigen as-serviert.«

»Darunter muss auch eine ältere Ausgabe des *Spiegel* gewesen sein.«

»Stimmt.«

»Könnten Sie mir Jahrgang und Nummer der Zeitschrift nennen?«

»Natürlich«, kam es verdutzt zurück. »Aber wozu brauchen Sie die?«

»Ich versuche, den Tatverdächtigen zu verstehen. Um besser helfen zu können«, antwortete Bauer. Ihm war keine Lüge eingefallen, die plausibler als die Wahrheit geklungen hätte. »Vielleicht finde ich in dem Magazin irgendeinen Hinweis, der mich weiterbringt.«

Sie schwieg einen Moment. Dann sagte sie: »Sie nehmen Ihren Job als Seelsorger wohl ziemlich ernst.«

»Ich versuche es.«

»Bleiben Sie dran!«

Kurz darauf saß Bauer wieder am Küchentisch, eine frische Tasse Kaffee und einen elf Jahre alten *Spiegel* aus seinem Kellerarchiv vor sich. Er blätterte das Magazin von vorn bis hinten durch. Er wusste nicht, wonach er suchte. Also las er zunächst nur die Überschriften. Doch aus keiner ließ sich ein Bezug zu Leon ableiten. Er ging das Heft ein zweites Mal durch. Nun überflog er die Artikel. Auf Seite sechsundfünfzig verhakte sich sein Blick an einem Wort. *Zollfahndungsamt.* Hubert Wegener, der Mann, den Leon einmal als seinen Ersatzvater betrachtet und dessen Boot er damals gestohlen hatte, arbeitete beim Zoll.

Der Titel des Beitrags lautete: *Die geheime Tarifordnung des BKA.* Bauer las ihn Wort für Wort. Als er geendet hatte, wusste er, warum Leon sein Versprechen gebrochen hatte und die Death Riders nicht verlassen hatte. Zumindest *glaubte* er es zu wissen.

36

»Wir lassen dir doch alle Freiheiten, oder nicht? «

Ihre Mutter weinte. Yildiz hatte sie vorher nur einmal weinen sehen, und zwar, als ihre Großmutter gestorben war. Das Schluchzen am anderen Ende der Leitung brach ihr das Herz.

Ihre Mutter hatte angerufen, aus heiterem Himmel. Das tat sie sonst nie. Auch ihr Vater nicht. Sie erwarteten, dass ihre Tochter sie anrief.

»Wir haben dich ausziehen lassen. Du darfst allein leben.«

Sie klang verletzt. Es war schrecklich.

»Ich wohne mit Annika zusammen, Mama!« Sie fühlte sich hilflos. Sie wollte sich verteidigen, stattdessen griff sie an. »Geht es etwa um die Familienehre?«

Ihre Mutter seufzte. »Nein, Yildiz, und das weißt du.«

Yildiz schämte sich. Ihre Mutter hatte recht. Sie schwieg.

Als ihre Mutter wieder sprach, klang sie gefasst.

»Ich habe Angst, Yildi. Wir haben Angst – um dich. Dass du dein Leben ruinierst ... an der Seite eines Verbrechers, eines Mörders.«

»Leon ist kein Mörder! Das ist nicht wahr!«

»Die Polizei sucht ihn, Yildiz. Timur sagt, es gibt Beweise.«

»Trotzdem.«

Sie verstummten zum zweiten Mal. Dann sagte ihre Mutter: »Bitte, denk darüber nach, Yildiz«, und legte auf.

Sie starrte auf den Bildschirm und versuchte, den Satz zu verstehen, den sie geschrieben hatte, bevor das Telefon geklingelt hatte. »Die Bedeutung familiensystemischer Strukturen und Dynamiken in der frühkindlichen Entwicklung ...« Er kam ihr vor, als sei er in einer fremden Sprache verfasst.

Sie schrak hoch. Es hatte an der Tür geläutet. Für einen Moment hoffte sie, das Ganze wäre nur ein Albtraum gewesen und Leon stünde mit seinem Motorradhelm vor der Tür, um sie abzuholen.

Sie drückte auf den Türöffner. Sie hörte Schritte die Treppe heraufkommen. Dann stand ihr Bruder vor ihr, in seiner Uniform und mit dem präzise gestutzten Vollbart, der ihn männlicher machen sollte. In seinen Augen erkannte sie keine geschwisterliche Liebe, nur Genugtuung.

»Er gehört zu einer kriminellen Rockergruppe, nur damit du das weißt. Aber vielleicht weißt du das ja, und es ist dir egal. Seine Fingerabdrücke sind auf der Mordwaffe.«

Er erwartete nicht, dass sie etwas dazu sagte, sondern sprach sofort weiter.

»Wir haben gestern bei den Rockern eine Razzia gemacht. Weil die Frau wahrscheinlich da umgebracht worden ist. Bestialisch. Ich kann dir gar nicht sagen, wie. Das war dein Freund! Weißt du, was du unserer Familie damit antust? Papa und Mama trauen sich gar nicht mehr aus dem Haus. Denk mal drüber nach!«

Sie blieb stumm, wusste nicht, was sie ihm antworten sollte. Außer ihrer Liebe hatte sie keine Argumente.

»Du sagst nichts?«

Sein Walkie-Talkie schlug an. Er hörte kurz zu, dann knurrte er unwillig, er sei schon unterwegs.

»Denk nach!«

Dann rannte er die Treppe hinunter.

Die Textnachricht traf ein, während Leon Berger sich im engen Waschraum des Bootes im Spiegel betrachtete und überlegte, ob er sein Äußeres verändern sollte. Er hatte es in Filmen gesehen, aber soweit er sich erinnerte, waren das Agentenfilme gewesen wie *Mission Impossible*, und es kam ihm irgendwie albern vor.

Die Nachricht war von Yildiz. Sie wollte sich mit ihm treffen. *Wir müssen sprechen*, hatte sie geschrieben. Kein lächelndes Emoji, kein Kussmund. Das mulmige Gefühl änderte sich auch nicht, nachdem er sie zum dritten Mal gelesen hatte. Sie nannte einen Ort, den er kannte.

Nachdem er sich vergewissert hatte, dass niemand in der Nähe war, schlich er aus der Kajüte. Er zog sich die Kapuze der Sweatjacke über den Kopf und streifte die Regenjacke über. In den billigen Sneakers und der Sweathose, ohne seine Motorradstiefel und seine Jeans, fühlte er sich verkleidet, was er ja auch war. Mit gesenktem Kopf schlich er sich zu dem Roller, den er ein paar Hundert Meter entfernt in einem Gebüsch versteckt hatte. Inzwischen hatte er ein neues Nummernschild. Es stammte von einem Roller gleichen Typs, der vor einem Billardsalon geparkt hatte. Er hatte es abgeschraubt und durch das des gestohlenen Rollers ersetzt. Niemand achtete auf sein eigenes Nummernschild. Wahrscheinlich würde der Besitzer es erst beim nächsten TÜV-Besuch merken.

Yildiz wartete bereits, als er den Roller neben der Bushaltestelle auf den Bürgersteig fuhr und abstellte. Obwohl es regnete, hatte sie sich nicht unter das Dach des Häuschens geflüchtet. Regentropfen liefen ihr übers Gesicht. Es sah aus, als ob sie weinte. Sie hatte den nassen Parka eng um ihren Körper gezogen und hielt ihn mit verschränkten Armen fest. Sie lächelte nicht, als er vom Roller stieg und auf sie zukam. Er fand, sie sah traurig aus.

Er wollte sie umarmen und küssen, aber sie schob ihn von sich weg.

»Nicht. Nicht jetzt. Ich will sprechen.«

Sie wollte sprechen. Er sprach gern mit ihr, wenn er auch sonst eher wortkarg war. Sie war klug und wusste eine Menge Dinge, die man nur wissen konnte, wenn man in der Schule aufgepasst hatte und viel las. Auf ihn traf weder das eine noch das andere zu. Er bereute das mittlerweile.

»Sag mir die Wahrheit, Leon! Mein Bruder war bei der Razzia in eurem Clubhaus dabei.«

Der Präsident hatte ihn auf dem Laufenden gehalten und von der Razzia erzählt. Leon hatte mitgelacht, als Bohde berichtet hatte, wie die Bullen mit weniger als nichts abziehen mussten. Dass Yildiz' Bruder dabei gewesen war, hatte er nicht gewusst.

»Mach dir keine Sorgen, Yildi. Das ist nur Routine.«

Sie schüttelte den Kopf. »Timur sagt, die Frau ist in eurem Clubhaus ermordet worden. Von dir!« Mit erstickter Stimme fuhr sie fort: »Deine Fingerabdrücke sind auf der Pistole, mit der sie ...« Ihre Stimme versagte ganz.

»Ich habe das nicht getan. Ich schwöre es dir – bei meinem Leben!«

»Aber du hast etwas damit zu tun, Leon!«

»Es ist anders, als du denkst, anders, als die Polizei denkt. Das klärt sich alles auf, Yildiz! Du musst mir vertrauen.«

Er machte einen Schritt auf sie zu, aber sie wich zurück.

»Nein! Ich will es jetzt wissen, die Wahrheit. Erklär es mir!«

Er konnte sich nicht rühren, nicht sprechen, kein Zeichen geben. Es war, als würde sein Körper zusammengedrückt. Er wollte es ihr sagen, wollte in ihren Augen nicht als Mörder dastehen, aber er konnte es nicht. Es würde sie mit hineinziehen und in große Gefahr bringen.

Seine Gnadenfrist war verstrichen, er sah es in ihren Augen.

Der Bus näherte sich. Er hörte das Zischen der Bremsen. Ein zweites Zischen, die Türen öffneten sich. Eine Mutter stieg aus. Yildiz machte ihr Platz, ihr Blick folgte dem Kinderwagen. Hatte sie Tränen in den Augen?

»Es tut mir leid, aber ich kann das nicht mehr.«

Das Gesicht des Fahrers erschien im Außenspiegel. Jeden Moment würden sich die Türen schließen. Er stand da, halb erstarrt, halb neben sich, sein Kopf war leer. Er begriff erst, was geschah, als es schon zu spät war, als sich die Türen bereits schlossen und Yildiz auf der anderen Seite war und ihn von dort aus ansah.

»Yildi!«

Jetzt waren es eindeutig Tränen, die ihr übers Gesicht liefen.

Der Bus fuhr an, rollte schaukelnd vorwärts. Yildiz spürte es kaum, so wenig wie die Tränen, die ihr über die Wangen liefen. Sie sah nur, wie Leons Gestalt kleiner wurde und sich immer weiter von ihr entfernte.

Sie würde Leon nie wiedersehen. Sie würde eine alleinerziehende türkische Mutter sein.

37

Verena Dohr saß hinter ihrem Schreibtisch und versuchte, sich darüber klar zu werden, ob Bauer mit seinem Bauchgefühl mal wieder richtiglag und sie hinter dem falschen Mann her waren.

Ein einzelner Schlag gegen die Tür riss sie aus ihren Gedanken. Die Tür wurde aufgestoßen, und Polizeidirektor Lutz stapfte ins Zimmer, in Uniform und mit frisch polierten Schuhen vermutlich auf dem Weg zu einem offiziellen Anlass.

Er hielt sich nicht mit Vorreden auf. »Was ist das für eine Scheiße?« Er ließ sich auf Dohrs Besucherstuhl fallen. »Ein Zeuge wurde ermordet? Sind wir hier in einem Mafiafilm, oder was?«

Lutz schien ehrlich aufgebracht. Er war zwar ein Arschloch, aber er war auch Polizist. Und wenn Polizisten etwas aus der Fassung brachte, dann war es, direkt nach dem gewaltsamen Tod eines Kollegen im Dienst, die Ermordung eines Zeugen.

Dohr erklärte ihm, dass Herbert Koonz vermutlich eher

als Mitwisser und verhinderter Mittäter einzustufen war, und erläuterte die mutmaßlichen Zusammenhänge.

Lutz dachte einen Moment lang nach. Dann fragte er: »Unser Verdächtiger hat auch Koonz ermordet?«

»Berger?« Sie schüttelte den Kopf. »Ich denke nicht.«

Lutz runzelte die Stirn. »Aber Ihr Freund hat ihn am Tatort mit dem Opfer gesehen, oder?«

Er wusste also bereits von Bauer. Karman hatte Bericht erstattet. Daran war nichts auszusetzen, außer dass es hinter ihrem Rücken geschehen und eigentlich ihre Aufgabe war.

Wie aufs Stichwort tauchte Karmans Kopf im Türrahmen auf. »Da bin ich.«

Sie sah Lutz fragend an.

»Ich habe ihn dazugerufen. Er ist Ihr Stellvertreter. Falls Sie ausfallen, müssen wir alle auf demselben Stand sein.«

Sie verzog keine Miene. »Natürlich.« Sie fuhr fort: »Auf der Party waren wahrscheinlich zwanzig, dreißig, vielleicht auch fünfzig Leute. Jeder davon kommt als Täter infrage.«

Lutz wirkte darüber nicht glücklich. »Was ist mit den Fingerabdrücken auf der Tatwaffe?«

»Die sind nur vorn am Lauf. Ansonsten wurde die Waffe abgewischt, inklusive Patronen.«

»Berger war vielleicht nachlässig«, mischte sich Karman ein.

Sie zuckte mit den Achseln. »Jeder Anwalt würde das als ›Beweis‹ abschießen.«

Lutz war nicht dumm. Er nickte ärgerlich.

Dohr sprach weiter. »Aber wir haben einen neuen Verdächtigen. Keine Spuren oder Zeugen – noch nicht –, aber es gibt Verbindungen zu beiden Opfern, die bei Leon Berger fehlen.«

Ihr Diensttelefon läutete.

»Lassen Sie das jetzt«, befahl Lutz ungeduldig, aber sie hatte bereits abgehoben.

Sie hörte kurz zu. Dann fragte sie: »Welcher Vorbericht?« Die Antwort ließ sie die Augenbrauen hochziehen. »Verstehe ... beim Kollegen Karman.«

Karman, der bisher an ihrem Aktenschrank gelehnt hatte, richtete sich auf.

»Ihm persönlich?« Sie wartete die Antwort ab, dann bedankte sie sich. Sie legte den Hörer zurück auf die Station und wandte sich dem Polizeidirektor zu. »Das war die Ballistik. Dr. Voss hat festgestellt, dass die Tatwaffe schon mal bei einem anderen Verbrechen benutzt wurde. Und zwar bemerkenswerterweise bei der Schießerei im Imbiss vor zwei Jahren. Damals hat Herbert Koonz Vural Doruk durch seine Aussage entlastet.« Sie richtete ihren Blick auf Karman. »Voss meint, du hast den Vorbericht seit gestern Nachmittag auf dem Schreibtisch.«

Niemand sagte etwas. Allen dreien war klar, was passiert war. Hätte Karman die Information nicht verschlampt, wäre Herbert Koonz möglicherweise noch am Leben.

Schließlich fragte Lutz: »Trifft das zu, Hauptkommissar Karman?«

Karman hatte sich gefasst und wohl beschlossen, dass er am besten davonkam, wenn er log.

»Keine Ahnung, vielleicht war ich gerade nicht im Büro. Er hat es wahrscheinlich einfach irgendwo hingelegt.«

Dohr schüttelte den Kopf. »Voss sagt, sein Assistent hat es dir persönlich übergeben.«

Karman hielt ihrem Blick stand. »Da muss er sich irren.«

Sie begriff. Karman verließ sich darauf, dass man die Sache unter den Teppich kehren würde, wenn Aussage gegen Aussage stand. Niemand wollte einen Konflikt zwischen den Abteilungen.

Lutz hob beschwichtigend die Hände. »Wer auch immer hier Mist gebaut hat – wir sind alle nur Menschen.«

Na bitte. Die Sache war gelaufen. Vor allem für Koonz.

Lutz erhob sich. »Also, holen Sie sich diesen Vural Dubrok ...«

»Doruk«, korrigierte sie.

»Von mir aus.« Lutz verließ das Büro.

Karman warf ihr einen triumphierenden Blick zu, dann beeilte er sich, das Kielwasser seines Chefs nicht zu verpassen.

In der nächsten halben Stunde vertiefte sie sich in Vural Doruks Akte. Das Strafregister des Mannes war erstaunlich übersichtlich. Es hatte mehrere Anklagen wegen Körperverletzung gegeben, Doruk war aber nur zweimal verurteilt worden, beim ersten Mal auf Bewährung, beim zweiten Mal zu vierzehn Monaten, von denen er acht abgesessen hatte. Zu ihrer Überraschung stellte sie fest, dass der Mann nicht der übliche Schulversager war, den sie in einer türkischen Bikergang erwartet hätte, sondern auf einer Gesamtschule sein Abi gemacht hatte. Gewalttätig und intelligent, eine gefährliche Mischung.

Sie rief Oberkommissarin Coenes an, die im Krankenhaus das Personal befragte, und beorderte sie zurück. Dohr wartete schon, als Coenes auf den Parkplatz der Direktion rollte. Die Oberkommissarin stellte ihren Wagen ab und stieg bei ihr ein.

Dohr gab die Adresse, die sie in Doruks Akte gefunden hatte, ins Navi ein.

»Was haben wir vor?«, fragte Coenes.

Dohr informierte sie über den Befund der Ballistik, Karmans Versagen behielt sie für sich. »Wir befragen Doruk als Zeugen. Wir sagen, es geht um Berger.«

Coenes zog die Augenbrauen hoch. »Und du glaubst, er redet mit uns?«

»Wir können ihm ja eine staatsanwaltliche Vorladung androhen.«

»Der lässt sich bestimmt nicht einschüchtern.«

»Wir werden sehen.«

Die Adresse lag in einem heruntergekommenen Sträßchen am Rand von Marxloh. Das Mehrfamilienhaus war eine Bruchbude, die der Besitzer an bulgarische Romafamilien vermietet hatte. Doruk war zwar unter dieser Adresse gemeldet, seine Wohnung war im gesamten Gebäude aber nirgends zu finden. In diesem Loch wohnte der Mann, dem sie bei der Razzia begegnet waren, bestimmt nicht.

Oberkommissarin Coenes hatte eine Idee. Sie begann, in ihr Smartphone zu tippen. Wenige Minuten später wussten sie, dass Doruk bei mehreren Geschwindigkeitsdelikten

Punkte in Flensburg gesammelt hatte. Dabei hatte er hinter dem Steuer eines Mercedes gesessen. Als Halter war eine Enisa Doruk eingetragen, seine Schwester, wie sich herausstellte.

»Nicht schlecht für eine kleine Brautmodenverkäuferin«, bemerkte Coenes.

Gemeldet war die Frau unter einer Adresse, die zu einem Komplex luxuriöser Eigentumswohnungen im prosperierenden Stadtteil am Innenhafen gehörte. Das moderne Gebäude in privilegierter Lage an einer neu angelegten Gracht zeigte die Handschrift des Stararchitekten, der das gesamte Hafenareal umgestaltet hatte. Neben der Gegensprechanlage glänzten zwei Reihen mit je vier Klingelknöpfen aus Messing. Ein einzelner Klingelknopf darüber musste zur Penthousewohnung gehören. Auf dem Klingelschild stand der Name der Brautmodenverkäuferin.

Coenes hatte den Finger schon über dem Messingknopf, aber Dohr hielt ihren Arm fest.

»Warte.« Sie nickte in Richtung einer ältlichen Frau mit Kopftuch, die sich von innen der gläsernen Haustür näherte. Hausangestellte oder Putzfrau, tippte Dohr. Sie würde ihnen die Tür öffnen. Die Kripobeamtinnen schoben sich an der Frau vorbei in den mit Marmor veredelten Eingangsbereich des Treppenhauses.

Sanft und absolut geräuschlos trug sie der Aufzug in die fünfte Etage.

Der Mann, der ihnen öffnete, trug teuer aussehende Sneaker, Sweatpants von Gucci – jedenfalls behaupteten das die großen roten Buchstaben an der Außennaht – und ein

Trikot von Fenerbahçe Istanbul. Dohr musste zweimal hinsehen, um ihn als denselben Mann zu erkennen, der während der Razzia den streitlustigen Bullterrier zurückgepfiffen hatte. Sie zückte ihren Dienstausweis, obwohl sie sah, dass er sie wiedererkannt hatte.

Sarkasmus und Geringschätzung hielten sich die Waage, als er sagte: »Respekt. Sie haben mich gefunden.«

»Sie sind wohl nicht sehr oft in Ihrer Wohnung in Marxloh?«

Er lächelte. »Ich besuche gerne meine Schwester.«

»Eindrucksvolle Immobilie – für eine Verkäuferin, meine ich.«

»Sie hat beim Roulette gewonnen.«

»Das nenne ich Glück. Hoffentlich müssen wir das Schmuckstück nicht irgendwann beschlagnahmen.«

Ein Patt. Der türkische Rocker taxierte sie schweigend, dann änderte er die Richtung.

»Was wollen Sie?«

»Uns mit Ihnen unterhalten«, erwiderte Coenes sanft.

»Ohne meinen Anwalt?«

»Sie sind kein Beschuldigter, Herr Doruk. Aber möglicherweise ein Zeuge.« Dohr wartete auf eine Reaktion. Als keine kam, sagte sie: »Wir können Sie auch staatsanwaltlich vorladen lassen. Vielleicht möchten Sie uns ja mal besuchen …«

Der türkische Rocker zögerte einen Moment, dann trat er beiseite und gab den Weg frei. Sicher nicht aus Angst vor einer polizeilichen Vernehmung im Dezernat.

»Bestimmt haben Sie nichts dagegen, wenn ich unser

Gespräch zu meiner Sicherheit aufzeichne«, erklärte er und fügte dann spöttisch grinsend hinzu: »Nicht dass plötzlich merkwürdige Gerüchte darüber die Runde machen, was ich gesagt habe.«

Coenes sah sie fragend an. Sie nickte.

»Nur zu.«

Doruk ging voraus. Das Wohnzimmer war riesig. Durch die bodentiefen Fenster hatte man nach drei Seiten eine fantastische Aussicht. Bei der Möblierung und Dekoration schien sich ein Innenarchitekt ausgetobt zu haben. Glas, Stahl, Chrom, edle Hölzer und teure Unterhaltungselektronik. Nicht eine Spur von Bikerkultur oder türkischem Lebensstil.

»Keine Shisha?«, fragte Dohr.

»Nichts als Klischees. Das ist das Problem bei euch Leuten.«

Er führte sie zu einer Polstersitzgruppe aus teurem Leder mit einem ovalen Glastisch in der Mitte. Er forderte sie auf, sich zu setzen, zog ein Smartphone aus der Tasche, aktivierte eine Tonaufzeichnungs-App und sprach ins Mikrofon. Wie bei einer offiziellen polizeilichen Vernehmung nannte er Ort, Datum und Uhrzeit.

Dann sagte er: »Ich bin hier mit Hauptkommissarin Verena Dohr vom KK11.«

Er grinste wieder. Entweder hatte er sich blitzschnell gemerkt, was auf ihrem Dienstausweis stand, oder er hatte sich längst im Internet über sie informiert. Er hielt Coenes das Mikro hin.

»Hauptkommissarin Dohr und ...?«

Coenes schaute finster, nannte aber ihren Namen und ihre Amtsbezeichnung. Doruk legte das Smartphone auf den Tisch und ließ sich in den noch freien Sessel fallen.

»Okay, kann losgehen.«

Das Ganze schien ihm Spaß zu machen. Dohr fragte ihn, ob er auf der Party des MC gewesen sei.

»Wow, brauche ich etwa doch einen Anwalt?«

»Keine Ahnung. Sagen Sie's mir. Können Sie uns etwas über Leon Berger erzählen? Was hat er auf der Party so getrieben? Gekellnert? Die Tische abgewischt? Ach nein, als Full Member braucht er das ja nicht mehr.«

Seine Augen verengten sich. War er überrascht, dass sie Clubinterna kannten? »Leon? Keine Ahnung.«

»Aber Sie waren da?«, übernahm Coenes. »Eine Party ohne den Vice President? Wohl kaum.«

»Sagen wir, ich bin zwischendurch mal aufgetaucht.«

Da war wieder der Spott. Dohr nickte. Er konnte jederzeit ein Alibi aus dem Hut zaubern, da war sie sicher.

»Haben Sie Berger auf der Party gesehen? Oder Roswitha Paesch?«, übernahm Dohr wieder.

»Wer soll das sein?«

Dohr fixierte ihr Gegenüber. »Sie würden sich bestimmt erinnern, Herr Doruk. Sie kennen das Mordopfer ja persönlich.«

Doruk zuckte mit keiner Wimper. »Ist das so?«

»Aber ja. Sie war in Ihrem SM-Club. Sie haben sich mit ihr unterhalten, manche sagen sogar, Sie hätten sie angebaggert.«

Er runzelte die Stirn. »Tatsächlich. Manche ...«

Bestimmt versuchte er, sich zu erinnern, wer außer ihm in der Bar des *VeryDarkGrey* gewesen war. Zeugen, die er später einschüchtern würde.

»Dann geben Sie es zu?«

»Ich gebe gar nichts zu. Und ich dachte, Sie reden mit mir als Zeuge. Hört sich aber nicht so an.«

»Wieso? Wir haben jemanden, der beschwört, dass das Opfer auf der Party des MC war. Jetzt wollen wir rausfinden, wie sie dort hingekommen ist.«

»Vielleicht über Sie?«, schaltete sich Coenes wieder ein.

Doruk schüttelte bedächtig den Kopf »Nein.«

»Dann war die Frau nur zufällig da?«

»Woher soll ich das wissen?«

Doruk klang gereizt. Zeigte er etwa Nerven? Wenn ja, war es Zeit, die nächste Stufe zu zünden.

»Sie kennen Herbert Koonz?«

Doruk rutschte tiefer in seinen Sessel, als langweile er sich. »Nie gehört den Namen.«

»Herr Doruk! Sie müssen sich doch erinnern. Der Mann hat Sie mit seiner Zeugenaussage vor der Haft bewahrt.«

»Bei der Schießerei im Imbiss«, stieg Coenes ein.

»Ach das. Hab ich längst vergessen.«

»Tatsächlich? Dann habe ich noch einen Zufall für Sie. Er hätte eigentlich die Maschine bedienen sollen, die Roswitha Paeschs Leiche verschwinden lassen sollte. Ausgerechnet der Mann, der Ihnen schon einmal aus der Patsche geholfen hat. Verrückt, oder?« Dohr ließ ihn nicht aus den Augen.

»Langsam kriege ich das Gefühl, Sie verdächtigen mich

doch, etwas mit der Sache zu tun zu haben. In dem Fall rate ich Ihnen dringend, mir meine Rechte vorzulesen. Andernfalls bewegen Sie sich hier nämlich gefährlich außerhalb der Legalität.«

Doruk hatte recht. Wurde ein Zeuge zum Beschuldigten, durfte die Polizei ihn darüber nicht im Unklaren lassen. Ein schlauer Anwalt konnte den Inhalt des aufgezeichneten Gesprächs später möglicherweise zugunsten seines Mandanten nutzen. Aber jetzt konnte sie nicht mehr zurück.

»Hier ist noch ein Zufall: Die Waffe, mit der Roswitha Paesch ermordet wurde, ist dieselbe, die bei der Schießerei im Imbiss benutzt wurde. Nicht zu fassen, oder?«

»Das hat ungefähr dieselbe Zufallswahrscheinlichkeit wie ein Sechser im Lotto, würde ich sagen«, setzte Coenes nach.

Vural Doruk stand auf. »Wir sind hier fertig.«

Dohr und Coenes blieben sitzen.

»Im Gegenteil«, widersprach Dohr. »Wir haben noch einen Zufall, und der ist der erstaunlichste. Herbert Koonz, an den Sie sich nicht mehr erinnern, der Sie damals rausgehauen hat und der Roswitha Paeschs Leiche verschwinden lassen sollte, ist direkt nach unserer Razzia ermordet worden – bevor wir ihn noch mal vernehmen konnten. Was sagen Sie dazu?«

Vural Doruk verzog keine Miene, aber in seinem Blick lag blanker Hass. »Ich kann Ihnen verraten, was mein Anwalt dazu sagen wird. Sie haben nichts – weder Beweise, noch Indizien, noch Zeugen –, und ich habe ein Alibi. Vielleicht würde er noch hinzufügen, dass mich die Frau wahrscheinlich im *VeryDarkGrey* gesehen hat, dass sie scharf auf mich war, das sind die meisten Frauen, dass sie rausgekriegt hat, wo ich mich gewöhnlich aufhalte, und einfach auf der Party aufgetaucht ist.«

»Das heißt, einer Ihrer Biker-Brüder hat Roswitha Paesch ermordet? Wollen Sie das sagen?«

Vural Doruk baute sich vor Dohr auf. Er kochte jetzt vor Wut.

»Ich sage nichts dergleichen. Für meine Jungs lege ich die Hand ins Feuer. Und ich war nicht mal in der Nähe der Braut – so lange, bis Sie Abdrücke, DNA oder Zeugen finden, die was anderes sagen. Und jetzt verschwinden Sie!«

38

»Zumindest haben wir ihn aufgescheucht«, brach Oberkommissarin Coenes das Schweigen.

Sie hatte also nicht nur zugesehen, wie die Scheibenwischer den Schneeregen von der Windschutzscheibe kratzten, sondern nachgedacht.

»Du meinst, es war ein Fehler?«

»Wir haben nichts erfahren. Stattdessen weiß er jetzt, dass wir ihn im Visier haben.«

Dohr nickte. »Richtig. Aber vielleicht ist das ja gar nicht so schlecht. Ich habe nicht erwartet, dass er sich oder sonst jemanden belastet. Dafür kennen wir jetzt seine Verteidigungsstrategie.«

»Was ist mit Berger? Ist er noch unser Hauptverdächtiger?«

Sie überlegte. »Vorerst behandeln wir Doruk weiter als Zeugen.«

Ein weißer Panamera überholte sie rechts und wechselte kurz vor ihr die Spur. Sie musste auf die Bremse treten. Das schmatzende Geräusch im Fußraum erinnerte sie daran, dass ihre kalten Füße in völlig durchnässten Schuhen steckten. Die beste Methode, sich eine Erkältung einzufangen. Auf dem Weg zurück zum Auto war sie in eine tiefe Pfütze getreten.

»Ich halte kurz bei mir und ziehe mir andere Schuhe an, okay?«

Coenes bejahte. »Kann ich mit hochkommen? Ich würde gern mal deine Wohnung sehen.«

»Kein Problem.«

Sie fand einen Parkplatz direkt vor dem Haus.

Oben angekommen, machte Dohr eine Führung durch die leere Wohnung. Ihre Kollegin staunte, zuerst über die Größe, dann über die niedrige Miete.

»Dafür kriegst du in Bonn zweieinhalb Zimmer, Küche, Diele, Bad. Höchstens.«

Dohr streifte die Schuhe und die nassen Socken ab und warf beides in die Badewanne. Sie fand ein Paar trockene Socken, zog sie an und schlüpfte in die Sneaker, in denen sie sonst joggte.

Als sie die Wohnung verließen und die Tür hinter ihnen ins Schloss fiel, sagte sie: »Ich glaube, es war ein Fehler, hier einzuziehen.«

Drei Minuten später rannten sie durch den Schneeregen zum Hintereingang des Präsidiums. Unter dem Vordach holte Aast gerade ein Taschentuch aus seinem arktistauglichen Parka und schnäuzte sich. Er hatte ihnen den Rücken zugewandt. Dohr klopfte ihm auf die Schulter. Sie hatte ihn zusammen mit Herwig am Morgen endlich auf die Suche nach Leon Bergers Kampfsportstudio geschickt.

»Fertig mit den Sportclubs, Mario?«

Der Oberkommissar fuhr herum. Seine Augen waren gerötet.

»Ach, ihr seid's.« Es klang, als habe er eine Wäscheklammer auf der Nase.

»Noch nichts?«

Er schüttelte den Kopf. »Wir haben noch vier auf der Liste. Ich hab nur schnell mein Spray geholt.«

Das Taschentuch verschwand in dem Parka, dafür holte er eine kleine Sprühflasche heraus und schickte einen Sprühstoß in jedes Nasenloch.

»Okay, dann viel Glück.« Dohr öffnete die Eingangstür.

»Moment noch!«

Sie blieb stehen. Der Oberkommissar nieste mehrmals hintereinander. Geduldig wartete sie, bis er fertig war.

»Kobler von der KTU hat sich gemeldet. Der Pizzakarton aus dem Müllsack. Roswitha Paeschs Abdrücke sind drauf. Und die von ein paar anderen. Er braucht Vergleichsabdrücke von den Leuten aus der Pizzeria. Ich habe die Adresse auf deinen Schreibtisch gelegt.“«

»Sehr gut, danke.« Sie wollte endlich ins Trockene kommen, aber Aast war noch nicht fertig.

»Eins war merkwürdig. Kobler wollte, dass ich die Info auf keinen Fall an Guido weiterleite.«

Er zog sich die pelzumrandete Kapuze über den Kopf und stürzte sich in die feindlichen Elemente. Dohr musste lächeln. Die KTU hatte von dem Mist gehört, den Karman gebaut hatte und den er ihnen in die Schuhe schieben wollte. Sie waren sauer auf ihn.

Sie folgte Coenes ins Gebäude. »Warte mal, Senta. Am

317

besten, du fährst gleich hin. Hol die Abdrücke und rede mit dem Pizzaboten. Ich schicke dir die Adresse aufs Handy.«

Coenes machte kehrt.

Pizzeria Pizza-Blitz stand in gezackter Typo auf dem Karton, dessen Foto Dohr auf ihr Smartphone geschickt hatte. Mit einer Pizzeria hatte die Baracke am Nordhafen allerdings wenig zu tun. Es gab weder Stühle noch Tische, nur wandhohe Stapel Pizzakartons und Polystyrol-Menüschalen sowie ein halbes Dutzend gelb lackierte Motorroller vor der Tür. Die Speisekarte deckte mit Italienisch, Indisch, Mexikanisch, Chinesisch, Thailändisch, Burger, Schnitzel und Döner glatt drei Kontinente ab.

Inhaber waren laut Aasts Recherche zwei syrische Brüder, die vorn telefonische Bestellungen entgegennahmen sowie Salate und Getränke zusammenstellten. In der winzigen Küche ackerten ein Asiat und ein Afrikaner.

Die beiden etwa fünfzig Jahre alten Männer hinter dem Tresen hätten Zwillinge sein können. Klein und stämmig, mit schwarzen Locken und Fünftagebärten, strahlten sie etwas Gemütliches aus, obwohl sie ständig in Bewegung waren.

Coenes stellte sich vor. Als sie ihren Ausweis zückte, winkten die beiden ab. Nicht nötig. Sie nannten ihre Namen: Adil und Udai Ayan. Coenes erklärte ihnen ihr Anliegen und nannte ihnen den Tag und die ungefähre Uhrzeit der Lieferung, um die es ging. Konnten sie ihr sagen, wann und von wem die Pizza ausgeliefert worden war?

Udai zuckte bedauernd mit den Schultern. »Könnten

wir. Wir haben Computer. Aber ist an dem Tag leider abgestürzt.«

Adil warf seinem Bruder einen halb traurigen, halb vorwurfsvollen Blick zu. »Abgestürzt? Du hast Festplatte fallen lassen.«

Udai schüttelte nicht weniger traurig den Kopf. »Weil du wieder hast Mayonnaise auf Tisch nachgefüllt.«

»Weil du hast vergessen, es zu tun ...«

Coenes hob beschwichtigend die Hände. »Schon gut! Die Festplatte ist kaputt, ich verstehe. Aber Sie haben doch bestimmt eine Kundenliste.«

»War auch auf Festplatte«, sagte Adil sanft.

Udai schüttelte nachsichtig den Kopf, als spreche er mit einem Kind. »Weil du zu geizig für Back-up.«

Coenes unterbrach erneut, bevor der milde Wortwechsel doch noch in einen Streit ausartete.

»Vielleicht kennen Sie die Adresse ja.« Sie nannte Straße und Hausnummer des Clubhauses.

»Ah, die Rocker!«, rief Adil. »Bestellen oft. Wann war genau?«

Coenes wiederholte die Angaben.

»Ja, ist der Tag, wo Esat spät zurückgekommen. Wir schon Angst, er Ärger mit Kunden.«

»Was war passiert?«

»Er sagt, Problem mit Roller. Aber Esat ist fauler Neffe. Manchmal macht nur irgendwo Pause.«

Udai schien mit der Unterstellung nicht einverstanden.

»Warum soll er das tun? Bezahlen wir ihn pro Fahrt!«, widersprach er. »Ist Sohn von Schwester und ist nicht faul. Nur zu spät weg von Bürgerkrieg.«

»Ich muss mit ihm sprechen.«

Udai schüttelte bedauernd den Kopf. »Ist unterwegs. Fünfzehn, zwanzig Minuten. Laden wir Sie zu Tee ein.«

Coenes lehnte ab. Zwei Minuten später saß sie auf einem wackeligen Stuhl, nippte an einem Becher süßem Tee und kostete selbst gemachtes Baklava.

Das magere Kerlchen, das schließlich durch die Tür kam und den gelben Kühlrucksack mit dem Blitz-Logo auf den Tresen stellte, konnte unmöglich aus derselben Familie stammen, dachte Coenes, ja, nicht mal aus demselben Land. Er mochte zwanzig Jahre alt sein oder dreißig, das war schwer zu sagen. Er hatte das Gesicht eines Überlebenden aus einem Hungercamp.

Adil und Udai sprachen in einer fremden Sprache auf ihn ein. Offensichtlich erklärten sie ihm, warum Coenes da war, denn Esat wandte sich direkt an sie.

»Ich erinnere genau. Weil Roller kaputtgegangen.«

»Wissen Sie noch, wann Sie die Pizza abgeliefert haben?« Er nickte und nannte eine Uhrzeit.

»Woher wissen Sie das?«

»Weil sie«, er deutete auf Adil und Udai, »immer wissen wollen, damit Lieferung nicht zu spät. Ich gucke immer auf Uhr.«

Coenes hatte ihren Notizblock herausgeholt und notierte die Zeit. »Wer hat die Pizza entgegengenommen und bezahlt?«

»Mann, mit Bart, Lederjacke. Graue Haare. Sah böse aus, aber fünf Euro Trinkgeld.«

»War die Pizza für ihn?«

Der Pizzabote schüttelte den Kopf. »War für Frau.«

»Woher wissen Sie das?«

»Vegetarisch.«

Dr. Jürgens hatte in Roswitha Paeschs Magen eine Pizza Vegetariana gefunden.

»Er hat Pizza jemand gegeben. Sollte sie Frau bringen und sagen, fünfzehn Euro und Trinkgeld.«

»Danke.« Coenes notierte es.

Dann zeigte sie ihm Fotos von Mitgliedern des MC, die sie auf ihrem Smartphone gespeichert hatte. Erkannte er jemanden wieder?

Esat schüttelte den Kopf. »Ich sehe Rocker nicht an. Machen mir Angst.«

Sie zeigte ihm das Foto von Leon Berger. »Was ist mit ihm?«

Die Miene des Syrers hellte sich auf. »War sehr nett. Hat mir geholfen.«

Sein Roller war nicht angesprungen. Berger hatte ihn zu einem Schuppen gerollt, der als Werkstatt eingerichtet war, und den Roller repariert.

»Wie lange waren Sie da?«

»Vielleicht fünfundvierzig Minuten.«

»Ist fünfzig Minuten zu spät zurückgekommen«, warf Adil ein.

»Hat er Sie in dem Schuppen mal allein gelassen?«

»Nein, ganze Zeit an Vergaser gearbeitet.«

Sie überlegte, wie sie die nächste Frage formulieren sollte. »Ist in der Zeit irgendetwas Ungewöhnliches passiert?«

»Ich verstehe nicht.«

»Haben Sie etwas Besonderes gesehen oder gehört?«

Er zuckte mit den Schultern. »Nichts. Nur einmal Knall.«

Coenes spürte so etwas wie einen elektrischen Schlag. »Was für ein Knall? Eine Fehlzündung? Ein Feuerwerkskracher?«

Der junge Mann zögerte. »Ehrlich? Ich zuerst erschrocken. Ich kenne von zu Hause. Von Krieg.«

Coenes wartete, dass er weitersprach.

»Ich dachte, Schuss aus Pistole.«

Okay. »Hat der Mann, der Ihren Roller repariert hat, etwas dazu gesagt?«

»Nein. Nur auch erschrocken.«

»Wann genau war das?« Die entscheidende Frage.

»War gerade fertig mit Vergaser. Bin ich schnell weggefahren.« An seine Onkel gerichtet, fügte er hinzu. »Ich nicht mehr dahin liefern. Jemand anders muss fahren.«

Zwanzig Minuten später betrat Coenes Dohrs Büro. Die Hauptkommissarin sah sie fragend an. »Die Abdrücke?«

Sie nickte. Dann sagte sie: »Berger hat ein Alibi.«

39

Bauer hatte den guten Kaffee mitgebracht, zwei Pappbecher Latte Macchiato aus äthiopischen Hochlandbohnen und dazu ein halbes Dutzend Macarons. Zuerst hatten sie sich an Small Talk versucht. Sie hatte ihn nach Marie gefragt, er sie nach ihrer neuen Wohnung. Sie wusste jetzt, was 3-Monats-Koliken waren, er, wie es sich anfühlte, auf dreimal mehr unmöblierten Quadratmetern zu wohnen, als man brauchte.

Dann hatte sie ihm von Herbert Koonz erzählt. Alles.

»Im Krankenhaus?« Er war schockiert.

»Vermutlich mit einem Kissen erstickt. Rechtsmedizin und Forensik sind noch dran.«

Leon? Es war ihm durch den Kopf geschossen. Weniger ein Gedanke als das Aufblitzen zweier Bilder. Leon mit der Pistole vor der toten jungen Frau und mit einem Kissen in der Hand über dem toten Mann im Krankenbett. Er hatte einen Kloß im Hals, als er fragte, ob sie denke, jemand habe sich eines Mitwissers entledigen wollen.

»Sieht ganz danach aus.«

Er schwieg. Nein. Nicht Leon.

»Es gibt auch eine gute Nachricht, für Sie jedenfalls.

Leon Berger hat ein Alibi für den Mord an Roswitha Paesch. Er hat zur Tatzeit einem Pizzaboten geholfen, seinen Roller zu reparieren.«

»Gott sei Dank!«

»Dann waren Sie wohl doch nicht ganz sicher.«

»Ich bin nur froh, dass Sie das klären konnten«, antwortete er ausweichend, fügte dann aber hinzu: »Außerdem bin ich nicht unfehlbar.«

Dohr erwiderte sein Lächeln nicht. »Er kann trotzdem in die Tat verwickelt sein. Immerhin sind seine Fingerabdrücke auf der Waffe.«

Bauer atmete einmal tief durch, dann sagte er: »Ich hätte da eine Theorie oder besser gesagt eine Hypothese.«

Dohrs Brauen fuhren in die Höhe. Seine neuerliche Einmischung nervte sie, das war ihm klar.

»Jetzt reden Sie schon!« Sie griff nach ihrem Becher. »Ohne den Bestechungskaffee hätte ich Sie sowieso gleich wieder vor die Tür gesetzt.« Sie nahm einen Schluck.

Er holte sein Exemplar der *Spiegel*-Ausgabe aus der Tasche und schlug sie auf. »Lesen Sie.«

Sie verzog den Mund, begann aber zu lesen.

Es war ein Artikel über die Entlohnung von Polizeiinformanten. Er ging um eine Richtlinie des BKA. Anlässlich eines Prozesses, bei dem ein ehemaliger V-Mann des deutschen Zolls seinen Informantenlohn eingeklagt hatte, war das vertrauliche Dokument an die Öffentlichkeit gelangt. Darin waren in bester Bürokratentradition »*allgemeine Grundsätze zur Bezahlung von V-Personen und Informanten speziell für den planmäßigen und zielorientierten Einsatz von V-Personen (VP) und für die Inanspruchnahme von Informanten«* festgelegt. Haarklein wurde dort aufgelistet, welche Entlohnung Informanten für ihre riskante Tätigkeit zustand. Erstaunlicherweise wurden sie nicht nach aufgewendeter Zeit bezahlt, sondern nach der Menge der durch ihre Mithilfe beschlagnahmten illegalen Substanzen und Produkte. Laut BKA-Direktive waren das zum Beispiel für fünf Ecstasy-Tabletten 1,50 Euro, für ein Gramm Haschisch 12 Cent, für ein ganzes Kilo 130 Euro. Ein Kilo Kokain oder Heroin brachte 1 540 Euro. Maschinengewehre schlugen pro Stück mit 382,50 Euro zu Buche, pro Million in falschen Scheinen gab es satte 15 000 Euro.

»Sie denken, er ist Informant?«

Bauer nickte. »Und er arbeitet gegen die Death Riders.«

»Nur weil in seinem Camper ein alter *Spiegel* rumliegt?«

»Glauben Sie, er ist *Spiegel*-Leser? Er hat nur diese eine Ausgabe. Und dieser Artikel ist der einzige, der etwas mit der Welt Leons zu tun hat.«

Dohr dachte einen Moment nach. Dann sagte sie: »Ein bisschen dünn, aber für eine Hypothese reicht es wahrscheinlich.«

»Es würde erklären, warum er nicht ausgestiegen ist, obwohl er es Yildiz hoch und heilig versprochen hat. Warum er Full Member geworden ist und mich auf diese absurde Weise attackiert hat.« Er stockte, aber es war zu spät.

Dohr musterte ihn prüfend. »Okay, raus damit.«

Er hatte keine Wahl.

Er erzählte ihr alles. Als er fertig war, starrte sie ihn mit einer Mischung aus Zorn und Enttäuschung an. »Und Sie haben beschlossen, den Beamten, die gegen den Mann wegen Mordes ermitteln, diese Kleinigkeit vorzuenthalten.«

Er wollte es ihr erklären, aber sie schnitt ihm das Wort ab. »Und Sie erwarten immer noch von mir, dass ich Ihnen vertraue?«

Er sah in ihrem Blick, dass er eine Grenze überschritten hatte. »Sie haben mir eben doch selbst bestätigt, dass er die Frau nicht getötet hat.«

Es war eine lahme Rechtfertigung. Er wusste, dass es hier um etwas anderes ging.

Sie schob die Schachtel mit den noch nicht angerührten Macarons von sich weg. Aber das war jetzt auch schon egal.

»Es ist doch kein Problem für Sie rauszufinden, ob er als Informant arbeitet.«

Sie konnte nicht anders, als Martin Bauers Hartnäckigkeit zu bewundern. Gerade erst hatte sie ihm gesagt, dass sie ihm nicht mehr vertraute, schon warf er sich weiter für seinen Schützling in die Bresche.

Sie wollte ihm gerade antworten, als die Tür aufging und der Polizeidirektor in ihr Büro walzte, zum zweiten Mal in zwei Tagen, und wieder gefolgt von Karman. Wie ein Riffbarsch mit seinem Putzerfisch, dachte sie. Lutz grinste triumphierend, sein gerötetes Gesicht glänzte vor Genugtuung.

»Ah, das nenne ich traute Zweisamkeit«, bemerkte er sarkastisch und fügte leise hinzu: »Zwei Fliegen mit einer Klappe.«

»Kann ich etwas für Sie tun, Herr Direktor?«, fragte Dohr irritiert.

»Das haben Sie schon, vielen Dank.« An Karman gewandt, sagte er: »Los, Karman, erzählen Sie es!«

Auch Karman sah seit Langem mal wieder rundum zufrieden aus. »Frau Weber von der Asservatenverwaltung hat mich eben angerufen.«

Dohr bemerkte, wie Bauer sich versteifte.

»Sie hat mir berichtet, Polizeiseelsorger Bauer habe sie angerufen und sich mit der Behauptung eines dienstlichen Anliegens Informationen zu Asservaten einer laufenden Ermittlung verschafft. Ihr sei dabei nicht ganz wohl gewesen, darum habe sie mich angerufen.«

»Sie sind noch in Elternzeit, Herr Bauer. Ist das richtig?«, fragte Lutz lauernd.

Dohr sah, worauf das hinauslief. Bauer vermutlich auch. Sie war gespannt, wie er sich herausreden würde.

»Es geht mir darum, den Tatverdächtigen besser zu verstehen, um helfen zu können.«

»Das ist beinahe wörtlich, was Frau Weber mir gesagt hat.« Karman grinste.

Lutz straffte sich. »Einen Mordverdächtigen besser verstehen, nach dem dringend gefahndet wird … Ich denke kaum, dass das zu Ihrer Stellenbeschreibung gehört«, sagte er ruhig. »Dazu sind Sie als Polizeiseelsorger auch nicht befugt, verdammt noch mal! Außerdem haben Sie vorgegeben, in offizieller Funktion anzurufen. Das trifft nicht zu, Sie sind in Elternzeit.« Der Polizeidirektor redete sich in Rage und musste Atem holen. »Sie mischen sich in laufende Ermittlungen ein. Schon wieder! Eine zu viel! Aber diesmal hat es Konsequenzen. Diesmal kommen Sie nicht davon! Ich habe Frau Weber angewiesen, einen Bericht über den Vorgang zu schreiben.«

Bauer ließ die Tirade wortlos über sich ergehen.

Lutz pumpte seinen Brustkorb auf, dann sprach er weiter. »Hiermit erteile ich Ihnen Hausverbot für das Präsidium sowie alle weiteren Dienstgebäude und Liegenschaften der Polizei Duisburg. Sie bekommen das noch schriftlich. Außerdem werde ich Ihre kirchlichen Vorgesetzten in Kenntnis setzen und verlangen, dass Sie umgehend von Ihren Aufgaben entbunden werden. Und jetzt verlassen Sie das Gebäude!«

Bauer erhob sich. Wollte er nicht einmal versuchen, sich zu rechtfertigen? Anscheinend nicht.

»Und was Sie betrifft«, Lutz wandte sich Dohr zu. »Sie haben enge persönliche Beziehungen zu einem wichtigen Zeugen, der in ungeklärten Verbindungen zum Tatverdächtigen oder dessen Angehörigen steht. Daher kann ich Interessenkonflikte nicht ausschließen. Ich entziehe Ihnen die Leitung der Ermittlungsgruppe.«

Der Satz traf sie wie in Hammerschlag.

Bauer war an dem feixenden Karman vorbei zur Tür gegangen. Er machte kehrt. »Frau Dohr hatte mit meinem Anruf in der Asservatenkammer absolut nichts zu tun, Herr Direktor. Sie wusste nicht, dass …«

Lutz schnitt ihm das Wort ab. »Dafür wissen Sie offensichtlich viel zu viel über die Ermittlungen, und ich frage mich, woher.« Er wandte sich wieder Dohr zu. »Sie verbleiben im Team, das ab sofort unter der Leitung von Hauptkommissar Karman steht.«

40

Die Scheibenwischerblätter schabten schmelzende Eiskristalle von der Scheibe. Verena Dohr saß stumm neben ihm auf dem Beifahrersitz. Sie hatte seinen Entschuldigungsversuch abgeblockt und seitdem kein Wort mehr gesagt. Ihr Schweigen erschien ihm dennoch nicht wie ein Vorwurf. Eher wie die Stille nach einer Explosion, deren Ausmaß sie abzuschätzen versuchte.

Der große Knall war für Bauer nicht aus heiterem Himmel gekommen. Er hatte seine Arbeit bei der Polizei von Anfang an auf einem schmalen Grat zwischen engagierter Seelsorge und Kompetenzüberschreitung verrichtet. Überraschend war nur die Banalität des Auslösers. Am Ende hatte ein kleiner Funke gereicht, um das Pulver zu zünden, das Polizeidirektor Lutz seit Jahren gegen ihn sammelte.

Wirklich zu schaffen machte Bauer, dass sein Telefonat mit der Asservatenkammer nicht nur seine eigene berufliche Existenz bedrohte. Verena stand noch vor ihm in der Schusslinie. Der Polizeidirektor war der Vorgesetzte der Hauptkommissarin, Polizeiseelsorger dagegen hatten eine Sonderstellung innerhalb der Behörde. Sie waren in die Hierarchie der Kirche eingebunden. Lutz konnte nicht allein darüber entscheiden, ob Bauer nach der Elternzeit seine Arbeit wieder aufnehmen durfte.

Er stutzte. Zum ersten Mal seit Monaten hatte er seine Rückkehr in das Präsidium nicht infrage gestellt. Das tat Lutz jetzt für ihn. Fast hätte man darüber lachen können.

»Sie fahren wie ein Anfänger«, unterbrach Verena seinen Gedankengang. »Ich würde gern heute noch ankommen.«

Bauer konzentrierte sich wieder auf die Straße und gab Gas.

Das Zollfahndungsamt lag nur einen Steinwurf von der Autobahnabfahrt Essen-Zentrum entfernt. Der Schneeregen zog schmutzige Schlieren auf der hellen Fassadenverkleidung des sechsstöckigen Zweckbaus. Neben der Eingangsschleuse prangte der Bundesadler auf einem kupferfarbenen Metallschild. Verena Dohr meldete sie über die Gegensprechanlage an. Sie passierten zwei Türen.

»Hauptkommissarin Dohr.« Verena zeigte dem uniformierten Beamten hinter dem Empfangstresen ihren Dienstausweis. »Zollamtmann Körner erwartet uns.«

Verena hatte Körner aus dem Auto heraus angerufen und einen kurzfristigen Termin vereinbart. Der Zollamtmann arbeitete im Sachgebiet 300. Er leitete die Abteilung *Verdeckte Informationsgewinnung*. Bevor sie in Schweigen verfallen war, hatte Verena erzählt, dass sie Körner aus einer *Gemeinsamen Ermittlungsgruppe* von Zoll und Kripo kannte, die den Tod eines Informanten aus der Duisburger Drogenszene untersucht hatte.

Körner holte sie persönlich an der Pforte ab. Der drahtige Mittfünfziger kam mit ausgestreckter Hand auf die Hauptkommissarin zu.

»Frau Dohr! Das letzte Mal, als wir uns begegnet sind, waren Sie noch Oberkommissarin, richtig?«

Sie erwiderte sein Lächeln. »Sie haben ein gutes Gedächtnis.«

Dann stellte sie Bauer als Polizeiseelsorger vor. Der Zollamtmann sah ihn irritiert an, doch sein Händedruck war fest und herzlich. In Körners Gegenwart fühlte man sich auf Anhieb gut aufgehoben. Offenbar fiel es ihm nicht schwer, Vertrauen zu Menschen aufzubauen. Eine Eigenschaft, die ihm bei seiner Arbeit mit Informanten aus der kriminellen Szene sicher zugutekam.

»Ist der Grund für unser Treffen so ernst, dass wir seelischen Beistand brauchen?«, scherzte er, während seine wasserhellen Augen den Seelsorger aufmerksam musterten.

Bauer zögerte. Er wusste nicht, was oder wie viel er sagen durfte. Er wollte die Hauptkommissarin nicht noch tiefer reinreiten.

Sie antwortete selbst. »Offiziell ist er gar nicht hier.«

»Das sind viele meiner Kontakte auch nicht«, erklärte Körner gelassen. »Gehen wir in mein Büro.«

Während sie mit dem Fahrstuhl nach oben fuhren, fragte sich Bauer, warum Verena ihn mitgenommen hatte. Wenn es herauskam, lieferte sie Lutz zusätzliche Munition. Sie hätte die Unterredung mit Körner allein führen können, ohne sich noch mehr zu exponieren. Allerdings machte ihr Vorgehen deutlich, welchen Stellenwert sie der Autorität ihres Vorgesetzten beimaß. Sie hätte Lutz ebenso gut den Stinkefinger zeigen können. Bauer merkte, wie sehr er die Hauptkommissarin mochte und die Zusammenarbeit vermisst hatte.

Sie schien seine Gedanken zu erraten.

»Hören Sie auf zu grinsen«, zischte sie ihn an, als sie aus dem Aufzug stiegen.

Körner führte sie in sein Büro und schloss die Tür hinter ihnen. Verena umriss knapp die Ermittlung, die sie nun nicht mehr leitete. Als sie die Death Riders erwähnte, bemerkte Bauer, dass Körner aufhorchte, ohne sie jedoch zu unterbrechen.

»Wir haben einen vagen Hinweis darauf, dass ein Mitglied des Clubs möglicherweise als V-Mann für den Zoll arbeitet«, formulierte sie vorsichtig. »Er ist untergetaucht. Sein Name ist Leon Berger.«

Körner musste nicht lange überlegen. »Sagt mir nichts.«

»Vielleicht einem Ihrer Mitarbeiter? Bei einer anderen Dienststelle?«

Er schüttelte den Kopf. »Wenn einer unserer VP-Führer einen Mann bei den Death Riders hätte, wüsste ich davon. Informanten aus der Rockerszene zu rekrutieren ist genauso schwer wie bei arabischen Clans. Was für ein Hinweis war das denn?«

Sie legte Bauers Ausgabe des *Spiegel* auf Körners Schreibtisch. »Den haben wir in Bergers Wohnmobil gefunden.«

Der Zollamtmann nickte wissend. »Der alte Artikel über die geheime Tarifordnung für V-Personen? Das ist wirklich ein ziemlich vager Hinweis.«

»Für sich betrachtet schon«, pflichtete die Hauptkommissarin ihm bei. »Hinzu kommt allerdings, dass Berger als

Jugendlicher eine enge Bindung zu einem Ihrer Duisburger Kollegen hatte. Er heißt Wegener.«

»Hubert Wegener? Vom Zollamt Ruhrort?«

Sie nickte. »Wäre es denkbar, dass er Berger als Informanten angeworben hat, ohne Sie zu informieren?«

Körner sah sie befremdet an. »Vertrauenspersonen aus der Szene werden von geschulten VP-Führern rekrutiert. Wegener ist bei einer Kontrolleinheit Schwarzarbeit. Und davor war er, glaube ich, bei der Einfuhrkontrolle für den Duisburger Logport. Verdeckte Informationsgewinnung hat nie zu seinem Aufgabenbereich gehört.«

»Trotzdem wussten Sie sofort, wer er ist«, setzte sie nach.

Körner lehnte sich zurück und musterte die Hauptkommissarin halb fragend, halb amüsiert. »Warum habe ich den Eindruck, Sie verhören mich?«

»Vermutlich, weil ich blind im Nebel herumstochere«, antwortete Verena ertappt. »Bitte entschuldigen Sie.«

»Schon in Ordnung«, winkte er gutmütig ab. Dann fuhr er sachlich fort: »Wegener bewirbt sich regelmäßig bei uns. In jedem Sachgebiet: Informationsbeschaffung, Organisierte Kriminalität, Observationseinheit …«

»Offenbar haben Sie seine Bewerbungen abgelehnt«, mischte sich Bauer ein. »Warum?«

»Lassen Sie es mich so sagen: Er macht nicht gerade den Eindruck eines Teamplayers. In seinem Ressort mag er ein guter Beamter sein, für den Fahndungsdienst jedoch fehlt ihm, meiner Meinung nach, die Qualifikation. Auch wenn er selbst das offenbar anders sieht.« Körner wandte sich wieder an Verena. »Tut mir leid, dass ich Ihnen nicht helfen kann. Ist dieser Leon Berger Ihr Tatverdächtiger?«

»Nicht mehr. Inzwischen haben wir Beweise, die ihn entlasten. Jetzt suchen wir ihn als gefährdeten Zeugen. Ein anderer Zeuge wurde letzte Nacht ermordet.«

»Verstehe«, sagte Körner ernst. »Falls Sie Berger finden und er bereit ist zu reden: Unsere Leute von der OK wären sicher auch an einem Gespräch mit ihm interessiert.«

»Aus welchem Grund?«, fragte sie überrascht nach.

»In der Szene kursiert das Gerücht, dass die Death Riders auf den Drogenmarkt drängen.«

»Das kann ich bestätigen«, warf Bauer ein. »Aus sicherer Quelle.«

Der Zollamtmann blickte ihn überrascht an. »Was für eine Art Polizeiseelsorger sind Sie eigentlich?«

»Die nervige«, antwortete Verena an Bauers Stelle. »Erzählen Sie weiter.«

»Wir beobachten schon länger einen Verteilungskampf«, kam Körner ihrer Aufforderung nach. »Seit der bisherige ›Marktführer‹, ein Clan aus Altendorf, sein Oberhaupt verloren hat. Wir hatten ihn im Visier, sind aber nie an ihn rangekommen. Dann ist er verschwunden. Von einem Tag auf den anderen, spurlos. Die Familie hat sogar Vermisstenanzeige gestellt.«

»Ein krimineller Clan, der sich an die Behörden wendet?«, wunderte sie sich.

»Ganz offiziell, an die Essener Kollegen«, bestätigte Körner. »Das war vor gut einem Jahr. Es gab die Vermutung, die Death Riders könnten etwas mit dem Verschwinden des

Clanchefs zu tun haben. Meines Wissens wurde von den Kripokollegen sogar in die Richtung ermittelt. Offenbar ohne Erfolg.«

Vor gut einem Jahr. Dieselbe Formulierung hatte der Ex-Rocker Horst Schaffroth benutzt, als er im Kartoffellager von seinem Versagen als Mörder erzählt hatte. Erledigt hatte den Job dann ein Vereinskollege. Einer der türkischen Biker, die sich den Death Riders angeschlossen hatten und die, laut Schaffroth, deren Einstieg ins Drogengeschäft vorantrieben.

Verena riss Bauer abermals aus seinen Gedanken. »Kommen Sie?«

Sie war aufgestanden. Offenbar hatte sie sich schon von Körner verabschiedet. Bauer tat es ihr gleich und beeilte sich, ihr zu folgen.

Auf dem Parkplatz zog sie die Autotür mit mehr Kraft zu als nötig.

»Den Weg hätten wir uns sparen können«, knurrte sie, während sie sich anschnallte.

Bauer war anderer Ansicht. Doch die Hauptkommissarin machte nicht den Eindruck, als sei sie an einer weiteren Theorie von ihm interessiert. Den Mord, von dem er durch Schaffroths Beichte erfahren hatte, in Verbindung mit dem Verschwinden eines Clanchefs zu bringen, war wieder reine Spekulation. Die Annahme, dass der Anführer der türkischen Fraktion der Death Riders für die Tat verantwortlich war oder sie gar selbst begangen hatte, würde den Ermittlungen keine neue Wendung geben. Bauer konnte ihr nicht sagen, woher er seine Vermutung nahm, ohne ihr Schaffroth auszuliefern und damit sein Amt als Seelsorger zu verraten. Außerdem würde der Ex-Rocker niemals gegen die Death Riders aussagen. Es gab nicht einmal eine Leiche. Bauer war sicher, dass auch keine mehr gefunden werden würde, falls tatsächlich Vural Doruk den Clanchef hatte beseitigen lassen. Denn dann waren die sterblichen Überreste vermutlich in einem Schrottwürfel zusammengepresst nach Asien verschifft worden. Und der Mann, der dies hätte bezeugen können, Koonz, war ebenfalls tot. Nein, Bauer sah keinen Weg, der Hauptkommissarin seine Mutmaßungen mitzuteilen. Wahrscheinlich war es auch gar nicht nötig. Sie hatte Doruk bereits im Visier, und sie wusste, wie gefährlich er war. Sie würde alles daransetzen, Leon zu finden. Nicht nur, weil er ihr wichtigster Zeuge war.

»Was haben Sie jetzt vor?«, fragte Verena, als Bauer zwanzig Minuten später vor dem Haupteingang des Präsidiums hielt.

»Ich suche weiter nach Leon.«

»Es hat wohl keinen Sinn, Ihnen das auszureden?«

»Nein«, bestätigte er.

Sie nickte. »Versuchen Sie es bei seiner Verlobten. Ich nehme an, sie hat immer noch Kontakt zu ihm.«

Bauer schwieg.

»Wahrscheinlich benutzt er ein Prepaid-Handy. Wenn Sie Frau Karabulut dazu bringen, Ihnen die Nummer zu geben, können wir es lokalisieren. Sagen Sie ihr, er schwebt in Lebensgefahr. Vielleicht hilft das.« Sie stieg aus. Bevor sie die Tür zuschlug, fügte sie hinzu: »Passen Sie auf sich auf!«

Es klang wie ein Abschied.

41

Schneeregen und Harleyfahren waren schon keine ideale Kombination, aber mit den winzigen Rädern einer Vespa fühlte er sich auf dem glitschigen Asphalt, als würde er über Schmierseife fahren. Und sich ausgerechnet jetzt auf die Schnauze zu legen und im Krankenhaus zu landen war das Letzte, was er brauchte.

Er hatte nachgedacht. Wenn man den Tumult, der in seinem Kopf herrschte, seit Yildiz in den Bus gestiegen war, so nennen konnte. Seit der schöne Plan, den er sich für sie beide zusammengebastelt hatte, in tausend Scherben zersprungen war. Alles, was er getan hatte, seit er Yildiz wiederbegegnet war, hatte nur ein Ziel – mit ihr in Zukunft zusammen zu sein. Einen Plan B gab es nie.

Bis dahin war der MC sein Zuhause gewesen, über fünf Jahre lang. Zumindest hatte er sich das eingebildet. Absolute Treue und Loyalität bis in den Tod, und dass sie alle Brüder waren, er hatte das ganze Blabla geglaubt, jedes Wort davon.

Aber mit dem Patch-over waren ihm die ersten Zweifel gekommen. Plötzlich sollten sie Typen vertrauen und als

ihre Brüder betrachten, die sie nicht kannten, die nicht dieselbe Vergangenheit hatten wie sie, die kurz vorher noch
ihre Feinde gewesen waren. Und das nur, um die Schlagkraft
des MC zu erhöhen? Wie sollte das funktionieren? Als Bedingung für das Patch-over war Vural zum *Vice President* befördert worden und damit zweiter Mann im Club. Es gab
zwei Fraktionen, auch wenn alle so taten, als wäre es nicht
so. Vural und seine Leute wollten den MC übernehmen und
ihr eigenes Ding machen, davon war Leon überzeugt. Der
Alte war immer dagegen gewesen, dass sie im Drogengeschäft mitmischten. Jetzt hatte er zugestimmt, dass Vural in
genau diese Richtung ging. Der Türke hatte einen Plan, das
wusste Leon, aber welchen?

Nun, er hatte seinen eigenen Plan. Gehabt.

Direkt vor ihm fuhr ein Lieferwagen ohne zu blinken aus
einer Parklücke. Leon bremste, geriet ins Schlingern, beinahe wäre er mit dem Vorderrad in die Straßenbahnschie-
nen gerutscht. Er zeigte dem Fahrer des Lieferwagens den
Mittelfinger, aber in dem Schneeregen konnte der das sowieso nicht erkennen.

Am Anfang hatte er nur in der Motorradwerkstatt vom
Alten abgehangen, nach der Schule oder wenn er wieder mal
schwänzte. Das war, nachdem er Wegeners Kahn geklaut
hatte. Danach war es aus gewesen mit netter Onkel und so.
Hatte sich aufgeführt wie der totale Idiot. Auch so ein Typ,
in dem er sich gewaltig getäuscht hatte. Vielleicht war Wegener in Wirklichkeit nur hinter seiner Mutter her gewesen.

Irgendwann hatte der Alte ihm einen Kerzenschlüssel in
die Hand gedrückt und die Zündkerzen aus einer alten Sho-

velhead drehen lassen. Ab da hatte Leon praktisch seine gesamte Freizeit in der Doppelgarage verbracht. Der Alte hatte ihm alles beigebracht, was er über Harleys wusste. Inzwischen konnte Leon jede Maschine zerlegen und wieder zusammenbauen. Das meiste hatte er vom Alten gelernt, den Rest von Hotte Schaffroth, einem Uralt-Member, der bei einem Motorradunfall seinen linken Unterschenkel verloren hatte.

Der Übergang in den MC war ganz automatisch vonstattengegangen. Er hatte mehr und mehr mit den Members abgehangen, kleine Jobs für sie erledigt, einige von ihnen in seinem Kampfsportverein wiedergetroffen. Er hatte sich unter diesen Männern mehr zu Hause gefühlt als bei seiner ständig deprimierten Mutter. Irgendwann hatte der Alte ihn vor versammelter Mannschaft offiziell als *Prospect* bezeichnet. Eine Entscheidung hatte Leon eigentlich nie getroffen. Aber er hatte sich am richtigen Platz gefühlt.

Dann begann sich alles zu ändern. Zuerst kam das Patchover, dann war Wegener bei ihm aufgekreuzt, Yildiz war ihm wiederbegegnet, und der Präsi hatte zugelassen, dass Hotte aus dem MC verstoßen wurde. *Out in bad standing.* Hotte war total fertig gewesen. Der MC war sein ganzes Leben gewesen. Aber Vural kannte keine Gnade und hatte sich durchgesetzt. Er hatte ihm das Death-Riders-Tattoo eigenhändig aus dem Arm gefräst. Leon hatte den Geruch von verschmorendem Fleisch noch immer in der Nase.

Nein, das war nicht mehr seine Welt. Seine Welt war jetzt Yildiz. Wenn es ihm nicht gelang, sie umzustimmen, blieb ihm … gar nichts.

Er wischte das Visier seines Helms frei, zog den Kopf zwischen die Schultern. Er fror. Ohne Ledermontur war der Fahrtwind kaum zu ertragen.

Er würde ihr alles erklären. Sie würde es verstehen.

Er bog in ihre Straße ein.

Er nahm nicht wie sonst zwei Stufen auf einmal. Was, wenn sie nicht da war? Er hatte nicht angerufen, damit sie ihn nicht abweisen konnte.

Er wollte gerade auf die Klingel drücken, als die Wohnungstür mit Schwung aufgerissen wurde. Yildiz' Mitbewohnerin starrte ihn an, zuerst überrascht, dann feindselig.

»Was willst du denn hier?« Sie schob sich an ihm vorbei und zog die Tür hinter sich zu.

»Ich will zu Yildiz.«

»Nicht da.« Sie steckte den Schlüssel ruppig ins Schloss und drehte ihn um.

»Wo ist sie? An der Uni?«

»Was interessiert dich das?«

Sie wollte zur Treppe. Er packte ihren Arm.

»Ich muss mit ihr sprechen, Annika!«

Sie machte sich los. »Sie hat genug von dir. Ist total fertig. Du bist so ein Arsch.«

»Sie versteht das nicht, Annika. Ich will ihr …«

Sie funkelte ihn wütend an. »Ach ja? Ihr Typen seid alle gleich mit euren kleinen Geheimnissen. Wahrscheinlich denkt ihr, das macht euch interessant. Aber die Polizei ist hinter dir her. Auf so was stehen nur Gestörte! Und Yildiz ist nicht so eine.«

»Denkst du, das wüsste ich nicht? Darum will ich ihr ja alles erklären."«

»Ein bisschen spät.«

»Das ist unsere Sache! Also, ist sie an der Uni?«

»Bestimmt nicht.«

Warum sah sie ihn so verächtlich an? »Was soll das jetzt wieder heißen?«

»Sie ist bei ihren Eltern und kotzt sich die Seele aus dem Leib. Okay?«

»Yildiz ist krank?«

»Willst du mich verarschen? Ihr Typen seid echt einmalig. Erst schwängert ihr uns, dann haut ihr ab, und dann macht ihr euch auch noch lustig über uns.«

Sie warf sich den Rucksack über die Schulter und rannte die Holzstufen hinunter.

Schwanger? Leon stand da wie vom Donner gerührt. Yildiz war schwanger. Sie würden ein Kind haben.

Als er aus dem Haus trat, war er immer noch wie betäubt. Sie musste es gewusst haben, als sie in den Bus gestiegen war. Sie hatte es ihm nicht gesagt.

Eine halbe Stunde später stieg er vor dem mehrstöckigen Altbau, in dem Yildiz aufgewachsen war, vom Roller. Er sah nach oben. Vielleicht waren ihre Eltern zu Hause, es war sogar wahrscheinlich. Aber das war jetzt egal.

Die Haustür war nicht verschlossen. Er lief die Treppe hinauf und drückte auf die Klingel. Durch die Tür hörte er Yildiz' Stimme. Sie rief jemandem in der Wohnung etwas auf Türkisch zu, wahrscheinlich, dass sie aufmachen werde.

Dann stand sie vor ihm. Sie war blass. Sie wollte die Tür

zuwerfen, aber er drückte mit der Hand dagegen. Sie schüttelte wortlos und unendlich traurig, wie er fand, den Kopf.

»Warte, Yildi, bitte, ich erkläre dir jetzt alles. Aber warum hast du mir nicht gesagt, dass du schwanger bist?«

Yildiz schaute erschrocken den Flur hinunter. Er folgte ihrem Blick. Dort stand ihre Mutter in der Tür.

»Du bist schwanger?«

Yildiz' hilfloser Blick wanderte zurück zu ihm.

Was hatte er hier angerichtet?

Hastig sprach er weiter. »Es ist ganz anders, als es aussieht, ich konnte es dir nicht sagen, ich wollte dich da nicht mit reinziehen, ich tu das alles nur für uns, und …«

Er verstummte. Ihr Bruder kam gähnend aus dem Wohnzimmer in den Flur. Er trug seine Uniform und seine komplette Dienstausrüstung. Verblüfft blieb er stehen. Ihre Mutter rief ihm etwas auf Türkisch zu. Er riss die Augen auf.

»Schwanger …?« Seine Hand fuhr zum Holster mit der Waffe. »Verdammter Dreckskerl!«

Er rannte auf Leon zu, glitt dabei beinahe aus, da er nur Socken trug.

»Nein!« Yildiz starrte ihm entsetzt entgegen.

Leon machte auf dem Absatz kehrt und rannte die Treppe hinunter. Er hörte hinter sich den Knall eines Schusses, von oben rieselte Putz auf seinen Kopf. Ein dumpfer Aufprall, Timur fluchte auf Türkisch, er war ausgerutscht.

Leon hatte die Haustür erreicht. Er schaffte es gerade noch so vor einem tiefer gelegten Golf auf die andere Straßenseite, wo der Roller hinter einem Lieferwagen parkte.

Keine Zeit, den Helm aus dem Fach unter dem Sitz zu

holen. Mit zittrigen Fingern zog er den Schlüssel aus der Tasche. Er entglitt ihm und landete in einer schlammigen Pfütze. Hastig klaubte er ihn auf. Der Motor sprang an, der Roller schoss hinter dem Lieferwagen hervor. Aus den Augenwinkeln sah er, wie Timur in Socken auf die Straße stürzte. Timur schrie etwas und hob die Waffe. Leon steuerte den Roller neben einen Fiat Panda und zog den Kopf ein. Ein zweiter Knall. Leon bog in Schräglage um die Ecke. Mit der Harley hätte er es vielleicht sogar geschafft, auf dem Roller hatte er keine Chance. Die Räder verloren die Haftung. Leon stieß ihn von sich weg. Der Roller rutschte quer über die Straße und landete unter einem geparkten Lastwagen.

Leon war sofort wieder auf den Beinen. Er versuchte, die Vespa unter dem Laster herauszuziehen, aber sie hatte sich hoffnungslos verkeilt. Er gab auf. Im selben Moment bog Timur um die Ecke. Leon kroch auf allen vieren unter dem Lastwagen durch und rannte los.

Er brauchte fast anderthalb Stunden, bis er wieder beim Jachthafen war. Unterwegs hatte er in einem Billigladen eine Regenjacke und eine Wollmütze gekauft, ein jämmerlicher Versuch, sein Aussehen zu verändern. In der Kajüte zog er beides gerade aus, als sein Einweghandy summte. Yildiz! Aber es war nicht Yildiz. Es war Vural, der ihm mitteilte, dass die Sache heute Nacht laufen werde und er sich bereithalten solle.

42

Sie machte nicht auf.

Er hatte angerufen, bevor er losgefahren war. Sie war nicht rangegangen. Also war er hergekommen. Er hatte vergeblich an der Haustür Sturm geläutet und dann auf die Klingelknöpfe der anderen Bewohner gedrückt. Jemand hatte den Türöffner betätigt, und er war die Treppe hochgelaufen.

Doch auch auf sein Klopfen an der Wohnungstür reagierte niemand.

»Yildiz? Hier ist Martin Bauer«, rief er.

Er legte das Ohr an die Tür. Nichts. Wahrscheinlich war sie an der Uni, wie ihre Mitbewohnerin auch. Oder sie wollte nicht mit ihm reden.

Er holte sein Handy hervor. Die Ladeanzeige stand im roten Bereich. Mit einem Ohr am Türblatt und dem anderen am Telefon wählte er erneut Yildiz' Nummer. Er hörte das Freizeichen, aber keinen Klingelton in der Wohnung. Er war schon im Begriff, wieder aufzulegen, da meldete sie sich.

»Yildiz«, begrüßte er sie erleichtert. »Bauer hier. Ich stehe vor Ihrer Tür.«

»Ich bin nicht zu Hause«, erwiderte sie.

»Sind Sie an der Uni? Ich muss Sie sprechen, und mein Akku ist gleich leer.«

»Ich kann im Moment nicht.«

Die Art, wie sie es sagte, verstärkte sein Gefühl, dass etwas nicht stimmte. »Ich habe eine gute Nachricht: Leon steht nicht mehr unter Mordverdacht!«

»Das freut mich«, gab sie mechanisch zurück.

Nun zweifelte Bauer nicht mehr, dass etwas geschehen war. Yildiz stand unter Schock, das spürte er durch das Telefon.

»Yildiz, was ist passiert?«

Sie antwortete nicht.

»Trotzdem muss er sich unbedingt bei der Polizei melden. Sofort! Er ist ein sehr wichtiger Zeuge. Er hat Ihnen doch eine SMS geschickt, als er Sie im Landschaftspark treffen wollte …«

Sie unterbrach ihn. »Wir haben uns getrennt. Rufen Sie mich bitte nicht mehr an.«

Sie legte auf, bevor Bauer etwas erwidern konnte. Er ließ das Handy sinken. Die Nachricht erschütterte ihn. Damit hatte er nicht gerechnet.

Langsam stieg er die Treppe hinunter. Was war der Grund für die Trennung? Von wem war sie ausgegangen? Wie sollte er Leon ohne ihre Hilfe finden? Hatte es überhaupt noch Sinn, nach ihm zu suchen?

Bauer ging zurück zu seinem Wagen. Er setzte sich hinters Steuer. Der Schneeregen hatte sich wie eine dünne Schicht Milchglas auf die Windschutzscheibe gelegt. Er schaltete die Zündung ein. Nicht, um den Motor zu starten, er brauchte klare Sicht. Ein akustisches Signal ertönte. Im Tachometer leuchtete eine kleine stilisierte Zapfsäule, der Zeiger der Tankuhr verharrte im roten Bereich. Er betätigte den Hebel für die Scheibenwischer. Der trübe Schleier glitt zur Seite.

Was sollte er tun? Nach Hause fahren und abwarten? Auch wenn Karman nun die Ermittlung leitete, würde das KK11 jeder Spur nachgehen, um Leon zu finden. Nur war Leons persönliche Verbindung zu dem Zollbeamten Wegener keine Spur. Nicht einmal für Hauptkommissarin Dohr, das hatte sie Bauer deutlich spüren lassen.

Er drehte den Zündschlüssel, der Motor sprang an. Das Zollamt Ruhrort lag auf seinem Heimweg. Es war nur ein kleiner Abstecher, und er konnte unterwegs auch gleich tanken. Doch er musste sich beeilen, wenn er Wegener noch vor Dienstschluss im Amt antreffen wollte.

Als er den unscheinbaren Backsteinbau im Duisburger Hafen erreichte, stand die Nadel der Tankanzeige kurz vor dem Nullpunkt. Zum Glück lag die nächste Tankstelle nur wenige Hundert Meter entfernt. Bauer steuerte den Passat auf den Parkplatz an der Rückseite des Zollamts und stellte den Motor ab. Im selben Moment klingelte sein Handy. Sarah. Er blickte auf die Uhr. Noch zehn Minuten bis zum Ende der Öffnungszeit.

Eilig nahm er das Gespräch an. »Sarah, es tut mir leid, ich habe gerade wenig Zeit.«

»Yildiz hat sich von Leon getrennt!«

Bauer zog die Autotür wieder zu. »Hat sie dir erzählt, warum?«

»Nein. Ich habe aber auch nur kurz mit ihr gesprochen.«

»War sie bei dir?«

»Ich habe sie angerufen, vor fünf Minuten. Aber sie hat nur gesagt, dass sie das alles nicht mehr will und dass du dich nicht mehr kümmern musst.«

Bauer spürte Sarahs Ratlosigkeit. Sie war enttäuscht. Sie hatte helfen wollen. Nun war ihre Hilfe nicht mehr erwünscht.

»Wo bist du eigentlich?«, fragte sie.

»Immer noch auf der Suche nach Leon.«

»Das hat sich jetzt wohl erledigt.«

»Er steht nicht mehr unter Mordverdacht. Ein Zeuge hat ihn entlastet.«

»Na, dann doch erst recht.«

Aus dem Hintereingang des Zollamts kam eine Frau. Sie schlug die Kapuze ihres Daunenmantels hoch, eilte durch den Schneeregen und stieg in einen dunklen BMW, der zwei Reihen entfernt stand.

»Martin?«, hörte er Sarahs Stimme. »Bist du noch dran?«

Er wollte antworten, doch die Verbindung riss ab. Sein Handy hatte sich ausgeschaltet. Er sah wieder zu dem BMW. Verena Dohr verließ in ihrem Dienstwagen den Parkplatz. Offenbar fand die Hauptkommissarin seine Hypothese über Leons Kontakt zum Zollbeamten Hubert Wegener doch nicht so abwegig, wie sie behauptet hatte. Oder sie war einfach nur gründlich.

Während Bauer noch überlegte, ob er ihr hinterherfahren sollte, schwang die Hintertür erneut auf. Doch es kam nicht sofort jemand heraus. Der Mann, der die Tür geöffnet hatte, ließ den Blick umherschweifen. Wegener. Unwillkürlich rutschte Bauer tief hinter das Lenkrad.

Der Zollbeamte trat aus dem Eingang. Er trug eine Aktentasche in der Hand. Schnell ging er zu einem roten Ford Mustang neuester Baureihe, warf die Tasche auf den Beifahrersitz und schwang sich hinter das Steuer. Er stieß rückwärts aus der Parkbucht, schoss dann über den Platz und ohne anzuhalten auf die Straße. Bauer drückte sich im Sitz hoch und startete gleichzeitig den Motor. Als er die Ausfahrt erreichte, verschwand der Ford schon um die nächste Ecke. Bauer trat aufs Gas. Wenn Wegener seinen Fahrstil beibehielt, würde es schwer werden, ihm zu folgen.

Sie überquerten den Vinckekanal, der vom Rhein in den Containerhafen führte. Aus den Augenwinkeln sah Bauer die Streifenboote vor der Wache der Wasserschutzpolizei. Dann ging es hinein nach Ruhrort. Hier war Leon aufgewachsen und hatte im Garten der Nachbarsfamilie Wegener den Rasen gemäht.

Sie folgten der Straße, in deren Mitte die Gleise der Stadtbahn verliefen. Wahrscheinlich wollte der Zollbeamte einfach nur nach Hause. Dann würde er dort, wo die Bahnstrecke abknickte, in das angrenzende Wohngebiet fahren. Bauer versuchte, den Mustang über die vor ihm fahrenden Autos hinweg zu erspähen. Vergeblich, der Sportwagen war niedriger als die anderen Fahrzeuge. Stattdessen entdeckte Bauer eine Leuchtreklame, die blau durch den Schneeregen schimmerte. Die Tankstelle. Sie lag hinter der Abzweigung, die Wegener auf dem Heimweg nehmen musste.

Eine Straßenbahn rauschte links an Bauer vorbei. Er blickte auf die Tankanzeige. Die Nadel zitterte kurz über dem Nullpunkt. Er würde tanken, wenn Wegener abbog, und danach entscheiden, ob es Sinn hatte, den Zollbeamten zu Hause aufzusuchen. Bauer hatte sich etwas anderes erhofft, auch wenn er nicht genau wusste, was. Vielleicht hatte er etwas in das Verhalten Wegeners auf dem Parkplatz hineininterpretiert, das gar nicht vorhanden gewesen war.

Vor der Abzweigung staute sich der Verkehr. Offenbar wollte ein Wagen auf die Linksabbiegespur, die von der haltenden Straßenbahn blockiert wurde. Die Spannung fiel von Bauer ab. Er spürte Enttäuschung.

Dann sah er den Mustang. Wegener war vor dem abbiegenden Fahrzeug weiter geradeaus gefahren. Bauer steckte in der stehenden Kolonne fest. Als es endlich weiterging, war von dem roten Ford nichts mehr zu sehen. Bauer fuhr an der Tankstelle vorbei und mit überhöhter Geschwindigkeit auf einen Kreisverkehr zu. Die erste Abfahrt führte zu den Hafenanlagen mit den Schrott-, Kohle-, Stahl- und Ölinseln.

Wollte Wegener zu den Death Riders? Versteckte sich Leon im Clubhaus? Beides erschien Bauer völlig abwegig. Er bremste und lenkte den Passat in den Kreisel. Etwas Rotes wischte am Rand seines Blickfeldes vorbei und verschwand in der zweiten Abfahrt. Bauer schlitterte durch das enge Rund in dieselbe Abzweigung.

Dahinter beschrieb die Straße eine lang gestreckte Kurve, an deren Scheitelpunkt er den Mustang entdeckte.

Bauer versuchte aufzuholen. Aber an der nächsten Kreuzung bog Wegener nach rechts ab. Er war definitiv nicht auf dem Heimweg. Als Bauer die Ecke erreichte, war das Auto nicht mehr zu sehen. Er hoffte, dass der Zollbeamte auf der Hauptstraße blieb, und gab Gas.

Doch wenige Hundert Meter weiter fing der Passat an zu ruckeln. Der Motor stotterte und spuckte, dann ging er aus. Im Leerlauf steuerte Bauer den Wagen an den Straßenrand, holperte den Bordstein hinauf und kam auf dem Radweg vor dem Museum der Deutschen Binnenschifffahrt zum Stehen.

Bauer schlug aufs Lenkrad. So etwas war ihm in all seinen Dienstjahren noch nie passiert. Jeden Abend hatte er sein Handy an die Ladestation gehängt. Den Tank seines Wagens hatte er aufgefüllt, bevor die Anzeigenadel auch nur in die Nähe der Reserve kam. Er war immer auf den nächsten Notfalleinsatz vorbereitet gewesen. Nun stand er mit trocken gefahrenem Motor und leerem Handyakku am Straßenrand.

Er stieg aus und knallte die Autotür zu. Vor nicht mal fünf Minuten hatte er eine Tankstelle passiert. Zu Fuß würde er für den Hin- und Rückweg eine gute halbe Stunde brauchen, die Zeit, einen Kanister zu kaufen und zu befüllen, nicht mitgerechnet. Wegener dann noch zu finden war aussichtslos.

Durch den dichter werdenden Schneeregen marschierte Bauer am Schifffahrtsmuseum vorbei auf das Kraftwerk »Hermann Wenzel« zu. Unmittelbar davor zweigte eine schmale, von kahlen Bäumen gesäumte Allee, die nur für Anlieger freigegeben war, in Richtung Rhein ab. Im Vorübergehen registrierte Bauer ein verblichenes Hinweisschild mit einem stilisierten Motorboot darauf.

Drei Schritte weiter blieb er abrupt stehen. Er drehte sich um. Der kleine Schriftzug auf dem Schild war kaum noch zu erkennen, ganze Buchstaben fehlten: R h r er Ya tc b. Ruhrorter Jachtclub! Wegener besaß einen Kabinenkreuzer. Bevor Leon ihn gestohlen hatte, war er mit dem Zollbeamten regelmäßig darauf herumgeschippert.

Bauer rannte los. Die Allee führte schnurgerade auf ein altes Hafenbecken zu. Fünfzig Meter rechts vom Weg stand hinter mächtigen Bäumen das Vereinshaus des Jachtclubs, eine große Baracke mit mehreren niedrigen Anbauten und einer Terrasse direkt am steilen Ufer. Das Gelände war verlassen, die Saison längst vorüber. Der rote Ford auf dem Parkplatz wirkte wie ein Farbklecks auf einem verblichenen Schwarz-Weiß-Foto.

In vollem Tempo spurtete Bauer in die Zufahrt – zu schnell für den glatten Untergrund. Er rutschte aus, stürzte und prallte gegen einen Baumstamm. Benommen rappelte er sich wieder auf, stützte sich am Baum ab, wollte weiter, da bemerkte er eine bullige Gestalt, die sich hinter einem der verwinkelten Anbauten verbarg. Der Mann, in einer Bikerjacke, wandte ihm den Rücken zu, sein Blick war auf den Anlegesteg im Hafenbecken gerichtet. Dann huschte er zu dem roten Mustang, inspizierte kurz Fahrzeug und Innenraum und verschwand so schnell, wie er hervorgekommen war, wieder in seinem Versteck.

Bauer drückte sich eng an den Stamm. Er hatte das Gesicht des Mannes nur kurz und auf weite Entfernung im Profil gesehen. Trotzdem war er sicher, dass er ihm schon einmal begegnet war: auf dem Hof des Death-Riders-Hauptquartiers. Geduckt und den Baum als Deckung nutzend, zog Bauer sich zurück. Auf der Allee war er außer Sicht. Er rannte zum Ufer. Der Weg knickte nach links ab und verlief von der Anlegestelle weg zum Ende des Hafenbeckens. Die steile Böschung hinunter zum Wasser war von Bäumen und Sträuchern bewachsen. Bauer schlitterte durch das Unterholz den Abhang hinunter und kam kurz vor der Wasserlinie auf den Steinen der Uferbefestigung zum Stehen.

Alle Plätze am Anleger waren belegt, die meisten Boote winterfest abgedeckt. Der Kabinenkreuzer, der unterhalb des Vereinshauses vertäut war, jedoch nicht. Bauer erkannte ihn sofort. Er hatte ihn auf dem Foto in Wegeners Büro gesehen. Im Heck standen zwei Männer. Wegener und Leon. Sie diskutierten erregt miteinander, doch der stampfende Dieselmotor eines auf dem nahen Fluss vorbeiziehenden Frachtschiffs übertönte ihre Worte. Schließlich änderte sich Leons Haltung. Kraft und Körperspannung schienen aus ihm zu weichen. Er sah aus wie jemand, der aufgab. Wegener griff in seine Aktentasche und holte ein schwarzes Kästchen hervor. Er drückte es Leon in die Hand, klopfte ihm auf die Schulter, kletterte vom Boot auf den Steg und lief eilig die Treppe zum Parkplatz hoch.

Kaum war er weg, spurtete Bauer los. Er stolperte über die groben Steinquader der Uferbefestigung, hörte den Motor des Mustang, schwang sich auf den Steg und rannte zu dem Boot, in dessen Kajüte Leon verschwunden war, und sprang an Bord. Das Deck war glatt vom Regen, der Schiffs-

rumpf schwankte unter ihm, Bauer taumelte auf die Kajütentür zu, doch bevor er sie erreichte, wurde sie aufgerissen.
Leon starrte ihn überrascht an, das schwarze Kästchen noch
in der Hand.

»Da oben steht einer Ihrer Kumpels«, keuchte Bauer. »Er
hat Sie und Wegener beobachtet. Er war auch da, als ich bei
Ihnen auf dem Clubgelände war. Bulliger Typ, geschorener
Schädel.«

Leon wurde blass. »Mansur«, stieß er hervor, »Scheiße!«
Mit einem Satz war er am Steuerstand. »Machen Sie die Leinen los!«

Bauer schwang sich wieder auf den Steg und versuchte,
die Taue zu lösen. Doch die Kälte hatte das Material steif
werden lassen. Leon betätigte den Starter, der Motor
stöhnte und ächzte, aber er sprang nicht an. Als Bauer endlich den letzten Knoten aufbekommen hatte, spürte er, wie
die Planken unter ihm vibrierten. Er fuhr herum. Der bullige
Death Rider kam in großen Sätzen heran. Bauer sprang zurück auf das Boot. Der Diesel dröhnte los. Im selben Moment war der Rocker an Bord. Bauer wollte sich ihm ent-
gegenstellen, doch ein brutaler Tritt ließ ihn zusammen-
klappen, und er ging zu Boden. Er sah, wie sich Leon
dazwischenwerfen wollte, doch der Anblick einer großka-
librigen Waffe in der Hand des Death Rider stoppte ihn.
Bauer versuchte, sich aufzurichten und nach der Pistole zu
greifen, doch der Rocker war schneller. Die schwere Brow-
ning krachte gegen Bauers Schläfe. Alles um ihn herum
wurde schwarz.

43

Der Aufzug steckte mal wieder irgendwo fest. Dohr überlegte, ob sie die Treppe nehmen sollte, aber wozu? Sie würde Karmans triumphierendes Gesicht noch früh genug sehen. Er würde seine neue Position genießen. Und er würde sie hemmungslos nutzen, um ihr alles heimzuzahlen, was sie ihm seiner Ansicht nach angetan hatte. Sollte er ruhig noch ein bisschen warten.

Die Fahrt nach Essen war reine Zeitverschwendung gewesen. Das hatte sie jedenfalls zuerst gedacht. Und hatte es Bauer wissen lassen. Er hatte nicht darauf reagiert. Musste er nicht. Sie hatte auch so gewusst, was in ihm vorging. Der Kollege von der Zollfahndung hatten ihnen Wegener als einen Mann beschrieben, der weder die Ausbildung und die Qualifikation noch die Eignung besaß, einen V-Mann zu rekrutieren oder zu führen. Bauer befürchtete, dass Wegeners Ehrgeiz ihn genau dazu verleitet hatte und er Leon Berger dadurch in große Gefahr brachte.

Weit hergeholt, hatte sie angenommen. Zu Anfang. Aber nachdem Bauer ausgestiegen war, hatte sie nachgedacht.

Bauer war Wegener persönlich begegnet, er hatte mit dem Beamten über Berger gesprochen. Sie hatte das nicht.

Der Aufzug kam, zwei Mitarbeiterinnen der Pressestelle stiegen aus, sie stieg ein.

Der Gedanke hatte ihr keine Ruhe gelassen. Also war sie hingefahren.

Sie hatte sich vorgestellt, Wegener hatte sie misstrauisch gemustert. Ein Mann, der auf der Hut war. Wovor? Sie hatte ihn ganz allgemein nach seiner Beziehung zu Berger gefragt. Waren sie noch in Kontakt? Wusste er, wo sich Leon Berger aufhielt? Er wollte den Grund ihrer Fragen wissen, sie hatte die Fahndung genannt. Der Grund? Mordverdacht.

Wegener musste nicht nachdenken. Er habe seit Jahren keinen Kontakt mehr zu Leon. Leon sei im Grunde ein guter Junge, den der Wunsch nach männlicher Anerkennung in schlechte Gesellschaft gebracht habe. Einen Mord traue er ihm eigentlich nicht zu, aber in so einem Umfeld ... Wer könne das schon sagen?

Er hatte prompt und präzise geantwortet.

Der Haken war nur – er hatte nicht die Wahrheit gesagt. Sie wusste nicht, in welchem Punkt, aber er hatte sie belogen.

Als sie aus dem Aufzug trat, hätte Karman sie fast über den Haufen gerannt. Sichtlich aufgeladen mit dem neuen Gefühl der eigenen Wichtigkeit, raunzte er sie an, schön, dass sie auch noch auftauche, die Besprechung beginne in fünf Minuten.

Sie hängte in ihrem Büro gerade ihren feuchten Mantel an den Haken neben der Tür, als ihr Smartphone sich meldete. Im ersten Moment konnte sie mit dem Namen des Anrufers nichts anfangen. Erst als er seine Schwester Yildiz und Leon Berger erwähnte, fiel der Groschen, und sie wusste wieder, wer Polizeikommissar Timur Karabulut war. Er klang aufgewühlt. Leon Berger sei einfach so bei seiner Schwester aufgekreuzt – vor der Wohnung ihrer Eltern! Er habe versucht, ihn festzunehmen, aber das Schwein sei geflohen, und er habe von der Schusswaffe Gebrauch machen müssen.

Dohr blieb für einen Moment das Herz stehen. Der Polizeikommissar hatte einen Unschuldigen erschossen!

Hatte er nicht, Leon Berger war entkommen.

Timur Karabulut wollte wissen, was er tun sollte. Sie überlegte kurz, dann wies sie ihn an, den KDD zu benachrichtigen, die sollten sich um den Motorroller kümmern, und anschließend einen detaillierten Bericht zu schreiben.

Als sie den Besprechungsraum betrat, war Karman noch nicht da. Herwig und Aast nickten ihr zu, mieden aber ihren Blick. Nur Coenes verzog das Gesicht zu einer Miene, die wohl ausdrücken sollte, dass es ihr leid für Dohr tue, aber was könne man machen, solcher Mist passiere in Behörden eben.

Gewohnheitsmäßig wollte sie den Platz einnehmen, von dem aus sie gewöhnlich die Meetings leitete. Sie besann sich gerade noch rechtzeitig und rutschte auf den freien Stuhl zwischen Oberkommissarin Coenes und Oberkommissar Herwig.

Karman kam herein, marschierte zum Kopf des Konferenztisches, ließ seinen Folder auf die Tischplatte fallen und deponierte seine beiden Smartphones säuberlich daneben. Er schaute hinter sich, als warte er darauf, dass ihm jemand den Stuhl zurechtrückte, und setzte sich schließlich. So viel Körperspannung und nervöse Energie hatte Dohr noch nie bei ihm gesehen. Sogar sein Sakko und seine Krawatte wirkten neu und irgendwie chefmäßig.

Karman legte sofort los. »Ihr habt es ja schon mitgekriegt – ich leite ab heute das Team. Über die Gründe wird euch Polizeidirektor Lutz zu gegebener Zeit in Kenntnis setzen. Jetzt nur so viel: Ab sofort läuft hier einiges anders.«

Dohr hörte kaum zu. Der Gedanke, dass Berger beinahe erschossen worden wäre, ließ ihr keine Ruhe. Wieso hatte Polizeikommissar Karabulut sofort zur Waffe gegriffen? Hatte bei dieser Entscheidung Persönliches eine Rolle gespielt? Wenn dies zutraf, war der Polizeikommissar hoffentlich klug genug, es für sich zu behalten.

Der scharfe Ton von Karmans Stimme riss sie aus ihren Überlegungen.

»Ich erwarte von euch jeden Morgen Berichte über das, was ihr macht, über eure Fortschritte oder darüber, wo es hakt.«

Herwig hob die Augenbrauen. »Schriftlich?«

Dohr wusste, was er meinte. Der Papierkram schluckte sowieso schon einen großen Teil ihrer Arbeitszeit. Wenn sie jetzt noch jeden Tag für Karman Berichte schreiben mussten ...

»Vorerst. Ich brauche nur kurze Zusammenfassungen. Polizeidirektor Lutz will tägliche Meldungen über den Stand der Ermittlung.«

Sie spürte, wie ein stummes Stöhnen durch die Mitglieder des Teams ging.

»Ich weiß, das nervt. Aber wir dürfen uns nicht mehr in verschiedene Richtungen bewegen. Alleingänge werde ich nicht dulden.«

Karman sah sie zwar nicht an, aber die letzte Bemerkung war eindeutig an sie gerichtet.

»Und wir ändern unsere Strategie. Maximaler Druck ist die einzige Sprache, die diese Typen verstehen. Wir laden jedes einzelne Mitglied dieser verdammten Motorradgang vor.«

Dohr glaubte, sie habe sich verhört. Die gleiche Idee hatte Aast bei ihrer letzten Besprechung gehabt. Karman hatte den Vorschlag lächerlich gemacht. Aber Lutz liebte solche Aktionen. »Maximaler Druck«. Das stammte direkt aus dem Phrasenspeicher des Polizeidirektors.

Aast verzog keine Miene. »Die Death Riders haben Mitglieder in mehreren Städten und sogar im Ausland.«

»Natürlich nur den hiesigen Verein, Mario«, gab Karman genervt zurück. »Dazu holen wir uns Unterstützung von den Kollegen von der Organisierten Kriminalität. Wir fangen mit den Namen an, die wir von der Razzia haben. Erstes Ziel: Feststellen, wer auf der Party war.«

Herwig schüttelte skeptisch den Kopf. »Das kannst du vergessen, Guido. Die reden nicht mit uns.«

Karman verlor langsam die Geduld. »Das sehen wir, wenn es so weit ist. Wir müssen eben so viel Druck machen, bis einer einknickt.«

»Womit denn?«, beharrte der Oberkommissar.

Karman schnaubte. »Wir diskutieren das jetzt nicht weiter.«

Dohr räusperte sich. Karman sah sie an, zum ersten Mal, seit er den Raum betreten hatte. Sein Blick signalisierte ihr, dass er an ihrem Beitrag nicht interessiert war. Sein Pech.

»Wir sollten unseren ehemaligen Hauptverdächtigen nicht aus den Augen verlieren. Leon Berger ist jetzt unser wichtigster Zeuge.«

Karman schnaubte erneut. »Außerdem ist dein spezieller Freund an ihm interessiert. Wissen wir. Aber der Herr Pfarrer verfolgt eine eigene Agenda. Deshalb wird er unsere Behörde wohl auch in Kürze verlassen.« Die Genugtuung war unüberhörbar.

Aus den überraschten Blicken ihrer Kollegen schloss sie, dass sie noch nichts davon wussten.

Dohr berichtete, was sie eben von Timur Karabulut erfahren hatte.

Karman zog die Augenbrauen hoch. »Wieso ging seine Meldung an dich?«

Sie zuckte mit den Achseln. »Dein neuer Karriereschritt ist anscheinend noch nicht polizeiweit verkündet worden.«

Karman funkelte sie an.

»Jedenfalls könnte ich mir gut vorstellen, dass Berger wiederkommt. Wir sollten jemanden vor der Wohnung seiner Freundin und der ihrer Eltern postieren.«

»Zwei Kollegen für jemanden abstellen, der eventuell ein Zeuge ist?« Er ließ es klingen, als handele es sich um eine absolut lächerliche Idee.

360

»Bei ihm hätten wir mit den Fingerabdrücken wenigstens was in der Hand, um Druck zu machen.«

Sie sah in Karmans Augen, dass er ihr recht gab. Aber jetzt konnte er nicht mehr zurück.

»Wir konzentrieren unsere Kräfte ab jetzt auf die Suche nach dem Täter. Die Fahndung nach Berger läuft weiter, das muss reichen«, beendete er die Diskussion.

Dohr hatte genug. Sie stand auf.

Karman schaute irritiert auf. »Was ist? Wir sind noch nicht fertig.«

Dohr ging zur Tür. »Ich muss etwas erledigen.«

Bevor die Tür ins Schloss fiel, hörte sie noch, wie Karman hinter ihr herrief: »Keine Alleingänge mehr!«

44

Er trieb in schwerem Wasser, bekam die Augen nicht auf, konnte seine Arme nicht bewegen. Er schlug mit den Beinen, musste an die Oberfläche. Doch wo war oben?

»Ganz ruhig. Einfach liegen bleiben und atmen.«

Die Stimme drang wie durch einen dicken Vorhang in sein Bewusstsein. Wie sollte er atmen? Er würde ertrinken. Sein Puls hämmerte, jagte mit jedem Schlag Schmerzwellen durch seinen Kopf. Er hielt es nicht mehr aus, riss den Mund auf. Kein Wasser. Tief sog er die Luft ein. Sie schmeckte ölig.

»Gut so. Ist gleich vorbei.«

Der Vorhang löste sich auf, zerfiel wie mürber Stoff. Dahinter graue Schemen. Ein Gesicht. Erst verschwommen, dann klarer. Leon.

»Geht's wieder?«

Bauer wollte antworten, aber aus seiner Kehle kam nur ein Stöhnen. Also nickte er. Ein Fehler. Hinter seinen Augen explodierte ein greller Blitz.

»Mansur hat Sie voll erwischt. Sie waren zehn Minuten lang total weg. Ich dachte schon, er hätte Ihnen den Schädel eingeschlagen.«

Der Schmerz ebbte ab. Bauer blickte an sich herab. Er lag auf der Seite. Um seine Fußgelenke war ein Seil geschnürt. Es ähnelte den Leinen, die er am Steg gelöst hatte. Seine Unterarme waren auf dem Rücken zusammengebunden.

»Ich wollte es nicht so festzurren. Aber Mansur hat mir die Knarre an den Kopf gehalten.« Leon hockte neben einem Motorblock, die Hände an eine Metallstrebe gefesselt. Selbst im Sitzen stieß er an die niedrige Decke.

Vorsichtig wandte Bauer den Kopf. Die Luke des kleinen Maschinenraums stand offen. Dahinter lag eine holzvertäfelte Kajüte. Er hörte Schritte an Deck.

»Wo sind wir?«, brachte Bauer hervor.

»Immer noch im Jachthafen.«

»Und wo ist … wie heißt er?«

»Mansur. Oben. Er telefoniert. Schätze, er holt sich Anweisungen, ob er mich gleich umlegen soll oder erst danach.«

»Wonach?«

Leon antwortete nicht. Bauer schaute zu ihm hoch. So konnten sie nicht reden. Er rollte auf den Rücken.

Leon erriet sein Vorhaben. »Würde ich nicht machen. Sie haben garantiert eine Gehirnerschütterung.«

Bauer presste die Ellbogen auf den Stahlboden und stemmte die Füße gegen den Motorblock. Er drückte sich an der Bordwand hoch und war sicher, dass sein Schädel im nächsten Moment aufplatzen würde. Als er wieder klar sehen konnte, war er mit Leon auf Augenhöhe.

Der schüttelte den Kopf, doch es lag auch Bewunderung

in seinem Blick. »Sie lassen sich nicht gern was sagen, oder?«

»Das haben wir wohl gemeinsam«, gab Bauer zurück. »Wie wäre es, wenn Sie es mir erzählen?«

»Was?«

»Alles. Fangen Sie damit an, wie Wegener Sie angeworben hat.«

Leon musterte Bauer mit undurchdringlicher Miene. Dann schüttelte er erneut den Kopf. »Ich verstehe Sie nicht, Mann. Wieso kümmern Sie sich nicht um Ihren eigenen Scheiß?«

»Das ist mein Scheiß. Ich bin Seelsorger.«

»Aber ich bin keins von Ihren Schäfchen.«

»Das entscheiden nicht Sie.«

»Wer dann? Sie etwa?«

»Mein Chef.« Bauer deutete nach oben.

»Auch wenn ich das gar nicht will und mir dieser ganze christliche Quatsch am Arsch vorbeigeht?«

»Selbst dann.«

»Ganz schön arroganter Sack, Ihr Chef«, meinte Leon.

»Sehe ich nicht so«, widersprach Bauer. »Oder haben Sie aufgehört, Yildiz zu lieben, nur weil sie Ihre Liebe nicht mehr will?«

Schlagartig war es vorbei mit Leons Coolness. Er starrte Bauer betroffen an. »Gibt's irgendwas, das Sie noch nicht wissen?«

»Ich habe Sie gerade danach gefragt: Warum spitzeln Sie für Wegener?«

»Wie haben Sie das rausgekriegt?«

»Die Polizei hat eine Ausgabe des *Spiegel* in Ihrem Wohnmobil gefunden. Haben Sie den von ihm?«

Er zögerte einen Moment, dann zuckte er mit den Achseln. »Er wollte mir zeigen, wie viel Kohle man als Verräter machen kann.«

»Sie tun das nur für Geld?«

»Er hatte noch ein besseres Argument«, schnaubte Leon.

»Welches?«

»Ich habe sein Boot geklaut.«

»Das ist mehr als fünf Jahre her«, sagte Bauer, »und wäre damit verjährt gewesen.«

»Das letzte Mal nicht«, erwiderte Leon.

Er sprach leise und schnell. Ein paar Wochen vor seinem Haftantritt hatte Leon sich Wegeners Boot ohne dessen Wissen »ausgeliehen«. Vural Doruk, der *Vice President* der Death Riders, hatte es von ihm verlangt.

»Keine Ahnung, wie er mitgekriegt hat, dass ich früher immer auf dem Kahn rumgeschippert bin. Vielleicht hat's der Alte irgendwann erwähnt. Der weiß alles von mir.«

»Sie meinen Gerhard Bohde?«

Leon nickte. »Er war mal mein Vorbild. Hat mir immer was von Zusammenhalt und Ehre erzählt. Die Männer wären seine Familie, jeder würde für jeden einstehen, auf Leben und Tod.«

»Sind Sie deswegen für ihn ins Gefängnis gegangen?«

»Ich hab den ganzen Mist geglaubt. Aber es war alles nur Gelaber. Das hätte ich schon viel früher checken müssen.«

»Sie meinen, als Horst Schaffroth ausgeschlossen wurde?«

Leon schien sich nicht mehr darüber zu wundern, dass Bauer auch davon wusste. »Er hat Hotte praktisch zum Abschuss freigegeben. Okay, es waren die Türken, die den Ausschluss gefordert hatten. Aber der Alte hat es durchgezogen. Wenn es hart auf hart kommt, schert er sich einen Dreck um seine Leute. Richtig kapiert habe ich das erst im Knast. Er hatte Schiss, dass Vural den Club übernimmt, wenn er selbst einfährt. Er will seine Macht nicht verlieren, nur darum geht's. Darum hat er damals Vural und seine Gang reingeholt, als uns die Albaner fast plattgemacht hätten. Darum will er ihn jetzt wieder loswerden. Und ich soll ihm die Chance verschaffen.«

Bauer sah Leon überrascht an. »Sie bespitzeln Vural nicht nur für Wegener, sondern auch für Ihren Präsidenten?«

»So sieht's aus.« Er starrte düster vor sich hin.

»Und diese Sache mit dem Boot? Warum wollte Vural, dass Sie es stehlen?«

»Erst dachte ich, zum Spaß. Aber es war kein Spaß.« Leon berichtete, wie er das Boot auf das Geheiß des türkischen Rockers mitten in der Nacht längsseits an einen flussaufwärts fahrenden Binnenfrachter manövriert hatte. Der Partikulier hatte ein kleines Paket an Bord geworfen. »Das Teil ist aufgeplatzt. Überall lagen die verdammten Tütchen.«

Bauer musste nicht lange rätseln. »Drogen?«

»Koks«, bestätigte Leon. »Nicht besonders viel, hundert Gramm vielleicht. Für Vural praktisch Eigenbedarf.«

»Dafür hätte er nicht so einen Aufwand betreiben müssen«, sagte Bauer.

»Es war ein Testlauf. Das habe ich auch erst im Knast gerafft.« Bitter fügte Leon hinzu: »Ich hatte viel Zeit zum Nach-denken.«

»Wie ist Wegener darauf gekommen?«

»Mansur hat auf Deck die runtergefallenen Tütchen ein-gesammelt. Eins hat der Idiot übersehen. Zwei Monate spä-ter hat Wegener mich im Knast besucht und den *Spiegel* mit-gebracht. Er wusste, dass die Death Riders den Einstieg ins Drogengeschäft planen. Keine Ahnung, woher. Den Rest hat er sich zusammengereimt. Er hat gesagt, als Informant könnte ich richtig Geld machen. Ich wollte erst nicht. Da hat er mir ein Handyfoto von einem Kokstütchen auf seinem Boot gezeigt und mich gefragt, ob es mir im Gefängnis ge-fallen würde.« Er verstummte.

Bauer hätte ihm am liebsten einen Arm um die Schultern gelegt. Alle benutzten ihn für ihre Zwecke: Vural Doruk, um seinen Drogendeal einzufädeln, der Präsident, um seinen Widersacher loszuwerden, Wegener vermutlich, um seine Karriere voranzutreiben.

»Der Knast hat mich fertiggemacht. Ich wollte nur noch raus. Zu Yildiz, und dann mit ihr weg. Irgendwohin, wo uns niemand kennt. Wo keiner was gegen uns hat. Ganz neu an-fangen. Mit der Kohle vom Zoll wäre das kein Problem ge-wesen.« Er blickte auf. »Es ist Verrätergeld. Aber damit hätte ich es schaffen können.«

Bauer schwieg. Leon hatte von Anfang an keine Chance gehabt.

»Was für einen Grund hatte Judas?«, fragte Leon.

»Sie sind kein Judas«, antwortete Bauer.

»Ist auch egal. Ich bin erledigt. War ich schon, als ich die

Frau auf dem Schrottplatz in den Kofferraum gepackt habe.«
Die Erinnerung zog wie ein Schatten über sein Gesicht. »Ist
wahrscheinlich nur die gerechte Strafe.«

»Wofür? Sie haben sie nicht umgebracht. Das weiß inzwischen sogar die Polizei. Die haben den Pizzaboten gefunden.«

»Scheiße!« Leon sah ihn überrascht an. »Den hatte ich
total vergessen.«

»Vergessen?«, wiederholte Bauer ungläubig. »Der Mann
ist Ihr Alibi.«

»Wenn ich könnte, würde ich den ganzen Abend aus
meinem Gedächtnis streichen. Aber die Bilder kommen immer wieder. Vural ist echt krank.«

Bauer kannte den Ausdruck in Leons Augen nur zu gut.
Polizisten, die nach einem traumatischen Einsatz zu ihm ka-
men, die Hilfe und Trost suchten, weil sie das Sterben eines
Menschen hautnah miterlebt hatten, saßen ihm mit demsel-
ben Blick gegenüber. Doch dies war nicht der Zeitpunkt für
Seelsorge.

»Der Deal, für den Sie den Testlauf gemacht haben,
wann findet der statt?«, fragte Bauer.

»Heute Nacht.«

»Wann genau?«

»Keine Ahnung. Vural hat nur gesagt, ich soll mich bereithalten.«

»Wie wollen Sie Wegener informieren?«

»Er hat mir einen Peilsender gegeben. Ich soll ihn einschalten, wenn es losgeht.«

Das schwarze Kästchen. Bauer hörte, wie eine Tür aufgerissen wurde. Holzstufen ächzten. Dann verdunkelte sich die Luke. Mansur zwängte seinen massigen Oberkörper herein. Er beachtete Bauer nicht, sah nur Leon an. In der einen Hand hielt er die Pistole, in der anderen ein Klappmesser. Er ließ die Klinge hervorschnellen. Bauer sah, wie Leon sich straffte. Mansur durchtrennte Leons Fesseln.

»Komm!«

Leon rührte sich nicht.

Mansur richtete den Lauf der Pistole auf Leons Kopf. »Ich sag's nicht noch mal.«

»Warten Sie«, sagte Bauer.

Mansurs Faust war ebenso schnell wie sein Blick. Bauer duckte sich. Zu spät. Der Hieb schleuderte ihn gegen die Bordwand. Diesmal hielt ihn der Schmerz bei Bewusstsein. Er schien seinen Schädel zu spalten wie das schartige Blatt einer Axt. Quälend langsam verglühte der Feuerball vor seinen Augen. Dann begann es in seinen Ohren zu pfeifen und zu dröhnen, und der Boden unter ihm zitterte. Es dauerte eine Weile, bis Bauer begriff, dass das Geräusch real war und nicht in seinem Kopf. Leon hatte den Dieselmotor gestartet.

Sie legten ab.

45

Normalerweise brauchte man zur Marina des Ruhrorter Jachtclubs zwanzig Minuten. Vorausgesetzt, man hatte sich für die richtige Route entschieden. Aufgrund eines Unfalls an der Auffahrt zur A40 und des folgenden Rückstaus brauchte Dohr fast doppelt so lange.

Während sie darauf wartete, einen weiteren Meter voranzukommen, versuchte sie, sich darüber klar zu werden, warum sie überhaupt hier war.

Sie folgte keiner konkreten Spur. Auch nicht ihrer Intuition oder einer Eingebung, jedenfalls fühlte es sich nicht so an. Aber das war ohnehin eher Bauers Spezialgebiet. Vermutlich war sie einfach nur sauer auf Karman.

Dass er der Suche nach Leon Berger keine Priorität einräumte, machte sie wütend. Die gesamten personellen Ressourcen des Dezernats einzusetzen, um einen Haufen Rocker zu befragen, war reine Zeitverschwendung.

Während sie sich Karmans aufgeblasenen Quatsch angehört hatte, waren ihre Gedanken zu Wegener gewandert. Der Mann war ihr nicht geheuer.

Wegener hatte sie belogen, so viel stand fest. Aber worüber? Über seine Beziehung zu Berger? Hatte er doch noch Kontakt zu ihm? Hatte er ihn tatsächlich als V-Mann rekrutiert? Dann wusste er womöglich, wo Berger sich verbarg. Deshalb war sie auf dem Weg zum Jachthafen. Ein Schuss ins Blaue.

Sie kannte den Jachthafen aus ihrer Zeit beim KDD. Am oberen Ende des Hafenbeckens hatten sie die Leiche eines sechzehnjährigen Mädchens aus dem Wasser gezogen. Selbstmord aus Liebeskummer. Was für ein Wahnsinn, hatte sie gedacht, so etwas aus Liebe zu tun. Dann war sie nach Hause gefahren, hatte zum fünften Mal das ganze Haus nach den versteckten Drogen ihres Lebensgefährten abgesucht und anschließend auf ihn gewartet, bis er morgens um vier mit geröteten Augen und riesigen Pupillen nach Hause gekommen war.

Wo war der Unterschied?

Auf dem Foto an der Wand in Wegeners Büro hatte sie hinter dem Kabinenkreuzer den Brückenbogen aus hellblau lackierten Stahlträgern erkannt. Er führte über das Hafenbecken, an dem sich der Ruhrorter Jachtclub mit seiner kleinen Marina niedergelassen hatte. Zum Zeitpunkt der Aufnahme hatte Wegeners Boot dort gelegen.

Der Kreuzer wäre das perfekte Versteck. Außerhalb der Saison war in solchen Anlagen nichts los, und Spaziergänger verirrten sich praktisch nie dorthin.

Endlich hatte sie den Stau hinter sich. Sie rollte auf der Dammstraße über die Brücke mit den blauen Stahlträgern. Ein Trupp Arbeiter in orangefarbenen Warnwesten war dabei, den Anstrich zu erneuern. Irgendjemand hatte entschieden, dass der November der perfekte Monat für diese Instandhaltungsarbeiten war.

Vorsichtig umkurvte sie den Materialwagen des Trupps, der eine der Fahrspuren blockierte. Einer der Männer lächelte ihr zu. Hinter der Brücke bog sie rechts ab. Links voraus befand sich das Museum der Deutschen Binnenschifffahrt, rechts, hinter einem Stück Grünfläche, der Jachtclub.

Kurz vor dem asphaltierten Privatweg des Clubs fuhr sie an einem blauen Passat vorbei. Der Fahrer hatte ihn auf der gegenüberliegenden Seite mitten auf dem Fahrradweg abgestellt. Das war merkwürdig, denn auf der anderen Straßenseite gab es jede Menge freie Parkplätze. Der Wagen kam ihr bekannt vor. Im Rückspiegel erkannte sie das Kennzeichen – es gehörte Martin Bauer. Was hatte das zu bedeuten? Wieso war er auch hier?

Sie hielt auf dem kleinen Parkplatz vor dem Clubhaus und stieg aus. Überall waren die Jalousien heruntergelassen, und die drei abgestellten Wohnwagen waren bereits winterfest gemacht geworden.

Sie ging den schmalen Weg zum Schwimmsteg hinunter. Alle Liegeplätze bis auf einen waren belegt. Hier hatte der Kabinenkreuzer auf Wegeners Foto gelegen. Jetzt war der Platz leer. Sie bemerkte, dass die untere Hälfte des Pollers trocken war, während die obere feucht glänzte. Das Boot, das hier vertäut gewesen war, hatte erst kürzlich abgelegt.

Wer war an Bord gewesen? Wegener? Berger? Es erschien ihr so gut wie sicher, dass Bauer dabei gewesen war.

Sie sah sich um. Sie brauchte jemanden, der beobachtet

hatte, was hier vor sich gegangen war. Aber die Anlage war verlassen, niemand weit und breit, der an seinem Boot herumpolierte oder seinen Hund ausführte. Ein Angler wäre gut gewesen, vielleicht auf der anderen Seite des Hafenbeckens. Aber da war niemand.

In der entgegengesetzten Richtung öffnete sich das Becken zum Rhein hin, aber die Brücke versperrte die Sicht. Dohr stockte. Ihr Blick wanderte nach oben. Sie sah vier Männer in orangefarbenen Warnwesten, die mit Lackierpistolen blaue Farbschichten auftrugen. Höchstens fünfzig Meter entfernt, mit bester Sicht auf die Marina.

Dohr hielt mitten auf der Brücke und schaltete das Blaulicht ein. Sie zeigte den Männern ihren Dienstausweis und stellte ihre Fragen. Natürlich hatten sie beobachtet, wie der Kabinenkreuzer ausgelaufen war. Es war eine nette Unterbrechung ihrer Arbeit gewesen. Sie hatten drei Männer auf dem Boot gesehen. Wie sie dorthin gelangt waren, hatten sie nicht mitbekommen, kurz vorher hatten sie noch auf der anderen Seite der Brücke gearbeitet. Dohr zeigte ihnen Fotos auf ihrem Smartphone. Zuerst von Leon Berger. Die Männer nickten. Ja, der hatte am Steuer gestanden. Dann ein Foto von Wegener. Die Arbeiter berieten sich, kamen aber zu keinem Ergebnis, so genau hatten sie das nicht erkennen können. Zum Schluss zeigte sie ihnen ein Foto von Martin Bauer. Wieder überlegten die Männer. Vielleicht, vielleicht auch nicht.

Sie bedankte sich, schaltete das Blaulicht aus und fuhr los. Über die Freisprechanlage rief sie Bauer an. Eine Ansage informierte sie, dass der Empfänger derzeit nicht zu erreichen sei.

Sollte sie die Wasserschutzpolizei in Trab setzen? Sie würden den Kabinenkreuzer bestimmt finden. Aber das würde zweifellos neuen Ärger für sie und Bauer nach sich ziehen. Sie beschloss, ihm drei Stunden zu geben, danach blieb ihr keine andere Wahl.

46

Bauer kniete. Hinter ihm stampfte der Motor und trieb das Boot schlingernd durch den Fluss. Der Dieselgeruch verursachte ihm Übelkeit, und es fiel ihm schwer, in der schwankenden Umgebung seinen Blick zu fokussieren. Oder er hatte wirklich eine Gehirnerschütterung.

Er war bis zu der Luke gerobbt. Das Seil hatte seine Hand- und Fußgelenke aufgescheuert. Mühsam hatte er sich aufgerichtet. Die Mittschiffskajüte lag mehr als einen halben Meter höher als der Maschinenraum. Die Stufe schien unüberwindbar. Er beugte sich vor, drückte seine Brust auf den Kajütenboden und schob sich durch die enge Öffnung nach oben. Als seine Fußspitzen keinen Halt mehr fanden, drehte er sich auf die Seite. Einen Moment hing er in der Schwebe und drohte zurück in den Maschinenraum zu stürzen. Schnell zog er seine gefesselten Beine an, riss sich die Schienbeine an der Stahlzarge auf, ignorierte den Schmerz und stieß sich ab.

Über den Holzboden rutschte er in den kleinen Salon der Jacht. Schwer atmend sah er sich um. Neben der Luke führte eine kurze Treppe hinauf aufs Deck. Die Tür war geschlossen. Zum Bug hin gab es eine kleine Küchenzeile, gegenüber eine Sitzecke mit fest montiertem Tisch, darüber Fenster mit zugezogenen Vorhängen. Er rollte zu der Eckbank. Mit letzter Kraft stemmte er sich auf die Sitzfläche. Gekrümmt saß er da und versuchte, den Würgereiz zu unterdrücken, der sein Zwerchfell verkrampfte.

Als sein Atem sich wieder normalisiert hatte, richtete er sich auf. Vorsichtig schob er den Kopf unter einen der Vorhänge, spürte das kalte Fensterglas an seiner Stirn und spähte hinaus.

Sie fuhren rheinaufwärts. Direkt vor ihnen lag eine Brücke. Bauer erkannte die beiden fünfzig Meter hohen Pylone mit den gelben Stahltrossen. Rheinbrücke Neuenkamp. Die Straßenlaternen darauf leuchteten in der Abenddämmerung. Bald würde es auf dem Fluss stockdunkel sein.

Sie fuhren unter der Brücke hindurch. Am rechten Ufer lag die Werthauser Wart, ein kleines Naturschutzgebiet, gleich gegenüber, an der Einfahrt zum Rheinhausener Parallelhafen, die Anlegestelle eines Tanklagers. Es herrschte immer noch reger Verkehr auf der Wasserstraße. Stückgutfrachter, Containerschiffe, Schubverbände. Binnenschiffer konnten es sich nicht leisten, über Nacht anzulegen. Sie arbeiteten im Schichtbetrieb, rund um die Uhr, bis sie ihren Zielhafen erreichten.

Kurz hinter einem entgegenkommenden Frachter änderte das Boot seinen Kurs. Sie querten die Fahrrinne, tanzten über die Bugwelle und steuerten in den Außenhafen. An den Verladeanlagen beidseits des schmalen Beckens vorbei tuckerten sie zum Sperrtor Marientor. Es wurde nur bei

Hochwasser geschlossen. Dahinter lag der Innenhafen. Moderne Bürokomplexe und schicke Wohnhäuser säumten die Ufer, die wenigen verbliebenen Industriebauten wurden als Museen genutzt. Eine kleine Marina gab es auch.

Auf einem der Stege entdeckte Bauer im Halbdunkel der Dämmerung zwei Gestalten. Einen Moment überlegte er, mit der Stirn gegen die Scheibe zu hämmern und laut um Hilfe zu rufen. Aber es war fraglich, ob die Leute ihn bemerken würden. Mansur dagegen würde ihn zweifellos hören. Über seine mögliche Reaktion machte Bauer sich keine Illusionen.

Das Boot schwenkte herum und hielt auf den Steg zu. Als sie nur noch wenige Meter entfernt waren, erkannte Bauer die beiden Männer. Auch wenn sie nun keine Kutten trugen, war er sicher, sie ebenfalls im Hauptquartier der Death Riders gesehen zu haben.

Das Boot näherte sich dem Ende der Anlegestelle und glitt dann langsam daran vorbei. Ein leichtes Schaukeln des Rumpfes verriet Bauer, dass die Rocker an Bord sprangen. Leon verstand tatsächlich etwas von Booten. Er manövrierte so sicher, als säße er auf seiner Harley. Bauer hörte Schritte auf Deck und Stimmen. Dann wurde der Diesel, der gemächlich vor sich hin geblubbert hatte, wieder lauter, und sie nahmen Fahrt auf. Durch das Hafenbecken steuerten sie zurück auf den Rhein. Mit der Strömung und maximaler Geschwindigkeit ging es flussabwärts, in die Richtung, aus der sie gekommen waren.

Niemand stieg zu Bauer herunter. Es wurde dunkel. Er sah die Gefahrenfeuer am Schornstein des Kraftwerks »Hermann Wenzel«. Davor lag der Ruhrorter Jachthafen. Sie fuhren daran vorbei. Der Fluss machte einen langen Bogen. Plötzlich verringerte sich die Drehzahl des Motors, und der Bug des Bootes, der bei voller Fahrt aus dem Wasser gestiegen war, senkte sich wieder. Mit halber Kraft nahmen sie Kurs auf das linke Ufer, einen mehrere Hundert Meter breiten Auenstreifen. Ein Großteil der Rheinwiesen war eingezäunt. Ein Kies- und Sandproduzent hatte sich das Areal gesichert. Seit Jahren fraß sich ein riesiger Schwimmbagger vom Fluss her in die Landschaft. Durch die Auskiesung war eine Bucht entstanden. Dort hinein lenkte Leon das Boot.

Die Maschine zur Kiesgewinnung ruhte auf einem hundert Meter langen Ponton. In der Dunkelheit wirkte sie wie ein gigantisches Saurierskelett. Tagsüber herrschte auf der schwimmenden Baustofffabrik reger Betrieb. Nun waren die Anlage und das Ufergelände wie ausgestorben.

Der Diesel tuckerte im Leerlauf. Als sie die Mitte der Bucht erreicht hatten, gab Leon Rückwärtsschub. Das Boot kam zum Stillstand. Bauer hörte ein Rasseln. Die Ankerkette. Danach erstarb der Motor, und die Leuchten an Deck erloschen. Was immer die Rocker mit Leon und ihm vorhatten, hier würde es niemand sehen oder hören. Bauer spürte, dass er zu schwitzen begann, obwohl ihm die vom Wasser aufsteigende Kälte längst in die Knochen gekrochen war.

Die Kajütentür wurde aufgerissen, Leon die Stufen hinuntergestoßen. Hinter ihm Mansur, die Pistole in der Hand. Er schaltete das Licht ein. Bauer drückte den Rücken durch und blickte ihm entgegen. Der Rocker stutzte und richtete die Waffe auf ihn.

»Zeig mir deine Hände!«

Im Sitzen drehte sich Bauer so weit, dass Mansur die Fesseln an seinen Handgelenken sehen konnte.

Der türkische Death Rider entspannte sich. »Hat dir irgendjemand erlaubt, hier rumzuturnen, Arschloch?« Dann wandte er sich wieder Leon zu. »Kannst dich gleich zu ihm setzen.«

Während Leon sich hinter den Tisch auf die kurze Seite der Eckbank zwängte, kam ein weiterer Mann unter Deck. Seine Miene und seine Haltung ließen keinen Zweifel daran, wer er war. Der Anführer der türkischen Bikergang, von dem Leon erzählt hatte: Vural.

Er musterte Bauer. Der Seelsorger konnte sich nicht erinnern, je in kältere Augen geblickt zu haben. Sie erinnerten ihn an die leeren Höhlen im Schädel des Thronoi. Für die Furcht vor der Skulptur gab es nur irrationale Gründe. Die Gefahr, die von Vural ausging, war dagegen sehr real.

Er holte ein Portemonnaie aus seiner Jackentasche. Bauer erkannte es als sein eigenes. Mansur musste es ihm abgenommen haben, als er bewusstlos gewesen war. Vural zog eine Plastikkarte hervor und legte sie wortlos auf den Tisch. Bauers Dienstausweis.

»Ich bin Seelsorger bei der Duisburger Polizei. Aber Leon kenne ich noch aus meiner alten Kirchengemeinde«, behauptete Bauer. Es schien ihm ratsam, Yildiz nicht zu erwähnen. »Ich habe mir Sorgen gemacht, darum habe ich ihn gesucht. Mit meiner Arbeit bei der Polizei hat das nichts zu tun. Ich bin schon seit Monaten nicht mehr im Dienst.«

Vural verzog keine Miene. Er blinzelte nicht einmal.

Bauer begriff, dass es völlig unerheblich war, was er sagte. Der Rocker hatte auf dem Ausweis das Emblem des Polizeipräsidiums gesehen. Jede weitere Erklärung war überflüssig.

»Hol einen Hammer!«, verlangte Vural unvermittelt von Mansur.

»Einen Hammer?«, wiederholte dieser irritiert.

Mansur wirkte einen Moment ratlos. Dann ging er auf den Maschinenraum zu und zwängte sich durch die Luke.

Vural lehnte sich an die Küchenzeile. Die Ausbuchtung unter seinem perfekt sitzenden Designerblouson verriet, dass er ein Schulterholster trug. Aber er hielt es offenbar nicht für nötig, seine Waffe zu ziehen.

Leon ließ den türkischen Rockerchef nicht aus den Augen. Vural inspizierte seine Fingernägel. Mansur kam mit einem Werkzeugkasten aus dem Maschinenraum zurück, stellte ihn auf die Küchenzeile und klappte ihn auf. Das Werkzeug darin war penibel geordnet. Offenbar pflegte Wegener nicht nur seine Schusswaffe mit Hingabe. Vural entschied sich für einen schweren Schlosserhammer. Er gab Mansur einen Wink. Mansur setzte Leon den Lauf seiner Pistole an den Kopf.

Vural sah Leon an. »Rechtshänder?«

Leon nickte kaum merklich.

»Dann die Linke«, befahl Vural, »auf den Tisch!«

Leon legte seine linke Hand flach auf den Tisch. Mit der Schmalseite des Hammerkopfes spreizte Vural sorgfältig die Finger, einen nach dem anderen.

Dann holte er aus. »Wenn du sie wegziehst, drückt Mansur ab.«

Leon schwieg.

»Wer war der Kerl mit dem Mustang?«

»Das ist der Typ, dem das Boot gehört«, antwortete Leon. Äußerlich wirkte er völlig ruhig, doch seine Stimme zitterte. »Keine Ahnung, wie er mitgekriegt hat, dass ich auf dem Boot bin. Aber ich habe das geklärt. Er ist harmlos.«

Vural schlug zu. Präzise krachte der schwere Hammerkopf auf das letzte Glied von Leons kleinem Finger. Unter dem Knall ein schmatzendes Knirschen. Blut spritzte über die Tischplatte. Leons Augen weiteten sich, und seine Muskeln verkrampften. Doch seine Hand zuckte keinen Zentimeter, und durch seine zusammengepressten Lippen drang kein Laut. Vural zog den Hammer weg. Darunter war nur noch eine zerquetschte Fleischmasse, in der ein abgelöster Fingernagel klebte.

Dann holte der Rocker abermals aus.

»Hören Sie auf!«, schrie Bauer. »Bitte!«

Vural sah ihn an. »Kennst du die Yakuza? Die schneiden sich freiwillig einen Finger ab, wenn sie Scheiße gebaut haben. Um ihre Loyalität zu beweisen.« Er wandte sich wieder Leon zu. »Mansur sagt, an der Heckscheibe der Karre war ein Aufkleber. Vom Zoll. Ich frage dich noch mal: Wer ist der Kerl mit dem Mustang?«

Leon atmete schwer durch die Nase. Aber er machte den Mund nicht auf. Vural schlug erneut zu, mit aller Kraft, auf das zweite Glied desselben Fingers. Leon krümmte sich. Aus seiner Kehle drang ein ersticktes, lang gezogenes Stöhnen.

»Aufhören!« Bauer hielt es nicht mehr aus. »Der Mann ist vom Zoll. Er weiß von Ihrem Deal.«

Einen Moment lang waren Leons gepresste Atemstöße das einzige Geräusch im Raum. Dann hörte Bauer ein metallisches Klicken. Mansur, der immer noch auf Leons Kopf zielte, spannte den Hahn der Pistole. Fragend sah er seinen Chef an. Vural schüttelte kaum merklich den Kopf.

»Red weiter!«

»Zollfahndung und Wasserschutzpolizei sind schon unterwegs«, behauptete Bauer.

Vural taxierte ihn mit einem kalten Blick. Dann sagte er langsam: »Und wie sollen die Wichser uns hier finden?«

Schlagartig wurde Bauer klar, dass er einen Fehler gemacht hatte. Der Peilsender war ihre einzige Chance auf Hilfe.

»Ich habe dich was gefragt«, sagte Vural.

»Ich habe geblufft«, erwiderte Bauer. »Niemand weiß, wo wir sind.«

»Schwörst du das – bei deinem Gott?«

»Ich schwöre es«, antwortete Bauer fest.

Vural schwieg nachdenklich. Schließlich schüttelte er den Kopf. »Das ergibt keinen Sinn.«

Er nickte Mansur zu. Der Rocker drückte Bauer auf die Tischplatte, ließ das Messer aufschnappen und zerschnitt die Fesseln an den Handgelenken. Dann riss er Bauer an den Haaren hoch und setzte ihm den Lauf seiner Pistole ins Genick.

»Die Linke oder die Rechte«, sagte Vural. »Such es dir aus!«

Bauer brauchte seine ganze Willenskraft, um seinen linken Arm zu heben. Seine Hand schlotterte, als er sie auf die blutbespritze Tischplatte legte. Er wollte Vural anflehen, doch seine Kehle war wie zugeschnürt. Der Rocker schob Bauers Finger auseinander. An der Schlagfläche des Hammers klebten Blut und Hautfetzen. Bauer spürte seine Herzschläge bis in den Hals. Das Atmen fiel ihm schwer, etwas in seinem Inneren schien seine Eingeweide aus seinem Körper zerren zu wollen.

Er kannte das Gefühl, nur nicht in dieser brutalen Intensität. Zum ersten Mal hatte er in der dritten Klasse so empfunden, am letzten Schultag vor den Osterferien. Die Religionslehrerin hatte die Passionsgeschichte vorgelesen. *Und es war die dritte Stunde, als sie ihn kreuzigten.* [1] Er hatte gefragt, was »kreuzigen« bedeute. Die Lehrerin hatte es erklärt. Zuvor war der Begriff nur ein Wort aus einem alten Buch für ihn gewesen. Danach hatten ihn Bilder von Nägeln, die durch Hände und Füße getrieben wurden, bis in den Schlaf verfolgt. *Und zu der neunten Stunde rief Jesus laut: Mein Gott, mein Gott, warum hast du mich verlassen?* [2] Sechs Stunden hatte Jesus gelitten, bevor er schreiend gestorben war. Als Achtjähriger hatte Bauer nicht nachvollziehen können, warum dieser blöde Gott, der angeblich mächtiger war als Superman, seinem Sohn nicht geholfen hatte. Doch noch mehr hatte ihn verstört, dass es Menschen gab, die andere so quälen konnten.

»Wie erfahren die Bullen, wo wir sind?«, fragte Vural.

Bauer presste die Kiefer aufeinander, bis er glaubte, seine Zähne brechen zu hören. Vural hob den Hammer.

»Peilsender«, presste Leon plötzlich hervor.

Vural zögerte. »Ein Sender?«

»Ein GPS-Tracker. Ich soll ihn einschalten, wenn es losgeht.«

Vural nickte nachdenklich und sah wieder zu Bauer. »Jetzt macht es Sinn.«

Dann schlug er zu.

47

Die Rotphase an der Kreuzung am Immanuel-Kant-Park kam ihr endlos vor. Vermutlich lag es nur daran, dass ihr der Gedanke an Martin Bauer keine Ruhe ließ. Die Art, wie er seinen Passat auf dem Fahrradweg hatte stehen lassen, war ihr unheimlich. Und wieso war er mit Leon Berger und einem Unbekannten an Bord von Wegeners Kabinenkreuzer gegangen? Das gefiel ihr gar nicht. Trotzdem würde sie ihm die drei Stunden geben. Hoffentlich war das kein Fehler.

Die Ampel sprang auf Grün. Dohr fuhr an und schaltete hoch in den zweiten Gang, als sie Karman auf der Gegenspur sah. In einem zweiten Dienstwagen direkt hinter ihm fuhren Herwig und Aast an ihr vorbei, ohne sie zu bemerken.

Coenes war nicht dabei gewesen. Also ging Dohr zuerst ins Büro der Oberkommissarin. Coenes starrte auf den Monitor ihres Dienstrechners und wartete darauf, dass sich ein Programm öffnete. Sie schaute genervt auf. Kopfschüttelnd sagte sie. »Da könnte man auch gleich Hieroglyphen in Tontafeln ritzen. Wo warst du? Karman ist stinksauer.«

Statt zu antworten, fragte Dohr zurück, wohin der Hauptkommissar und die Kollegen unterwegs waren.

»Sie holen Doruk. Karman hat beim Staatsanwalt eine Vorladung besorgt. Um ihn mal ›richtig‹ zu befragen, hat er gesagt. Mich will er nicht dabeihaben.«

»Tut mir leid, dass er dich da mit reinzieht.«

Coenes zuckte mit den Achseln. »Er ist ein Arsch. Über kurz oder lang kriege ich sowieso Ärger mit ihm.«

Sie sah die Oberkommissarin nachdenklich an, dann sagte sie: »Okay, ich mache mir erst mal einen Tee. Willst du auch einen?«

»Tee? Lieber nicht. Aber ich habe noch etwas. Es gab einen Anruf auf Koonz' Handy. Unmittelbar nach dem angenommenen Todeszeitpunkt von Roswitha Paesch. Und zwar über eine Funkzelle in unmittelbarer Nähe des Clubhauses. Der Anrufer hat ein Prepaid-Handy benutzt.«

Die Oberkommissarin sah sie erwartungsvoll an. Zu Recht, die Information war ein Durchbruch. Beziehungsweise, sie wäre ein Durchbruch gewesen, wenn Koonz noch lebte. Ohne seine Aussage, wer ihn angerufen hatte, war es nur ein starkes Indiz.

»Super Arbeit, Senta.«

»Ich könnte versuchen, das Handy des Anrufers zu orten. Die Nummer habe ich.«

»Stille SMS?«, fragte Dohr. Coenes nickte. Das konnte funktionieren. Man sendete an das Handy eine Textnachricht ohne Inhalt. Das Handy, das sie empfing, verband sich automatisch mit den drei nächstgelegenen Sendemasten. Für den Empfänger blieb die SMS unsichtbar und wurde automatisch zurückgewiesen. Darüber wurde der Sender informiert. Mit der geeigneten Software ließ sich so der Standort des Handys relativ genau feststellen. Verfassungsschutz, Zoll und BKA nutzten die Technik regelmäßig, um Bewegungsprofile observierter Personen zu erstellen.

»Leg los.«

Ihr Smartphone signalisierte einen Anruf. Er kam von der Zollfahndung in Essen.

Zollamtmann Körner schenkte sich die Begrüßung. »Sie werden es nicht glauben!« Seine Stimme klang, als glaube er es selbst noch nicht. »Ihr Freund Wegener hat uns angerufen. Behauptet, von hundert Kilogramm Koks zu wissen, die heute an diesen MC übergeben werden sollen.«

»Die Death Riders? Woher hat er das?«

»Er sagt, er hat einen Informanten im MC. Der will einen Peilsender aktivieren, wenn die Lieferung eintrifft. Die WaPo ist schon alarmiert.«

»Wieso die Wasserschutzpolizei?«

»Die Übergabe soll auf dem Rhein vonstattengehen. Von einem Schüttgutfrachter auf einen Kabinenkreuzer«, erklärte Körner. »Dieser Idiot Wegener hat anscheinend wirklich seinen eigenen V-Mann rekrutiert. Sie hatten also recht.«

Bauer hatte den richtigen Riecher gehabt – wieder einmal. Dohr fragte sich, wie es ihm wohl gerade ging.

»Wir sind schon unterwegs nach Ruhrort«, fuhr Körner fort. »Sehe ich Sie da?«

»Und ob. Ich habe dann auch noch was für Sie.« Sie

seufzte. Körner würde sich bestimmt freuen, dass der Polizeiseelsorger mit von der Partie war.

Sie beendeten das Gespräch. Coenes sah sie fragend an. Dohr setzte sie ins Bild.

»Ich fahre sofort zur WaPo.«

»Was ist mit Karman?«, fragte die Oberkommissarin.

»Später. Im Moment ist er zu beschäftigt.«

Coenes verstand. Sie klappte ihr Notebook zu und griff nach ihrem Parka.

»Du musst nicht mitkommen«, sagte Dohr.

Coenes grinste. »Das lasse ich mir nicht entgehen.«

Auf dem Weg zur Wache der Wasserschutzpolizei erzählte Dohr, was sie am Jachtclub herausgefunden hatte.

»Bauer ist auf dem Drogenboot?« Coenes schüttelte ungläubig den Kopf. »Und Berger ist Wegeners Spitzel. Wow ...«

Der unscheinbare Backsteinbau lag direkt am Vinckekanal, wo auch die Polizeiboote festgemacht waren. Vor dem Gebäude parkten schon zwei Zivilfahrzeuge mit Essener Kennzeichen und ein roter Ford Mustang. Sie waren kaum ausgestiegen, als die Eingangstür aufgestoßen wurde und Wegener auf sie zustürmte.

Er war aufgebracht. »Was wollen Sie denn hier? Das ist ein Fall für die Zollfahndung!«

»Der Sie nicht angehören«, konterte Dohr trocken.

»Das ist meine Verhaftung!«, zischte Wegener. »Die reißen Sie sich nicht unter den Nagel. Also verschwinden Sie wieder!«

Er trat dicht an sie heran. Anscheinend glaubte er, sie

damit einschüchtern zu können. Sie machte einen Schritt auf ihn zu, sodass sich ihre Nasenspitzen fast berührten.

»Ihr Koks und Ihre Karriere interessieren mich nicht, Herr Wegener. Mir geht es um einen Zeugen in einem Mordfall, den Sie in Lebensgefahr gebracht haben. Außerdem haben Sie mich belogen und dadurch die Ermittlungen des KK11 behindert.« Ihre Stimme war dünn und scharf. Wegener wollte etwas erwidern, aber sie schnitt ihm das Wort ab. »Sie wussten, dass wir nach Leon Berger fahnden. Sie haben ihn versteckt.«

Wegener schoss dazwischen. »Er ist mein Informant!«

»Sie sind kein V-Mann-Führer. Ihnen fehlt die Ausbildung, Sie dürfen das gar nicht. Beten Sie, dass unser Zeuge diesen Scheiß überlebt, sonst nagele ich Sie an die nächste Wand.«

Wegener hielt den Druck nicht mehr aus. Er trat zwei Schritte zurück. Mit diesem Sicherheitsabstand pumpte er sich wieder auf. »Ach ja? Ich lasse hier eine Drogengang hochgehen. Und mir ist der größte Drogenfund seit Jahren zu verdanken. Das kommt in die Zeitungen, verlassen Sie sich drauf. Sie können mir keinen Ärger machen.«

»Sie wollen unbedingt zur Zollfahndung – ist es das?«

Coenes hatte bisher dabeigestanden, bereit einzugreifen, falls sich die beiden an die Kehle gingen. Zum Glück kam es nicht dazu.

Zollamtmann Körner trat aus dem Wachgebäude. »Alles in Ordnung hier draußen?«

Wütend machte Wegener kehrt und stapfte an Körner vorbei zurück ins Gebäude der Wasserschutzpolizei.

Dohr schüttelte Körner die Hand und machte ihn mit Oberkommissarin Coenes bekannt.

Dann sagte sie: »Wer leitet den Einsatz? Sie?«

Körner bejahte. »Ich habe drei Kollegen dabei. Macht Wegener Ärger?«

Dohr winkte ab. »Nur eine Meinungsverschiedenheit.«

Körner grinste. »Er hat Angst, dass ihm jemand die Lorbeeren klaut. Damit nervt er uns schon die ganze Zeit. Er begreift nicht, dass er sich mit seinem illegalen V-Mann schwer in die Nesseln gesetzt hat.«

»Uns geht es nur darum, unseren Zeugen lebend da rauszukriegen«, mischte sich Coenes ein.

»Sie hat recht.« Dohr seufzte. »Und unseren Pfarrer.«

Körner runzelte die Stirn. »Wovon reden Sie?«

Dohr erklärte es ihm.

Körner schüttelte den Kopf. »Schöne Scheiße.« Er überlegte kurz. »Sind Sie sicher, dass er an Bord ist?«

Dohr zuckte mit den Achseln. »Nein. Und ja. Es würde zu ihm passen.«

»Ich hatte gleich das Gefühl, dass er nicht lockerlässt.« Körner nickte versonnen. »Was ja eigentlich eine positive Eigenschaft ist. Denken Sie, er ist freiwillig an Bord?«

»Möglich.«

»Aber wozu?«

Erneutes Achselzucken.

Körner überlegte. Dann sagte er: »Gut, wir gehen vorerst nicht von einer Geiselnahme aus. Alles läuft wie geplant. Kommen Sie.«

Sie folgten ihm. Während Dohr die Stufen zum Eingang

hinaufstieg, summte ihr Smartphone. Karman. Sie drückte den Anruf weg.

Drinnen machten sie sich mit Körners Kollegen und der Besatzung des Polizeibootes bekannt. Zu ihrer Überraschung bestand die nur aus zwei Kollegen, Dienstgruppenführer Hauptkommissar Stephan Ströer, einem ruhigen Mittfünfziger, und der etwa dreißigjährigen Jennifer Arndt, einer Oberkommissarin mit festem Händedruck und offenem Blick. Dohr konnte sie sich gut bei einem Iron Man Contest unter den ersten zehn vorstellen.

Die Einsatzbesprechung war kurz. Sie würden improvisieren müssen, so viel stand fest. Man hatte bereits entschieden, nur ein Boot einzusetzen. Eine Armada hätte zweifellos die Aufmerksamkeit anderer Schiffsführer erregt, die sich dann möglicherweise am Funk darüber ausgelassen hätten. Wegener versuchte, sich in die Diskussion zu drängen, wurde aber von Körner und dem Dienstgruppenführer der WaPo weitgehend ignoriert.

Nach zehn Minuten war alles geklärt. Das Warten begann.

48

»Was bist du eigentlich für ein Vogel?«

Bauer schreckte hoch. Er wollte den Kopf heben, aber etwas hielt ihn fest. Er kämpfte. Mit einem schmatzenden Geräusch löste sich sein Gesicht von der Tischplatte. Wieso war alles so klebrig? Er kniff die Augen zusammen, sein Blick wurde schärfer. Jetzt sah er das Blut. Sein Blut. Er hatte in seinem eigenen Blut gelegen. Die Kraft war aufgebraucht, der Kopf sank zurück auf die klebrige Fläche.

»He, nicht wieder einpennen!«

Bauer hatte keine Ahnung, wie viel Zeit vergangen war. Verschwommen erkannte er Vural. Er saß am anderen Ende der Eckbank. Sie waren allein in der Kajüte.

Bauer versuchte, sich aufzurichten, und stieß mit der Hand gegen die Tischkante. Etwas jagte spitz und scharf seinen Arm hinauf in seinen Körper und presste ihm die Luft aus der Lunge. Es war derselbe Schmerz, der ihn minutenlang völlig beherrscht hatte. Der Schmerz, den der Mann auf der Eckbank ihm zugefügt hatte. Wie lange war das her? Bauer wusste noch, dass er versucht hatte, die Laute, die sich durch seine Kehle pressten, zu unterdrücken. Doch die

Angst vor weiteren Schlägen hatte ihm jeden Willen geraubt. Er hatte sich selbst wimmern hören.

Mansur hatte Leon an Deck geschafft und war mit einem schwarzen Plastikkästchen zurückgekommen. Vural hatte sich überzeugt, dass der GPS-Tracker noch nicht eingeschaltet war, und ihn dann mit mehreren Hammerschlägen zerstört. Bauers Hand mit dem zerschmetterten Finger hatte noch auf dem blutigen Tisch gelegen, er hatte jeden Schlag gespürt wie einen Elektroschock.

Mit einer beiläufigen Bewegung zog Vural seine Pistole. Bauers Angst wich einer kalten Klarheit: Der Rockerchef würde ihn erschießen. Verwundert merkte er, wie die Gewissheit ihn ruhig werden ließ. Er sah Vural ins Gesicht.

»Also, was bist du wirklich?«

»Polizeiseelsorger.«

Vural verzog den Mund. »Das weiß ich schon. Aber was machst du da so?«

Irritiert erklärte Bauer ihm, worin seine Aufgaben bestanden. Dann begriff er es: Der Mann wollte sich nur die Zeit bis zur Übergabe der Drogenlieferung vertreiben.

»Und Leon kennst du woher? Komm mir nicht wieder mit der Story von der Kirchengemeinde.«

»Ich war dabei, als die Eltern von Roswitha Paesch vom Tod ihrer Tochter erfahren haben.«

Keinerlei Reaktion in den Augen seines Gegenübers. »Und?«

»Die Polizei hat Leon verdächtigt. Ich bin sicher, dass er die junge Frau nicht getötet hat.«

»Ach ja? Wieso?«

»Weil Sie Roswitha Paesch ermordet haben.«

»Denkst du?«

»Ja.«

»Dann bist du schlauer als die Bullen.«

»Ich brauche keine Beweise.«

Vural lächelte verächtlich. »Stimmt, dir reicht ja dein Glaube.«

»Und Ihre Brutalität.«

»Das mit deinem Finger war rein geschäftlich.«

»Und Roswitha Paesch? War das auch ›rein geschäftlich‹?«

Vural schwieg.

Bauers Hand pochte. In der Ferne schwoll das Dröhnen eines Schiffsmotors an und wieder ab. Ein vorbeifahrender Frachter. Seine Bugwelle würde sie in der Bucht nicht erreichen. Das Boot lag völlig ruhig auf dem Wasser. Ein perfekter Schwebezustand. Bauer fühlte sich wie in einer Blase, die jeden Moment platzen konnte.

Vural legte seine Pistole auf den Tisch. »Darauf ist sie voll abgefahren.«

»Auf Waffen?«, fragte Bauer.

»Und auf Typen, die hart genug sind abzudrücken.«

»So wie Sie.«

»Alle Weiber stehen auf so etwas. Auch wenn sie es nicht zugeben.«

»Sie haben eine Frau ermordet, um zu beweisen, wie tough Sie sind?«

»Blödsinn!« Ärger flammte in seiner Stimme auf. »Ich muss nichts beweisen. Also quatsch nicht so einen Müll!«

»Okay«, beschwichtigte Bauer, »wie ist es dann passiert?«

»Sie fand die Party langweilig.« Er meinte die Feier der Death Riders für Leon. »Und das Asado hat sie angeekelt.« Er grinste. »Sie war Vegetarierin. Ich habe ihr eine Pizza bestellt, und wir sind in eins der Zimmer. Sie wollte vögeln. Sie hat meine Knarre gesehen, das hat sie total scharf gemacht. Also habe ich ein bisschen an ihr rumgespielt.«

»Mit einer Pistole?« Bauer war fassungslos. »Glauben Sie wirklich, dass irgendeine Frau so etwas will?«

»Klar hat sie irgendwann gesagt, ich soll aufhören. Aber im Grunde hat sie darum gebettelt.«

»Nein. Sie wollte nicht erschossen werden.«

Er zuckte mit den Achseln. »Sie war geil, ich war auf Koks. Die Sache ist außer Kontrolle geraten.«

Bauer schwieg. Es gab nichts mehr zu sagen. Er sah zu der Pistole auf dem Tisch. Vural folgte seinem Blick, doch er rührte sich nicht. Bauer ließ seine Rechte vorschnellen. Er griff ins Leere. Im nächsten Moment starrte er in das Mündungsloch der Pistole.

Die Blase war geplatzt.

Vural erhob sich. Er nahm einen Seitenschneider aus der Werkzeugkiste und warf ihn Bauer zu.

»Schneid das Seil durch.«

Bauer durchtrennte die Fesseln an seinen Beinen.

»Steh auf!«

Bauer stemmte sich von der Eckbank hoch, doch er spürte seine Füße nicht und strauchelte. Im Reflex suchte er Halt an der Tischkante – mit der verletzten Hand. Wieder raste der Schmerz durch seinen ganzen Körper. Vural wartete mit unbeteiligter Miene, bis Bauer sich gefangen hatte.

Dann deutete er auf den Werkzeugkasten. »Den nimmst du mit hoch.«

Bauer hob den Kasten auf. Er war schwer genug, um eine Leiche auf den Grund der Bucht zu ziehen. Mit der Last in seiner Rechten bewegte er sich wie auf dünnem Eis zur Treppe. Bevor er die Stufen erreichte, hörte er ein kurzes Summen. Er blickte sich um. Vural zog sein Handy aus der Tasche. Er las die Nachricht, ohne dass seine Pistole auch nur einen Millimeter aus der Zielrichtung wich.

»Schlechtes Timing«, sagte Vural zu sich selbst. Er sah Bauer an. »Guck nach vorn.«

Bauer wandte sich ab.

»Hinknien.«

Er ging auf die Knie. Der Kabinenkreuzer schaukelte sanft. Bauer spürte ein kaltes Ziehen im Nacken.

Dann spürte er nichts mehr.

49

Wegener sah wieder auf die Zeitanzeige seines Smartphones. Hauptkommissarin Dohr fragte sich, warum. Er
und Berger hatten keine Uhrzeit für die Aktivierung des Sen-
ders vereinbart. Wegener steckte sein Handy ein, lief zum
Tisch, auf dem der Empfänger für das GPS-Signal stand,
prüfte erneut, ob das Kontrolllämpchen leuchtete, dann
nahm er sein nervöses Auf-und-ab-Laufen wieder auf.

Die beiden Kollegen von der WaPo waren die Ruhe
selbst. Sie saßen in ihren Büros und erledigten Papierkram.
Coenes schien an ihrem Notebook zu kleben. Körner und
seine Leute beschäftigten sich mit ihren Smartphones oder
standen vor der Wache und rauchten.

Irgendwann wurde auch bei Dohr das Bedürfnis nach einer Zigarette übermächtig. Als sie ins Freie trat, stellte sie
überrascht fest, dass die Temperatur in den letzten Stunden um mehrere Grade gefallen sein musste. Ihr Atem bil-
dete Wölkchen, und sie spürte, wie die Kälte in ihren Körper
drang. Sie schloss ihren Daunenmantel und schob die freie
Hand, die keine Zigarette hielt, in die Tasche. Sie hätte
Handschuhe mitnehmen sollen.

Eine Handvoll Lichtpunkte schimmerte am schwarzen Nachthimmel. Wie Pixelfehler in einem Computermonitor, dachte sie. Keine Wolken, aber zum Glück auch kein Mond. Es würde stockdunkel sein. Machte das die Polizeiaktion auf dem Wasser einfacher oder schwieriger? Sie hatte keine Ahnung.

Sie dachte an Bauer. In was für einen Schlamassel hatte er sich da wieder reingeritten. Selbst wenn er wegen Leon Berger freiwillig an Bord des Kabinenkreuzers gegangen war, konnte sie sich nicht vorstellen, dass ein paar gewaltbereite Rocker ihn bei einer Drogenübergabe dabeihaben wollten. Aber vielleicht war er ja gar nicht mehr auf dem Boot.

Sie trat ihre Kippe aus und kehrte zurück in den überheizten Besprechungsraum der WaPo-Wache.

Vielleicht war er bereits tot.

Hauptkommissar Ströer kam aus seinem Büro und fragte Körner mit besorgtem Blick auf den GPS-Empfänger, ob womöglich etwas schiefgegangen sei und was sie in dem Fall unternehmen würden.

Wegener war auf seiner nervösen Wanderung durch den Raum gerade wieder vor dem Empfänger stehen geblieben. Er fuhr herum.

»Da ist nichts schiefgegangen!« Er klang beinahe hysterisch. »Es ist noch nicht mal zwölf!«

Der Hauptkommissar von der WaPo sah Körner fragend an.

»Wir warten.«

Körner stand auf, ging zu dem Kaffeeautomaten in der Ecke und füllte einen weiteren Plastikbecher mit Kaffee. Das

Zeug war eigentlich ungenießbar. Aber wenn man genug Zucker hineinkippte ... Dohr holte sich auch einen.

Eine Stunde später hatte der GPS-Empfänger noch immer keinen Ton von sich gegeben.

Oberkommissarin Coenes hatte während der ganzen Zeit mit ihrem Notebook auf dem Schoß in einer Ecke gesessen und getippt. Irgendwann hatte sie nach einem Ladekabel gefragt. Die WaPo-Kollegin hatte prompt das passende Teil aus einer Schublade gefischt. Coenes hatte es eingestöpselt und weitergetippt.

Jetzt schob sie ihren Stuhl zurück. »Ich habe ihn!«

Coenes hatte das so laut gesagt, dass alle aufschraken und sie anstarrten.

»Den Standort.«

»Von dem Handy?« Dohr ging zu ihr und schaute ihr über die Schulter.

Körner spürte die neue Energie. Er verließ seinen Platz am Tisch und trat zu den beiden. »Wovon reden Sie?«

Dohr erklärte es ihm.

»Das Handy gehört Ihrem Mörder?«

»Oder einem Mittäter, auf jeden Fall einem Mitglied des MC.«

»Und Sie denken, es befindet sich auf dem Boot?«

Dohr sah Coenes fragend an.

»Zumindest ist es am oder auf dem Rhein.« Sie ging zur Wandkarte. »Die Triangulierung liefert keinen metergenauen Standort, aber es ist irgendwo ...«, sie tippte auf der Karte auf eine Stelle, wo der Fluss eine beinahe kreisförmige Ausbuchtung hatte, »hier!«

Der WaPo-Hauptkommissar trat neben sie.

»Das ist der Kiesabbau in Homberg. Da gibt's eine Bucht mit einem ziemlich großen Schwimmbagger. Gutes Versteck für einen Kabinenkreuzer.«

Körner trat zu ihnen. »Die warten da auf das Frachtschiff.« Er wandte sich an Ströer. »Wir fahren.«

Fünf Minuten später waren sie auf dem Rhein. Alle trugen schusssichere Westen unter ihrer wetterfesten Kleidung. Wegener hatte vor der Abfahrt seine Dienstwaffe aus dem Halfter gezogen und sie demonstrativ überprüft. Die Oberkommissarin von der WaPo hatte die Augenbrauen hochgezogen, aber nichts gesagt.

Mit mittlerer Geschwindigkeit steuerte der Bootsführer das Streifenboot ruhig und so dicht wie möglich am rechten Ufer flussabwärts. Die Bucht lag auf der gegenüberliegenden Rheinseite.

»Wie weit noch?«, fragte Körner.

»Fünfhundert Meter«, antwortete der Hauptkommissar.

»Können wir ohne Positionslichter fahren?«

Ströer runzelte die Stirn. Dohr war sicher, dass so etwas absolut gegen die Dienstvorschrift verstieß und außerdem sehr gefährlich war. Oberkommissarin Arndt sah ihren Vorgesetzten fragend an. Dohr hörte weder ein Kommando, noch sah sie eine Geste oder einen Blick. Die Oberkommissarin verließ den Steuerstand mit einem Nachtsichtgerät und begann, den Fluss in beiden Richtungen abzusuchen. Anscheinend verständigten sich die beiden telepathisch.

»Frei!«

Doch nicht telepathisch. Der Hauptkommissar legte

mehrere Schalter um, alle Lichter erloschen. Er fuhr langsam weiter. Dann spürte Dohr, wie der Motor gedrosselt wurde. Das dunkle Wasser rauschte weiter an der Bordwand vorbei, aber das Boot stand auf der Stelle.

»Wir sind da.« Ströer rief seine Oberkommissarin von draußen herein. »Pass auf, dass uns keiner über den Haufen fährt.«

Er übergab ihr das Steuerruder und griff selbst nach einem Nachtsichtgerät. Der Motor tuckerte im Schiffsrumpf leise und gleichmäßig vor sich hin.

»Darf ich mal?«, wandte sich Dohr an Ströer.

Wortlos überließ er ihr das Nachtsichtgerät. Sie richtete es auf das gegenüberliegende Ufer, wo sie die Bucht vermutete. Alles war grün und grau und schemenhaft.

»Restlichtverstärker mit Infrarotstrahler«, sagte Ströer. »Der Infrarotstrahler schafft vierhundert Meter. Könnte gerade reichen.«

Jetzt erkannte sie die Lücke in der Uferlinie und dahinter auf dem Wasser etwas Langes und verdammt Großes.

»Ist das der …?«

»Kiesbagger?« Er nickte. »Ein ziemliches Ungetüm. Wenn die schlau sind, liegen sie dahinter.«

Wegener war neben sie getreten. »Lassen Sie mich mal!« Ohne abzuwarten, nahm er ihr das Nachtsichtgerät aus der Hand. Er schaute hindurch. »Vielleicht sind sie gar nicht da drüben.«

Dohr sah ihn kalt an. »Das Handy ist dort, das reicht.«

Wieder hieß es warten.

Dohr griff nach ihren Zigaretten. Ströer legte ihr die Hand auf den Unterarm. »Wenn, dann Steuerbord.«

Er hatte recht. Sie steckte die Schachtel wieder ein. Der Gedanke schoss ihr durch den Kopf, dass man an Bord des Kabinenkreuzers vielleicht in diesem Moment ein Nachtsichtgerät auf das Polizeiboot richtete.

Hauptkommissar Körner fragte Coenes, ob das Handy noch vor Ort war. Sie bejahte.

Dohr starrte in die Dunkelheit. Wenn Frachtschiffe vorbeizogen, schimmerte das Rheinwasser wie Pechstein. Der Wind, der den Schneeregen gebracht hatte, war abgeflaut. Sie lauschte. Das einzige Geräusch war das gleichmäßige Tuckern des Motors unter ihren Füßen. Durch die Fenster des Steuerhauses beobachtete sie, wie Wegener erneut den Sitz seines Holsters korrigierte. Er war nervös und nach ihrer Ansicht unberechenbar. Sie würden ihn im Auge behalten müssen.

Als Dohr an der Reihe war, reichte einer von Körners Männern das Nachtsichtgerät an sie weiter. Wieder ließ sie den Infrarotstrahl über den Schwimmbagger wandern. Er sah wirklich wie ein grünes Ungeheuer aus.

Sie hielt inne. Etwas hatte sich verändert. Die Verteilung von Grau und Grün war in Bewegung. Dann glitt der Kabinenkreuzer aus dem Schatten des Schwimmbaggers.

»Sie kommen!« Aus dem Augenwinkel sah sie flussabwärts zwei Lichter. Ein Schiff. Ohne weitere Anhaltspunkte konnte sie unmöglich abschätzen, wie weit es noch entfernt war. Dann war das tiefe Dröhnen eines schweren Schiffsdiesels zu hören.

Sie richtete das Nachtsichtgerät neu aus. Ein Schüttgutfrachter kämpfte sich den Rhein flussaufwärts. Er lag hoch im Wasser, war also anscheinend kaum beladen.

Alle Nachtsichtgeräte waren jetzt auf den Kabinenkreuzer gerichtet. Das Boot steuerte langsam aus der Bucht in die Strömung und hielt sich dann parallel zum Ufer.

»Sie gehen Steuerbord längsseits«, vermutete die WaPo-Oberkommissarin.

Im nächsten Moment verdeckte der Frachter die Sicht.

»Pirschen wir uns ran«, sagte Körner.

Ströer nickte seiner Oberkommissarin zu. Sie fuhren ohne Lichter. Routiniert prüfte sie durch ihr Nachtsichtgerät die Fahrrinne in beiden Richtungen.

»Alles klar.«

Jennifer Arndt schob den Gashebel mit Gefühl nach vorn. Sie glitten in die Flussmitte.

Das Frachtschiff war vorbeigefahren. Der Kabinenkreuzer war nicht zu sehen. Das Polizeiboot überquerte den Strom quer zur Strömung. Das Motorengeräusch kam Dohr unerträglich laut vor. Das mussten sie auf dem Kabinenkreuzer doch hören!

Hauptkommissar Ströer aktivierte das Funkgerät und stellte den Kontakt zur Hauptwache her. Er gab die Schiffsnummer des Frachters durch und veranlasste, dass die Wasserschutzpolizei Düsseldorf ihn erwarten und festhalten würde.

Sie passierten das Heck des Frachters in sicherer Entfernung. Das Polizeiboot schwenkte ein und hielt den Abstand.

Durch das Nachtsichtgerät sah Dohr, dass der Kabinenkreuzer sich dem Frachter bis auf zwei Meter angenähert hatte. An Deck zählte sie vier Personen. Ihr Blick wanderte nach links. An Bord des Frachters entdeckte sie nur eine einzelne Gestalt. Sie beugte sich über die Reling und gab den Leuten auf dem Kabinenkreuzer aufgeregt Zeichen, noch näher heranzukommen. Die WaPo-Oberkommissarin brachte das Boot vorsichtig näher heran.

Schließlich war der Kabinenkreuzer nur noch wenige Zentimeter von der Schiffswand entfernt, dabei aber ein gutes Stück zurückgefallen. Der Mann auf dem Frachtschiff – es war ein Mann – gestikulierte wild. Der Kabinenkreuzer schloss wieder auf und hielt dann die Position.

Der Mann auf dem Frachter hievte eine Kiste auf die Reling. Sie glänzte silbern, anscheinend eine Aluminiumbox, etwa einen Meter lang. Vom Kabinenkreuzer reckten sich ihm Arme entgegen, zwei Männer hoben die Kiste an Bord.

Eine zweite Kiste tauchte auf der Reling auf, doch der Kabinenkreuzer war von der Strömung seitlich verdrängt worden. Erneut aufgeregtes Winken. Nach mehreren Manövern konnte die zweite Kiste umgeladen werden.

Dann zog der Schüttgutfrachter davon. Das Ganze hatte vielleicht drei Minuten gedauert. Der Kabinenkreuzer fiel seitlich ab und reduzierte das Tempo. Die WaPo-Oberkommissarin vollführte eine Vollbremsung, indem sie den Rückwärtsgang einlegte. Dohr hielt den Atem an. Wenn der Kabinenkreuzer jetzt kehrtmachte, würden sie sich kaum ungesehen zurückziehen können.

50

Abermals trieb er in einem Ozean aus Schmerzen. Die Wellen schleuderten ihn herum, jede Woge eine Explosion in seinem Schädel. Doch nach und nach gab das Wasser ihn frei, er wurde ans Ufer gespült, fühlte festen Grund unter sich. Nur sein Kopf rollte weiter von einer Seite auf die andere. Dann begriff er. Was er hörte, war nicht das Tosen der Brandung, sondern ein unter Volllast laufender Dieselmotor, und was er spürte, war das Schlingern des Bootsrumpfes auf dem Fluss.

Er schaffte es, seine Augen zu öffnen. Licht bohrte sich in seinen Schädel. Er lag auf dem Rücken, den Blick auf die Deckenlampe gerichtet, die Arme über den Kopf gestreckt. Er versuchte, sie an den Körper zu nehmen. Es ging nicht. Er reckte den Hals und sah, dass seine Hände wieder gefesselt waren, an eins der fest verankerten Tischbeine. Er wand und drehte sich, bis es ihm gelang, sich aufzusetzen. Wo sein Hinterkopf über die Bodendielen gerutscht war, klebte Blut. Vural hatte hart zugeschlagen. Immerhin hatte er nicht geschossen. Noch nicht.

Benommen sah sich Bauer um. Auf der Sitzfläche der

Eckbank lag der Seitenschneider. Offenbar hatte Vural es eilig gehabt, nachdem er die SMS bekommen hatte. Mit ausgestreckten Beinen angelte Bauer unter dem Tisch hindurch nach dem Werkzeug, erreichte es knapp mit einer Fußspitze, kickte es von der Bank, zog es zu sich heran und hob es mit der unverletzten Rechten vom Boden auf. Er versuchte, das Seil mit den Schneiden zu erreichen, doch es war zu eng um seine Gelenke geschlungen. Er zerrte und zog, seine Haut riss auf, während das zerquetschte Glied seines kleinen Fingers nur noch an den Sehnen von seiner Linken baumelte. Die Schmerzen machten ihn fast wahnsinnig, doch schließlich bekam er das Seil zu fassen. Mit aller Kraft drückte er die Griffschenkel des Werkzeugs zusammen. Die scharfen Zangen schnitten durch die Fasern, der Strick gab nach, und Bauer konnte die Fesseln abstreifen.

Sein Pulsschlag dröhnte quälend laut in seinem Schädel, als er sich auf die Bank hievte und durch einen Vorhangspalt aus dem Bugfenster spähte. Auf dem Fluss war es stockdunkel. Er versuchte, sich an der Uferlinie zu orientieren, doch das Schwanken des Bootes und der Schwindel in seinem Kopf verwischten die dunklen Umrisse. Dann fand sein Blick Halt an einem hell leuchtenden Rechteck. Die Rhein-orange-Skulptur! Wie eine riesige Stahlbramme glühte sie in der Nacht. Davor zweigten drei Seitenarme vom Rhein ab, die Mündung der Ruhr und zwei Hafenkanäle. Das Boot hielt auf den mittleren der Wasserwege zu.

Schlagartig wurde Bauer klar, wo die Rocker an Land gehen würden. Ihm blieb nicht mehr viel Zeit.

»Jetzt sitzt er in der Falle.« Hauptkommissar Ströer meinte den Kabinenkreuzer. Nach der Übergabe hatte der Kreuzer nicht kehrtgemacht wie befürchtet, sondern war weiter rheinaufwärts gefahren. Am Zusammenfluss von Ruhr und Rhein bog er jetzt in den unmittelbar davorliegenden Hafenkanal ein. Ströer ließ das Nachtsichtglas sinken und blickte zu seiner Kollegin, der er das Steuerruder übergeben hatte. »Bleib auf Abstand.«

»Und wenn sie zur Schleuse Meiderich wollen?«, gab Oberkommissarin Arndt zu bedenken. »Die ist rund um die Uhr besetzt.«

»Das wäre perfekt«, mischte sich Wegener ein.

»Wieso?«, fragte Coenes. »Schleuse klingt, als würde es danach weitergehen.«

»In den Rhein-Herne-Kanal«, bestätigte Wegener. »Aber vorher müssen sie durch die Hebekammer.« Er blickte Körner triumphierend an. »Wir lassen sie einlaufen, warten, bis das Tor geschlossen ist, dann stoppen wir die Schleusung. Sieben Meter hohe Wände, Stahl und Beton. Einen besseren Ort für einen Zugriff können wir uns nicht wünschen.«

Körner nickte nachdenklich. Oberkommissarin Arndt brachte das Polizeischiff quer zur Strömung und folgte dem Kabinenkreuzer mit kleiner Fahrt. Dohr sah, wie die Positionslichter des Bootes zwischen den Landzungen verschwanden, und hatte kein gutes Gefühl dabei. Es war, als hätte irgendetwas in ihrem Hinterkopf stummen Alarm ausgelöst. Doch sie konnte es nicht greifen.

Sie wandte sich an Ströer. »Sollten wir nicht wenigstens Sichtkontakt halten?«

»Schwierig. Der Kanal macht eine Kurve. Wir müssten fast auf fünfzig Meter ran, und in dem Teil des Hafens wird nur tagsüber umgeschlagen. Da ist praktisch kein Verkehr mehr. Die würden uns bemerken – auch ohne Festbeleuchtung.«

»Aber einen anderen Weg raus als die Schleuse gibt's ganz sicher nicht?«

»Nur über Land. Sie legen an. Da wäre die Ölinsel, die Kohleinsel ...«

»Die Schrottinsel!«, entfuhr es Dohr. »Da kennen sie sich aus.«

»Aber wie sollen sie von dort wegkommen?«, wandte Ströer in. »Sie müssen die Kisten transportieren. Das Hafengebiet ist gesichert, man kann nicht einfach auf eine der Inseln fahren.«

»Das haben die schon mal gemacht. Sie hatten Zugang zur Schrottinsel.«

»Dann brauchen wir ein Team an Land.« Körner zückte sein Handy. Offenbar hatte Dohr ihn überzeugt. »Ich informiere unsere Einsatzunterstützung.«

Dohr stoppte ihn. »Es dauert mindestens zwanzig Minuten, bis Ihre Leute aus Essen hier sind. Unsere schaffen es in zehn.«

Körner überlegte kurz. Dann nickte er. »Okay.«

Sie wandte sich ab, um zu telefonieren.

Coenes, die hinter ihr stand, raunte überrascht: »Du rufst Karman an?«

Dohr schüttelte den Kopf. »Er hat doch längst Feierabend. Da sind die Kollegen vom Dauerdienst zuständig.«

Coenes grinste. Dohr nicht. Wenn ihr Gefühl sie trog, hatte sich ihre Karriere endgültig erledigt. Karman war der Letzte, den sie dabeihaben wollte, wenn sie unterging.

Bauer sah die Schemen turmhoher Tanks vorüberziehen. Der Kabinenkreuzer fuhr an der Ölinsel vorbei, umschiffte die Spitze der Kohleinsel und bog dann hart nach Backbord in das nächste Hafenbecken ein. Bauer sah Gebirge aus Altmetall, Kräne mit riesigen Greifern, Schrottpressen. Eine finstere, dystopische Landschaft.

Sie hielten auf die verwaisten Anlegeplätze für die Frachter zu. Gute fünf Meter ragte die Schrottinsel aus dem Wasser. Die steilen Böschungen waren mit Granitsteinen gepflastert. Schmale Treppen führten im Abstand von jeweils einer guten Schiffslänge hinauf auf den Platz.

Zwei Lichter flammten in der Dunkelheit auf und erloschen wieder. Die Scheinwerfer eines Autos. Es stand dicht am Ufer, in der Nähe eines Verladekrans, dessen Ausleger wie ein riesiger Galgen über dem Wasser hing.

Bauer zog den Vorhang zu. Vural wollte ihn und Leon töten, daran gab es keinen Zweifel. Sein Blick fiel auf den Werkzeugkasten, der umgestürzt vor der Treppe lag. Er wuchtete sich von der Bank hoch, taumelte los, schaffte die Schritte knapp, ohne zu fallen. Als er sich hinunterbeugte, um eine schwere Rohrzange aufzuheben, ging ein Ruck durch das Boot. Sie legten an. Bauer verlor das Gleichgewicht. Reflexartig stützte er sich mit seiner verletzten Linken ab. Mühsam erstickte er sein Stöhnen.

Es wurde laut auf dem Boot. Er hörte Tritte und ein schabendes Geräusch, als würde etwas Schweres über Deck geschleift. Dann knarrte die Kajütentür. Er presste sich an die Wand neben dem Treppenaufgang und umklammerte die Rohrzange. Jemand kam die Stufen herunter. Bauer hielt den Atem an. Die Schritte stoppten. Er hörte einen leisen Fluch.

»Scheiße ...«

Mansur. Der Rocker hatte erwartet, ihn an den Tisch gefesselt vorzufinden. In der nächsten Sekunde schob sich eine Waffe in Bauers Blickfeld. Er ließ die Rohrzange niedersausen und traf den Unterarm mit voller Wucht. Mansur schrie auf. Die Pistole flog ihm aus der Hand und polterte zu Boden. Bauer warf sich hin, aber er erreichte die Waffe nicht. Verzweifelt robbte er über die Dielen, ein Tritt traf ihn hart in die Seite und schleuderte ihn herum. Dann war Mansur über ihm. Brüllend vor Wut holte er zu einem weiteren Kick aus. Bauer riss die Arme hoch, um seinen Kopf zu schützen. Doch Mansurs Stiefel bohrte sich in seinen Unterleib. Bauer krümmte sich vor Schmerzen. Wie durch einen Tunnel sah er, dass Mansur die Pistole aufhob.

Aus dem Nichts tauchte Vural auf. »Was ist hier los?«

»Er hat mir den Arm gebrochen«, tobte Mansur. »Ich mache den Wichser kalt!«

Mit einer schnellen Bewegung entwand Vural ihm die Waffe. »Und danach willst du ihn raufschleppen? Verdammter Idiot! Geh nach oben.«

Mansurs Kiefermuskeln zuckten, aber er befolgte den Befehl und verließ wortlos die Kajüte.

Vural richtete die Pistole auf Bauer. »Du auch.«

Nahezu lautlos glitt das Polizeiboot dicht am Ufer entlang. Dohr spürte nur an der Vibration des Schiffsrumpfs, dass die beiden 750-PS-Motoren noch arbeiteten.

»Mit unserem alten Kahn hätten wir das nicht machen können«, raunte Ströer. »Der war schon im Leerlauf so laut wie ein Frachtschuber.«

Langsam glitten sie auf die Spitze der Kohleinsel zu. Dohr war mit dem Wasserschutzpolizisten auf das Dach des Steuerstandes geklettert. Wenn sie Glück hatten, konnten sie von der erhöhten Position auf das Hafenbecken mit der Schrottinsel blicken, ohne aus der Deckung kommen zu müssen.

Ströer spähte durch das Nachtsichtglas über die Uferbefestigung hinweg. Als sie die Landspitze fast erreicht hatten, gab er seiner Oberkommissarin mit dem Fuß ein Klopfzeichen. Ein kurzes Rauschen der Steuerdüsen, dann stand das Schiff still.

»Sie hatten recht«, sagte der Hauptkommissar leise. »Die haben festgemacht. Und oben auf dem Platz steht ein Auto.«

»Wie viele Männer?«

»Ich sehe vier. Zwei an Land, zwei an Bord. Nein, da kommt noch einer aus der Kajüte. Scheint verletzt zu sein.«

Bauer, schoss es Dohr durch den Kopf. »Darf ich mal?«

Er reichte ihr das Nachtsichtgerät. »Orientieren Sie sich an dem Verladekran.«

Dohr konnte den Kabinenkreuzer sehen. Er lag unterhalb des Krans in der Nähe einer schmalen Treppe, die über die Uferböschung zum Platz hinaufführte. Sie machte drei

Männer aus. Ihre Augen reflektierten das Infrarotlicht. Einen erkannte sie an seiner Statur: Leon Berger. Er stand am Außensteuer des Bootes. Ein Rocker mit kahl geschorenem Schädel, der die Kutte der Death Riders trug, hielt eine Waffe auf ihn gerichtet. Der dritte Mann wollte gerade von Bord. Dohr kannte ihn: Mansur Unal. Er hielt sich den Unterarm, der in einem unnatürlichen Winkel vom Ellbogen abstand. Zwei weitere Kuttenträger schleppten eine der Metallkisten die steilen Stufen hinauf. Die andere stand noch am Fuß der Treppe.

Von Bauer keine Spur.

»Wie sieht's aus?«, drang Körners gedämpfte Stimme vom Steuerstand herauf.

»Sie löschen gerade ihre Fracht«, antwortete Dohr.

»Was ist mit dem Seelsorger?«

»Ich kann ihn nirgends sehen«, gab Dohr zurück.

Körner schwieg. Dohr wusste, was er dachte: Wenn Bauer auf dem Boot gewesen war, hatten die Rocker ihn getötet und seine Leiche über Bord geworfen. Warum hätten sie ihn mit zu einer Drogenübergabe schleppen sollen?

»Rufen Sie Ihre Kollegen an«, sagte Körner. Er hatte eine Entscheidung getroffen. »Sobald sie auf Position sind, greifen wir zu.«

Dohr wollte das Nachtsichtgerät schon herunternehmen, da bemerkte sie eine Bewegung auf dem Boot. Jemand kroch auf allen vieren an Deck. Bauer!

»Ich habe ihn«, stieß Dohr hervor.

412

Bauer versuchte aufzustehen. Es gelang ihm nicht.

Vural, der hinter ihm aus der Kajüte gekommen war, winkte nach Leon. »Hilf ihm!«

Leon zog Bauer hoch. Mit der Pistole im Anschlag dirigierte Vural sie von Bord. Ein kahl geschorener Rocker, der ebenfalls eine Waffe auf sie richtete, folgte ihnen. Bauer stützte sich auf Leon und sog die kalte Luft ein. Allmählich normalisierte sich seine Atmung wieder, doch sein ganzer Körper glühte vor Schmerzen.

Vural trieb sie am Ufer vor sich her. Einige Schritte hinter dem Heck des Kabinenkreuzers ließ er sie anhalten.

»Hinsetzen!«

Leon ließ ihn los, Bauer glitt zu Boden. Vural sprach auf Türkisch mit seinem Handlanger. Worum es ging, war nicht schwer zu erraten.

Bauer sah aufs Wasser. Träge wie Altöl schwappte es gegen die Ufersteine. Das Hafenbecken schien ihm finsterer als das Tal aus dem 23. Psalm.[3] Den vierten Vers hatte der Polizeiseelsorger immer als Losung für seinen Beruf gesehen. Doch nun spürte er den Trost, den die Zeilen versprachen, nicht mehr.

Von der gegenüberliegenden Halbinsel wehte der Geruch von Kohle heran. Er dachte an seinen Vater. Der schwarze Staub hatte seine Lunge zerfressen. Nach dreißig Jahren Maloche unter Tage war er *bergfertig* gewesen. Ein Wort ohne Mitleid. Doch er hatte gegen die tödliche Krankheit angekämpft, mit der Zähigkeit und Härte, wie nur ein Bergmann sie aufbringen konnte. Er hatte seinen Sohn heranwachsen sehen wollen. Drei Tage, nachdem Bauer das Abiturzeugnis in Empfang genommen hatte, war sein Vater gestorben. So klaglos, wie er gelebt hatte.

Bauer blickte auf. Der Glatzkopf trat hinter Leon, hob die Pistole und setzte die Mündung auf sein Genick. Im nächsten Moment würde er abdrücken. Ein Leben auslöschen, das gerade erst richtig begann. Plötzlich empfand Bauer eine unbändige Wut. Wie eine Stichflamme schoss der Zorn durch seinen gequälten Körper. Ein Gegenfeuer, das alles andere auslöschte: Schmerzen, Schwindel, Angst.

Er schnellte hoch, flog auf den kahl geschorenen Rocker zu, sah seine ungläubige Miene, griff mit beiden Händen nach dessen Waffe und spürte ihren Rückstoß. Jaulend prallte die Kugel an der Uferbefestigung ab. Zusammen mit dem Rocker schlug er hart auf das Pflaster, sie kämpften um die Pistole, aber er ließ nicht los, hielt den Lauf der Pistole fest umklammert.

Unvermittelt heulte ein starker Motor im Hafenkanal auf, und Scheinwerfer tauchten das Ufer in gleißendes Licht. Ein Boot kam mit vollem Tempo und eingeschaltetem Blaulicht herangeschossen. Die Wasserschutzpolizei! Aus den Augenwinkeln sah er, dass Leon ebenfalls aufgesprungen war und sich auf Vural stürzte. Dann schloss sich ein Arm um Bauers Hals. Der Rocker drückte ihm die Luft ab. Bauer warf seinen Kopf zurück und traf mitten ins Gesicht seines Gegners. Der Druck auf seine Kehle ließ schlagartig nach, mit einem Ruck befreite er sich, entriss dem Rocker die Pistole und rollte sich weg. Doch plötzlich war kein Boden mehr unter ihm. Im Fallen sah er die Uferkante über sich und hörte einen weiteren Schuss krachen.

Dann stürzte er in das Hafenbecken und versank.

»Person im Wasser!«

Oberkommissarin Arndts Alarmruf übertönte das Dröhnen der Dieselmotoren und das Rauschen des Wassers, das der Schiffsbug in großen Wellen beiseitedrückte. Dohr klammerte sich mit einer Hand an der Reling fest, in der anderen hielt sie ihre Waffe. Die Gischt spritzte ihr ins Gesicht. Mit dem Ärmel ihrer Jacke wischte sie sich über die Augen. Im Licht der Scheinwerfer sah sie Leon auf dem Boden liegen. Vural Doruk hatte ihn niedergeschossen und rannte auf die Treppe zu, dicht gefolgt von dem zweiten Rocker. Bauer, der mit dem Glatzkopf gekämpft hatte, war verschwunden.

Das Polizeiboot raste auf das Ufer zu. Vural Doruk jagte die steilen Stufen hinauf. Ein Stück weiter oben schleppten seine Männer die zweite Metallkiste. Als der Suchscheinwerfer sie erfasste, ließen sie los und ergriffen ebenfalls die Flucht. Ihre Last polterte die Treppe herunter. Doruk und der Glatzkopf konnten nicht mehr ausweichen. Die Kiste fegte sie von den Beinen.

Kurz vor der Kaimauer riss die Oberkommissarin das Ruder herum und gab vollen Rückwärtsschub. Das Schiff schwenkte herum, der Bug tauchte tief ins Wasser. Mit Mühe hielt Dohr sich aufrecht. Längsseits drifteten sie auf das Ufer zu. Die Fender, die Hauptkommissar Ströer ausgebracht hatte, dämpften den Aufprall.

Am Fuß der Treppe rappelte sich Doruk als Erster wieder

auf, die Pistole noch immer in der Hand. Dohr legte auf ihn an.

»Polizei!« schrie sie. »Lassen Sie die Waffe fallen!«

Im nächsten Moment krachten hinter ihr zwei Schüsse. Getroffen brach Doruk zusammen. Dohr blickte sich um. Zwei Schritte entfernt stand Wegener, eine Heckler & Koch P30 im Anschlag. Der Pulverdampf hing noch in der kalten Luft.

»Sie verdammtes Arschloch«, zischte Dohr und rannte an ihm vorbei zum Heck des Schiffes.

Ohne anzuhalten und ohne nachzudenken, sprang sie über die Reling und tauchte kopfüber in das schwarze Wasser.

51

Die Pressekonferenz fand im *Landesamt für Zentrale Polizeiliche Dienste* statt, einem ultramodernen Neubau direkt am Innenhafen. Nicht weit davon entfernt lag Vural Doruks Luxuspenthouse, wo er sich über sie und Oberkommissarin Coenes lustig gemacht hatte. Nun war er tot. An seiner Stelle saß die Nummer zwei der türkischen Death-Riders-Fraktion in U-Haft. Mansur Unal erwartete eine Anklage wegen des Mordes an Herbert Koonz, Beihilfe zum Mord im Fall Roswitha Paesch, Freiheitsberaubung, mehrfacher schwerer Körperverletzung, Einfuhr von nicht verschreibungsfähigen Betäubungsmitteln und einigen weiteren kleineren Straftaten.

Die Aktion auf dem Rhein mit Schießerei, jeder Menge Drogen und einem Haufen Rocker als Tätern hatte es natürlich sofort in die Medien geschafft. Eine Pressekonferenz war unumgänglich. Da in diesem Fall ein spektakulärer Erfolg zu verkünden war, drängte es die Führungsriege vor die Kameras und Mikrofone.

Als Polizeidirektor Lutz die Stufen zum Podium erklomm, war sein Gesicht noch stärker gerötet als gewöhnlich. Er wirkte regelrecht aufgekratzt – bis Dohr sich auf den Stuhl neben ihm setzte. Die Polizeipräsidentin hatte darauf bestanden. Wie ließ sich die Fortschrittlichkeit ihrer Behörde in Bezug auf Geschlechtergleichstellung besser demonstrieren?

Außer Lutz, Dohr und der Polizeipräsidentin saßen der Leiter des Zollfahndungsamts Essen, irgendjemand vom Innenministerium, der sich ein Stückchen vom Ruhm abschneiden wollte, und Zollamtmann Körner auf dem Podium. Wegener und Karman hockten vermutlich vor ihren Fernsehern und kauten frustriert an ihren Nägeln.

Zu Anfang ließ sich die Polizeipräsidentin ganz allgemein über den großartigen Schlag gegen das Organisierte Verbrechen und die Drogenkriminalität aus, der einer monatelangen intensiven Zusammenarbeit zwischen der Essener Zollfahndung und den Duisburger Kollegen von der Direktion Kriminalität zu verdanken sei. Dann übergab sie an Lutz und den Leiter der Zollfahndung.

Dohr hörte kaum zu. Sie kannte die Geschichte bereits, auf die sich alle Beteiligten geeinigt hatten. Wegeners Name kam darin nicht vor. Der Zollbeamte hatte sich verrechnet.

Nachdem man in den oberen Etagen begriffen hatte, dass die Beschlagnahmung von hundert Kilogramm Kokain auf den irregulären Aktivitäten eines kleinen geltungssüchtigen Beamten beruhte, war man sofort an die Arbeit gegangen. Die Version, die dabei herausgekommen war, ließ die beteiligten Behörden in bestem Licht dastehen. Ihr Erfolg sei ihnen nicht etwa zufällig in den Schoß gefallen, sondern verdanke sich ihrer Kompetenz und Zielstrebigkeit. Mit anderen Worten, sie waren jederzeit Herr des Verfahrens gewesen.

Wegener hatte eine V-Person geführt, ohne dazu berechtigt oder ausgebildet zu sein, und noch schlimmer: ohne die notwendige begleitende Aktenführung. Trotzdem hatte er der V-Person die ihr laut Tarifordnung zustehende Entlohnung versprochen. Das war nicht gut angekommen, ebenso wenig seine tödlichen Schüsse auf Vural.

Es hatte einen Deal gegeben. Seine Rolle bei den Ermittlungen würde heruntergespielt, Leon Berger rückwirkend als offizieller Informant einem VP-Führer der Zollfahndung zugeordnet und korrekt entlohnt. Wegener würde dafür, dass er mitspielte, tatsächlich zur Essener Zollfahndung versetzt. Was er nicht wusste: Man würde ihn dort umgehend in der Asservatenkammer kaltstellen. Niemand würde mit einem Kollegen arbeiten, der bewiesen hatte, dass er unzuverlässig war.

Dohr schreckte aus ihren Gedanken hoch. Ihr Name war genannt worden. Die Regierungspräsidentin hatte Polizeidirektor Lutz gebeten, etwas über die Kollegen zu sagen, die die Ermittlungen geleitet hatten. Lutz stellte zuerst Zollamtmann Körner vor und dankte ihm für seine ausgezeichnete Arbeit. Dann war Hauptkommissarin Dohr an der Reihe. Eine Pause entstand. Der Polizeidirektor räusperte sich. Wahrscheinlich drehte es ihm den Magen um, sie ausgerechnet hier und vor diesem Publikum offiziell loben zu müssen. Ohne sie anzusehen, lieferte er mit zusammengekniffenen Lippen die entsprechenden Floskeln ab.

Lutz musste klar sein, dass die Übergabe des KK11 an

Hauptkommissar Karman damit vom Tisch war. Guido würde kochen vor Wut. Diese Runde hatte sie gewonnen, aber sie machte sich keine Illusionen. Der Hass der beiden würde dadurch nur umso größer werden.

Sie nickte in die Kameras und ließ das Blitzlichtgewitter über sich ergehen.

Der Chef der Essener Zollfahndung ergriff das Wort. Dann lud die Polizeipräsidentin die anwesenden Reporter ein, Fragen zu stellen, schmetterte die meisten jedoch mit Verweis auf die noch laufenden Ermittlungen ab. Niemand fragte nach Martin Bauer. Kurz darauf war alles vorbei. Sie war erleichtert. Über ihren Sprung ins Hafenbecken würde sie vorerst nichts in den Zeitungen lesen.

Es war ohnehin eine Riesendummheit gewesen. Ein Reflex. Das war ihr sofort klar geworden, als ihr Daunenmantel begann, das eiskalte Wasser aufzusaugen wie ein Schwamm. Genauso gut hätte sie sich Steine in die Taschen stecken können. Mit steifen Fingern hatte sie versucht, den Reißverschluss zu öffnen, und dabei wie wild mit den Beinen gestrampelt, um sich über Wasser zu halten. Neben ihr war etwas auf die Oberfläche geklatscht. Ein Rettungsring, den Oberkommissarin Arndt ihr zugeworfen hatte. Dohr hatte ihn gepackt und sich daran festgeklammert. Dann ein zweites Klatschen – die sportliche junge WaPo-Kollegin war ebenfalls ins Wasser gesprungen. Ohne Jacke. Im Unterschied zu ihr selbst hatte Arndt offenbar gewusst, was sie tat. Sie war getaucht, atemlos an die Oberfläche zurückgekommen, um gleich darauf erneut in der schwarzen Tiefe zu verschwinden. Die Zeit war stehen geblieben.

Plötzlich spürte Dohr Unruhe im Saal. Alle außer ihr waren aufgestanden, die Pressekonferenz war offenbar beendet. Sie schüttelte die Erinnerung ab und erhob sich.

Eine halbe Stunde später saß sie am Tresen ihrer Lieblingskneipe vor einem kaum angerührten Bier und drei leeren Wodkagläsern. Senta Coenes war zu ihr gestoßen. Sie hatten geschwiegen, zuerst über die Pressekonferenz, dann über die Morde an Roswitha Paesch und Herbert Koonz und schließlich über das vereitelte Drogenverbrechen.

»Was macht die Wohnung?«, fragte Senta schließlich. »Willst du immer noch ausziehen?«

Dohr schaute von dem Bierdeckel auf, den sie während der letzten fünf Minuten angestarrt hatte. »Willst du sie übernehmen?«

»Viel zu teuer für mich.«

»Für mich eigentlich auch. Allein die Putzfrau wird mich ein Vermögen kosten.«

»Warum putzt du nicht selbst? Ist ein super Ausgleich.«

Dohr schüttelte den Kopf. »Das ist nicht mein Ding.«

»Wirklich?« Senta zog die Augenbrauen hoch. »Also, ich putze gern. Dabei schalte ich perfekt ab.« Nach einer Pause fügte sie hinzu: »Wie viele Zimmer hat die Wohnung, sagtest du?«

Dohr überlegte. »Fünf.«

»Und zwei Bäder?«

Sie nickte.

»Hmh.«

Dohr nahm einen Schluck Bier. Dann zog sie ihren Schlüsselbund aus der Tasche. Der zweite Satz Schlüssel hing noch dran. Sie löste ihn und schob ihn ihrer Kollegin hin. »Aber du bist für das Vogelfutter verantwortlich.«

52

Seinen Tod hatte Martin Bauer sich anders vorgestellt. Er hatte kein Problem damit, wie er gestorben war. Es war schnell gegangen. Die Kraft hatte ihn verlassen. Mit dem Atemreflex nach dem Kälteschock war das Wasser tief in seine Lunge gedrungen. Trotz der eisigen Temperatur hatte es gebrannt wie flüssiges Feuer. Aber er hatte kurz zuvor schlimmere Schmerzen erlebt. Nein, es war nicht die Art seines Sterbens, die ihm zu schaffen machte. Was ihn nicht mehr losließ, war die Zeit danach, in der sein Herz nicht mehr geschlagen hatte. In der er tot gewesen war.

Er saß vollständig angekleidet auf dem Bett. Die kleine Reisetasche stand gepackt neben ihm. Das zweite Bett im Raum war leer. Sein Zimmergenosse war gleich nach dem Frühstück zum Röntgen geholt worden.

Bauer betrachtete seine linke Hand. Die Ärzte hatten den kleinen Finger nicht retten können. Sie hatten ihn oberhalb des Grundgelenks amputiert.

Auch Leon hatte seinen Finger verloren. Die Kugel aus Vurals Waffe dagegen hatte keinen bleibenden Schaden angerichtet. Das Projektil hatte weder Knochen noch größere

Blutgefäße verletzt. Leon hatte das Krankenhaus schon vor vier Tagen verlassen, mit einem Scheck der Bundeszollverwaltung in der Tasche. Berechnungsgrundlage für seine Entlohnung als V-Mann waren die einhundert Kilogramm Kokain gewesen, die der Zoll auf der Schrottinsel sichergestellt hatte. Der Straßenverkaufswert hätte mindestens sechs Millionen Euro betragen. Leon hatte sechsundzwanzigtausend Euro bekommen. Der Scheck war per Kurier ins Krankenhaus gebracht worden. Offensichtlich lag den Behörden daran, seine nachträglich angelegte V-Mann-Akte möglichst schnell und geräuschlos zu schließen.

Es klopfte an der Tür. Ein kräftiger Mann betrat schwungvoll das Krankenzimmer. An der Brusttasche seines blauen Pflegerkittels hing eine Identitätskarte mit seinem Foto und seinem Namen. Eine Sicherheitsmaßnahme. Im Krankenhaus wurde viel gestohlen. Vor einem halben Jahr hatte der Wachdienst der Klinik einen als Arzt verkleideten Dieb erwischt – mit vierzehn Handys in den Taschen.

»Guten Morgen, Herr Pfarrer! Sie wollen uns heute verlassen?«

»Worauf Sie wetten können.«

Der Pfleger lachte. Er reichte Bauer einen Umschlag. »Für Ihren Hausarzt und Ihre Krankenversicherung. Ich habe Ihnen auch eine CD mit den MRTs dazugepackt.«

»Sehr aufmerksam, danke.«

»Gern. Dann alles Gute.« Der Pfleger reichte ihm die Hand und grinste. »Bleiben Sie dickschädelig.«

»Ich werde mir Mühe geben.«

Der Pfleger verließ das Zimmer.

Bauer packte den Umschlag in seine Reisetasche. Vielleicht würde er sich die Aufnahmen von seinem Schädel zu Hause irgendwann mal ansehen. Die Ärzte hatten eine lineare Kalottenfraktur diagnostiziert. Auslöser für den Bruch seines Schädeldachs war vermutlich schon Mansurs erster Schlag mit der Pistole gewesen. Bauer hatte Glück gehabt, die knöchernen Fragmente hatten sich nicht verschoben. Er war ohne Operation mit einer »konservativen Therapie unter klinischer Beobachtung« davongekommen.

Er blickte auf sein Handy. Zwölf Minuten vor neun. Um neun wollte Sarah ihn abholen.

Zwölf Minuten. Ebenso lange war er tot gewesen. Die Oberkommissarin der Wasserschutzpolizei hatte auf die Uhr gesehen, bevor sie mit der Reanimation begonnen hatte. So war sie in der Lage gewesen, den Notarzt über die Dauer der Wiederbelebungsmaßnahme zu informieren. Eine bessere Ersthelferin hätte Bauer sich nicht wünschen können. Sie hatte fast fünf Meter tief tauchen müssen, um ihn zurück an die Oberfläche zu holen. Dass sie ihn in der Dunkelheit und im trüben Wasser überhaupt gefunden hatte, grenzte an ein Wunder. Sie und Hauptkommissarin Dohr hatten sich bei Herzdruckmassage und Beatmung abgewechselt. Aber sie hatten sein Herz nicht wieder zum Schlagen gebracht, das hatte erst der Notarzt mit einem Defibrillator geschafft. Ihre Pumpstöße jedoch hatten seinen Körper und sein Gehirn mit Blut und Sauerstoff versorgt. Sie hatten ihm das Leben gerettet. Nun hatte er ein zweites. Doch zwischen seinen beiden Leben klaffte eine Lücke – von zwölf Minuten.

Es klopfte erneut. Sarah kam mit Marie auf dem Arm

herein. Sie lächelte und küsste ihn, Marie streckte die Arme nach ihm aus. Sarah trug seine Tasche, Bauer trug Marie. So verließen sie das Krankenhaus.

Vor dem Haupteingang stand ein geschmückter Tannenbaum. Die Luft war kalt und klar und roch nach Schnee. Sie gingen zu ihrem Auto. Sarah setzte sich ans Steuer. Bauer legte Marie in die Babyschale auf der Rückbank und schnallte sie an. Als er einstieg, reichte Sarah ihm ihr Handy. Yildiz hatte ihr am Morgen eine Nachricht geschickt, mit zwei Fotos. Das erste zeigte Leons alten Camper neben einem Ortsschild am Rand einer staubigen Straße. Auf dem Schild stand ein arabischer Schriftzug, darunter die Übersetzung: *Brézina*. Das zweite Bild war ein Selfie. Leon und Yildiz unter einem endlosen blauen Himmel, inmitten einer Wüste, aus der eine seltsame Felsformation nahezu senkrecht aufragte. Sie sah aus wie der Fuß einer Gebirgskette, deren Gipfel mit einem scharfen horizontalen Schnitt abgetrennt worden waren. Der Text unter den Aufnahmen bestand aus einem einzigen Wort: *Danke*.

»Brézina? Wo ist das?«

»Algerien«, sagte Sarah. »Eine Kleinstadt am Rand des Atlasgebirges. Zwölftausend Einwohner. Ich hab's gegoogelt.«

»Was wollen die beiden da?«

»Ich nehme an, sie sind auf der Durchreise.«

»Wohin?«

Sie zuckte mit den Schultern. »In den Urlaub? Oder ein neues Leben?«

Sie startete den Motor.

Sein Blick fiel auf die Tankanzeige. »Wir sollten tanken.«

Sarah musterte ihn kurz nachdenklich, behielt ihren Gedanken aber für sich und fuhr los.

Er sah aus dem Fenster. In der trockenen Winterluft wirkten die Umrisse der vorbeiziehenden Gebäude schärfer, die Flächen härter als noch vor zwei Wochen im trüben November.

Sein Leben war nicht an ihm vorübergezogen. Er hatte sich weder außerhalb seines Körpers befunden noch ein göttliches Licht am Ende eines Tunnels gesehen. Auch das Gefühl unendlichen Friedens, von dem viele Menschen mit Nahtoderfahrung berichteten, hatte Bauer nicht gespürt. Er hatte gar nichts gespürt, außer körperlichen Schmerzen und einer entsetzlichen Angst. Genauso war er ins Leben zurückgekehrt, als der Notarzt sein Herz mit einem Elektroschock wieder zum Schlagen gebracht hatte. Dazwischen war nichts gewesen. Sein Tod war ein schwarzes Loch. Eine Leerstelle, etwas, das fehlte. Wie sein kleiner Finger.

Plötzlich roch er Benzin. Er schreckte aus seinen Gedanken. Sarah hatte an einer Tankstelle gehalten. Sie stieg aus.

»Soll ich das nicht machen?«, fragte er.

Sie winkte ab. »Pass auf Marie auf.«

Er wandte sich um. Seine Tochter war eingeschlafen. Durch die Heckscheibe sah er einen roten Mustang. Das Auto stand verlassen an der Station für Luft und Wasser. Er blickte zum Tankstellenshop. Er kannte keinen der Männer, die an der Kasse anstanden.

Bauer lehnte sich zurück. Es gab sicher mehr als einen roten Ford Mustang in Duisburg. Sarah zog die Zapfpistole aus dem Tankstutzen, steckte sie zurück in die Säule und ging bezahlen. Er sah ihr nach. Neben dem Shop lag die Waschanlage. Das automatische Tor öffnete sich, und eine Wolke aus Wasserdampf stieg in den Winterhimmel. Ein blitzsauberer Porsche-SUV rollte aus der Ausfahrt und hielt an. Am Steuer saß Gerhard Bohde, auf dem Beifahrersitz Hubert Wegener. Der Zollbeamte und der Rockerpräsident tauschten einen Handschlag, der wie die Geste zweier Sportler nach ihrem Spiel wirkte. Wegener stieg aus, ging zu seinem Mustang und fuhr davon. Der Porsche kam auf Bauer zu. Bohde sah ihn direkt an. Im Gesicht des Rockers zuckte kein Muskel, doch Bauer wusste, dass der Mann ihn erkannt hatte. Dann war der Wagen vorbei und bog auf die Straße ab.

Sarah kam zurück. Bevor sie den Motor startete, sagte sie: »Du wirst deine Elternzeit verkürzen, oder?«

Überrumpelt blickte er sie an. »Wie kommst du darauf?«

Sie deutete auf die Tankanzeige. »Du achtest wieder darauf, dass der Tank voll ist. Das hast du monatelang nicht getan.«

Er schwieg. Sie nickte, als habe er ihre Frage damit beantwortet. Dann streckte sie die Hand nach ihm aus und strich ihm über die Wange. Er liebte diese Geste. Er liebte seine Frau.

Sie fuhren heim. Als sie das Haus betraten, empfing ihn der vertraute Geruch. Doch er fühlte auch etwas anderes. Zwölf Minuten, die ihm fehlten.

Er würde versuchen, die Lücke zu füllen. Mit seinem Glauben und seiner Arbeit. Das war sein Weg. Er war nicht leichter geworden.

Anmerkungen

1. Markus 15,25
2. Markus 15,25
3. Psalm 23,4: *Und ob ich schon wanderte im finstern Tal, fürchte ich kein Unglück; denn du bist bei mir, dein Stecken und Stab trösten mich.*

Peter Gallert
Jörg Reiter

Glaube Liebe Tod

Kriminalroman.
Taschenbuch.
Auch als E-Book erhältlich.
www.ullstein-buchverlage.de

Woran kann man glauben in einer Welt voller Verbrechen?

Ein Polizist steht auf der Duisburger Rheinbrücke und will sich in die Tiefe stürzen. Der Seelsorger Martin Bauer soll ihn daran hindern. Er klettert einfach über das Geländer und springt selbst. Überrumpelt springt der Beamte hinterher, um Bauer zu retten. Gemeinsam können sie sich aus dem Wasser ziehen. Bauer hat hoch gepokert, aber gewonnen. Doch wenige Stunden später ist der Polizist tot, nach einem Sturz vom Deck eines Parkhauses. Ein klarer Fall von Selbstmord, gegen den Beamten wurde wegen Korruption ermittelt. Bauer weiß nicht, was er glauben soll. Und er sieht die Verzweiflung in der Familie des Toten. Auf der Suche nach der Wahrheit setzt er alles aufs Spiel …